T0268251

La niña de Rusia

LA NIÑA DE RUSIA

CELIA SANTOS

Papel certificado por el Forest Stewardship Council®

Primera edición: septiembre de 2022

Printed in Spain — Impreso en España

ISBN: 978-84-666-7259-7
Depósito legal: B-11.820-2022

Compuesto en Llibresimes

Impreso en Rotoprint By Domingo, S. L.
Castellar del Vallès (Barcelona)

BS 7 2 5 9 7

Dedicado a todos los refugiados del mundo,
que saben de lo que huyen pero no a lo que se enfrentan

Una patria, Señor, una patria pequeña como un patio o como una grieta en un muro muy sólido. Una patria para reemplazar a la que me arrancaron del alma de un solo tirón.

María Teresa León
Memoria de la melancolía

No estaría mal escribir un libro sobre la guerra que provocara náuseas, que lograra que la sola idea de la guerra diera asco. Que pareciera de locos. Que hiciera vomitar a los generales.

Svetlana Alexiévich
La guerra no tiene rostro de mujer

Esta novela está basada en la vida de Teresa Alonso, niña de Rusia, y en su testimonio. Algunas escenas y nombres han sido modificados a petición de los protagonistas o sus descendientes para darle más coherencia a la historia.

Guernica

Un camión circula despacio. El conductor seca con la manga el vaho del cristal. Hay niebla húmeda y la calzada es estrecha, llena de curvas. El vehículo es viejo y mil veces reparado. Antes llevaba verduras y pescado, ahora se ha convertido en un medio de transporte de pasajeros. Los alimentos escasean y la necesidad se multiplica.

En el aire flota una amenaza invisible, un rumor enrarecido, una inquietud que retiene el aliento.

Detrás, ocho personas sentadas en cajones de fruta vacíos se zarandean con el traqueteo. Hablan poco, los hombres intercambian colillas que apuran con ansia; dos ancianas con el rostro retraído en sus pañuelos negros parecen invocar algo; algunas mujeres intentan mantener la cortesía con palabras sueltas y frases hechas. Junto a Irene, una niña, apenas once años, morena, alta, casi demasiado para su edad, de pelo oscuro y carita de pan dulce. El hambre aún no se ha metido en sus huesos y conserva intacta su ternura. Tiene una responsabilidad que se deja ver en su actitud: sentada recta, modosa y obediente. Está emocionada. Es la primera vez que sale de su casa sin la compañía de su madre. Acompaña a su vecina Irene a comprar carne de caballo. Es día de mercado.

A la altura de la ermita de San Esteban, el camión se detiene. Las viejas asoman el rostro por sus pañoletas, los hombres apagan las colillas que les queman los dedos, Teresa mira a su vecina. Esta le hace un gesto para que permanezca donde está mientras se va a ver qué pasa. Pero la niña no obedece y sale detrás. La curiosidad puede más que ella.

Fuera del vehículo, el conductor se mueve nervioso al tiempo que niega con la cabeza. Los pasajeros lanzan al aire preguntas vacías.

—Algo pasa, algo pasa... —Y eleva el rostro al cielo gris en busca de respuestas.

Un rugido les envuelve, es más que un sonido; una sensación que hace temblar la piel, estremece el pecho y retumba en sus cabezas. Teresa se tapa los oídos. Alguien señala hacia arriba.

—¡Mirad!

Un enorme avión atraviesa las nubes. La monstruosa panza amenaza con engullirles. Vuela tan bajo que pueden leer los números pintados y una enorme cruz negra en cada ala. Los rostros siguen su trayectoria como girasoles hasta que desaparece tras un montículo.

Las miradas miedosas se cruzan. La respuesta que buscan llegará en pocos minutos. Teresa suelta la mano de su vecina y echa a correr hacia la colina.

—¡Tere, Tere! ¡Ven aquí, verás cuando se entere la *amá*! —grita Irene.

Pero Tere no escucha y sube al montículo para ver mejor.

Una bandada de bestias metálicas sobrevuela el pueblo,

vomitan de sus estómagos una lluvia de obuses. Las columnas de humo se confunden con la niebla, las sirenas se desgañitan, los tejados se estremecen cuando los proyectiles colisionan contra ellos. Miles de destellos salpican el paisaje. Niños que corren, mujeres que gritan, hombres que huyen... El humo arropa el valle, el rugido de los motores intimida y desconcierta, los fogonazos ciegan, la muerte cobra vida.

Guernica se desmorona como un azucarillo bajo la lluvia.

1

Calle Egia

Sentada en el hueco de la leña, Teresa acariciaba a Tomasín, el gato que solo se dejaba mimar por ella. Tenía el cuaderno apoyado en el suelo donde había dibujado un tren, como los que su padre dirigía en la estación de Atotxa. El maestro les había mandado una redacción sobre formas de viajar e ilustrarlo con un dibujo.

Mientras hacía los deberes, Fructuosa cantaba. Las canciones de su madre eran la banda sonora del hogar de la calle Egia, el trino al despertar, el susurro reconfortante de su corazón en miniatura. Canciones populares o las más modernas que sonaban en la radio. *Dónde estás corazón*, de Libertad Lamarque, era la más novedosa. ¡Qué bonita voz tenía! Todas las voces de una madre son hermosas en los oídos de un niño. Pero la música era interrumpida demasiado a menudo por los noticieros perturbadores.

Su padre llegó temprano. Al oír la puerta, Teresa salió a

su encuentro y saltó sobre él. Cándido la aupó liviana con la fuerza de un héroe infantil.

Su madre permaneció con las pupilas clavadas en el fruncido del delantal verde que había confeccionado; delantales que vendía a la mercería de abajo. Fructuosa tenía magia en las manos: sus finísimas puntadas podrían bordar las alas de una libélula. Manos curanderas que sanaban la melancolía y la sarna de la piel del hambre. Las manos de Teresa eran iguales, pero de juguete. Tenía una letra clara, pulcra, inusual en una niña de once años. Coloreaba los dibujos a la perfección, ni un solo trazo escapaba del contorno marcado. Y en las labores no era menos aplicada. A su corta edad, ya hacía punto casi con la misma destreza que su madre.

Teresa palpó algo en el interior de la chaqueta de su padre. Él sonrió.

—¿Qué me has traído?

Sacó un par de varillas metálicas afiladas en la punta y con topes en el otro extremo.

—Para que me hagas un jersey —le dijo mientras la devolvía al suelo y le pellizcaba la mejilla.

¡Sus propias agujas de hacer punto! A su medida. Eran perfectas. Las de su madre aún le resultaban un poco grandes.

Fructuosa persistía en su silencio. Si su marido había llegado pronto era porque las cosas seguían revueltas. Las manifestaciones contra la República y los altercados callejeros eran diarios. Y los sindicalistas de la Renfe, entre los que se encontraba Cándido, estaban en el punto de mira. Las noticias no eran muy alentadoras: las vías empezaban a cortarse y era difícil mantener el orden en la estación y sus aledaños. Por eso el ejército tomó cartas en el asunto.

En casa nunca se hablaba de política, las discusiones entre el matrimonio quedaban circunscritas a miradas esquivas, gestos desabridos y silencios. Un idioma que una niña de once años no era capaz de interpretar, pero sí captaba el malestar que traslucía. Cándido era guardagujas. Dirigía los vagones y locomotoras que quedaban en las vías muertas para que su reincorporación al tráfico no resultase un caos. Era metódico, callado, algo tímido, y bonachón por naturaleza. Militaba en los sindicatos desde que tenía edad para trabajar, que en aquellos años era muy temprana. Igual que su hermano, afincado en Asturias y trabajador de la minería, que cayó en las revueltas del treinta y cuatro, junto a otros dos mil compañeros.

La muerte de su hermano le rompió el alma. Él la reconstruyó con su lucha y se implicó activamente en la reivindicación de los derechos laborales. Militaba en UGT y acudía a todos los mítines y manifestaciones. En muchos de ellos se hacía acompañar por Teresa. Allí, en el frontón de Atotxa Maitea, sobre los hombros de su padre, la pequeña escuchó a Indalecio Prieto, a Antonio Aguirre y a muchos otros. También en ese mismo frontón presenció los partidos de pelota vasca que tanto le gustaban: Antano, Gallastegui, Altuna, y su favorito: el Mondragonés. Cada vez que su padre le proponía acudir al frontón, ella dejaba todo lo que estuviera haciendo. Le daba igual si era un partido de pelota o un mitin. Todo lo que ocurría en aquellas dos paredes le fascinaba. Allí se plantó la semilla revolucionaria y antifascista que floreció en ella de adulta.

Cándido extendió sus herramientas sobre la mesa robusta que él mismo había fabricado; de duro pino silvestre, los tablones estaban pegados entre sí, no tenían ni un solo clavo en las juntas. Ocupaba su tiempo libre en arreglar zapatos, cinturones, remaches para los pucheros, refuerzos para las jaulas de los conejos... Cualquier imprevisto, avería y complemento que necesitase la casa era capaz de repararlo para que durase más que el objeto en sí. En aquella porción de mesa la madera estaba lacerada por cicatrices del destornillador, el martillo y el escoplo. Seis marcas caprichosas formaban una estrella. La imaginación de Teresa creó un firmamento de luceros y cometas, coronado por aquel astro imperfecto.

—Tenemos que pasarle el cepillo para que quede bien liso —advirtió su padre al ver el juego de la pequeña.

Teresa asintió decepcionada. Le dio pena pensar que su universo se desvanecería bajo una lija.

Maritxu asomó al salón somnolienta. Sufría unas migrañas terribles que la obligaban a aislarse en el cuarto de huéspedes, el que solían alquilar para complementar la economía familiar y que llevaba semanas vacío. A sus dieciséis años, hacía dos que trabajaba como ayudante en un taller de sastrería. Un dinero extra que no venía nada mal. El sueldo de ferroviario era exiguo; los inquilinos ocasionales, el salario de Maritxu, los ungüentos y los delantales de Fructuosa ayudaban en la economía doméstica. Eran tiempos difíciles para la clase trabajadora.

—Aquí te dejo los delantales y las batas —le dijo Fructuosa a su hija mayor—. Hay que quitar los hilvanes y plancharlos. Y luego se los bajas a Marga.

Sus delantales, de rayas, de cuadros, lisos, de flores, daba igual el estampado, eran los más solicitados de la mercería de Margarita, una viuda que regentaba su pequeño negocio desde siempre. Era una mujer entrada en carnes, con un moño perfecto, los labios pintados de rojo y cariñosa en exceso, que estaba permanentemente detrás de aquel mostrador de madera, bruñido por el roce de mil encajes y cintas de seda. Teresa imaginaba que había nacido y crecido allí dentro, y había quedado atrapada en aquellos dos metros cuadrados.

—¡Voy contigo! —exclamó Teresa.

—No, hoy no —atajó su madre.

Tere hizo un mohín de fastidio. ¿Por qué nunca dejaba que la acompañase al puerto? Enfurruñada, volvió al hueco de la leña, su rincón favorito.

El hospital de San Antonio Abad estaba situado en pleno barrio de San Martín, pegado al puerto. Y como en la mayoría de las ciudades portuarias, allí recalaban las mejores mercancías y los más sabrosos pescados, pero también las enfermedades de ultramar que recogían, en general, las infelices que deambulaban por los muelles ofreciendo un instante de deleite a cambio de una peseta y una infección. Era el lugar adecuado para erigir un hospital de infecciosos, pero no era el sitio más agradable para pasear con una niña. Hasta Fructuosa sentía respeto cada vez que lo atravesaba, y solía hacerlo a paso apresurado y con prisas.

Siempre la recibía la hermana Sagrario, la portera, mano derecha de la superiora y con un carácter mucho más aterciopelado que el de la priora, la madre Paloma, que más que paloma parecía un gavilán.

—Ave María purísima —saludó la religiosa.

Fructuosa no se consideraba subversiva ni irrespetuosa, pero, aunque se crio en un ambiente católico, no le salía responder a las monsergas monjiles con el correspondiente «sin pecado concebida». Hacía aquello por los enfermos, no por las monjas, a las que, sin referirles odio, no les tenía especial simpatía.

—Buenas tardes, aquí les traigo lo de ustedes —saludó mientras sacaba tres botes de cristal de su ungüento milagroso.

La fórmula de aquella pomada solo la conocía ella. El único ingrediente que dio a conocer era la grasa de las gallinas que ella misma criaba en el balcón y que utilizaba como base. Fuera como fuese, era mano de santo, en especial para curar la sarna, demasiado habitual en aquellos tiempos, sobre todo en los niños.

La monja estiró el cuello como una anguila hacia el fondo de la cesta. Vio como aún quedaba un tarro de pomada, que Fructuosa no tenía intención de entregarle. Lo conservaba para otras pacientes particulares.

—Es usted una santa, Fructuosa. Dios sabrá recompensarle y pagar todo lo que hace por nuestros enfermos —fue el agradecimiento de la religiosa.

—Sí, sí, él sabrá cómo pagarme... Buenas tardes.

Efectivamente, tenía muchas más probabilidades de recibir el pago del mismísimo Todopoderoso que de aquellas monjas roñosas que jamás le ofrecieron ni un vaso de agua.

Aceleró el paso de vuelta a casa. Algo había cambiado en el paisaje desde la última vez que visitó el hospital. Aquel 18 de julio ya no había marinos, ni mujeres de mala vida, ni estibadores, ni vendedores ambulantes. Los soldados patrullaban con el fusil al hombro y los camiones del ejército rondaban las calles. Un escalofrío le recorrió la espalda. Deseando abandonar aquellos callejones inmundos, se ajustó el mantón y salió del barrio lo más rápido que pudo.

Pegada a la radio, Maritxu escuchaba con atención, preocupada. Al ver entrar a su madre le hizo un gesto para que se acercara. El noticiario informaba del golpe de Estado iniciado en África por las fuerzas nacionales con el fin de derrocar al gobierno legítimo. Su padre trasteaba en la mesa con un molinillo de café atascado. Teresa, en el hueco de la leña con Tomasín en brazos, callaba y observaba. Acabó el boletín y empezó la música, otra vez Libertad Lamarque. Madre e hija deambulaban por la cocina con manifiesta inquietud. Cándido, también nervioso, intentaba triturar su miedo en aquel molinillo.

—África está muy lejos. Y pronto tendremos nuestro propio gobierno. —Intentó llamar a la calma con fingida tranquilidad. En la estación los ánimos ardían.

—¡Qué gobierno ni qué ocho cuartos! ¿Es que no has salido a la calle?

No dijo más, la mirada resentida hacia su marido fue suficiente.

—Vamos, Tere. —Metió la ropa sucia en el barreño de zinc y salieron camino del lavadero.

El lavadero de Egia estaba en el camino del cementerio de Polloe. Era el lugar de encuentro de muchas mujeres que lavaban la ropa propia y la ajena. Allí compartían risas, confidencias y comentaban las noticias de actualidad, cada cual con su particular visión. El alzamiento de África era el tema del día.

—Esperemos que esta tontería acabe pronto. ¿Cómo van a quitar un gobierno así como así? —decía una en su ignorancia optimista.

—¿Es que no has visto los barcos en la costa? A mí no me parece cosa de broma.

Teresa escuchaba sin oír, pero en su subconsciente se imprimían cada una de las palabras funestas, incluidas las que advertía en su casa. Ella jugaba y fingía ser una mujercita. Lavaba calcetines y pañuelos y le limpiaba los mocos al hijo de una de las lavanderas que no tendría más de tres años. Las mujeres reían con ternura su actitud. Una de las más jóvenes se empeñaba en continuar con el tema, tal era su nerviosismo.

—¡Los militares, esos son los que tienen la culpa de todo! —increpaba.

Todas callaron mientras la de al lado le propinaba un codazo. Sobre la piedra sonó el golpe de un barreño dejado caer con contundencia. La recién llegada la miró con rabia. Por mucho que intentó esconder el rostro, todas presenciaron su vergüenza. La mujer era esposa de un militar extremeño destinado en San Sebastián. Solo llevaban un año en la ciudad. A ella le costó integrarse en aquel mundo húmedo y solitario, tan distinto de su Plasencia. Las visitas al lavadero eran la única vía de escape a su soledad. La acompañaban sus dos hijas gemelas que no superaban los seis años. Meses atrás, Fructuosa advirtió que siempre llevaban la cabeza cubierta con un gorro. Hasta que una de ellas perdió el suyo y vio que tenían el cuero cabelludo lleno de sarna. Su madre lo había intentado todo para curarlas pero no tuvo éxito. Fructuosa inició su tratamiento de pomada de gallina. En apenas dos semanas la piel empezó a mejorar; al mes, el pelo de la zona afectada empezaba a crecer de nuevo. El bote que había reservado ese día para ellas era el final del tratamiento.

Las gemelas ayudaron a romper el momento desagradable. Fructuosa revolvió entre la ropa sucia y sacó el ungüento. Se acercó a las niñas, que ya jugaban con Teresa, y les untó la cabeza. Luego entregó el resto a la madre.

—Acuérdate, nada de gorros ni de taparles la cabeza —le advirtió. La madre sonrió agradecida.

La situación se diluyó: unas se retiraron a tender las sábanas al sol; otras se marcharon con sus barreños de ropa limpia en la cabeza; el resto aceleró los restregones a las camisas para evitar otro desaliento innecesario.

Teresa esperaba los veranos con impaciencia. Sus primas de Madrid, Toña y Marujita, pasaban dos meses con la familia en San Sebastián, disfrutando de la playa y el aire puro del mar. Eran hijas de Antonia, una de las hermanas de Fructuosa. Llegaban a finales de junio, cuando acababan el colegio. Su madre las dejaba con sus tíos y en septiembre, Teresa y Fructuosa las acompañaban en tren de vuelta a Madrid. Así aprovechaban para visitar al resto de la familia.

Las niñas se adoraban. Jugaban en el enorme balcón que daba al parque de Cristina Enea, sacaban las muñecas y los juguetes y pasaban las horas muertas riendo e inventando historias. Al anochecer, una luz se encendía en el palacio de Cristina Brunetti. Imaginaban que allí vivía una bruja encerrada por una maldición. Por las tardes, Cándido las llevaba a la playa de la Concha. Las dos pequeñas se empapaban de la brisa y el salitre que faltaba en la atmósfera viciada de la capital. La arena se llenaba de veraneantes adinerados que abrían sus villas una vez al año y exhibían su riqueza. Tumbados en hamacas de rayas azules y blancas, bajo sombrillas de fino encaje que sujetaban las criadas mal pagadas, hacían gala de su posición envueltos en las olas del Cantábrico.

La atención de ellas se centraba en la espuma que borraba sus nombres escritos en la arena, en las pequeñas caracolas que arrastraba la marea y guardaban como un tesoro. En los navíos que perfilaban el horizonte e imaginaban gobernados por piratas, o en las hermosas sirenas condenadas a vivir bajo el agua. Fueron veranos de risas y sal, de recuerdos eternos.

Pero aquel verano del treinta y seis las ilusiones infantiles se vieron truncadas. La tesitura política del país no permitía demasiado esparcimiento y la población vivía pendiente de las noticias sobre el avance de las tropas sublevadas. Fue un verano raro para Teresa. La radio se encontraba permanentemente encendida. Su padre cada vez estaba menos en casa, llegaba de madrugada y le oía discutir con su madre en susurros. La presencia militar en la ciudad era un hecho y cada vez era más difícil moverse de un sitio a otro. El otoño bullía, San Sebastián se llenaba de militares extranjeros y el puerto estaba tachonado de buques apuntando hacia la costa. Los aviones surcaban el cielo y los bombardeos en poblaciones cercanas como Éibar o Durango eran cada vez más frecuentes. La situación se volvió insostenible.

Y ocurrió. Una mañana Fructuosa despertó a sus hijas antes del amanecer. Las apremió a hacer la maleta; un poco de ropa y algo de aseo. Tenían que salir de la ciudad. Teresa preguntó, pero su madre solo le metía prisa. «¡Vamos, vamos, no te entretengas!». El miedo respiraba en su voz. Maritxu la ayudó con el equipaje. Su padre se impacientaba en la cocina.

—¡El tren sale en cuarenta minutos, espabilad!

Corrieron hacia la puerta cuando Teresa intentó zafarse.

—¡Tomasín! ¡Tomasín! —No podía dejarlo allí, era un cobardica.

—¡Tira de una vez, por Dios! —le gritó su madre—. ¡Deja al maldito gato!

Teresa se asustó tanto que ni siquiera pudo echarse a llorar. Bajaron a la calle y corrieron hacia la estación. Su madre la llevaba casi a rastras. En la carrera rompió a llorar, un llanto mudo que nadie notó. Nadie prestó atención a las lágrimas que caían por sus mejillas.

La estación de Atotxa era un hervidero. Toda la ciudad estaba allí, tratando de escapar de la guerra, y aquel tren suponía la única vía de escape. Ancianos, mujeres y niños embotellaban los accesos. Era imposible cruzar hasta el andén. Cándido las guio entre las vías; era evidente que conocía bien la estación y sus atajos. Llegaron a uno de los primeros vagones, allí había menos gente que en la parte central, donde se amontonaba el barullo. Subieron, guardaron como pudieron sus equipajes y respiraron. Cándido bajó del vagón. Teresa le miró alarmada desde la ventanilla.

—¿Adónde vas? ¿No vienes con nosotras? —Las lágrimas de la pequeña decían más que sus palabras.

Cándido extendió la mano hasta rozarle la mejilla húmeda.

—Pronto, mi niña. Tengo que trabajar. Además, hay que dar de comer a Tomasín. Seguro que está muerto de miedo.

Teresa se conformó, pero su llanto decía lo contrario. Quería portarse bien, como una niña mayor. Fue imposible. Alargó la mano y su padre la apretó fuerte. El tren arrancó. Al principio se movía lento. Cándido caminaba por el andén agarrado a su mano, hasta que la velocidad les separó. Él gritó algo haciendo altavoz con sus manos, Tere no acertó a adivinar sus palabras. La última imagen que quedó grabada en la retina de Teresa fue la de su padre en el andén, el brazo en alto mientras su figura se empequeñecía.

Nunca supo cuáles fueron aquellas palabras que se disiparon con el vapor de las locomotoras. Ni siquiera cuando se reencontraron, veinte años después.

2

Bilbao

El tren traqueteaba con cautela. Avances lentos, paradas eternas y pueblos desolados. En las estaciones, cientos de hombres, mujeres y niños con hatillos al hombro huían de las bombas. Muchos intentaban subirse al tren, pero allí no cabía ni un alma más. La toma de Guipúzcoa por los sublevados era un hecho y la evacuación, inminente. Los soldados desenganchaban con una violencia innecesaria a los que conseguían agarrarse a los vagones. Bilbao no era el mejor destino, pero el gobierno de Aguirre seguía activo. Eso al menos les daría un respiro.

En Éibar, la parada duró más de tres horas. Fue la última villa de la provincia en ser ocupada. El ejército nacional consideró que tal resistencia merecía un castigo ejemplar y masacraron la ciudad. Desde las ventanillas se apreciaba parte de la población destruida. La estación apenas se tenía en pie y los peatones esquivaban los escombros desparramados por aceras y calles. Los edificios, desnudos y frágiles, tiritaban mostrando sus esqueletos indecentes. Las pocas ventanas que habían aguantado el envite de las bombas gritaban atormentadas desde las fachadas.

Soldados con boinas rojas y fusiles al hombro recorrían los andenes. Desde la ventanilla, Teresa vio a cuatro de ellos que rodeaban a un grupo de hombres y mujeres con las manos atadas entre sí, y se mofaban mientras les azuzaban con las culatas de los fusiles. Allí nadie osó montar en el tren. Algunos de los militares subieron e inspeccionaron los vagones. Los viajeros escondían su cara en el pecho, los niños miraban insolentes mientras las madres les giraban el rostro. El porte y la actitud chulesca de los soldados sembraban el miedo en cada vagón.

Pasadas las cuatro de la tarde empezaron a moverse. Dejaron atrás la ciudad desvencijada y respiraron aliviados, aunque aún les quedaban unas cuantas horas de camino.

Antes de llegar a Ermua se detuvieron de nuevo. La confusión volvió a revolotear entre los pasajeros. Algunos hombres salieron al pasillo para intentar enterarse de algo. Otros bajaron directamente a las vías. El maquinista había parado el motor y solo se escuchaba un áspero rumor de incertidumbre.

Un golpe metálico y seco sonó en la chapa del vagón. Después, otro igual en el techo, hasta que el sonido se volvió una ráfaga. ¡Nos bombardean!, gritó alguien. Fructuosa agarró a sus hijas del brazo y saltaron a tierra. Un enjambre de Flechas Negras alemanes sobrevolaban el convoy. Corrieron todo lo que daban de sí sus fuerzas mientras los proyectiles impactaban a sus pies. La espesa vegetación les proporcionó un endeble refugio. El ruido estrepitoso de los cazas, los gritos, el tiroteo... la guerra, la maldita guerra de la que todos hablaban ya estaba allí y se presentaba a lo grande, con toda la pompa, descarnada, sin reparar en excesos. El festín, como siempre, lo pagaría la población. Aquella era su primera cuota, pero les quedaba por delante una larga hipoteca de sangre con elevados intereses.

Agazapadas bajo el tronco de un árbol, Maritxu se abrazaba a su madre y Teresa se escondía en su regazo mientras se tapaba los oídos. Pasó bastante rato hasta que Fructuosa aflojó la mano que le presionaba la cara contra ella. Empezaron a despegarse, con miedo, vigilantes y mirando al cielo. El silencio amenazador seguía planeando sobre ellas. Se levantaron con movimientos lentos, conteniendo el aliento para no alertar de nuevo a los demonios del aire.

Regresaron a la vía. Por el camino tuvieron que sortear algunos cadáveres alcanzados por el fuego enemigo. Desde su confusión, Maritxu, desorientada, observaba aquel delirio. Su madre agarró a Tere de la nuca y volvió a hundirle la cara en su vientre. Entre tropiezos, sin poder ver por dónde pisaba, llegaron hasta los vagones delanteros. Varios de los de cola habían quedado destrozados. Los operarios consiguieron desengancharlos para poder llegar hasta Bilbao. Por suerte, su vagón había quedado intacto y lo poco que les pertenecía seguía en el compartimento.

Entraron en Bilbao cerca de la medianoche. El tren llegó renqueante, agónico y exhaló su último resuello al detenerse en Abando. Los viajeros saltaron a las vías como si los vagones fuesen odres reventados con una navaja. Estaban despistadas, pero debían permanecer en el andén hasta que llegase Eduardo. No conocían la ciudad, era noche cerrada, estaban en guerra. Aun así esperarían el tiempo que hiciera falta, hasta el amanecer si fuera necesario. El flujo de gente se fue disipando hasta que se quedaron solas, agazapadas junto a un poste del andén. Fructuosa rodeaba a sus hijas con sus alas de gallina, pero su rostro reflejaba el abandono más desolador. ¿Y si Eduardo no aparecía? ¿Y si le habían mandado al frente? No, eso era imposible. El gobierno legítimo no iba a permitir que un puñado de rebeldes acabasen con la República. Intentaba convencerse, buscar un resquicio de esperanza, pero los pretextos eran cada vez más difusos. Euskadi era un campo de batalla y los enfrentamientos, inevitables.

Teresa tenía hambre, no había probado bocado desde el mediodía; un trozo de queso y pan duro en el viaje. Pero no dijo nada. Le había prometido a su padre que se portaría bien, y una promesa era una promesa. La estación quedó en calma, apenas algún pitido, vagones que golpeaban unos con otros y silencio de escalofrío. Tere sintió el pánico a través de la mano de su madre y le subió por el brazo como una corriente eléctrica hasta que le inundó el cuerpo.

Unos pasos apresurados taconearon a lo lejos. Una figura masculina con uniforme caqui de gudari, gorra negra y fusil al hombro se acercaba desde el fondo del andén.

—¡Eduardo! —susurró Fructuosa, casi incrédula—. ¡Eduardo!

Corrió hacia él y se abrazó al cuello de su sobrino como un náufrago a un madero. Las niñas observaban con discreción. No le conocían, ni siquiera habían sabido de su existencia hasta que sus padres tomaron la decisión de marchar a Bilbao. Eduardo era el marido de su sobrina Pili, la hija de Narciso, uno de sus hermanos varones que vivía en Irún. Narciso, republicano hasta la médula, sembró en su hija los mismos ideales que fueron uno de los muchos encantos que enamoraron a Eduardo. Cuando tía y sobrino se deshicieron del abrazo, él saludó a las niñas. Maritxu le vio tan atractivo que casi se ruborizó. Era alto, bien parecido y dispuesto. Tere, sin embargo, se vio ante un soldado valiente que las iba a salvar de su infortunio. Y así sería poco, muy poco, tiempo después.

—¡Qué miedo, Eduardo! ¡Ha sido horrible! Las bombas, los disparos, los aviones...

—Sí, nos hemos enterado, por eso no he podido venir antes —afirmó—. Vamos.

Cruzaron el vestíbulo y se perdieron en el gris de la ciudad.

Llegaron a un edificio oscuro en una de las calles estrechas del Casco Viejo, o Zazpikaleak, como preferían llamarlo los bilbaínos. La noche y la falta de iluminación les impidieron ubicarse. Eduardo tenía el tiempo justo para acompañarlas. Solo recordaban haber cruzado un puente y después una plaza con soportales. Lo hicieron deprisa, perseguidas por la noche siniestra.

La escalera parecía una tubería por dentro de lo estrecha que era. Subieron las escaleras empinadas hasta la quinta planta. Eduardo sacó un llavín del bolsillo y abrió la puerta. Un fuerte olor a abandono y humedad les abofeteó. La estancia no era más que una habitación de unos veinte metros, con la cocina de leña al fondo, una mesa y una alcoba sin cortina. Al menos en la cama había un colchón. Aquel piso llevaba demasiado tiempo cerrado como para ofrecer algo de calidez.

—Toma —dijo Eduardo, y le entregó la llave y una bolsa—. Con esto tendréis para un par de días.

Fructuosa se asomó a la bolsa de tela. Dentro había cuatro latas de sardinas, media penca de bacalao y un paquete de achicoria. Después, su sobrino le entregó un papel doblado.

—He conseguido un contacto para que os ganéis unas perras —prosiguió—. Mañana preséntate en esta dirección, pregunta por doña Fabiola, te está esperando. Y cierra por dentro —le advirtió ya con medio cuerpo en el descansillo.

Fructuosa le besó en la mejilla mientras le sujetaba la cara con ambas manos.

—Dale un beso a Pili de mi parte —le dijo, agradecida.

Eduardo no respondió. Quiso decirle que hacía un mes había enviado a Pili y a sus suegros a Francia para ponerles a salvo, pero prefirió no crear en ellas más alarma. Bajó las escaleras a zancadas y su tía cerró la puerta por dentro, como le había indicado.

Maritxu se esforzaba por no llorar. Tere había ido directa al hueco de la leña, quizá buscando la seguridad abandonada en la calle Egia, esa seguridad que se va perdiendo a medida que aumenta la razón y la individualidad. Fructuosa se acercó a su hija mayor y la abrazó, luego le limpió las lágrimas con el dorso de la mano.

—Mira, Tere ha encontrado la leña. —Y rieron al ver a la niña en su nuevo escondite—. Voy a preparar un tazón de achicoria —se apresuró a decir Maritxu.

Buscó en los estantes, en los cajones, en la alacena invadida de telarañas. No tenían cerillas para encender el fogón.

Cenaron sardinas en lata y migas de bacalao. Se acostaron las tres juntas, vestidas, abrigadas con una colcha raída, la sed y la tristeza.

Doña Fabiola vivía cerca, en la Plaza Nueva. Fructuosa llamó al timbre. Le abrió una mujer alta, con el pelo en un recogido perfecto, de mirada color de mar y sonrisa desparramada. No hicieron falta las presentaciones.

—Eres la tía de Eduardo, ¿no? Pasa —la invitó.

Caminaba con garbo por el pasillo mientras parloteaba y le enseñaba las dependencias. La casa, de casi ciento cincuenta metros cuadrados, era una pensión que regentaban ella y su marido Mateu, un mallorquín de Pollença que había dejado su isla tras el encanto de los ojos y las caderas de la bilbaína. La guerra había obligado a reinventar el negocio. Ahora, como miembro de la Unión Femenina de Izquierda Republicana, además de dar cobijo a los republicanos, tenía una pequeña factoría de producción de prendas destinadas a las tropas en el frente. Jerséis, bufandas, gorros, calcetines y manoplas.

—¡Ay, maldita guerra! —se lamentó—. Pero, bueno, hay que adaptarse.

En el comedor, una joven de unos veinte años, de pelo pajizo y ojos de sirena, con uniforme de enfermera, clasificaba algunos de los paquetes con prendas ya confeccionadas.

—Esta es mi hija mayor, Violeta. Está en el Socorro Rojo —afirmó mientras le atusaba la toca.

La joven saludó con exquisita educación. Fructuosa le estrechó la mano. Un adolescente espigado y desgarbado cruzó el salón con el descontento propio de su edad.

—Pablo, cariño, saluda a las visitas. —El crío hizo un

gesto con el mentón y desapareció por el otro extremo de la estancia.

—¡Estos adolescentes! Dice que quiere alistarse, con catorce años, ¡por el amor de Dios! Yo le digo que se dedique a jugar al baloncesto… Bien, tres pesetas por jersey —continuó parloteando—, dos reales por gorros y bufandas y una peseta por cada par de manoplas.

Fructuosa abrió los ojos como platos. En un día era capaz de tejer un jersey y media docena de gorros. Y eso contando que eran dos personas, tres, si tenía en cuenta a Tere, que se daba bastante maña con las agujas.

La guerra a veces presentaba oportunidades y quien supiera aprovecharlas podría sacar buenos réditos. Era el caso de doña Fabiola, mujer inteligente en lo material y en lo emocional.

Fructuosa abandonó la casa con veinte madejas de lana parda. En tres o cuatro días podría entregar la primera remesa.

Tejieron las prendas y también los meses, que pasaban, aunque la madeja política parecía cada vez más enmarañada. Fructuosa intentó, en vano, comunicarse con su marido. Las carreteras estaban cortadas y el correo, si llegaba, lo hacía tarde y mal. Tampoco estaba segura de si Cándido seguiría en la ciudad. Llegaban noticias desalentadoras del avance de los sublevados: habían tomado casi todo el sur y pocos días antes había caído Badajoz. Castilla entera era ya territorio nacional.

En Bilbao cada vez estaban más ahogados por los continuos ataques. Los bombardeos no daban ni un respiro a la población. La plaza Nueva, por donde pasaban Fructuosa y sus hijas casi a diario, recibía con frecuencia los ataques de los Flechas Negras o los Messerschmitt. Varias veces les sorprendieron los bombardeos cuando iban a entregar los pedidos a doña Fabiola. Entonces Fructuosa tiraba a Tere al suelo bocabajo para evitar que viera los cadáveres. Y últimamente la niña veía más las baldosas de la plaza que el mundo exterior.

Había escasez de casi todo, pero en las poblaciones cercanas los caseros todavía acudían a los mercados para vender —o malvender— sus productos. Los aviones enemigos les habían dado una tregua y llevaban una semana de relativa tranquilidad. Irene, la vecina del segundo, una viuda con seis hijos, le dijo ese lunes por la mañana que en Guernica vendían carne de caballo a buen precio. Ella iba a ir con Antonio, el de la frutería, que había convertido su camión en transporte discrecional para el vecindario. Fructuosa llamó a Tere.

—Vete con Irene, hija, y compra toda la carne que puedas. —Metió la mano en el bolsillo del delantal y le dio dos duros. Tere los apretó con fuerza—. ¡No los pierdas!

Su vecina la cogió de la mano y subieron al camión. Se sintió mayor, tenía una gran responsabilidad. Pero ignoraba que en pocas horas sería testigo de uno de los episodios más vergonzosos y aciagos de la historia de España. Picasso lo plasmó en un lienzo. A Teresa se le tatuó en el corazón.

3

Huir de las bombas

Era muy tarde, casi de noche. Fructuosa no paraba de asomarse a la escalera cada vez que escuchaba la puerta del portal. Habían pasado la tarde pegadas a la radio, que informaba del bombardeo de Guernica casi en tiempo real. Ahora
emitía canciones que sonaban con una tristeza inquieta camuflada entre las voces de los intérpretes. Se movía por la
casa como una leona enjaulada. ¡Cómo había podido man-
dar a su pequeña a aquel infierno! La culpa la consumía por
dentro. Eduardo fumaba con aparente tranquilidad, pero la
consecución de cigarrillos revelaba su desazón. Esa tarde
acudió a una de sus visitas rutinarias cuando su tía le contó
lo sucedido. Maritxu cosía como una autómata una camisa
verde que, a buen seguro, acabaría agujereada por el naran-
jero de algún sublevado.

Al gudari le preocupaban sus primas. Había cuidado de
ellas dentro de sus posibilidades y se sentía responsable. Les
consiguió aquel piso minúsculo, facilitó el ingreso de Mari-

txu en la Liga de Mujeres Antifascistas y medió para que su prima pudiera ganar algo de dinero tejiendo prendas para los milicianos. Más no podía hacer, tal y como estaban las cosas. Los fascistas avanzaban más rápido de lo esperado.

Al fin se escuchó el anhelado portazo. Fructuosa bajó los escalones casi en volandas. En cuanto vio a Teresa, se abalanzó sobre ella y la apretó con fuerza, como si quisiera meterla en sus entrañas. Mientras, Irene intentaba explicar lo sucedido.

—No pudimos llegar, el camión se paró. ¡No sé cuántos aviones había! ¡Madre mía, qué barbaridad! —relataba la mujer todavía nerviosa—. Luego la carretera cortada, los soldados... No podíamos movernos... —Fructuosa la hizo callar con un gesto de la mano.

—Lo he escuchado en la radio, Irene, gracias por traérmela.

No tenía ganas de quedarse a hablar con la vecina. Irene lo entendió y se metieron cada una en su casa.

Maritxu se levantó corriendo y abrazó a su hermana. Eduardo le revolvió el pelo en un gesto cariñoso.

—Bombardearon el pueblo, *amá*, no pude comprar la carne —se lamentó.

—No te preocupes, hija. ¿Tienes hambre? —preguntó nerviosa—. Ahora te preparo algo caliente. Pero primero tienes que bañarte —miró a Maritxu, que obedeció y se llevó a su hermana a la alcoba.

El agua caliente resbalaba por su piel pero ella la sintió en el alma. Un abrazo tibio, una caricia de hogar, de calor de madre. Maritxu intentaba extraer algo de espuma de la pastilla de jabón de sebo que había conseguido de estraperlo. Muchos productos básicos empezaban a escasear.

—Nos has dado un susto de muerte —se lamentó mientras le frotaba el pelo—. En la radio han dicho que han destrozado el pueblo y que los muertos estaban desparramados por la calle.

—Yo no he visto a los muertos —negó la pequeña—. Solo los aviones que tiraban bombas. Había mucho humo y fuego también. Estábamos en Rigoitia, arriba, en la Madalena, lo vi desde allí.

—¿Tenías miedo? —preguntó intrigada.

Teresa se encogió de hombros. No sabía lo que había sentido. Lo único que recordaba era que no podía dejar de mirar. Estaba alucinada. Agotadas las preguntas, el silencio dejó espacio al chapoteo del agua.

En la sala, Eduardo y Fructuosa murmuraban una conversación que Teresa intentó escuchar.

—Piénsalo, prima, sería algo temporal —la intentaba convencer el gudari.

—Pero Eduardo, ¡tan lejos! Solo tiene doce años. No puedo mandarla sola.

—En la Unión Soviética estará cuidada —aseguró él—. Serán unos meses, un año como mucho. Hasta que acabe la guerra. Luego podrá regresar. Esto ya no es seguro, para nadie, pero los niños son lo primero.

Fructuosa se mordió el labio inferior y miró al techo.

—Tengo que pensarlo, Eduardo. Si al menos Maritxu pudiese ir con ella...

—La edad límite son quince años. En algún sitio hay que poner el tope —se lamentó—. Volveré en unos días, pero no tardes mucho en decidirte. Las listas ya se están elaborando y son muchos los que quieren proteger a sus hijos. Mientras tanto, no salgáis de casa. ¿Tenéis comida? —Fructuosa asintió.

Apagó en una lata la última colilla consumida entre sus dedos y se encajó la boina. Ni siquiera se despidió de las niñas. Las zancadas del joven se apagaban escaleras abajo a la vez que las dudas se avivaban en la cabeza de aquella madre.

Aún en sueños, Teresa seguía escuchando las bombas explotar, las sirenas bramar, el barullo de la gente corriendo a refugiarse. Pero ahora lo sentía de cerca, como si lo viviera en directo, en el epicentro del mercado que había sido masacrado tres días antes. El zarandeo de su madre la despertó. Abrió los ojos pero ella seguía escuchando los obuses y las alarmas. Miró a los lados. No, no era un sueño. Bilbao sucumbía de nuevo bajo las bombas.

—Tenemos que irnos —se apresuró su madre mientras le quitaba el camisón y le ponía un vestido a toda prisa.

Su hermana ya estaba lista para salir en cualquier momento.

—La gente está corriendo hacia el túnel de las Arenas —gritó desde la ventana.

Al oírla, Teresa se zafó del brazo de su madre, que la miró incrédula.

—¡Vamos, Tere, tenemos que ir al refugio!

—No, no quiero ir al túnel, allí no —balbuceaba.

Pocos días antes se produjo un terrible accidente en aquel túnel, que servía de refugio improvisado para los bilbaínos. Apiñados dentro, un tren les arrolló. Un numeroso grupo murió despedazado y muchos quedaron muy malheridos. Fructuosa comprendió el temor de su hija. Llamó a Maritxu.

—Cierra bien la puerta. Nos quedamos aquí... y que sea lo que Dios quiera —susurró para sí misma.

Ovilladas debajo del fregadero, permanecieron el tiempo que duró el ataque. Los cuerpos tensos se sobresaltaban con cada explosión. Gritos lejanos se perdían en el estruendo de las bombas. Los cristales vibraban, algún cacharro de la cocina cayó al suelo. No se atrevían a mirar de dónde procedía el ruido. El ataque fue breve en el espacio pero eterno en el tiempo.

Las explosiones cesaron, los motores de los aviones se difuminaron hasta apagarse. Aumentaron los lamentos agónicos, los gritos desparramados, los llantos infantiles y el olor a cielo quemado. Permanecieron quietas en su escondite durante casi dos horas, aguardando una nueva réplica. Afortunadamente no fue así.

Aquella noche Fructuosa tomó una decisión. Pronto sus brazos no alcanzarían a proteger a sus dos hijas. Su cabeza era una maraña de dudas y preguntas sin respuesta. Tenía la posibilidad de poner a salvo a una de sus hijas, pero se sentía culpable por Maritxu. Por otro lado, se culpó por el egoísmo de pensar que, si Maritxu no se marchaba, ella no se quedaría sola en mitad de la guerra. La decisión estaba clara. Solo faltaba comunicárselo a Teresa. Mientras Maritxu fregaba los platos, se acercó a ella.

—¿Te gustaría ir en barco a Rusia? —preguntó ajustándole la horquilla del pelo—. Allí estarás muy bien. Cuidarán de ti. No hay guerra, ni bombas... Solo una temporada, hasta que acabe todo este jaleo, luego podrás volver con nosotros. Será como una aventura.

Teresa no tenía nada que pensar. Lo llevaba haciendo desde que escuchó a su madre y a Eduardo el día de Guernica. Asintió con la cabeza. Los ojos de su madre se anegaron y la abrazó como una hiedra. Una extraña bola de angustia subió por su garganta. El primer brote de madurez había germinado.

En la cocina, las lágrimas de su hermana Maritxu se disolvieron en el agua sucia del fregadero.

4

El Sontay

Fructuosa ajustó el mechón de pelo de su hija con la horquilla. No soportaba verla despeinada. Le acarició la cara, el cuello, los hombros... le abrochó la rebequita blanca de los domingos. Necesitaba construir un recuerdo, una reliquia a la que prestar veneración en su ausencia. Teresa la miraba circunspecta, obediente mientras reprimía las ganas de llorar.

La estación, así como el puente del Arenal y gran parte del Casco Viejo, había sido bombardeada por la aviación alemana e italiana y hubo que improvisar un apeadero en la calle Bailén. El gobierno de Aguirre no escatimó medios a la hora de organizar las evacuaciones. Fletó trenes especiales y alquiló los buques que les llevarían a diferentes destinos de Europa.

—Pórtate bien, hija. Y no te separes de esas señoras tan educadas —le advertía su madre señalando a las enfermeras del Socorro Rojo—. Ya verás qué sitio tan bonito y tan grande. ¡Y vas a montar en barco!

Teresa afirmaba con la cabeza sin dejar de mirarla. Maritxu sostenía el hatillo que le habían preparado con unas cuantas prendas y unos zapatos de repuesto. Dos ríos resbalaban por sus mejillas. Las dos hermanas se abrazaron. Maritxu respiró el aroma de su pelo durante un rato. Después, se separaron. Fructuosa secó el rostro de su hija mayor y la obligó a fingir entusiasmo.

Cientos de madres formaban un muro de contención tambaleante que a duras penas lograba contener el dolor que inundaba el apeadero. En la estación improvisada sobrevolaba un murmullo de deseos, advertencias y restallidos de besos.

Las voluntarias del Socorro Rojo, de blanco inmaculado, abocaron en ellos toda su dulzura. Con suavidad infinita, rasgaron las costuras maternales cosidas con el hilo de sus entrañas. Subieron a los vagones y giraron el rostro hacia su pasado diminuto. Algunos lo guardarían en su corazón a buen recaudo, otros, traicionados por la vulnerabilidad infantil, solo conservarían el envoltorio de lo que un día fue su vida en España. Pero todos partían con una herida sangrante que iba a supurar de por vida.

El bufido del vapor empañó las figuras de los niños, sus naricitas pegadas a los cristales. Desde el andén, las manos de los padres revoloteaban y buscaban una última imagen para su recuerdo. Algunos acompañaban el movimiento del tren hasta que el convoy desapareció por la curva de la vía. Mil quinientas almas cándidas partían hacia un futuro incierto. Cada travesaño de vía, cada ola de mar, cada centímetro de tierra que recorriesen configurarían el mapa de su destino.

La pena contenida se desbordó en llantos, gritos y congoja inconsolables. Maritxu sostenía el alma destartalada de su madre, que lloraba sordamente. De sus ojos brotaban silenciosos dos tenues hilos de sal sobre la herida recién abierta. A pesar de todo, era preciso volver a la nefasta cotidianeidad de la guerra.

Arrastró a Fructuosa hacia la salida, donde un Eduardo cauteloso las recibió con respeto. Se ofreció a acercarlas a casa en el camión pero su prima lo rechazó. Prefería recorrer de nuevo las calles del Casco Viejo, ahora sin la prolongación de la manita esponjosa de su Tere.

En el tren, los niños iban sentados, modosos y obedientes, aunque desorientados. Algunos rodeaban a sus hermanos pequeños como gallinas a sus polluelos. Los que viajaban solos miraban hacia todas partes. Las voluntarias cruzaban los pasillos como figuras ingrávidas. No daban abasto para calmar los miedos. Teresa observaba a sus compañeros de compartimento. Frente a ella, una niña de su misma edad abrazaba a cuatro varones más jóvenes. Sus rostros delataban el parentesco, no por el parecido físico sino por la turbación, que brotaba del mismo cráter. A su lado, dos niños de apenas seis años, una chica de coletas tiesas y vestido blanco y otro de pelo cortado al rape al que le colgaban los mocos hasta la barbilla. A Teresa le entraron ganas de llorar.

Empujada por la debilidad que siempre tuvo hacia los niños, abrió su bolsa, cogió un pañuelo y le limpió los mocos. El pequeño sonrió. La niña miraba como un pajarillo que espera su miguita de atención. Tere le apretó las coletas y le peinó el flequillo con el trozo de peine que su madre incluyó en su equipaje.

—¿Es tu hermanito? —le preguntó a continuación.

La niña asintió. Saltó de su asiento y se sentó a su lado. Su hermano la imitó. Teresa les cogió la mano a cada uno. Aquel convoy transportaba los despojos vivos del desgarro, el desarraigo y la pobreza. El bullicio y la alteración, que por naturaleza deberían acompañar a un grupo de niños, exhalaban una tristeza sorda y sádica que arrancaría el alma al mismísimo diablo.

Una de las voluntarias entró en el compartimento con una sonrisa dulce como un caramelo. De una cesta fue sacando bolsas que entregó a cada niño. Dentro había pan, queso y una botella de refresco. El rostro se les iluminó. Llevaban en su equipaje el hambre, la sarna y los piojos. Como dijo alguien una vez, a los ricos la comida les llega al estómago, pero a los pobres les llega al corazón. Algunos lo devoraron en el acto. Teresa prefirió racionarlo y se guardó la mitad de la botella y el pan para más tarde. Los dos pequeños, que acababan de adoptarla como hermana mayor, apenas podían morder el trozo de hogaza con sus diminutas bocas. Tere se lo cortó a trocitos y les aconsejó que comieran despacio para no atragantarse. Se sintió maternal e imitó los referentes de su madre, que siempre la reconfortaron y la llevaron por el mejor camino. Repetía con ellos sus mismas frases, sus mismos gestos, sus mismas caricias. Sintió en sus huesos el estirón de la madurez, el tránsito de la infancia a la edad adulta. Y no sería la última vez que experimentase dicho crecimiento acelerado.

Con los estómagos llenos las sonrisas afloraron. Para matar el tiempo Tere inició un juego, el veo-veo. Al final todo el vagón acabó jugando. Un pequeño instante de felicidad que solo el espíritu permeable de un niño es capaz de construir. Un momento digno de conservar en la bodega de los sentimientos humanos. Pasó poco rato cuando el tren aminoró la marcha. Entraban en Santurce.

La visión fue cósmica. En el muelle asomaba la proa de un barco inmenso. Alto como una torre, amenazante, mastodóntico. Y arriba del todo, escrito con grandes letras, el nombre del barco: Habana. Los niños miraban deslumbrados aquel coloso, la vista casi no les alcanzaba para distinguir el mástil. Algunos se detuvieron a mitad del recorrido mientras las enfermeras les apremiaban a continuar hacia la pasarela. El bramido de la sirena les sobresaltó. Los más pequeños echaron a llorar, provocando un efecto dominó en el resto. El muelle era un enjambre de angustia. Hileras de infantes desarraigados eran escupidos al puerto desde camiones y trenes. Huérfanos recién estrenados que serían trasplantados en otra tierra, abonados con otro sustrato, pero regados con las mismas lágrimas.

Maletita en mano, subían por la rampa al buque. Algunos voluntarios llevaban en brazos a los más pequeños. Teresa se dejó conducir por sus manos que, con leves caricias, les arrastraban hacia el acceso.

La cubierta era un barullo de chiquillos ruidosos. Se sentían héroes, y algunos enarbolaban las banderas republicanas que llevaban con ellos. La pena y el desconcierto habían mutado en excitación. Una aventura emocionante les esperaba. Aventuras de niños que sueñan con países exóticos y personajes de leyenda. Fábulas que crecían en sus mentes como hierba salvaje y la madurez se empeñaría en escardar.

Teresa avanzó hasta la barandilla, caminó unos pasos hasta situarse en la amura de estribor y se asomó al puente para observar el horizonte. Unas millas alejado de la costa, el buque Almirante Cervera vigilaba amenazante, resoplando su humo negro como un perro hambriento a punto de romper la cadena. Cazas soviéticos sobrevolaban la costa. Serían su escolta hasta abandonar aguas españolas.

El fuego triste del ocaso parecía decirle adiós con un rayo rezagado, antes de zambullirse en el mar. El último sol de su infancia saltó por los aires y la hizo añicos. La nave se movía lenta, magnetizada por el imán de mil setecientas amarguras. Estaba pasando, el desgarro era real. Su país, su madre, su hermana, su padre desaparecido, Tomasín... Todo quedó prendido en aquel trozo de tierra que se desdibujaba en sus ojos.

Una caricia helada le rozó la espalda, un abrazo sombrío. La compañera que viajaría a su lado durante toda su vida. Una amiga aciaga y cruel a la que reconoció sin presentaciones: la soledad.

—¿Eres de Bilbao? —cantó una voz femenina a su izquierda.

Teresa se giró y vio a una niña de su misma edad, de melena de fuego y ojos gatunos.

—Sí... bueno, de San Sebastián.

—Yo soy de Bilbao. —La escrutó con sed de amistad—. ¿Cómo te llamas?

—Tere —respondió tímidamente—. ¿Y tú?

—Vicenta, pero es un nombre horroroso. Ojalá me lo pudiera cambiar.

A Teresa le hizo gracia la queja de la chica y, ya más relajada, siguió la broma.

—¡Pues anda que mi madre se llama Fructuosa, que es peor!

Las carcajadas las acercaron, física y emocionalmente, como uno de aquellos nudos marineros que colgaban del palo mayor. Un chico algo más pequeño fue hacia ellas y, jugando, se escondió detrás de la pelirroja.

—¡Vicen, que me quiere tirar por la borda! —bromeaba mientras una niña aún más pequeña le amenazaba con un cabo que, a saber de dónde había sacado.

—¡Rufino, estate quieto! ¡Eres peor que ella! —se quejó. Y a continuación se alejaron de nuevo con su juego—. Son mis hermanos —le aclaró—. ¿Son los tuyos? —preguntó al ver a los dos pequeños que se habían pegado a ella.

—No, yo vengo sola —afirmó con gesto afligido.

Vicenta sintió una especie de culpa, como si en aquellas circunstancias, tener a alguien de la familia otorgase un estatus emocional superior.

—Podemos ir juntas si quieres —propuso Vicenta elevando los hombros.

Del rostro de Teresa brotó una sonrisa apacible. La amistad, ese vínculo que construye familias fuera de la sangre, la elección fraternal más pura, germinó en aquel puente de un barco que les conducía por un rumbo a lo desconocido.

La noche apretada se derramaba en estrellas. La cubierta seguía encendida con los juegos y aventuras infantiles que mitigaban el infortunio. Una de las voluntarias se acercó a ellas y les entregó sus identificaciones. Unas cartulinas hexagonales blancas con el destino y un número impresos: URSS, mil quinientos veinticinco, rezaba el de Teresa. El de Vicenta y sus hermanos era del mismo color. Los que entregaron a los dos hermanos que se habían pegado a ella en el tren eran de color verde. Cada color indicaba un destino. Los más chiquitines jugaban a intercambiarse las cartulinas y elegir su color preferido. Vicenta, como hermana mayor, procuró que sus hermanos conservaran su identificación blanca. Muchos niños, entre juegos y bromas, acabaron en el destino que no les correspondía. Algunos se separaron de sus hermanos, que fueron a parar a Francia, Inglaterra o Países Bajos y tardarían décadas en reencontrarse.

Aquella noche apenas durmieron. Solo los pequeños, ya bien entrada la noche, cayeron agotados. Teresa y Vicenta charlaron durante horas como si se conocieran de toda la vida. Hasta que el sueño las acurrucó en un duermevela.

El sol tempranero la despertó pudoroso. Por la cubierta revoloteaban los trinos de cientos de niños. Los miembros de la tripulación deambulaban casi de puntillas, esquivando fantasías, contemplando rostros cándidos, obedeciendo órdenes en silencio. Poco a poco, aquel singular pasaje se fue desperezando y el jaleo volvió al buque. En el horizonte, la costa se agrandaba con nitidez. ¿Habían llegado ya a Rusia?

Mientras entraban en el puerto de Pauillac, los voluntarios de Socorro Rojo recorrían la cubierta buscando a los niños que llevaban las cartulinas de colores determinados. Una de ellas se acercó a los hermanos que habían adoptado a Teresa. Les tomó de la mano con cariño y les llevó hasta el acceso de salida. Confusos y miedosos, la miraron mientras caminaban con la educadora.

—Tere, ¿tú no vienes? —rogó la niña de las coletas con la vista vuelta hacia su protectora.

Aquel ruego fue un mordisco en su alma, un pinchazo, uno de tantos que acabarían con su corazón convertido en un acerico. Se tragó la amargura y, a duras penas, logró lanzar un último consejo:

—¡Portaos bien!

En el muelle, las voluntarias repartían pan, galletas, caramelos y chocolate. Los que quedaron en el Habana les miraban con envidia desde el puente. A ellos les esperaba aún una larga travesía hasta la Unión Soviética. A pesar de que aún quedaban a bordo más de mil setecientos niños, el barco les pareció vacío. Observaron cómo el muelle se iba despejando y el barullo desaparecía en camiones y autobuses que trasladaban a los niños a nuevos destinos. Las voluntarias de Socorro Rojo fueron sustituidas por jóvenes españolas de paisano, también exiliadas. Todas eran miembros de organizaciones afines al gobierno o a ideologías de izquierdas o sindicales. Costureras, maestras, camareras... Muchas de apenas diecisiete años. Resultaba difícil distinguirlas de los evacuados. A partir de ese momento actuaron como cuidadoras, tanto en la travesía por mar como en las casas de niños destinadas para ellos en la Unión Soviética.

El trasbordo se llevó a cabo unas horas más tarde. El gobierno de Aguirre había alquilado otro barco para la travesía hasta Leningrado. El Habana permaneció en Burdeos como barco hospital durante los dos años más que duró la guerra de España.

El Sontay era un navío muy distinto. No había camarotes, ni consultorios, ni cubiertas de madera como en el Habana, que realizaba rutas de línea a toda América. Se trataba de un carguero de carbón de bandera francesa que realizaba la ruta de Francia a Indochina. Olía a sudor petrificado y gasolina. En la cubierta metálica repicaron los pasos menudos de los niños. Una vez embarcados, se encontraron ante la mirada expectante de la tripulación, casi todos orientales. Les observaron con descaro, los marinos ni se inmutaron. Era la primera vez en su vida que veían un chino. El capitán, Émilien Brignaudy, con su uniforme blanco inmaculado, no tuvo reparo alguno en mezclarse entre aquel grupo de infelices rebosantes de miseria. Acarició cabezas, pellizcó mejillas, secó lágrimas, se agachó a escuchar a los más pequeños, que hacían preguntas inocentes. Los mayores contemplaban admirados su aspecto imponente. Otro hombre, vestido de paisano con traje oscuro pero con actitud marcial y mirada sensible, se acercó al capitán. Intercambiaron algunas frases. Era el comisario político designado por el gobierno soviético para coordinar la expedición. Ambos mostraron en todo momento una gran preocupación y celo en el cuidado de aquel pasaje tan especial. Para ellos supondría una experiencia inolvidable que marcaría sus carreras y sus vidas.

Teresa y Vicenta embarcaron juntas. El nudo marinero que habían atado horas antes permanecería apretado durante décadas, a pesar de las distancias, las separaciones y los reencuentros intermitentes, a pesar de la vida atribulada. Ni siquiera hoy, ochenta y cinco años después, nadie ha podido aflojarlo. Ni la muerte.

Un grupo de grumetes serviciales les condujeron a la bodega. El panorama dentro del estómago de aquella ballena metálica no era nada alentador. Les habían reservado un espacio diáfano donde los sacos y contenedores de carbón se habían sustituido por colchones en el suelo y hamacas en los postes. A pesar de ello, se notaba que la tripulación había puesto todo su empeño en el bienestar de los niños. Aunque lo más inquietante era la oscuridad del espacio, una negrura que no ayudó a mitigar el miedo del que iban infectados.

La cena se ofreció por turnos. Primero los pequeñitos, después los mayores. Arroz y pescado en lata, pero en abundancia. Los tripulantes se apresuraban a llenarles el plato en cuanto lo veían vacío. Algunos devoraban con fruición los primeros cucharones. El hambre es un idioma universal que se traduce en la mirada, y más en la de un niño. Y aquellos jóvenes orientales sabían leer en los ojos que tenían delante. La hospitalidad era su forma de aliviar un poco la carga, o al menos, compartirla.

Antes de acostarse, les ofrecieron una ducha. Teresa y Vicenta lo agradecieron. Necesitaban limpiar el temor de su piel. La travesía iba a ser larga. Se restregaron el cuerpo con una pastilla de jabón de potasa y se frotaron la espalda entre ellas. El calor del agua acarició su dermis y su corazón, ya sosegado después de dos días de tanta excitación. Entre el vaho, en una esquina de las duchas, distinguieron los rostros de un par de grumetes que espiaban tras la cortina. Teresa se refugió en Vicenta. Esta les dio un grito que provocó su estampida. Ambas se miraron y estallaron en carcajadas. Juegos de niños, curiosidad núbil que no entendía de nacionalidades ni razas.

Tres días de travesía fueron suficientes para que Teresa y Vicenta se pusieran al día. Vicenta era hija de un sindicalista, detenido dos días antes de que ella partiese. Como muchos, la mayoría eran gente del pueblo que luchaba por la libertad que ahora sentían cómo se les escapaba de las manos. Cinco años había durado la soñada república. Un quinquenio donde las libertades habían aflorado hasta el punto en que incluso las mujeres podían votar, existía el divorcio y el acceso público a la educación. Cinco años que se desmoronaban y que los padres, hermanos y vecinos de aquellas almas infelices se afanaban en defender en un esfuerzo desmedido. Y ellos eran el precio, la moneda de cambio con la que atisbar una mísera posibilidad de recuperar lo que les estaban robando. Vicenta era la mayor de sus hermanos. Sobre ella recayó la responsabilidad de velar por los pequeños.

Pero la pelirroja llevaba el arte en el alma. Amaba el baile y no dejaba escapar una sola oportunidad para marcarse unos pasos de tango, o pasodoble, incluso de jota. Tenía un don especial, un talento peculiar que se manifestaba en sus movimientos, sus andares y su actitud. Había nacido para bailar, y nada ni nadie truncaría su sueño de convertirse en bailarina. Solo lo interrumpirían los acontecimientos de los años venideros. Su destino estaba escrito, aunque esos signos a veces se redactaran con faltas de ortografía vitales. Teresa recordó cuando su hermana le enseñó a bailar en la cocina de la calle Egia. Ponía sus pies menudos sobre los de ella y seguía el ritmo de los tangos y el chachachá. Sentía que volaba sobre las cuerdas del violín. ¡Dónde estaría ahora Maritxu, y su madre...! Vicenta era la prótesis fraternal amputada, un bastón para su cojera, la de todos los tripulantes de aquel barco empachado de dolor y abandono, lisiados emocionales que renqueaban por la cubierta del buque.

El canal de la Mancha era la puerta de entrada al mar del Norte, frío y brumoso, a pesar del verano. El sol aterido se escondía entre la niebla espesa del Atlántico. Ya era de noche y no podían distinguir nada más allá de dos metros.

Las dos amigas caminaban cogidas del brazo con miedo a resbalar en el suelo mojado. Se dirigían al comedor cuando escucharon un llanto lejano que se hacía más nítido según avanzaban. Se detuvieron para intentar localizar el origen del lamento. En uno de los puentes, abrazada a un salvavidas, una niña de apenas nueve años lloraba sin consuelo. Las chicas se acercaron y se agacharon hasta quedar a su altura.

—¿Qué te pasa? ¿Por qué lloras, bonita? —le preguntó Teresa mientras sacaba un pañuelo de la manga de su rebeca y le secaba las lágrimas.

Una belleza brutal, proyectada desde unos ojos de azul salvaje la miraron temerosos. Arrastraba el color del Atlántico, el miedo de la guerra, el desasosiego del presente. Sorbió los mocos como la resaca de una ola inmensa.

—Me he perdido. —Apenas un hilo de voz escapó de su boca.

—No te preocupes. ¿Cómo te llamas? —preguntó Teresa mientras le acicalaba el pelo.

—Juanita Goenaga —respondió con el tono infantil del nombre bien aprendido.

Tere se sentó junto a ella y la abrazó. Vicenta, aunque estaba muerta de frío, hizo lo mismo. Entonces la niña miró a un punto indefinido y su rostro se iluminó mientras una figura emergía entre la niebla.

—¡Ahí está mi primo! ¡Iñaki!

Un mozo apuesto, alto, con chaqueta ajustada y pantalones que le quedaban cortos, se acercó a ellas. De fuertes hechuras y rostro en el que confluían la candidez infantil y la madurez que pugnaba por asomar a sus facciones. Apenas tendría quince años pero ya se adivinaba la gallardía y el carácter impetuoso. Cabello claro, casi rubio, sonrisa a medio camino entre la seducción y la timidez y mirada parda que escapó como un imán hacia los ojos negros de Teresa.

La energía de sus miradas confluyó hasta disipar la bruma. El cielo se llenó de estrellas, el azul se volvió negro, el sol brilló en plena noche, la luna madrugó, los luceros extraviados alumbraron las nubes. Todo se volvió del revés, el mundo se detuvo, sostenido por el rayo candente que unía sus pupilas. El mar se vació de sentido, el buque evacuó la realidad, la niebla barrió el barullo.

Juanita daba tirones a la chaqueta de su primo mientras se abrazaba a sus piernas. Vicenta, divertida, daba codazos a su amiga.

—Tere... Tere... —escuchaba la voz de su amiga como salida de una caverna—. Tere, ¿pero qué te pasa?

—¿Eh...? No, nada, nada...

—¿Este es tu primito? —le preguntó Vicenta a Juanita. La niña asintió con la cabeza.

—¿Sois de Bilbao? —quiso saber él.

Ambas asintieron, Teresa aún intentando reacomodar su cabeza en la realidad.

—Yo soy de Éibar, me llamo Ignacio. Es mi prima, y estos dos también —afirmó mientras señalaba a otros dos chicos que le acompañaban.

Teresa al fin pudo ponerse en pie y esbozar una sonrisa pudorosa, ya consciente de su alucinación. Ignacio se dirigió directamente a ella.

—¿Y tú cómo te llamas?

—Tere —respondió mirando al suelo.

Sabía que si volvía a mirarle se acabaría desmoronando.

—Yo me llamo Vicenta —se presentó la pelirroja.

—¡Y yo soy Txema! —exclamó la voz cantarina de uno de los primos—. Y este es mi hermano Agustín.

Otro chico que había observado la escena y parecía viajar solo se acercó a ellos.

—Yo también soy de San Sebastián, me llamo Paco.

Y así, entre bruma y paisanaje, se formó la pandilla, una

pseudofamilia, a falta de afectos carnales. La unión duraría unos pocos años, suficientes para dejarles una huella indeleble y profunda.

Resultaba sorprendente la capacidad de adaptación de los niños. La tristeza había quedado arrinconada para dar paso a la agitación de la aventura. Sus pechos podían almacenar las experiencias. Los grupos empezaban a formarse, y con ellos algún que otro recelo. Los de Éibar no se llevaban bien con los de Bilbao, y entre ellos volaron reproches y algún insulto. Esto ocurría con los mayores, que ya tenían abierto el canal de la razón y arrastraban consigo el recuerdo de los comentarios y resquemores escuchados en sus casas. En una ocasión se produjo una batalla entre los dos bandos, que utilizaron el corcho de los salvavidas como munición, dejándolos destrozados. Pero cualquier atisbo de rebelión se veía, inevitablemente, interrumpido por los gritos y las risas de los más pequeños, que amansaban los ánimos de todos.

Al grupo formado por Teresa, Vicenta, los hermanos Goenaga, Ignacio y Paco Ormaetxea, se le unieron otros cuatro eibarreses: José Luis Larrañaga, Luis Lavín, Ramón Cianca, Antonio Lecumberri e Isaías Albístegui. Este último, un casero de Urdingoa que no sabía ni una sola palabra de castellano. Algunos le hablaban en euskera, pero todos conseguían comunicarse con él. Los chicos sacaban a relucir su instinto y protegían a la chicas. Ellas se dejaban cuidar. Iban siempre juntos. Se contaban sus vidas en Euskadi y el cuervo negro de la guerra cruzaba ante sus ojos. Intentaban divertirse y hacer llevadero el viaje. El mar les ungió como fraternidad pero a los cinco eibarreses, el cielo les haría inmortales.

La travesía por el mar del Norte empezó tranquila. Bordearon los Países Bajos en relativa calma, aunque la niebla parecía un elemento más del buque. Hacía frío, a pesar de estar a finales de junio, y algunos salían a cubierta envueltos en mantas. La tarde caía licuada por nubes negras y la noche emergía del fondo marino agitando las olas.

El capitán Brignaudy y el comisario político se reunieron de nuevo en la cubierta. Sus rostros reflejaban una intranquilidad que inquietó a Teresa. Charlaron unos minutos y se retiraron impacientes. Se acercaba un fuerte temporal y había que poner a los niños a salvo. Pero lo más preocupante era superar el espacio marítimo alemán. Las costas estaban infestadas de buques y bombarderos nazis y no descartaban la visita de algún Messerschmitt. Bajo ningún concepto podían descubrir la verdadera carga del Sontay. Los mayores ayudaron a las voluntarias a bajar a los pequeños a la bodega. Teresa y Vicenta lo hicieron de forma atropellada. Algunos tropezaban con el movimiento del buque, que ya empezaba a tambalearse por las olas embravecidas.

Ignacio, de pie en mitad del alboroto, parecía buscarlas con la mirada. Junto a él y sus primos, se instalaron todos en un rincón. Teresa abrazada a Juanita, Vicenta, a sus hermanos e Ignacio, con sus otros primos. Este las miraba: a su prima con preocupación, a Teresa con pasión. El rostro de Juanita se volvió de cera. El bamboleo de la embarcación era cada vez más violento.

—Tengo ganas de devolver —dijo con voz ahogada. E inmediatamente vomitó sobre el colchón. Y no fue la única. Muchos no pudieron controlar sus estómagos y pusieron el suelo perdido.

En el puente de mando el capitán intentaba gobernar la

nave, y el comisario político hacía lo propio con las mil setecientas almas que aguardaban en sus entrañas. Los faros de la costa les provocaban amenazantes. Los barcos de la armada alemana hacían notar su presencia. Los cañones seguían el rumbo del Sontay apuntando a su casco. Teóricamente era un barco mercante con permiso para surcar aquellas aguas. Pero si descubrían que iba cargado de niños, hijos de republicanos españoles, estaban perdidos. Navegaban por un mar minado y deseaban atravesarlo cuanto antes.

En la bodega, la situación se había vuelto ingobernable. Las educadoras no tenían manos suficientes para protegerlos a todos. Los gritos y los llantos se desataron, los cuerpecitos caían sin control sobre las colchonetas, las olas impactaban sobre el casco como los coletazos de un cachalote. Toda su vida recordarían el pavor que pasaron.

Colchones, enseres y niños rodaban como canicas sin control sobre vómitos y suciedad, chocaban con postes y contenedores sin nada a lo que agarrarse. Vicenta abrazaba a sus hermanos. Teresa se refugiaba en Juanita. Ignacio, a su lado, intentaba sin éxito sujetar a sus primos. En ese vaivén de cuerpos a la deriva, sus manos se encontraron y se aferraron como una hiedra.

Volvió la mirada, la reacción química que precipitó sus corazones al delirio les dio la fuerza suficiente para soportar lo que quedaba de aquella noche infernal.

Teresa abrió los ojos. Lo primero que sintió fue el peso de una manta sobre su cuerpo. No recordaba haberse tapado durante el transcurso de la tormenta. Sonrió levemente. Solo podía haber sido Ignacio, que no había soltado su mano en toda la noche. Juanita dormía a su lado. Se acercó, le acarició el pelo y la dejó dormir. La resaca del temporal rebotaba dentro de su cabeza. A su alrededor, el suelo era un revoltijo de mantas, colchones, abrigos y algunos cuerpos perezosos. Sobre ella, en cubierta, los pasos apresurados mascullaban noticias poco halagüeñas. Se ajustó las horquillas del pelo, recolocó su ropa y salió al exterior.

El mar seguía agitado, la niebla resultó mucho más terca que la tormenta y la lluvia afilada le pellizcaba las mejillas. Las voluntarias correteaban entre hipidos y gimoteos, los chicos formaban corrillos y murmuraban inquietos. El capitán y el comisario político debatían con visible turbación. Teresa no entendía qué pasaba pero era evidente que no se trataba de nada bueno. Ignacio, que la vio salir de la bodega, corrió hacia ella con cara circunspecta. Ella le interrogó con los ojos.

—Bilbao ha caído —afirmó, y la abrazó en busca de consuelo.

Teresa se aferró a él con fuerza. Un abrazo de hermanos, de amantes, de almas rotas. Ahora sí navegaban a su suerte, perdidos en un mar de incertidumbres y zozobras. Y él era el único salvavidas, la luz solitaria de un faro en mitad de la bruma.

Serpentearon entre los archipiélagos daneses. Sus aguas calmas les concedieron sosiego para superar la pérdida de su ciudad. ¿Qué sería de los suyos? De su padre, su madre y su hermana. El bullicio y la agitación de los primeros días quedó relegado por un relativo silencio de sonrisas forzadas y charlas banales. El Báltico les pareció infinito, alargado por el cansancio, la tristeza y la desazón. Cada vez era más difícil gastar las horas. Los días que restaban hasta llegar a su destino se hicieron interminables.

El golfo de Finlandia era la entrada al nuevo hogar, la tierra prometida. A mediodía ya se divisaba la isla de Kotlin. Cuando los cazas rusos sobrevolaron el buque, algunos intentaron refugiarse en la bodega. Llevaban el sonido de los aviones grabado en el alma, y no solían augurar nada bueno. Pero al ver al comisario político y al capitán Brignaudy mirar al cielo y sonreír, los ánimos se calmaron. Eran su comité de bienvenida, preludio de lo que les esperaba días después.

El Sontay atracó en el puerto de Kronstadt, presidido por su imponente Catedral Naval. Habían llegado, la aventura tocaba a su fin, o quizá comenzaba. Un buque de la armada soviética les esperaba para trasladarles al mismo Leningrado.

Una vez más el trasbordo fue tranquilo. En la rampa de descenso, el capitán Brignaudy les despidió con la amabilidad y el cariño que les había profesado durante los diez días de travesía. Ellos no lo notaron, pero estaba emocionado. Hubiera abrazado y besado uno a uno a aquellos mil setecientos infelices. Habían demostrado más valentía y arrojo que el ejército más aguerrido. Aquella experiencia marcaría su corazón para el resto de sus días.

Aunque la actividad principal del Sontay era el transporte de mineral, durante los años posteriores, el buque y el capitán supondrían la esperanza de otros miles de niños polacos que, irónicamente, serían evacuados a Nueva Zelanda huyendo de los campos de trabajo rusos.

5

Un verano en Crimea

Todos los periódicos y noticiarios de la Unión Soviética se hicieron eco de la llegada de los hijos de la heroica España. Eran las estrellas del momento y les iban a recibir como a auténticas celebridades. El país, especialista en propaganda y comunicación, quería dejar claro a la comunidad internacional su espíritu comunista de hermanamiento con los enemigos del fascismo. La imagen era fundamental. Claro que las toneladas de oro que el gobierno español dejó en depósito en las arcas moscovitas mientras durase la guerra, fueron un buen revulsivo para que las autoridades les ofrecieran un trato exquisito. El precio no era demasiado alto.

El alojamiento provisional era un sanatorio infantil, donde lo primero fue desnudarles para que se dieran un buen baño. Las duchas eran compartidas, chicos y chicas juntos. La sexualización era casi inexistente para los niños en la Unión Soviética. Pero los españoles, que llegaban de una sociedad recatada y retrógrada que arrastraba siglos de tradición católica, no aceptaban tan impúdica mezcla. Algunas de las chicas se echaban a llorar ante la incomprensión de las enfermeras rusas. Teresa y Vicenta estaban igual de sorprendidas. Consiguieron taparse con una toalla y se negaron a entrar en las duchas. Fueron las educadoras españolas quienes, con paciencia y cariño, hicieron entender a las rusas cuál era el problema. Al final los baños se hicieron por turnos.

A continuación, un rápido reconocimiento de cabezas. Los piojos habían decidido viajar con ellos, instalados en su pelo durante la travesía. Muchos aparecieron con la cabeza rapada, para burla de los compañeros. Pero las niñas lloraban angustiadas por la pérdida de sus trenzas o sus melenas largas. Teresa y su amiga tuvieron suerte. Las liendres las respetaron y pudieron conservar sus cabelleras.

Como en una cadena de montaje, las enfermeras y médicos procedieron con el reconocimiento. Su estado de salud decidiría a qué casa de niños serían destinados. Los sanitarios encontraron de todo: bronquitis, tuberculosis, infecciones de oídos y boca, tisis, desnutrición, afecciones cardiacas, traumatismos e incluso reuma. Las guerras nunca fueron discretas y dejan su impronta, no solo en los campos de batalla y las trincheras. También en los cuerpos y las mentes de los más inocentes: los niños. Su dolor les invadió como un gas venenoso, como un cáncer, de por vida.

El tacto de la ropa limpia fue otro bálsamo. Teresa se llevó a la cara las prendas que le entregaron perfectamente dobladas. Aspiró el aroma del jabón y el desinfectante y se olvidó por un momento de la mugre que les acompañó en el Sontay. Vestido blanco impoluto para ellas, traje de marinero, incluida la gorra, para ellos.

Aseados y examinados, las enfermeras les condujeron

por un pasillo hasta el comedor. Consiguieron poner orden, más o menos, aunque no fueron capaces de hacerles callar. Estaban aturdidas con el barullo de aquellos niños. No entendían por qué gritaban tanto. Se miraban entre ellas y esbozaban gestos de hastío e impaciencia, aunque en ningún momento perdieron las formas y el cariño.

La algarabía paró en seco cuando entraron al comedor. Lentos, casi levitando avanzaron entre las mesas, alucinados como devotos ante un milagro. Mesas largas repletas de manjares; fuentes con fruta de colores imposibles, carne humeante, pescados desconocidos, pan de varios tipos, jarras de leche, zumo, té, tostadas, tortitas, verduras y legumbres, ensaladas... Era el paraíso de los famélicos. El primer bocado les entró por los ojos, el segundo por el olfato. Animados por las cuidadoras se acercaron a los platos con recelo, los observaron como cachorros hambrientos, incluso los olieron. Una de las mujeres pinchó una *tefteli*[1] con el tenedor y se la ofreció a Roberto Marcano, uno de los más pequeños. Este mordió sin pensarlo.

—*Ostorozhno, ochen zharko!*[2] —advirtió la mujer.

Demasiado tarde. El trozo de carne abrasó la lengua de Roberto, que resoplaba ante la sonrisa de la cuidadora mientras esta le ofrecía un vaso de agua. Pero el incidente no impidió que el chiquillo engullese lo que se había metido en la boca. Los demás no esperaron a sentarse. Se acercaron a los platos e, ignorando los cubiertos, probaron de cada una de las fuentes y bandejas. Les podía más la curiosidad que el hambre. Cogían un pedazo de cualquier cosa, mordían y dejaban el resto. Los pocos modales que podrían tener, los aban-

1. Albóndiga de carne picada con especias, huevo y vino blanco.
2. ¡Cuidado, está muy caliente!

donaron de inmediato. Removían, desbarataban, desperdi-
ciaban... Los rusos no daban crédito al poco aprecio que
hacían del banquete, a tenor del hambre que supuestamente
arrastraban. Quizá fueron conscientes del protagonismo que
les ofrecían y decidieron dar rienda suelta a cierta arrogancia.
En algún momento, una bola de miga de pan voló sobre sus
cabezas. Y en un parpadeo, el comedor se convirtió en una
batalla campal que escapó del control de los cuidadores.

Teresa y Vicenta observaban el espectáculo abochorna-
das. De pie, en la puerta, no se atrevían a cruzar el bombardeo gastronómico. Ignacio, desde el fondo, acudió a resca-
tarlas.

—¡Venid, estamos en aquella mesa! —dijo mientras señalaba un rincón de la estancia.

Las arrastró con él hasta la mesa que compartía con sus
primos y que, milagrosamente, permanecía intacta. Una vez
sofocada la escaramuza, empezaron a cenar con relativa tranquilidad. Observaron las bandejas. Teresa señaló una de ella,
llena de una montaña de pequeños granitos negros.

—¿Qué es eso? —preguntó.

Juanita, sin pensarlo, cogió una cucharada y se lo metió
en la boca. Enseguida escupió con grima. Ignacio y Vicenta,
intrigados, la imitaron, con el mismo resultado. Teresa quiso saber qué era aquello que les provocaba tanta aversión a
sus amigos. Tomó unos cuantos granitos con la punta de la
cuchara y lo probó. Era salado, gelatinoso y las bolitas esta-
llaban en la boca. Le gustó la textura y el sabor intenso y
repitió varias veces.

La responsable de comedor, una rusa corpulenta con cara
de calabaza, consiguió poner algo de orden durante el resto de
la cena. Llevaba colgado del cuello un silbato que hacía sonar

constantemente. Cuanto más soplaba, más se le encendía el rostro, para burla de algunos de los chicos. Los rusos esperaban un grupo de niños desvalidos y apocados y se encontraron con una recua de gritones asilvestrados.

El sanatorio estaba equipado para niños. Las camas eran tan diminutas que a los mayores les asomaban los pies por fuera de los barrotes. Igual que a Teresa, que siempre fue más alta de lo que correspondía a su edad.

El caviar le dio una sed terrible y a medianoche se despertó a beber agua. Se asomó a la ventana. Ya era de día pero aún tenía sueño. Como no quería quedarse dormida, buscó su ropa y empezó a vestirse. Una de las enfermeras de guardia se acercó con sigilo.

—*Ne vstavay spit*[3] —le susurró.

Teresa la miraba confusa. La enfermera juntó sus manos y se las acercó a las mejillas mientras ladeaba la cabeza. Tere entendió el gesto pero no la intención. Miró hacia la ventana y de nuevo a la joven.

—Ya es de día —exclamó señalando al exterior.

—*Belyye nochi. Spit!*[4] —seguía diciendo a la vez que la animaba a tumbarse y la tapaba con las mantas.

Noches blancas. Le pareció un nombre hermoso. ¿Por qué era de día si era de noche? ¿Por qué había luz a esas horas? Años después, en la misma ciudad, volvería a contemplar aquellas noches blancas. Noches aciagas de oscura claridad, iluminadas por el fuego irreal y macabro. Noches y días de blanca desesperanza y negro silencio.

3. No te levantes, duerme.
4. Noches blancas, ¡duerme!

Y llegó el día de presentarles a la nación. En el puerto les esperaba una gran comitiva. Una banda militar, de al menos veinte miembros, interpretaba el himno de Riego y otras piezas de la resistencia española. Los niños sonrieron al reconocer la música. Desfilaban por un pasillo formado por militares y voluntarios. La gente parecía enloquecida. Aplaudían, gritaban, les tocaban, les abrazaban, les besaban... Los niños rusos les regalaban juguetes, golosinas, postales y les pedían que les escribieran. Animados por los educadores, desfilaban con el puño en alto a ritmo de la Internacional. Ignacio enarbolaba la bandera tricolor. Se sentían orgullosos de su enseña, que les mantenía unidos a España por un hilo invisible. Algunos, animados, se acercaban a los soldados, los jóvenes, las mujeres y les abrazaban. En mitad del pasillo se formó un pequeño tumulto. Una de las mujeres cogió en brazos a una de las niñas más pequeñas, de apenas cinco años, e intentó llevársela consigo. Las autoridades la detuvieron de inmediato. Algunas familias habían solicitado la adopción de niños españoles, pero la petición les fue denegada. Los españoles estaban bajo la protección del gobierno. Eran intocables. La bienvenida fue una auténtica fiesta. Ni en sus más peregrinas fantasías hubieran imaginado que aquel despliegue de cariño estuviera dedicado a ellos. Sonaron incluso cañonazos con salvas de bienvenida, como merecen los dignatarios e invitados gubernamentales. Los disparos les hicieron estremecer. Llevaban la guerra dentro, la guerra que humillaba, que mataba, que esclavizaba, que dejaba vencedores y vencidos. Por mucho que los rusos pretendieran hacerles olvidar, aún no sentían el orgullo de la victoria. España seguía siendo un campo de batalla. Las bombas, los disparos, los soldados, los «paseos» sin regreso aún retumbaban en sus cabecitas de inocencia mutilada. Solo los cuidadores españoles se percataron y acudieron a protegerles con sus cuerpos. Los rusos no dejaban de cantar y aplaudir, de sonreírles, de calentarles el alma. Entonces volvieron a disfrutar de la celebración.

Fue un día inolvidable. Teresa aún recuerda, ochenta y cinco años después, la música, los dulces, el confeti y el calor de un pueblo que les dio todo y al que ellos iban a entregar su corazón y sus vidas.

Otro tren. Teresa empezaba a creer que pasaría el resto de su vida en un vagón. La pandilla seguía unida y, al parecer, irían todos a la misma casa de niños. Excepto Agustín, el primo de Ignacio, al que diagnosticaron tuberculosis y le enviaron a otro sanatorio especializado. Afortunadamente, se reuniría con ellos unos meses después.

El convoy con quinientos niños se dirigió al sur. En todas las ciudades importantes por las que pasaban el recibimiento fue casi igual que en Leningrado. Cientos de personas, músicos, lugareños y Pioneros les recibían a pie de andén. Ellos, asomados a las ventanillas, recogían los regalos que les ofrecían. Nóvgorod, Vítebsk, Orsha, Minsk... En todas el mismo protocolo, la misma puesta en escena, el mismo calor.

De madrugada entraron en Ucrania. Teresa abrió los ojos. Le reconfortó ver a Ignacio dormido frente a ella. Sin querer, se le escapó una sonrisa indomable. No sabía qué hacer con aquellas sensaciones nuevas que le brotaban de dentro; una inquietud como de mañana de Reyes, de estrenar ropa nueva, de los días previos a un viaje, de olor a bizcocho en el horno. Se permitió observarle, aprovechando que dormía. Su rostro púber de líneas perfectas, labios finos, pelusilla en el mentón y frente ancha. Las facciones adultas apuntando bajo la piel adolescente, abriéndose camino a punto de resquebrajarse para dejar paso al joven. Ignacio se rebulló en el asiento, abrió los ojos y sonrió. El rostro de Teresa se incendió, como si la hubieran pillado en una travesura. Giró la cara hacia la ventanilla y fingió contemplar el paisaje.

Las interminables llanuras amarillas se deslizaban a través de la ventana. Ni una montaña, ni un otero, ni una simple elevación. Un terreno que parecía alisado por un rasero gigante, interrumpido por grandes montones de heno y trigo recién cosechado. De vez en cuando, alguna jata que parecía nacer directamente de la tierra en una mímesis mágica. Los campesinos vareaban la paja y arreaban carros tirados por caballos. Al paso del tren se incorporaban y seguían los vagones con la vista mientras con la mano protegían sus ojos del sol. Algunos saludaban divertidos, otros simplemente lo contemplaban y seguían con su tarea. Teresa distinguió las sonrisas en sus rostros. Gente alegre, pensó. Y lo eran, distintos a los rusos, más reacios a mostrar sentimientos. Los ucranianos eran amables, sonrientes, siempre contentos, a pesar de la hambruna a la que llevaban años sometidos. Ucrania era la panadería de la Unión Soviética. La naturaleza les había bendecido con una tierra fértil que rebosaba cereal. Pero cayó sobre ellos la responsabilidad de abastecer a un país tan inmenso como hambriento. Stalin agotaba cada año las existencias de grano y a ellos no les quedaban ni las migas.

Entraban en Kiev y el tren aminoró la marcha sensiblemente. En un descampado antes de llegar a la estación, una niña de unos siete años contemplaba el convoy con extraña curiosidad. Llevaba un blanquísimo pañuelo en la cabeza, una falda larga, un jersey raído y los pies descalzos. Su brazo derecho estrangulaba una muñeca de trapo descolorida y a sus pies, un perro blanco y negro ladraba furioso. Teresa sintió su mirada magnética, la pequeña clavó sus ojos en ella. Se acompañaron, separadas por el cristal de la ventanilla convertida en espejo. Tere alzó la mano, ella la imitó. Sintió un desdoblamiento inquietante, como si el alma se le hubiera desprendido del cuerpo y la esperase en aquel descampado. Puede que el subconsciente le estuviera enviando una señal, o quizá las emociones de las últimas semanas, el trauma de la guerra y el desamparo familiar formaran aquella imagen de orfandad, de tristeza siniestra. Puede incluso que aquella niña ni siquiera fuera real.

En Kiev acabó el viaje en tren, pero no el suyo, que seguiría hasta Crimea. Allí pudieron estirar las piernas y disfrutar de una excelente comida: salchichas, pepinos en salmuera, tomates, pescado en escabeche y frito, filetes de ternera... Y leche, jarras enormes de leche que les servían como si en aquella tierra las vacas no dejasen de manar. El cariño fue el mismo que en el resto de las ciudades. Fueron tantos los dulces que les dieron que alguno pasó la noche con dolor de barriga.

El resto del viaje fue en autobús. Les distribuyeron en diferentes casas de niños: Odessa, Jerson, Eupatoria y Yalta. Su grupo de ciento quince, entre los que se encontraba su pandilla, al amanecer llegaron agotados a Simeiz, donde pasarían el verano.

Teresa no recordaba cuándo fue la última vez que durmió

toda una noche del tirón. La estancia despertaba lentamente con música de bostezos y crujir de sábanas. La luz entraba poderosa por los ventanales y las cortinas bailaban con la brisa cálida de la mañana. Llevaba un rato despierta. Fue la primera vez desde su partida de España que no se sintió angustiada al amanecer. Su primer pensamiento siempre era para su familia, pero ese día no acudió a ella con desazón, sino como un sentimiento balsámico. Quiso disfrutar de aquella sensación de bienestar y recrearse con la ensoñación de cuando les volviera a ver.

A su lado, Vicenta se estiraba, satisfecha por el descanso. Se incorporó, se miraron y sonrieron. Teresa la vio guapa, renovada y lozana. Las otras niñas también parecían haber recuperado el color y la actitud propia de las niñas de su edad. Juanita saltó sobre su cama y le dio los buenos días con un beso en la mejilla. La estancia tenía no menos de veinte camas, todas frente a grandes ventanales desde los que se disfrutaba la luz de la costa y se olía la sal del mar. Las educadoras españolas también experimentaron el cambio. Parecían incluso más jóvenes, bien peinadas, con uniformes limpios y sonrisa nueva. Por fin pudieron serenar la hemorragia de miedo de las últimas semanas. Sus colegas ucranianas les brindaban apoyo y complicidad con sonrisas de girasol. Trajinaban de un lado a otro ayudando a vestirse a las pequeñas, doblando ropa, abriendo cortinas, organizando filas, preparando el día. Todas, sin excepción, con un cariño y un mimo extremos.

El Sanatorio Infantil número 5 estaba situado al borde de un acantilado, en el paraje de Ay Panda. Era un edificio de estilo neoclásico, construido como residencia por Nikolai Sergeevich Maltsov, un industrial y agricultor adinerado y noble por esponsales. Maltsov fue, además, un reconocido matemático, amante de la literatura y sobre todo de la astronomía. Tanto así que su pasión por las estrellas le valió que, años más tarde, le diesen su nombre a un planeta menor. En su biblioteca había más de diez mil libros y, por supuesto, en el recinto mandó construir un pequeño observatorio astronómico para sus estudios del firmamento. Después de la Revolución, la mansión se reconvirtió en sanatorio y escuela.

El comedor lucía enormes ventanales del suelo al techo. Estos se abrían a una terraza circular rematada con una balaustrada de piedra. Desde allí, las vistas al mar Negro eran todo un espectáculo. Los grandes salones se habilitaron como dormitorios y aulas. Las habitaciones privadas se destinaron a aposentos de los educadores y personal de la escuela. Rodeando la casa, un hermoso parque con enebros, cipreses, cedros del Himalaya, laureles nobles, glicinas y rosas trepadoras. Y en un rincón alejado, el manantial que daba nombre al paraje: Ay Panda.

Un año antes se había celebrado allí mismo la primera reunión de Jóvenes Pioneros de la Unión Soviética, la organización juvenil a la que pertenecían todos los niños del país a partir de los diez años. En breve, ellos pasarían por el mismo rito.

El primer día realizaron una breve excursión por los alrededores. Visitaron la casa, el jardín y después bajaron por la escalera hasta la playa. Allí les mostraron las rocas del cuento «Diva, el monje y el gato». Contaba una leyenda que un guerrero, cansado de luchar y matar en el campo de batalla, se retiró allí para vivir como un ermitaño. Pero el demonio quiso tentarle. Tomó la forma de un gato con el fin de conocer sus debilidades. Un día, en la playa, Satanás le presentó a una hermosa joven para ver si caía en el pecado de la carne. Cuando estaba a punto de sucumbir, Dios se enfureció y les convirtió en piedra. Y así sus formas quedaron petrificadas para siempre.

Teresa disfrutó del cuento pero su atención estaba puesta en la playa, y su pensamiento, en otras olas más lejanas, en la distancia y en el tiempo. El mar le recordó a su Cantábrico, donde su padre le enseñó a nadar y vivió momentos inolvidables. Aunque se llamase mar Negro, era chispeante, azul y amable, y la espuma le saludaba con su filigrana. Se quitó los zapatos y dejó que el agua lamiera sus pies. Un atisbo de culpa le pellizcó el corazón. A pesar de los acontecimientos, ella estaba bien cuidada, atendida, tenía comida y cama limpia. Comía cuatro veces al día, sin contar las interrupciones para el vaso de leche, que a veces no podía ni terminar. Su madre y su hermana no tendrían tanta suerte. Sobrevivirían con un mendrugo de pan duro, si lo había. Hubiera deseado guardar todas aquellas viandas para cuando se reencontrase con ellas, en unos meses... Unos meses.

Pero eran niños, y la aventura hizo de pantalla ante la pena con los juegos, las competiciones, las excursiones, la gimnasia y sobre todo el baile. Las clases de danza tenían lugar en la gran terraza semicircular. La profesora se llamaba Guinda, una tártara bajita y regordeta que dominaba casi todas las disciplinas de baile. Poco después les enseñaría el *gopak*, la *polianka* y el *venzeliá*.[5] Pero para empezar, lo más adecuado eran melodías que les resultasen familiares. Previsores y aplicados, los rusos se habían surtido de discos con todas las músicas conocidas en España. Sonaron los prime-

5. Bailes típicos ucranianos.

ros acordes de una sevillana. Ninguno conocía los pasos pero Teresa y Vicenta no tardaron en saltar a la pista e improvisar el baile. Guinda, que sí conocía la coreografía, les dio un par de indicaciones breves, al menos de la primera copla. Vicenta lo cogió al vuelo y les regaló a todos el mariposeo propio de este baile. Tangos apasionados, pasodobles nostálgicos, boleros casi impúdicos. Y para acabar, la jota: volandera y sensual la aragonesa, pícara y chispeante la vasca. Con esta última, no fueron necesarias las indicaciones de la tártara, que se retiró a un extremo de la pista. En cuanto escucharon el acordeón, se lanzaron todos a bailar. Sus pies revoloteaban como palomas enjauladas y acompañaban los movimientos con los chasquidos de los dedos. Los brazos elevados, los giros, los saltos. Sin coreografías, sin lecciones, seguían el ritmo unos a otros con absoluta naturalidad. En algunos de los giros, se hacían cambios de pareja. Guinda observaba e intentaba memorizar aquella composición espontánea y perfecta. Un ejercicio agotador que les hacía sudar como pollos. Todos participaron, sin excepción, incluso los menos duchos. Acabó la pieza. Sudorosos y jadeantes, se abrazaron y fueron a tomar la limonada que los educadores, divertidos por la exhibición, les habían preparado. El disco continuó girando y sonaron los primeros acordes de un *txistu*, seguidos por el atabal. Mientras recuperaban el resuello perdido en el *arin arina*, Teresa se giró. Sorprendida, le dio un codazo a Vicenta para que prestase atención. El resto, poco a poco, las imitaron. En mitad de la pista, Isaías Albístegui permanecía tieso como un poste, solo, en trance frente a los educadores. De pronto dio un brinco acompañado de un giro en el aire. Un remolino con el pie derecho, otro igual con el izquierdo. A continuación, elevación de la pierna por encima de la cabeza. Cruce de pies, de nuevo la pierna arriba... Los corazones encogidos, estrujados hasta hacerles llorar de la emoción. El silencio era estremecedor. Los pasos de Albístegui de una perfección casi insolente. Las notas agudas del *txistu* se clavaban en sus gargantas, que ya no podían retener el sentimiento de añoranza, de pérdida, de una vida que ya estaba en el recuerdo, pero en un recuerdo muy reciente. Al final de la pieza, una nota larga. El chico se descubrió la cabeza, se inclinó a modo de reverencia y lanzó la gorra hacia donde se encontraban los responsables soviéticos. Alguien como él, que desconocía el castellano y el ruso, supo recurrir a la música y el baile para agradecer a sus anfitriones el haberles salvado literalmente la vida. El aurresku, el baile de honor por excelencia, fue su discurso de agradecimiento, de su parte y de todos los presentes.

El estímulo más inconsciente, el lenguaje más universal: la música. Moléculas traviesas de ADN que escapan del organismo para revolotear sobre nosotros con su aliento invisible. Allí, en un paraje de Crimea, a miles de kilómetros de su hogar, aquellos acordes orgánicos compusieron la primera argamasa que se mezclaría con el *gopak*, el *kazachok* y el *korobeiniki* para formar futuros seres de destino incierto.

Las melodías continuaron y ayudaron a distender el momento emotivo. Un pasodoble, *La Calesera*, propició la vuelta a la pista. En esta ocasión ya no había lecciones de Guinda, sino una fiesta en la que participaron todos, incluidos los educadores. Teresa sintió una mano en su hombro. Al girarse se encontró con los ojos de Ignacio que la invitaban con los brazos abiertos, esperándola. Era la primera vez que un chico la sacaba a bailar. El rubor subió a su rostro como la lava de un volcán. Avanzó un paso y él la rodeó por la cintura hasta que sus cuerpos quedaron pegados.

Bailaron toda la tarde, girando por toda la terraza, esquivando a otras parejas, ajenos a la fiesta en una danza etérea que les catapultó hacia las estrellas.

Anocheció, y el entusiasmo se fundió con la melancolía que viajaba en las notas de un viejo tango. Teresa se sintió agotada de tanto baile y aun con el temor a separarse de él, le pidió parar un instante. Estaba mareada, borracha de emociones. Ignacio la cogió de la mano y se perdieron en el jardín. La noche refrescante acentuaba el aroma de las rosas, la hierba, los laureles y las plantas aromáticas. Pasearon, hablaron de temas banales, palabras sin sentido, frases hechas como corresponde a un amor recién estrenado. Al final de un camino distinguieron una pequeña construcción con el tejado abovedado. Era el observatorio de Nikolai Maltsov. Se acercaron sigilosos. La puerta estaba abierta y la curiosidad invitaba a adentrarse.

—¡Un telescopio!

Ignacio se acercó y pegó el ojo en el visor. Ella se quedó parada.

—Creo que no tenemos permiso para estar aquí —dijo Tere, preocupada por estar haciendo algo incorrecto.

—Sirve para ver las estrellas. Ven, ya verás —la invitó, ajeno a su comentario.

Se acercó curiosa. Un gran disco blanco, desgastado por un lado, la miraba desde el otro extremo del tubo.

—Es la Luna.

—¡Parecen charcos! —afirmó asombrada.

—Se llaman cráteres —le aclaró él—. Nos lo explicó don Ramiro.

Una sombra de tristeza le envolvió. El recuerdo de Ramiro Munilla, su maestro de Éibar le transportó un segundo a su infancia recién abandonada.

—Parece que esté ahí mismo, como si se pudiera tocar —dijo asombrada.

—Si existiera un avión muy rápido, se podría llegar.

—¡No seas mentiroso! —le recriminó Tere.

—Algún día yo subiré a las estrellas. ¿Vendrás conmigo? —fantaseó.

Ignacio llegaría a las estrellas. Y ella le observaría desde tierra con el corazón enfocado hacia su recuerdo infinito.

Pasaron un verano delicioso. Paz, aire puro, baños de sol educación y buena comida. En pocas semanas, el color y el lustre volvieron a las mejillas, los cuerpos escuálidos se fortalecieron y las leves afecciones físicas desaparecieron rápidamente. Vivían en un sueño del que no querían despertar. La pandilla de Teresa se hizo más férrea. Cualquier actividad o voluntariado propuesto por los educadores lo realizaban en grupo. Se sentaban juntos a comer y en cuanto se levantaban, se buscaban como imanes. Todos iban a la caza de los afectos perdidos por el camino, olvidados en las sombras del desarraigo.

Recibieron innumerables visitas, sobre todo de otras casas de niños, pero también de actores, escritores o militares. Era la forma que encontraron los soviéticos de hacerles sentirse queridos, que supieran que eran importantes, que sus vidas tenían valor. Y de paso, introducirles poco a poco en las costumbres y la cultura rusas.

Pero el verano tocaba a su fin, y el sueño debía terminar. Era el momento de empezar su educación en las casas de niños. Un grupo de cien, entre los que se encontraban Teresa y sus amigos, irían a Kiev.

Al resto les distribuirían en otras casas. La fiesta de despedida fue increíble. Empezó con el nombramiento de Jóvenes Pioneros, Oktyabryátas y Zvozdochki. Los Pioneros, jóvenes de entre nueve y catorce años, recibían una insignia con el rostro de Lenin sobre una estrella roja y una llama flameante, además de un pañuelo rojo que debían llevar siempre al cuello. A los Oktyabryátas o niños de octubre se les entregaba también una medalla con el perfil de Lenin de niño. Y por último los Zvozdochki o estrellitas, los más chiquitines. La ceremonia terminó con el desfile en el que cada grupo, encabezado por un abanderado, desfilaba ante los educadores e invitados. El de los Pioneros lo presidía, cómo no, Ignacio. Al frente de los Oktyabryátas, Roberto Marcano, un eibarrés de siete años al que le encantaba dibujar.

Como invitados de honor, un grupo de aviadores acudieron a la fiesta de despedida. Les comandaba el general Alexander Osipenko, antiguo combatiente de la Fuerza Aérea Republicana Española. Con calculada marcialidad, pasó revista y estrechó la mano de todos ellos. Después les dedicó unas palabras en un español atropellado: «Vuestro país está orgulloso de vosotros». Y se dio la vuelta con un golpe de tacón. Ignacio le observó fascinado. Entonces no imaginaba que años más tarde, aquel hombre decidiría su destino.

El fin de fiesta fue el baile, no podía ser de otra manera. El protocolo se distendió, la cena se celebró al aire libre en un gran bufet mientras sonaba la música. Los rusos admiraron y aplaudieron su talento para el tango, el pasodoble y la jota. Teresa y Vicenta se marcaron una jota vasca en solitario que arrancó en los asistentes una fuerte ovación. Algunos aviadores empezaban a cruzar miradas con las educadoras jóvenes y no tardaron en formarse parejas de baile. Teresa e Ignacio bailaron casi toda la noche, felices de permanecer juntos, pero con la tristeza melancólica de final del verano en que descubrieron el primer amor. Corrieron muchas lágrimas. Guinda lloraba desconsolada y les abrazó a todos como si fueran sus hijos. Les iba a echar de menos. Un trocito de sus corazones se quedaría para siempre en aquel paraje de cuento de hadas y guerreros petrificados. Donde descubrieron la vida, el amor y las estrellas.

6

Kiev

El viaje hasta Sviatoshyno transcurrió entre el territorio y la climatología. Del verano luminoso de Crimea al otoño plomizo de Kiev. Aquel domingo de finales de septiembre se presentó como preámbulo de los otoños de Ucrania: días lluviosos y atardeceres breves.

Tras la ventanilla del autobús, Teresa observaba dos lenguas alargadas de agua que lamían la fachada de ladrillo. Como un esperpento repulsivo que parecía burlarse de su infortunio. O quizá fuera la atmósfera gris y nostálgica lo que le produjo un escalofrío en el espinazo.

La construcción era de estilo neoclásico soviético, regio, austero, funcional. En la puerta, el comité de bienvenida: un matrimonio de mediana edad, ella sonriente, él melancólico. Dos jóvenes, altísimos y de hechuras perfectas, serios. Otro hombre con una sonrisa estática y pelo recogido en una coleta. Teresa se lo quedó mirando un rato. Nunca había visto a un hombre con coleta. Dos hombres más de avanzada edad y una joven de aspecto marcial. Tras ellos, en los escalones de la entrada, con traje pardo y gesto solícito, el director de la Casa de Niños número 13: Igor Nóvikov.

En el corto trayecto entre el autobús y la puerta de entrada, formaron un pasillo cubierto con los paraguas para protegerles de la lluvia. En ordenada fila caminaron hasta el vestíbulo por aquel corredor plomizo.

Cuando llegaron a Sviatoshyno encontraron a otro grupo reducido de unos veinte niños españoles. La habitación asignada a Teresa, Vicenta y Juanita estaba ya ocupada por algunas chicas. En total eran un grupo de doce chicas de entre diez y quince años.

La Casa de Niños número 13 de Kiev estaba compuesta por un gran edificio central en mitad de una explanada. Y alrededor, pequeñas casitas en las que se ubicaban los dormitorios. Una plaza central con asientos a modo de gradas con un círculo de piedra en medio donde, en verano, se encendía una hoguera. Una cancha de tenis que en invierno se convertía en pista de patinaje. En la parte de atrás, un bosque de hayas donde, más adelante realizarían ejercicios de tiro y supervivencia con máscaras antigás. No era el entorno idílico y cálido de Ay Panda pero poseía el encanto sugestivo y atávico de los cuentos mágicos de Gógol.

Había diez camas perfectamente alineadas y vestidas de blanco inmaculado que olían al ya familiar desinfectante. Eligieron las camas libres que más les gustaron, siempre las tres juntas. Miraron a las otras y se saludaron con una sonrisa vaga. Teresa reconoció a una de ellas. Era Blanca Peñafiel, la joven que viajaba frente a ella en el tren camino de Santurce acompañada de sus cuatro hermanos. Con el tiempo se ganaría el apodo de «Gallina», pues siempre iba con ellos y les protegía con sus brazos alados. La otra chica se llamaba Alicia Casanovas y era de Baracaldo. Delgada y lánguida, demasiado tímida pero de mirada sagaz.

—¿Habéis llegado hace mucho? —preguntó Teresa para romper el hielo.

Vicenta dejó su bolsa sobre la cama, se tumbó y apoyó la espalda en el cabecero.

—Hemos llegado esta mañana —respondió Blanca mientras guardaba unas prendas en el pequeño armarito que les tenían asignado a cada una.

Juanita abría y cerraba el cajón de su mesita de noche con la curiosidad propia de una niña de ocho años.

La respuesta de Blanca fue lacónica, Alicia ni siquiera respondió, recogida sobre sí misma, protegiendo sus pensamientos. Juanita se abalanzó sobre Teresa.

—¿Puedo dormir contigo? —le rogó la pequeña.

—¡Claro! Venga, ponte el camisón.

Las educadoras pasaron revista, las luces se apagaron y se encendió el silencio. Juanita se abrazó a Teresa. Vicenta, inquieta y revoltosa como siempre, aún siguió un rato contando entre susurros una de sus historias inventadas. Hasta que se quedó dormida.

En la cama de al lado, Teresa escuchó un leve gemido, un aspirar de mocos. Se volvió. Alicia Casanovas lloraba compungida. Sus ojos acuosos brillaban en la penumbra del dormitorio. Alargó la mano hacia ella, buscó la suya y le acarició el dorso. El llanto cesó. Así se durmieron, cogidas de la mano para evitar perderse entre sueños inciertos.

El canto del gallo de cada mañana al despertar era la sintonía de la Internacional, que interpretaba siempre con la corneta un miembro de los pioneros. A los pies de la cama, perfectamente doblado, tenían preparado el uniforme que las cuidadoras habían dispuesto durante la noche como aplicados duendes zapateros. En fila, siempre alineados por estatura, circularon hasta el comedor. El desayuno servido en las mesas, abundante y suculento, como de costumbre. Y en el fondo, de pie y ceremonioso, el claustro de profesores al completo. El hombre de la coleta se presentó en perfecto castellano, aunque con un acento extraño y musical. Se llamaba León y era mexicano. Había llegado a la Unión Soviética unos años antes llevado por su exacerbado comunismo y su pundonor latino. Sería su profesor de baile. Con él aprenderían y perfeccionarían las danzas españolas y rusas de las que tanto iban a disfrutar. A continuación pasó a presentar al resto del claustro: Titi y Manu eran un matrimonio de Huesca que eligió la Unión Soviética, empujados por la misma pasión que el mexicano. Él, regordete y afable, les enseñaría Matemáticas. Titi, más seria y esbelta, aunque con el cariño desbordando por sus ojos, se encargaría de las clases de Literatura. El matrimonio dormía en el pabellón de los más chiquitines. Con el tiempo, estos bromearían con las risas y cuchicheos que escuchaban durante la noche en el dormitorio. Lo cierto es que jamás disimulaban su cariño, incluso se daban besos si se cruzaban por el pasillo o en el comedor. Mostraban su amor abiertamente, algo a lo que los niños españoles no estaban acostumbrados. Seguramente, ninguno de ellos había visto jamás a sus padres darse un beso. Kolya, joven, musculoso y apuesto sería, sin duda, el profesor de Educación física. Vicenta le arreó un codazo a

Tere, que entendió enseguida la señal. Era un joven realmente atractivo aunque, como pudieron comprobar tiempo después, frío y hasta un poco antipático. Nikita, de unos sesenta años, pelo nevado y gafas redondas y gruesas, les instruiría en el noble arte de la Música. Vania, barbudo y enjuto, les daría a conocer su desconocida España y el resto del globo terráqueo en las clases de Geografía. Las Ciencias naturales, el Ruso y las Manualidades correrían a cargo de Milena, Larissa y Jelena respectivamente. Por último, Valentina, la joven de aspecto marcial pero carácter de seda sería la encargada de educar y orientar a los más pequeños. Con el tiempo, Teresa se convertiría en su ayudante.

Una vez hechas las presentaciones, León dio paso a Igor Nóvikov, el director. Con las manos en la espalda y el porte serio, se dirigió a los chicos mientras el mexicano traducía:

—Nos sentimos muy honrados de recibiros en Kiev, hijos de la heroica República española. Velaremos por vosotros hasta que el gobierno legítimo de vuestro país sea restaurado y el fascismo caiga. Aquí seréis educados y aprenderéis todo lo necesario para convertiros en hombres y mujeres de futuro.

Un silencio respetuoso reinaba en el comedor. Los niños atendían al discurso sin atreverse a pestañear. Estaban impresionados, algo asustados. El hombre, al percatarse de la impresión que habían causado sus palabras, les regaló una sonrisa que relajó los ánimos. Acabó su breve arenga y se retiró un paso hacia atrás. A pesar de su rectitud y seriedad, no tardaría mucho en mostrar su ternura, cariño y sentido del humor. León volvió a hablarles, ahora ya más distendido y amigable.

—Y ahora que ha terminado de hablar el jefe, ¡a desayunar!

El alboroto de sillas y platos relajó el ambiente. Comieron con fruición, ya con ciertos modales adquiridos en Ay Panda. Pero a pesar de todo, echaban de menos los platos de sus días en España, los sabores que habían impregnado su infancia, que les habían amamantado en sus años más tiernos. Algunos despreciaban la comida que les ofrecían. Era su forma de mantener la conexión con sus orígenes. Poco tardaría Yuri, el cocinero, con ayuda de las educadoras españolas, en aprender a cocinar el *treska*[6] y las *chechevitsa*[7] y así aliviar la añoranza de sus paladares.

El primer día de clase llegaron a la escuela pública de Sviatoshyno, ante las miradas expectantes de los niños ucranianos. Querían conocer a los españoles que, según su imaginario, tendrían cuatro orejas y dos narices. Quedaron un poco decepcionados al comprobar que, simplemente, eran un poco más morenos que ellos. Eso sí, mucho más gritones. Aunque ucranianos y españoles compartían instalación, las clases se impartían por separado. La cuarta planta del edificio estaba reservada para ellos. Los profesores de los alumnos ucranianos les ofrecieron una cálida bienvenida, aunque los docentes destinados a los españoles los designó directamente el gobierno. Con el tiempo, se organizarían competiciones deportivas entre las dos nacionalidades, sobre todo partidos de fútbol.

Durante el primer año, todas las clases se impartieron en

6. Bacalao.
7. Lentejas.

español, excepto Ruso, que era una asignatura más. Fue la que más les costó. Aprender aquel idioma rasposo era un suplicio para muchos. Un alfabeto y una fonética en las antípodas del castellano o euskera. Los profesores rusos, sin embargo, enseguida se hicieron con la nueva lengua. Llevaban siempre una libretita y un lápiz donde anotaban las palabras, conjugaciones o adjetivos que les interesaban. El sistema educativo era impecable, efectivo y muy completo. Programado con escrupulosa exactitud. Una formación sin tiranía donde todo era discutido y debatido, incluso con los más pequeños.

Las mañanas estaban dedicadas a las clases teóricas. Sin embargo, las tardes se destinaban a actividades prácticas: artes plásticas, música, baile o mecánica. Aunque estas resultasen más lúdicas, eran imprescindibles para enfocar a cada niño en lo que más destacaba. Teresa mostraba un especial interés por la mecánica y la electrónica. Su talento quedó patente a los pocos días de llegar a Sviatoshyno, cuando vio el reloj de pared del dormitorio que algún día se detuvo a las diez y cuarto. Mientras Vicenta contaba una de sus disparatadas historias, Tere tenía la mirada fija en el reloj.

—¿Qué estás mirando? —le preguntó intrigada Alicia Casanovas.

—¿Crees que se podrá arreglar? —dijo sin apartar la mirada. Y sin darle tiempo a la réplica, se levantó, se subió a una silla y lo descolgó.

Dejó el aparato sobre la cama y le dio la vuelta con cuidado. Desatornilló la tapa protectora con un cuchillo y quedó al descubierto el engranaje, convertido en una colonia de telarañas y ácaros. Vicenta detuvo su narración y se acercó. Blanca hizo lo mismo, intrigada. Las cuatro chicas rodeaban la cama y observaban a Tere como si se dispusiera a realizar una operación a corazón abierto. Sopló varias veces el engranaje hasta que todo el mecanismo quedó a la vista. Lo extrajo con cuidado y precisión de cirujano, soltó tornillos, separó ruedas, sacó el piñón... ¡Allí estaba! Una esquirla en la rueda del minutero. Lo limpió con la punta del cuchillo, giró el vástago y las dos piezas se empezaron a mover. Las chicas sonrieron, orgullosas del talento y la pericia de su amiga. Alicia le fue devolviendo una a una las piezas que había desmontado. Hasta que el engranaje quedó de nuevo montado y en funcionamiento. Cuando iba a colocar la tapa trasera, Alicia abrió la mano:

—¿Y qué hago con esto? —preguntó mientras sujetaba dos tornillos y una rueda diminuta.

—¡Ahí va, que te han sobrado piezas, Tere! —exclamó Vicenta, acompañando el comentario con una escandalosa carcajada.

Se morían de risa al ver las piezas sobrantes y el reloj funcionando como si fuera nuevo. Para ocultar las pruebas, Teresa cogió un pañuelo, envolvió los engranajes y lo ató con un hilo. Después, lo metió dentro y volvió a fijar la tapa trasera. Durante los tres años que estuvieron en la casa, no se retrasó nunca ni un minuto.

Teresa tampoco se perdía las clases de baile o de patinaje artístico en invierno. La música ahuyentaba la pesadumbre, compañera fiel e inseparable desde que saliera de Bilbao. Vicenta e Ignacio eran el sucedáneo fraternal con el que se conformaba, y cada vez se hacía más sólido y hermoso.

Su primer contacto con la literatura rusa fue de la mano del mismo director, Igor Nóvikov. Sentados en la hierba, disfrutando de la agradable temperatura, aquel verano dedicaron un par de horas todas las tardes a la lectura grupal del *Poema pedagógico*, del conocido pedagogo Antón Makarenko. Este fue el primero en organizar una colonia donde acogió a jóvenes menores de edad, la mayoría vagabundos, huérfanos de la Guerra Civil, abocados a la delincuencia. Su innovador sistema educativo, que consistía en el trabajo y la autogestión, le valió el reconocimiento del mismo Gorki, con el que mantuvo una gran amistad hasta su muerte. La elección del libro no fue aleatoria. En primer lugar, porque el sistema de Makarenko sería el utilizado en todas las casas de niños españoles. Al igual que en la colonia Gorki del libro, la rebeldía y la inadaptación también se manifestaron. Las diferentes personalidades eran susceptibles de las más inesperadas reacciones. Pero Nóvikov contaba con eso, de hecho lo esperaba. El segundo motivo por el que se decidieron por dicha obra fue porque el propio Nóvikov había sido uno de aquellos niños a los que el escritor y pedagogo había recogido de la calle en su colonia. Muchos directores de las casas de niños habían salido de las colonias Makarenko, así como escritores, cineastas e incluso algún general del ejército. Eran el mejor ejemplo de que su método funcionaba. Cuando el director les confesó su procedencia, se desató en ellos una empatía y un cariño arrollador. Se sintieron identificados, comprendidos. Tomaron consciencia de su visibilidad, de su presencia, de la importancia que tenían para sí mismos y para la comunidad que recién estrenaban. Ya lo decía el propio Makarenko: «cada experiencia de aprendizaje está impregnada de sentimientos».

El otoño les sorprendió apurando los últimos capítulos del libro. Se habían metido tanto en la historia que cada tarde esperaban ansiosos las aventuras de Hurón, de Karabánov y de sus amigos. Los días de lluvia la lectura se llevaba a cabo en el salón de actos. Pero esa tarde los profesores mostraban cierta excitación, sobre todo Titi, la profesora de Literatura, que recorría los pasillos con una agilidad y un nerviosismo inusuales en ella. Les ordenaron cambiarse de ropa y ponerse el uniforme limpio, lo que significaba que recibirían la visita de alguien. Alguien muy especial.

El comité de bienvenida, encabezado por Titi, Manu y León, esperaba a los visitantes con emoción. Bajaron del vehículo tres hombres y una mujer. El homenajeado salió de la parte de atrás, vestido con un traje azul marino, pelo rapado, orejas de soplillo, ojos sagaces envueltos en melancolía, manos vastas y andares de labrador.

—Bienvenido a Sviatoshyno, señor Hernández —se adelantó Titi—. Es todo un honor tenerle hoy aquí con nosotros.

—El honor es mío, pero llámame Miguel, por favor. —Al poeta le costaba acostumbrarse al protocolo y los halagos, nunca lo llevó bien.

Titi sonrió complacida. Era todo un privilegio recibir en su casa de niños a uno de los mejores poetas de la amada España. Los saludos y presentaciones continuaron con el resto de los invitados; Cipriano Rivas Cherif, nada menos que el cuñado del presidente de la República, Gloria Álvarez Santullano, actriz de sonrisa radiante, y Miguel Prieto, pintor a cargo del teatro de marionetas que esa tarde alegraría a los pequeños españoles. El grupo había sido invitado por el gobierno al V Festival de Teatro Soviético de Moscú, aunque hicieron un recorrido por varias zonas de la Unión Soviética para conocer de primera mano la vida y los avances de aquella sociedad.

Los niños aguardaban alineados como figuritas de ajedrez. Nerviosos porque al fin iban a recibir a alguien que les diera noticias de España, del curso de la guerra y quizá de sus familias. Los otros invitados les saludaron con familiaridad y ternura. Gloria incluso se agachó para hablar con algunos de los más pequeños. Miguel Hernández les miraba confuso y consternado. Acarició la cabeza de algunos. Al pasar junto a Teresa, rozó su mejilla tierna y ella le regaló una mirada de caramelo.

En el salón de actos, los invitados, el director y el cortejo de bienvenida ocuparon el escenario. El poeta se mostraba visiblemente incómodo, no solo por ser el centro de atención. Los zapatos le apretaban y la corbata no le dejaba respirar. Su corazón de cabrero no se sentía a gusto dentro de aquellas ropas.

Titi se encargó de hacer las presentaciones. Los más pequeños aplaudieron cuando le llegó el turno a Prieto, que les anunció el espectáculo que les había preparado para el final de la jornada.

—Si fuese usted... perdón, si fueses tan amable de leernos uno de tus poemas, Miguel. —Y le alargó un ejemplar de su libro *El rayo que no cesa.*

Indeciso, abrió el volumen y pasó unas cuantas páginas.

¿Qué podría leerles a aquellos muchachos que hiciese brincar sus corazones? Sus caras eran esponjas de nostalgia, y él un chorro de agua fresca. Estaba nervioso, no le gustaba hablar en público y tampoco era un gran rapsoda. Pero no podía negarse a saciar la sed de niños abandonados en mitad de un desierto de soledad y desarraigo. Tragó saliva y entonó los primeros versos de «Jornaleros»:

> ... *Españoles que España habéis ganado*
> *labrándola entre lluvias y entre soles.*
> *Rabadanes del hambre y del arado:*
> *españoles.*

Españoles. ¡Qué extraño resultaba escuchar de nuevo aquella palabra! En su idioma, con su acento. No *ispantsy*, ni con el tono rasposo de los rusos. En labios del poeta parecía escapar como un soplo de brisa de patria, de suspiro de madre, de *viento del pueblo*.

Niños y mayores aplaudieron con pasión. Por algunas mejillas rodaron lágrimas de ausencia, los corazones latieron a través de sus manos. Un nudo de congoja subió hasta la garganta de Miguel Hernández al ver tal concentración de abandono. Temió no poder seguir con el recital pero, entusiasmado con la ovación, venció la timidez y continuó con un poema dedicado a su amigo Ramón.

> *Que tenemos que hablar de muchas cosas*
> *compañero del alma, compañero.*

Titi ya no intentaba contener sus lágrimas y dejó fluir su emoción por sus ojos encharcados. Nadie con una pizca de sensibilidad permanecería impasible ante la belleza descarnada de los versos más hermosos y sentidos que jamás se escribirían. Y a todos los allí presentes temprano les madrugó la madrugada con su hachazo invisible y helado.

Borrachos de nostalgia, los chicos pedían más. Estaban sedientos de hogar. El poeta sonreía conmovido. Envalentonado, se arrancó con otro poema dedicado a ellos: «Euskadi», aunque advirtió que sería el último.

Si no se pierde todo no se ha perdido nada...

Lloraron de nuevo, esta vez en silencio. No entendían de poesía, apenas habían comenzado a estudiarla en las clases, pero la poesía no hay que entenderla, hay que sentirla, dejar que te atrape como un perfume. Aquel día quedaron rociados con aroma de trovador.

Tras el recital se ofreció un refrigerio. Titi, que no se despegaba del poeta, le explicó de forma detallada los formatos y sistemas utilizados por los soviéticos en la educación de los chicos.

—Todo el sistema educativo soviético ha sido traducido al castellano —le explicaba con entusiasmo—. Los chicos aprenden rápido, aunque a algunos les cuesta un poco más.

El escritor atendía con educación, aunque se mostraba un tanto distraído. Teresa y la pandilla observaban a los invitados desde un extremo de la mesa. Miguel se acercó a ellos, se sentía más cómodo entre los chicos que recibiendo agasajos. Enseguida le ofrecieron té y *khrustykys*[8] que él aceptó de buen grado. Cipriano y Gloria, que alternaban con el director, pasaron directamente al *horilka*, como lla-

---

8. Dulce ucraniano frito hecho con yogur y licor, parecido a los pestiños.

maban los ucranianos al vodka. Miguel Prieto preparaba todo para el espectáculo de marionetas.

Con más naturalidad de la que esperaban, se sentó junto a ellos. Por muchas explicaciones y datos que le ofreciesen los educadores y responsables del centro, nadie mejor que los propios niños podrían narrarle la experiencia del exilio y la soledad.

—¿Os gusta estar aquí? —preguntó para romper el hielo.

Algunos se encogieron de hombros, otros se miraron entre sí, todos afirmaron con la cabeza. Pero no era eso lo que querían escuchar. Fue Ignacio el que hizo la pregunta que a todos les empujaba en los labios.

—¿Se han ido los fascistas de Bilbao? —soltó a bocajarro.

Las dudas y desvelos cayeron sobre él como piezas de dominó.

—¿Hemos ganado ya la guerra?

—¿Han avanzado los nuestros?

—¿Ha vuelto la República?

Las preguntas se agolpaban unas a otras, pero la respuesta del poeta para todas era la misma:

—No, aún no, pero falta poco —mintió con una sonrisa forzada.

Las noticias de España eran casi nulas. Algunos afortunados mantenían escasa correspondencia con sus familiares. Cuando llegaba alguna carta, se convertía en un acontecimiento para todos. El destinatario la leía en voz alta y las palabras de aquel padre, madre o hermano apaciguaban todos los corazones. El remitente se convertía en padre de las ciento un almas de la casa. Teresa tardaría quince años en recibir su carta.

Uno a uno fueron narrando sus experiencias. Paco Ormaetxea, el enamorado de Vicenta contó cómo su padre y su hermano estaban en el frente cuando él se embarcó. El hermano mayor de Juanita y Txema se había alistado. El padre de Isaías Albístegui se había escondido en la gambara... Todos arrastraban una historia trágica, una narración que tardaría décadas, muchas décadas en desenterrarse de cunetas y descampados.

Teresa escuchaba. No le gustaba llamar la atención, prefería observar, permanecer en segundo plano. Pero no retiró la mirada del poeta ni un instante. Cuando los ojos de este se toparon con los suyos, él le preguntó:

—¿Y tú, qué me cuentas, dónde están tus padres?

—Mi madre y mi hermana en Bilbao. Mi padre se quedó en San Sebastián —respondió tímida.

Miguel Hernández, que ya conocía el rumbo que llevaba la guerra, tragó el trozo de dulce que tenía en la boca mientras buscaba una respuesta. Un republicano en San Sebastián, la primera ciudad tomada por los sublevados, estaría, en el mejor de los casos, encerrado en Larrinaga, si no algo peor. Conmovido por tal derroche de inocencia, acarició levemente la punta del mechón de pelo que asomaba por la cinta que lo sujetaba.

—¡Vamos, la obra va a empezar! —gritó León desde el escenario.

Todos corrieron para ver los títeres. Se sentaron en el suelo, los pequeños delante. Interactuaron, avisaron a los protagonistas del peligro del malvado que llegaba detrás con una porra, cantaron y aplaudieron.

El poeta observó durante un rato aquellos cuerpos desdichados, brotes desarraigados condenados a crecer en una tierra fría y solitaria. Suspiró. Con un leve parpadeo aventó su mente apabullada. Dejó sobre la mesa la taza de té intacta. Se había quedado fría.

La casa de Kiev fue la factoría de sus afectos, donde se crearon familias de sangre invisible. Allí se forjó su educación sentimental y desarrollo emocional. Allí aprendieron a esquivar los mandobles del destino a pecho descubierto.

Teresa echaba de menos a los suyos. Mucho. En la Unión Soviética encontró estima, simpatía, refugio y generosidad. Un buen paraguas que les cubría a todos por igual. Pero faltaba la piel, las caricias, la ternura, el tacto cálido del manto maternal. Afortunadamente tenía a Ignacio. Con él experimentaba un sentimiento desconocido y turbador, proteccionista y vertiginoso, casi ardiente.

Su bisoñería e inexperiencia les confundía a la hora de exteriorizar aquellos sentimientos que pedían piel y aliento. Pero la educación timorata y católica que arrastraban mantenía aún un grueso muro que frenaba los instintos. El baile era la vía de escape que les permitía tocarse y sentirse más allá de miradas y sonrisas cómplices. En cuanto empezaban las sesiones de baile, Ignacio buscaba a Teresa como una mariposa la luz. Era un gran bailarín. Ella tampoco lo hacía mal y juntos formaban una bonita pareja que daba gusto observar. A veces, León intentaba perfeccionar el estilo, o enseñarles algún paso nuevo. Era entonces cuando Ignacio se crispaba si Tere mostraba una pierna o movía la cadera con supuesta sensualidad. O cuando Kolia, el profesor de Educación física, les enseñaba patinaje artístico la tomaba por la cintura para formar una pirueta perfecta. A Ignacio le llevaban los demonios. Y en más de una ocasión, en lugar de quedarse a bailar con los demás, la arrastraba con él a dar un paseo por los bosques nevados para, según él, practicar el esquí de fondo. Una excusa para tenerla para él solo. La impronta patriarcal y el orgullo de macho ibérico no eran fáciles de borrar. Los rusos mostraban un sentimiento de igualdad que ellos ignoraban, y cada uno lo interpretaba a su manera. Ellas con entusiasmo y alivio. Ellos, amenazados y heridos en su torpe hombría.

Los niños pequeños también fueron un bálsamo para su añoranza. De forma tácita se convirtió en la ayudante de Valentina, la soviética de aspecto marcial que escondía dentro un volcán de ternura. Teresa les ayudaba a vestirse, a organizar las filas, jugaba con ellos al fútbol o les ayudaba con los dibujos del cole. Se fijó especialmente en Roberto Marcano, el abanderado de los Oktyabryáta, otro eibarrés de ocho años con manos mágicas para la ilustración. Los profesores pronto se dieron cuenta de su talento y lo encaminaron hacia las artes pictóricas.

Una noche, después de un partido de fútbol y varias carreras por los bosques de Sviatoshyno, los niños se mostraban especialmente inquietos. Unos lloraban, otros llamaban a sus madres... A veces ocurría, y si uno comenzaba a llorar, el efecto dominó era inmediato. Teresa y Valentina no daban abasto para calmarles. Cuando llegaron Titi y Manu, que dormían en el mismo pabellón, se encontraron con un alboroto desconsolado.

Entonces Teresa tuvo una idea. Se olvidó de su pudor y su discreción. De algún modo había que calmar a los pequeños. Cogió una toalla y se hizo con ella un enorme lazo en la cabeza. Empezó a caminar entre las camas, bai-

lando y entonando una melodía inventada con letra improvisada: *my idom v krovat! my idom v krovat!*[9] Los aspavientos y gestos de Teresa consiguieron, de momento, que
los llantos callasen. Boquiabiertos, la observaban primero
extrañados, después divertidos. Enseguida Txema Goenaga, el más bromista, la imitó y empezó a bailar de forma
aún más exagerada siguiendo la improvisada canción. Ella
se animó aún más y exageró su desfile. Luisa y Julia, dos
hermanas de Vergara, pecosas, pizpiretas y muy resueltas,
se les unieron. Y por último, Pilar Grisaleña, Pilita, que a
pesar de su delicada salud, se agarró a la mano de Tere y
completó el recorrido junto a ellos. Las lágrimas desaparecieron y las sonrisas volvieron a alumbrar aquella noche de
risas eternas.

Valentina, Titi y Manu observaban la escena complaci-
dos. Hasta se animaron a acompañar la actuación con las
palmas. A su lado, Roberto Marcano inmortalizó el momento: seis niños en pijama que desfilaban e invitaban al resto a
irse a dormir. Tres décadas después, aquel boceto, aquel instante feliz de un grupo de refugiados en la Unión Soviética,
mandaría a dormir cada noche a miles de niños españoles en
una España emponzoñada de fascismo.

Una de las actividades que más motivaban a los alumnos era
el periódico mural. Cada curso exponía el suyo y todos colaboraban en plasmar ideas, trabajos, dibujos, redacciones y
hasta poesías. Estas publicaciones incluían un sistema de pun-
tuación de los logros y habilidades de cada alumno. Teresa
siempre tenía la mejor nota en limpieza y en hacer la cama.

9. ¡Vamos a la cama, vamos a la cama!

Jamás, entre las bromas que se gastaban entre ellos, fueron capaces de hacerle la «petaca». Notaba cualquier arruga, por mínima que fuera. Aquel sistema era una forma de potenciar su valía, que se sintieran útiles y desarrollasen su orgullo.

El trabajo y el conocimiento de la gestión de la casa también formaban parte de la educación de los chicos, método instaurado por Makárenko en su primera colonia. En el caso de Teresa y Vicenta, esta colaboración llegó después de una pequeña travesura.

Una tarde, mientras exploraban el recinto, encontraron una puerta semioculta a los pies de un montículo. Estaba entreabierta y decidieron asomarse. Casi no les dio tiempo a meter la cabeza cuando vieron a Yuri, el cocinero grandullón y afable. Un estajanovista condecorado por el gobierno por conseguir elaborar mil albóndigas en una hora. Tener a más de cien niños a los que alimentar cuatro veces al día lo consideraba un regalo. Su primer impulso fue asustarse, pero él les obsequió una sonrisa limpia.

—*Kladovaya*[10] —y añadió con un gesto de la mano—: *Poydem so mnoy.*[11]

La puerta conducía a la despensa de la escuela. El interior era amplio, con estanterías repletas de latas de conservas, piezas de carne, fruta, verdura, sacos de patatas y harina, legumbres, panes... Allí los alimentos se mantenían frescos, tanto en invierno como en verano. La tierra era el mejor aislante. Yuri les pidió que le acompañasen a la cocina, les puso un delantal y les entregó un cubo con patatas. Pelaron más de quince kilos, entre bromas y canciones. Vicenta incluso se atrevió con unos pasos de tango. No lo podía evitar. Al aca-

10. Despensa.
11. Venid conmigo.

bar, el cocinero les obsequió con un tazón de helado de vainilla elaborado por él mismo. Estaba delicioso. A partir de ese día, debían ayudar a Yuri tres veces por semana como parte de sus tareas. Nunca se quejaron, al contrario, ya que el cocinero les gratificaba con el delicioso postre.

Pero la estrella de los murales del pasillo era el mapa de España, en mitad del corredor, a la vista de todos. Según llegaban noticias de la guerra, clavaban banderitas rojas o azules dependiendo del avance de las tropas. La parte más occidental estaba cubierta con los alfileres azules, mientras la oriental, hacia el Mediterráneo, era dominada por el rojo. Las fuerzas parecían igualadas en aquel pulso histórico. Cada vez que se perdía o ganaba una ciudad, se aplaudía o abucheaba, dependiendo de la banderita que debían sustituir. Pronto las banderitas rojas empezarían a escasear.

Las visitas de personalidades destacadas eran ya una costumbre en el hogar de Sviatoshyno: actores, novelistas, poetas, políticos... Todos asistían a las casas de niños para agasajar a los hijos de la heroica España. Les costaba entender el interés desmesurado por su llegada a la Unión Soviética. Salieron de España siendo unos parias, arrastrando el hambre y la miseria y les recibieron como a héroes. Las visitas de personalidades se les hacían bastante tediosas, aunque aguantaban estoicos. Los educadores les advertían que siempre aprenderían algo. Aunque en más de una ocasión, alguno dio una cabezada en pleno recital.

Pero hubo dos visitas que recordarían toda su vida. Una fue a la escuela del circo de Kiev, la más importante del mundo. La otra, con los aviadores de la base militar de

Novi Petrivtsi. Y dio la casualidad de que ambas invitaciones coincidieron el mismo día. Fueron ellos los que decidieron qué visita querían realizar. La mayoría se decidió por el circo, sobre todos los más pequeños, que pasaron días nerviosos y emocionados. Solo un grupo reducido de los más mayores se decantó por la base aérea. Entre los que no dudaron, los seis eibarreses: Ignacio, José Luis Larrañaga, Luis Lavín, Ramón Cianca, Antonio Lecumberri e Isaías Albístegui.

La jornada estuvo coordinada por la organización juvenil Osoviajin. Los chicos se morían por conocer a los pilotos, ver los aviones y jugar a ser héroes. Su imagen de un caza de guerra no era precisamente agradable. Los últimos que recordaban eran los Messerschmitt de la Legión Cóndor atacando Éibar el 25 de abril del 37. Imágenes que iban acompañadas de vecinos corriendo a refugiarse, boquetes abiertos en las calles y en los rostros de sus paisanos. Estampas imperecederas en la mente de un joven de catorce años. Quizá por eso, por el afán de encontrar algo de lógica a semejante barbarie, no dudaron en buscar una respuesta, por difusa que fuera.

Apenas una hora de viaje y llegaron a la orilla izquierda del Dniéper, donde se ubicaba la base militar de Novi Petrivtsi. Frente a un hangar, un grupo de aviadores formados y perfectamente alineados les dio la bienvenida, incluido el saludo militar llevando la mano a la frente. Los chicos se miraron incrédulos, alucinados. Al final de la formación, un miembro del ejército muy especial: el general Chkalov, el famoso piloto, conocido por sus hazañas dentro y fuera de la Unión Soviética. En la distancia que les separaba, su aspecto les sugirió rudeza y marcialidad. Pero a medida que se acercaron, les envolvió una sonrisa suave y desmedida. Solo le faltó abrazarles. Era todo un privilegio que el propio Chkalov les hiciera de cicerone. Resultó ser un hombre afable y cariñoso que pasó toda la jornada con ellos.

Empezaron con un paseo en tanque. Recorrieron las instalaciones en dos KV-1, y hasta inspeccionaron parte de los terrenos de la base.

—El más seguro y mejor blindado del mundo. Ningún fascista podría atravesarlo —exclamó Chkalov golpeando el metal.

Los chicos rieron. En su fuero interno revoloteaba el ansia de revancha que en aquel momento se empezó a fraguar.

El habitáculo era claustrofóbico y agobiante. El poco aire que tenían se enrareció en minutos. Empezaban a ponerse nerviosos. El encierro y la oscuridad les recordaron el viaje en las bodegas del Sontay. Aun así, disfrutaron. Aprendieron nociones de marcha militar, los soldados les enseñaron sus fusiles, apuntaron a un enemigo invisible, vieron desfilar a las tropas y visitaron los barracones en los que se alojaban.

Compartieron con ellos el almuerzo en el comedor de la base. Chkalov les acompañó. Los soldados preguntaban curiosos por su vida en España, por la guerra, el exilio. Ellos se explicaron como mejor pudieron en su ruso atropellado. Después, el general les relató algunas de sus hazañas por los cielos del mundo. América, Rusia de norte a sur y de este a oeste, el Polo Norte... ¡El Polo Norte! Era difícil adivinar quién disfrutó más aquel día, si los chicos o el piloto.

La guinda del pastel llegó tras el almuerzo. Caminaron con calma ante decenas de aviones alineados a ambos lados de la pista del aeródromo. Chkalov se detuvo ante uno en concreto. Un Polikarpov RZ, un bombardero ligero.

—Esta es Natacha —dijo orgulloso el general—. ¿Veis algo que os resulte familiar?

Los chicos inspeccionaron el aparato, lo rodearon y se detuvieron al llegar a la cola. El alerón tenía pintados los colores de la bandera republicana. Se miraron y sonrieron.

—Este avión luchó en España contra los fascistas. Y mató a unos cuantos. —El general provocó un silencio cómplice—. ¿Quién quiere ser el primero en montar?

Aquello no lo esperaban. No supieron qué decir, pero enseguida todas las manos se alzaron impulsadas por un resorte.

Kiev a vista de pájaro, y el Dniéper serpenteante entre sus edificios. Los manchones verdes de los bosques colindantes, más allá los campos de trigo amarillos. El aparato se elevó un poco más, atravesaron una nube. Ignacio pensó que las alas quedarían enredadas como si fuera algodón. Bajo él, un colchón esponjoso de cúmulos blancos que invitaba a lanzarse sobre ellos.

—*Podozhdi!*[12] —le dijo el piloto.

Ignacio obedeció y se agarró como pudo. Antes de reaccionar se vio bocabajo, en el perfecto *loop* que le regaló el piloto. Un grito cargado de adrenalina, el piloto alargando la mano hacia él. El corazón ingrávido. Antes de aterrizar, Ignacio ya tenía la certeza de que su destino estaba, literalmente, en el aire.

El aro en llamas no parecía acobardar al león que, a una orden de su domadora, lo atravesó con arrojo. La trapecista

12. ¡Sujétate!

surcó la cúpula del circo como un ángel etéreo, los payasos provocaron una riada de carcajadas, con sus caídas, sus zapatones y sus narices rojas, el malabarista movía seis mazas con soltura mientras se mantenía en equilibrio sobre una barra apoyada en los hombros de dos forzudos, la contorsionista anudaba su cuerpo en posturas imposibles. El circo: la fábrica de fantasía que se colaba por los ojos de los niños, en cualquier época, en cualquier lugar, en cualquier circunstancia.

El rey de la noche hizo su aparición en la pista principal: el elefante. Engalanado con un tocado frontal en rojo y dorado que se alargaba hasta el nacimiento de la trompa, caminaba con pasos recios, serenos, aprendidos. Sobre su cuello, su domadora a horcajadas, una ninfa luminosa, rubia como el trigo de Ucrania, con ojos de mar y sonrisa de sol. La tiara y el minúsculo traje de lentejuelas eran del mismo tejido y color que el tocado del elefante. Con los brazos abiertos envolvía al público y su luz iluminaba toda la cúpula. Su presencia era sublime. Los pequeños miraban perplejos al animal, los chicos a la domadora, con aquel vestuario escaso que no dejaba espacio para la imaginación. Teresa y Vicenta admiraban su porte, su seguridad, sus movimientos delicados y firmes, su elegancia al apearse del animal.

Desfiló por la pista saludando al público y recorriendo las gradas con la mirada. Al llegar a la grada donde estaban los niños españoles, se detuvo. Fueron los últimos en entrar y recibieron el aplauso del público, que se había enterado de su visita. La domadora les saludó con una elegante reverencia y exclamó:

—¿Quién quiere ser mi ayudante?

Los chicos se levantaban y alzaban la mano. Los pequeños brincaban para ser los elegidos. La mujer echó una ojeada rápida hasta que su vista hizo blanco. Pilar Grisaleña Alegría fue la afortunada, la pequeña enfermiza que siempre iba pegada a Teresa. Tenía ocho años, dos trenzas ralas que le caían como algas por el rostro, pálida como la porcelana y ojos tristes, mucho. Pasaba más tiempo en la enfermería que con sus compañeros. La guerra, el exilio, la travesía, los cambios... todo se conjuró para empeorar su tuberculosis. A Teresa le tocó el corazón aquel rostro, representación pura del desamparo. Incluso le regaló su chaquetita calada, la que llevaba cuando salió de Bilbao y que a ella le había quedado pequeña. La misma que llevaba puesta ese día. Cuando la domadora la señaló con su cetro, primero afloró un gesto de recelo, y a continuación, la sorpresa. Ayudada por los dos payasos, saltó a la pista en volandas. La mujer la besó en la mejilla y la cogió de la mano mientras se acercaban al majestuoso animal. Pilar se acercó sin un ápice de temor. Como si fuera un juguete gigante, acarició su trompa y este le hizo cosquillas en la mano. A un toque de la domadora en su pata delantera, el elefante se arrodillo y ella trepó hasta su cuello con una agilidad sorprendente. Uno de los forzudos del malabarista elevó a la niña como una pluma hasta que quedó sentada delante de la maestra de ceremonias. Desfilaron por la pista, envueltas en el aplauso enardecido del público. La mujer saludaba con estilo y profesionalidad. Pilar la imitaba y agitaba la mano entusiasta, dueña de su momento de gloria, protagonista de su breve realidad.

Sin darse cuenta, dos lágrimas cayeron por las mejillas de Teresa, que la observaba desde la grada. Una extraña sensación de incertidumbre la invadió cuando vio a la pequeña saludar subida al paquidermo. Lo que un adulto llamaría presagio, aunque para ella no fuese más que desasosiego. Dos semanas después golpearía la verdad; su enfermedad se la llevó para siempre, volando entre las nubes a lomos de un elefante blanco.

Llegaron a la casa con la emoción brincando en los pies. Iban cargados de golosinas y regalos. Teresa y Vicenta cruzaban el pasillo mientras la pelirroja imitaba los movimientos y gestos de la domadora de elefantes. Tenía un porte especial, una elegancia salvaje que su naturaleza se empeñó siempre en manifestar.

El grupo de eibarreses llegó un poco antes y esperaban a sus compañeros mientras comentaban su día. Cuando Ignacio vio a Teresa, su sonrisa se encendió como un farol y corrió a su encuentro. Era la hora de cenar y, aun excitados por todo lo vivido, fueron bajando al comedor. Teresa e Ignacio se quedaron a solas. Le había guardado unas cuantas golosinas, en especial una piruleta preciosa de colores en espiral. Sabía que era un goloso. Él, entusiasmado, se sentó en la cama y la invitó a acercarse para contarle su aventura.

—¡He montado en avión, Tere! —exclamó mientras cogía su mano—. No te imaginas cómo se ve todo desde el cielo. ¡Hasta me he puesto unas gafas de aviador! ¡Cuando volvamos a España quiero hacerme piloto!

Teresa le observaba con pasión, rendida al atractivo que emanaba de su entusiasmo. Dejó que hablase, que el torrente de frenesí se desbordase, atropellado. No escatimó ni un detalle: los tanques, los soldados, el comedor, las armas, y por supuesto, los aviones.

Solo cuando paró de parlotear y tomar aire, Tere le contó su experiencia.

—Pues nosotros lo hemos pasado pipa —comenzó a decir—. Había leones, osos, perros, una trapecista que parecía un milano, y payasos, ¡que hacían una gracia...! Ah, y a Pilita la han sacado a la pista y ha subido en el elefante. ¡Lo que te has perdido!

Se miraban a los ojos, a la boca, a la sonrisa. Fluían entre ellos el amor en bruto de la tardoadolescencia, ese que no pide permiso y revolotea en mariposas.

—Venga, vamos o estos nos dejan sin cena —apremió Teresa tirando de su mano.

Él la besó en la mejilla, como hacía siempre, un beso casto pero no por eso más liviano de amor. Salieron al pasillo, bromeaban, reían. A pesar de sus circunstancias, sus desdichas y sus traumas, vivían su juventud con efervescencia y luz.

Al llegar a la escalera se encontraron con los rostros circunspectos de León y el director Novikov. Su aspecto era solemne, demasiado serio. Ambos miraban a Ignacio. La sonrisa se le congeló, sin tiempo a mudar el rictus. Teresa les miraba confundida. Ignacio supo enseguida que algo iba mal.

—Ven con nosotros, Ignacio —fue lo único que dijo el mexicano mientras le ponía la mano en el hombro.

El director se puso a su lado y los tres echaron a andar en dirección al despacho de Nóvikov.

Teresa les vio desaparecer con la intriga trepando por su espalda.

Echaron a correr hacia la casa en cuanto salieron de clase. Estaban impacientes por regresar, sobre todo Teresa. Ignacio llevaba dos días en la cama sin salir ni apenas comer. La noticia de la muerte de su sobrino Roberto de seis años le había sacudido directamente el corazón. Tío y sobrino mantuvieron siempre una relación muy especial, a medio camino entre hermanos y parientes. Esa relación que suelen tener los tíos jóvenes con los primeros sobrinos, cuando apenas les separan diez años. Una muerte absurda y vacía, una caída por un patio de luz del edificio, un descuido de su madre, la hermana de Ignacio. Ni siquiera había sido la guerra, la condenada guerra, o el hambre. Fue una broma macabra del destino, que a veces era así de desafortunado. Ojalá hubieran sido los fascistas, pensaba Ignacio. Sería más fácil para canalizar la pena, tener alguien a quien odiar.

Los chicos se sentían impotentes. Entraban en la habitación pero él permanecía inmóvil, con la mirada perdida y la mente en un viaje fugaz a su barrio, cuando no había bombas, ni barcos enemigos, ni exilios. Solo un mocoso de cuatro años que le seguía a todas partes y al que regaló sus canicas y sus cromos antes de partir. Su corazón crujió y empezaba a descascarillarse. La costra protectora de inocencia se perdió.

Uno a uno fueron saliendo de la habitación. Paco le dio un par de golpecitos en la espalda, Vicenta le estampó un sonoro beso en la mejilla, Joaquín Idígoras, un donostiarra tranquilo y de madurez forjada en sangre le dejó escondidos un par de pitillos en el cajón de la mesita de noche, junto a los dos que le había dejado el día anterior y que permanecían intactos. Idígoras tenía el don de la serenidad y sabía medir a la perfección los afectos para no crispar más el estado de ánimo de su amigo. Fue el único al que ofreció una mirada fugaz que el donostiarra entendió como agradecimiento.

Teresa se quedó la última, triste, indecisa. Entonces se levantó de la silla.

—Voy a traerte la cena —dijo casi en un susurro.

Ignacio le cogió la mano, ella se lo quedó mirando un instante mientras él se incorporaba. Se contemplaron en silencio, cómplices, amantes, hermanos. Sin soltarle la mano, se la llevó a su mejilla, la besó. Tere sonrió reconfortada. Se levantó y, estirándose la ropa, se encaminaron al comedor, concluyendo la escena que dejaron interrumpida tres días antes.

Era la primera vez que Teresa infringía las normas de la casa; cruzó el pasillo corriendo, algo que estaba absolutamente prohibido. Pero no vio a nadie y se atrevió a echar una carrera, pues llegaba muy tarde. Una de las puertas se abrió y tuvo que frenar de golpe. Demasiado tarde. Nikita, el profesor de Música, y León salían de uno de los despachos y el legajo que llevaba el mexicano en las manos voló por los aires. Las partituras y la traducción de la obra que se iba a representar quedaron esparcidas por todo el pasillo.

—Lo siento mucho, *tovarishch*[13] —Teresa se agachó y se apresuró a recoger el estropicio.

—¡Qué desastre! —se lamentó León mientras intentaba restablecer el orden de las páginas.

Habían pasado tres meses traduciendo la obra para la

13. Camarada.

visita especial que tenían aquella tarde. Los alumnos habían ensayado durante dos meses.

—¡Corre, venga, vete! —le apremió León, visiblemente enfadado.

Teresa obedeció pero al levantarse, se fijó en el mapa de España con las banderitas azules y rojas. Estas últimas representaban una cantidad insignificante. Algunas aisladas en Madrid, en Alicante, la mayoría agrupadas en el extremo nordeste, peleando por no ser expulsadas del mapa. Una fiel reproducción gráfica de lo que ocurría en aquellos días de enero del 39 en aquella frontera. Nikita se dio cuenta de la observación de Tere y lo único que se le ocurrió fue apremiarla, como había hecho su colega.

—*Davay, davay!*[14] —exclamó haciendo un gesto con la mano.

Si ella hubiese hecho alguna pregunta, ninguno de los dos le habría podido responder.

—¿Se puede saber dónde te metes? —Vicenta y Mariano apremiaban a Tere.

Había tenido que descoser el dobladillo para la obra de teatro. El vestido le quedaba demasiado corto y eso fue lo que provocó el retraso. La obra era *El alcalde de Zalamea*, y Teresa interpretaba a Isabel, la hija de Pedro Crespo. Un papel corto pero el eje sobre el que giraba la trama.

Ellos ya se habían cambiado. Los vestidos de las chicas eran de una sola pieza, imitando el jubón y la basquiña de la época aunque sin el incómodo guardainfante. Mariano, sin embargo, llevaba el atuendo completo: herreruelo, sombrero de ala, jubón y pantalones acuchillados. Rematado todo con botas de doblez. Perfecto para su interpretación de don Ál-

14. ¡Vamos, vamos!

varo Ataide. Su aspecto era impecable, digno de partir a los tercios de Flandes. Mariano era pulcro, ordenado y presumido. En su mesita de noche no faltaban hilo y aguja, botones, un peine y alguna pastilla de jabón. Los compañeros más crueles, para demostrar su hombría, se burlaban y le insultaban con calificativos despectivos como trucha, maricón o de la cáscara amarga. Apelativos que escucharon de críos. Mariano tenía una paciencia infinita pero a veces su ira se rebelaba y provocaba episodios violentos, como levantar un pupitre y estamparlo contra el suelo. Aquellos altercados le valieron más de una estancia en los «baños», un eufemismo que no era otra cosa que un intento de «curar su dolencia». Por eso prefería la compañía de las chicas, a las que jamás atosigó ni miró con ojos de lascivia. Para él eran sus hermanas, sus cómplices y ellas le mantenían a salvo de las burlas sobre su orientación sexual no reconocida.

Teresa se desnudó a toda prisa. Mientras Mariano le abrochaba el sujetador, Vicenta le metía el vestido por la cabeza. Después se sentó para que su amiga le hiciese el recogido del pelo.

—Voy a ver si hay mucha gente —dijo el chico alejándose con un taconeo que hacía oscilar su capa. Ellas apenas le prestaron atención.

—¿Por qué estás tan seria? —preguntó Vicenta—. No te muevas, que se te sale el flequillo.

Teresa permaneció en silencio unos instantes, con la vista fija en su propio reflejo.

—¿Crees que volveremos?

Su amiga recogió la pregunta pero iba dirigida a la imagen del espejo. Vicenta no contestó.

—El mapa ya casi no tiene banderitas rojas.

Sus miradas se cristalizaron en un cruce fugaz. Temiendo un llanto inoportuno, tiró del brazo de Teresa.

—Ven, vamos a asomarnos.

Abrieron una rendija en el telón y vieron que la sala estaba casi llena. En primera fila, la invitada de honor, una mujer morena, de pelo corto y liso, flequillo bruñido, facciones regias y una sonrisa traslúcida que intentaba sin éxito esconder una pena monstruosa, una pena de madre. Era nada menos que la poeta Anna Ajmátova, recién reincorporada a la vida literaria soviética, gracias a la hija de Stalin, que adoraba sus poemas.

León y Titi les ordenaron despejar el escenario, Mariano y otro grupo de actores se prepararon para la primera escena. El telón subió.

El comedor se convirtió en un lamento colectivo. Lo que empezó como euforia se tornó en estupefacción, para pasar al desconsuelo contenido y desembocar en una furia ingobernable. La noticia del final de la guerra en España causó tantas emociones que era difícil controlar semejante aluvión de sentimientos. El director acudió a la hora de la cena junto al comisario político para darles la noticia.

En cualquier época, en cualquier país, en cualquier circunstancia, la frase «la guerra ha terminado» siempre provocaba entusiasmo. El director la pronunció y esperó unos minutos. No por crueldad ni por dilatar el momento, sino porque él también necesitaba tomar aire antes de lanzarles el jarro de agua fría: el gobierno republicano había sido derrotado.

Lloros, rabia, primero contenida, después desbocada. La

posibilidad de regresar con los suyos se alejaba casi hasta el infinito. Las educadoras intentaban calmarles, aunque ellas, sobre todo las españolas, también lloraban con desconsuelo. Profesoras y empleadas les abrazaban, les limpiaban los mocos, les decían que todo iría bien. Valentina intentaba proteger a los pequeños, que se habían contagiado de la rabia de los mayores por la derrota. Vicenta buscó a sus hermanos y se abrazó a ellos, Blanca Peñafiel hizo lo mismo. Los mayores dejaban escapar su furia con improperios hacia los fascistas y palabrotas que, en otras circunstancias, no les hubieran permitido pronunciar. Ignacio, junto a sus primos, golpeó una puerta con tanta fuerza que le sangraron los nudillos. Otros daban patadas a las paredes, tiraban los platos...

Teresa lloraba impasible, con el corazón desbocado y la mirada perdida. El pasado se acababa de romper junto al hilo de esperanza de reunirse con los suyos. Titi se acercó a ella y le ofreció un vaso de agua. Ella lo lanzó al suelo de un codazo. Escondió la cabeza entre los brazos apoyados en la mesa y lloró con furia. Sus padres, Maritxu... La incertidumbre se dilataba como un globo. En aquella semioscuridad recreó sus rostros, las escenas en la cocina de la calle Egia, los baños en la Concha, los partidos de pelota. Su corta vida pasó por su cabeza como por la ventanilla de los trenes que atravesaban la estepa soviética. Permaneció así un buen rato mientras los llantos saturaban su mente. Deseó que, al levantar de nuevo la cabeza, todo hubiera sido una alucinación, un sueño atroz, una mala pasada de la añoranza. Pero la realidad siempre es más poderosa que el deseo y volvió en la voz del comisario político.

—Tenéis que estar tranquilos —dijo con voz firme, aunque intentaba que fuese lo más dulce posible.

Al verla sola, llorando sobre la mesa, Ignacio se acercó a ella, se sentó a su lado y la rodeó con el brazo. Ella se acurrucó en su pecho y sintió la rabia bullendo dentro de él.

—¿Qué va a pasar ahora con nosotros? —gritó el eibarrés. Viendo su arrojo, algunos se sumaron a sus comentarios.

—¿Cómo vamos a volver? —gritó Luis Lavín.

—¿Y nuestras familias? —añadió José Muguruza.

El revuelo se avivó otra vez y subió el tono del desconcierto. El director, junto con el resto del personal, logró a duras penas sofocar el barullo.

—Sois hijos de la Unión Soviética —continuó diciendo el comisario político—. Estáis a salvo y protegidos por nuestro gobierno.

El hombre, que mostraba su malestar e impotencia, se quedó sin palabras. El director le relevó en el discurso, aunque sabía que en aquellas circunstancias, poco más podría hacer. Tenían la pena a flor de piel y rechazarían cualquier intento de consuelo. Se dirigió a ellos con la ternura que le caracterizaba. Les aseguró que estarían bien cuidados, protegidos y que se convertirían en mujeres y hombres formados para la lucha. Pero sus palabras apenas fueron escuchadas. Comentaban entre ellos, se lamentaban y maldecían. Poco les importaba el patriotismo y una lucha que ya habían perdido.

Esa noche el insomnio fue el invitado de honor. Teresa y Vicenta se metieron juntas en la cama. A Blanca le permitieron dormir en la habitación de los chicos, con sus hermanos, igual que a otras. Juanita y Alicia también compartieron colchón. Aquella noche Vicenta no les contó ninguna de sus historias inventadas, las películas deformadas por su imaginación. Estaban viviendo una verdadera tragedia y ellas eran protagonistas. Las luces se apagaron y la noche se iluminó con los incandescentes ojos de la orfandad.

Fue un verano raro. El anuncio del fin de la guerra en España les golpeó con fuerza en el corazón. Acabar el curso supuso un esfuerzo extra para alumnos y profesores. Estaban despistados, tristes y con la mente en la inquietud por sus familias. Para Teresa y sus amigos, la noticia marcó a fuego el cambio de la adolescencia a la edad adulta. Los juegos ya no eran inocentes, solo fingidos. La diversión venía empapada de una sobrecarga de consciencia. Las risas llevaban impregnada la preocupación de la madurez. Los baños en el Dniéper no eran espontáneos y despreocupados. Ahora primaba un carácter reflexivo que les cogió con el pie cambiado. Mientras los pequeños chapoteaban en el río, ajenos a sus desvelos, ellos debatían, comentaban, especulaban. Así supieron más los unos de los otros. Teresa y su padre desaparecido, igual que el de Vicenta. Isaías y el desván, Paco y sus tíos en el frente... Fue en una de aquellas conversaciones cuando Ignacio les contó su historia. Su padre, metalúrgico de profesión, les había abandonado dejando a su madre con cuatro criaturas. Ella y sus hermanas mayores tiraron del carro de la familia para poder llevarse un mendrugo a la boca. Sentados en el tronco caído de un árbol a orillas del Dniéper, formaron una red de afectos que les protegía del desamparo.

Aquella Nochevieja fue especial. No solo porque daba paso

a una nueva década, sino por la celebración en sí. Los periódicos de la zona dieron la noticia de la derrota de los republicanos en la guerra de España. Los ucranianos les habían tomado un cariño especial a aquel grupo de niños morenitos y gritones. Al igual que las autoridades, los miembros de la cultura y la vida social quisieron celebrar el fin de año de forma especial, que olvidaran por unas horas la derrota y la desdicha.

Aquel 31 de diciembre de 1939 pasaron por la Casa de Niños número 13 de Kiev actores, escritores, militares, políticos, autoridades, bailarines y, cómo no, el circo: los payasos, un malabarista, dos equilibristas, cuatro chimpancés vestidos de frac y hasta un oso, que a saber cómo metieron al animal en el diminuto teatro sin que los chicos lo descubrieran. Hubo cena, celebración y hasta uvas al dar las doce. Bailaron y cantaron, mezclando la jota con el *gopak*, las sevillanas con el *kazachok*, las castañuelas con la balalaika... Pasadas las dos de la mañana, llegó el colofón: hicieron su entrada Ded Moroz y Snegúrochka,[15] que tiraban de un carrito repleto de regalos. Aunque la religión estaba prohibida, todo el mundo hacía la vista gorda ante el abuelo y la hija de las nieves, justificando la celebración bajo el manto del folclore. Los mayores aplaudían, los pequeños les miraban fascinados, sin saber que, bajo los disfraces, se escondían el director y Valentina. Contaba la leyenda que la joven Snegúrochka vivía con su abuelo en el bosque, pero la joven carecía de la capacidad de amar. Su madre se apiadó de ella y le concedió dicho don. Pero como en todos los cuentos, aquella virtud tenía sus inconvenientes. Cada vez que Sne-

15. Personajes del folclore ruso que hacen regalos a los niños la noche de fin de año.

gúrochka se enamoraba, su corazón se calentaba y ella se derretía. Aquella Nochevieja el amor de la hija de las nieves se desbordó, inundó el recinto, se convirtió en ríos de amor, manantiales de ternura, cascadas de aprecio. Agua en los aljibes de sus corazones que les calmaría en los momentos más duros que aún les quedaban por vivir.

El último curso fue el punto de inflexión en sus vidas. Debían decidir su futuro. El inesperado desenlace en la guerra de España obligó a las autoridades soviéticas a improvisar dos «casas de jóvenes», para que los que dejaban de ser «niños» pudieran continuar su educación y formar parte de la maquinaria soviética. Dichas casas estaban en Moscú y Leningrado, las dos ciudades más importantes del país. Durante esos meses tuvieron que decantarse por lo que más les interesaba. Además, acababan de estrenar década. Atrás quedaban los aciagos años treinta en los que viajaron a otro mundo. Casi tres años después empezaban a asentarse, sobre todo emocionalmente. La pérdida de la guerra y la imposibilidad del regreso a España les entristecía, pero al menos tenían un poco de seguridad, aunque fuera a corto plazo. Estaban convencidos del retorno, de que el fascismo sería derrotado y la República volvería.

Los pequeños se quedarían en la casa de niños, lo que ocasionó más de una escena dramática entre hermanos que debían separarse. Fue duro. Alejarse de nuevo de lo único que les mantenía unidos a sus recuerdos, su lazo carnal. Blanca Peñafiel fue la que más lloró. Dejar a cuatro hermanos pequeños no fue fácil. Ella, a la que apodaban mamá gallina, ahora se sentía como pollo sin cabeza. Ignacio y los otros cinco eibarreses lo tuvieron claro desde el principio: querían ser aviadores. Blanca Peñafiel y Alicia Casanovas soñaban con ser médicos. Teresa, convencida de que su sueño de ser marinero era poco realista, sabía que sus habilidades técnicas podrían ser una salida. El episodio del reloj dio la pista a los profesores sobre por dónde podría decantarse. El grupo de Moscú salió primero, entre los que se encontraban Ignacio, los eibarreses, Blanca Peñafiel y Alicia. Vicenta, al no tener claro dónde podría encajar, decidió seguir los pasos de Teresa en la fábrica escuela Etalón de Leningrado, como perito electricista. Partirían un par de semanas después.

Por última vez se encontraron en el árbol que les había hecho de amigo mudo y confidente durante tres años. Los cuatro de siempre: Teresa, Vicenta, Ignacio y Paco.

—Pues creo que en la casa de Moscú hay quinientos españoles —afirmó Paco refiriéndose a la casa de jóvenes.

—A mí me da igual —aseguró Ignacio—. Pienso entrar en la aviación y matar a todos los fascistas que pueda.

El eibarrés era de ideas fijas y estaba imbuido por el rencor y las ansias de venganza.

—Yo no sé cuántos seremos en Leningrado —dijo Vicenta—. ¿Tú qué crees, Tere?

Esta se limitó a encogerse de hombros. Fue una conversación forzada e incómoda. Teresa miraba la corriente del Dniéper avanzar, como su destino, vertiginoso hacia un mar de tiniebla. Ignacio, a su lado, le cogió la mano. Vicenta y Paco se perdieron en el bosque y quedaron solos.

—Tenemos que escribirnos todos los días —le instó él, mientras le rodeaba los hombros. Ella se estremeció. La tristeza y el desamparo, la excitación y el desconcierto volvían a su pecho—. En cuanto me dejen entrar en la academia, voy a ir a buscarte.

Teresa le miró a los ojos, que titilaban igual que temblaba su barbilla. Él la atrajo hacia sí y sus labios se rozaron con ternura. Los ojos de ella se inundaron. Desbordada de miedo y desdicha, su única reacción fue levantarse y echar a correr. Corrió y corrió, sin descanso, llorando sin consuelo. Sin saber por qué. Se encerró en su cuarto y siguió llorando hasta quedarse dormida.

Ignacio, con el grupo de Moscú, partió a la mañana siguiente. La despedida fue protocolaria y algo fría. Los dos jóvenes se buscaron, se miraron y contrajeron una deuda de amor. Teresa le dejó a deber un beso. Ignacio un reencuentro. Y aunque la deuda se saldó, hoy, más de ochenta años después, los intereses siguen corriendo.

7

De nuevo Leningrado

—Así, que encaje bien. Tiene que quedar tenso pero sin forzarlo. Ahora ponle el punto de soldadura. *Khorosho!*[16]

Katya celebró con regocijo la perfección con la que Teresa había logrado bobinar su primer amperímetro. Esta lo sujetó orgullosa y se lo puso delante a Vicenta que, por el contrario, tenía los dedos metidos en una maraña de hilo de cobre. Definitivamente la electrónica no era lo suyo. Teresa, en cambio, demostró una sorprendente habilidad para los trabajos de precisión. La fábrica-escuela Etalón formaba parte del Instituto Científico de Investigación de Metrología de la Unión Soviética. Los estudiantes compaginaban los estudios de perito electricista con el trabajo práctico. Teresa estaba convencida de que había sido la mejor elección. Tenía talento y paciencia, cualidades imprescindibles para el oficio. Aprendía rápido, y asistía atenta a las clases que impartían

16. ¡Bien, bravo!

los profesores, los mismos que les guiaban en los laboratorios donde trabajaban tres días por semana.

Llevaban seis meses en Leningrado, en la casa de jóvenes que el gobierno instauró especialmente para ellos, en vista de la imposibilidad de su retorno a España. Haciendo gala de su pragmatismo, las autoridades determinaron que continuasen su formación en la patria de Lenin, que formasen parte del engranaje proletario soviético. Se les envió a diferentes puntos del país según sus conocimientos e inquietudes. Teresa lo tuvo claro desde el principio. Vicenta no tanto. Pero ante la posibilidad de verse sola en otra ciudad, prefirió seguir junto a su amiga e iniciar juntas los estudios de electrónica.

El ambiente de trabajo era inmejorable. Españoles y soviéticos se mezclaban, compartían, estudiaban y aprendían juntos. Aunque los primeros recibían siempre un poco más de atención y trato exquisito. Conscientes del desarraigo y las carencias de aquel grupo, se volcaban en enseñarles y formarles con paciencia, cariño e incluso buen humor. Katya, la profesora de bobinaje, era una leningradesa de la cabeza a los pies. Estilizada y atractiva, rubia como el centeno, de ojos azules que la edad comenzaba a tornar en grises, mirada indulgente y hermosas arrugas incipientes que tallaban un rostro sabio. Elegante en su porte y su actitud. Susurraba las lecciones y sus enseñanzas se colaban en los alumnos con la dulzura del agua de lluvia en la tierra. A los quince años ingresó en la Etalón como obrera y estudiante. Con los años se especializó en bobinaje hasta convertirse en la mejor en su ramo. Era la veterana y, sin pretenderlo, había adquirido un rol maternal que a ella le complacía, máxime cuando no había tenido hijos. Nunca le importó. Sus alumnos sustituían con creces la figura filial.

—Felicidades, Teresa. Me ha dicho Katya que has hecho tu primera bobina. —Una voz grave y acogedora sonó a su espalda.

Los ojos negros de Tomasov resultaban cautivadores. Tere bajó el rostro, casi avergonzada. Vicenta se atusó la melena pelirroja y el resto de las compañeras, españolas y rusas, miraban de reojo mientras fingían trabajar.

Tomasov era el profesor que les formaba en las mediciones de los omnios. Un judío de origen sefardí, o al menos eso les contó a las chicas españolas, quizá como un intento de empatizar con ellas. Era alto, de cuerpo regio y fibroso, facciones angulosas y abundante pelo negro. Apenas alcanzaba la treintena. Era angustiosamente guapo. Además, formaba parte de la directiva, y eso le añadía un atractivo adicional a ojos de las jovencitas. Katya era consciente de la perturbación que provocaba entre las chicas. Pero lejos de incomodarla, consideró su influencia como un alivio y estímulo en las duras jornadas. Además, previendo algún encuentro con el apuesto profesor, todas cuidaban su aspecto y se presentaban en sus puestos pulcras y aseadas, cualidad extremadamente considerada por «el partido». Y Katya rezumaba comunismo por todos sus poros. El resto de los profesores se acercaban más a la edad de Katya. Mentes eminentes reclutadas por el gobierno en pos de la prosperidad. Todos ellos condecorados por el régimen. Stalin era exigente, y siempre buscaba a los mejores profesionales, y la comunidad judía era un buen caladero de expertos en cualquier materia. Aunque el destino de la mayoría de ellos fuese la persecución, el exilio o la muerte.

El timbre anunció el final de la jornada y la planta de producción se convirtió en un palomar agitado.

Salieron por la bocacalle que moría en la avenida Moskovsky. El grupo de españolas iban siempre juntas. Caminaban con atención para no resbalar con la nieve. Era su primer invierno en Leningrado, pero ya habían desarrollado la suficiente pericia para andar por las calles y aceras con suficiente soltura. La eterna nieve era como la segunda piel de una ciudad que parecía necesitar el frío para sentirse activa. Nieve en las aceras, en los bordillos, en las calzadas, en los tejados, en las balaustradas, en los tilos, en los bancos de los parques... Las bajas temperaturas conservaban la capa de azúcar glas de aquella ciudad dulce y vistosa como un merengue.

Oyeron la campana del tranvía que se acercaba. Teresa tiró de Vicenta y corrieron cogidas de la mano para alcanzarlo.

—¡Nos vemos luego! —gritó a sus compañeras mientras arrastraba a Vicenta y hacía equilibrios para no caerse y acabar de bruces en la nieve.

Tere tenía prisa. Quería llegar a tiempo antes de que cerraran. Saltaron al tranvía con la agilidad de la juventud. A su edad lo que les sobraba era vitalidad. Como siempre, el tranvía iba a reventar de gente. Aunque, incomprensiblemente, siempre había sitio para uno más. Avanzaron con torpeza hasta el centro, buscando inconscientes el calor humano. El vehículo arrancó y el traqueteo hizo tambalearse a los pasajeros. Teresa le dio un pisotón a una anciana que escondía su rostro bajo un pañuelo blanco.

—*Svin'ya*[17] —se disculpó Teresa, en un ruso que cada vez dominaba mejor.

17. Cerda.

La mujer levantó el rostro sorprendida y la miró con cierto enfado. Teresa se sorprendió.

—¡Será antipática! —se quejó—. ¡Pero si le he pedido perdón!

Vicenta intentaba disimular la risa. La anciana, al escucharlas hablar en otro idioma, rompió su enfado con una ruidosa carcajada. Teresa las miraba sin entender.

—La acabas de llamar cerda —le dijo divertida.

Entonces cayó en la cuenta de la similitud fonética de ambas palabras. El rubor le subió al rostro. No sabía dónde meterse.

—*Izvinite*! *Izvinite*! *Izvinite*![18] —se disculpó una y otra vez con la mujer.

Pidió perdón una y mil veces, por el pisotón y la metedura de pata, que fue descomunal. Se acercó a ella en un intento de que la disculpa fuese más efectiva. Incluso se agachó para ponerse a su altura mientras se llevaba las manos a la boca. La mujer agitó una mano quitándole importancia, pero muerta de risa. Aún se carcajeaba cuando bajó en la siguiente parada. Esa noche tendría algo divertido que contar a su familia.

El tranvía recorrió la avenida hasta cruzar el canal Fontaka para seguir por Sadovaya. Aunque fue la primera ciudad que pisaron al llegar a la Unión Soviética, no fue hasta ese otoño cuando descubrieron Leningrado. La ciudad de los zares supuso para ellas la libertad e independencia como ciudadanas de pleno derecho, trabajadoras y colaborativas. Disponían de un sueldo para administrar como mejor supieran. La primera compra de Teresa fue un abrigo de algodón y guata que pesaba como un muerto pero que la prote-

18. ¡Lo siento! ¡Lo siento! ¡Lo siento!

gía del inclemente tiempo. Un abrigo que, años más tarde, le salvaría la vida, literalmente.

La ciudad les tendía sus manos con la arquitectura neoclásica rusa, que el también neoclásico estalinista intentaba ocultar sin éxito. Banderas, pasquines, estatuas de Lenin, retratos gigantescos de Stalin. Todo un despliegue de comunismo con el que tropezaban al doblar cualquier esquina en la ya conocida como la Ciudad de los Obreros. Prohibida la religión, Stalin se había erigido como el sumo sacerdote del comunismo. Leningrado, Petersburgo, Petrogrado. La ciudad de los zares, legítima capital del país, cuna de la cultura y la intelectualidad. Cobijo de Shostakovich, Chaikovski, Mendeléiev, Dostoievski, Krúpskaya. Era la más cultural y bohemia del país, lo que no pasó desapercibido para Stalin, pues ya se sabe que donde hay cultura hay pensamiento y los dictadores tienden a confundir la opinión con la subversión. No en vano fue objeto de las más duras purgas durante los primeros años treinta. Leningrado, cosmopolita, renovada y con flamante uniforme comunista, pero a la que le asomaban las enaguas de fino encaje, las charreteras y el terciopelo de tiempos pasados. Una vieja dama dinámica, mágica y mística, adaptada al nuevo estado, pero resentida, como aquellas viejas nobles que se resistían a desprenderse de sus joyas y sus astracanes.

El repique de la campanilla activó una voz desde el fondo del establecimiento.

—*Teper' ya vykhozhu!*[19] —gritó una voz desde dentro.

19. ¡Ahora salgo!

Teresa se desabrochó el abrigo y sacudió los copos de nieve que empezaban a caer en el exterior.

Pasearon los ojos por las paredes y estanterías. Vicenta contemplaba los retratos de las artistas de teatro y cine, de cabellos rubios y ojos de agua. Se detuvo ante una imagen enorme de Lyubov Orlova. Quedó fascinada por su melena dorada y su elegancia. Incluso se le pasó por la cabeza teñirse el pelo. Afortunadamente, desistió de la idea. Quería ser como ella, o como muchas otras a las que había visto en la pantalla de cine. El cine era un arte que los rusos no dominaban pero que les interesaba en extremo. Todos los domingos había película en la casa de jóvenes, aunque ellas a veces preferían pasear por la ciudad y sumergirse en las modernas salas de reciente construcción. Una de ellas era el cine Moscú, donde pocos días antes habían disfrutado del estreno de *El gran vals*, con la deslumbrante Miliza Korjus, de la que Vicenta quedó prendada. Teresa, por el contrario, se regalaba observando las cámaras fotográficas, ingenios tecnológicos que la tenían desconcertada. Cogió una que había sobre el mostrador, ligera, compacta y muy diferente a las utilizadas hasta entonces, pesadas y de poca definición. Se la acercó a la cara y encajó el ojo en el objetivo.

—Mírame —le pidió a su amiga, divertida.

Vicenta se plantó ante ella y gesticuló las posturas aprendidas en las proyecciones de los domingos. Lo cierto es que tenía mucho estilo, no como ella, que nunca supo qué postura adoptar cuando le sacaban una foto. Años más tarde tendría que aprender, o al menos fingirlo.

De la trastienda salió un soldado de rostro tan bisoño que, más que un uniforme, parecía que llevase un disfraz. Le acompañaba una joven vestida con falda parda y camisa blanca inmaculada.

—Estará lista la semana que viene —dijo el señor Semiónov.

La pareja salió de la tienda sonriente, ilusionados por haber inmortalizado un instante de su amor.

—¡Mis queridas españolas! —exclamó el hombre, ya con su atención en ellas—. Es una Sport GOMZ —se dirigió a Teresa, que aún seguía con la cámara en la mano—. Se fabrican aquí, en Leningrado. Tiene un prisma...

—¿Tiene ya lo nuestro? —interrumpió Teresa, impaciente por verse impresa en una cartulina.

—¡Por supuesto! Habéis quedado preciosas —afirmó mientras rodeaba el mostrador.

El señor Semiónov era un hombre enjuto, de pelo cano ligeramente crecido que dejaba entrever los restos de un atractivo ya lejano. Una barba rala en perilla, ojos hundidos, piel ajada, con unos anteojos redondos y pequeños que sujetaba en un gesto cada vez que ponía atención a algo.

Mientras rebuscaba en los cajones, Teresa observaba el retrato de Lenin, de sobra conocido, arengando a las masas, con el gabán al viento y la gorra en el bolsillo, cuando llegó en 1917 a la ciudad que llevaba su nombre.

—Yo hice esa foto —afirmó el hombre rebuscando en el archivador.

Teresa se sorprendió aunque guardó silencio. Miró a Vicenta, que le hizo un gesto con el dedo en la sien, dando a entender que no se creía las batallitas de un viejo. Quién sabe. Quizá fuese cierto, aunque ellas tenían más interés en ver los retratos.

Cuatro fotografías, dos primeros planos de cada una, y otras dos de ambas en pose fraternal. Teresa cogió la suya. No le desagradó el resultado. Se vio guapa, con el pelo recogido, raya en medio y las trenzas rodeando su coronilla, como las rusas. El gesto con una sonrisa incipiente, sin ser abierta, los ojos relumbrantes, enfocados en el destinatario de la foto.

—Estoy horrible —se quejó Vicenta—. ¡Mira qué pelos!

Teresa alargó el cuello para ver la foto de su amiga.

—¡Qué va! Tu pelo es precioso —le rebatió.

Pagaron al señor Semiónov y la campanilla volvió a repicar cuando abandonaron el establecimiento.

Recorrieron a pie el trecho hasta la casa de jóvenes, en el número 14 de la avenida Nevsky, la arteria principal de la ciudad, cobijo de encuentros, historias y cuentos. Rezumaba cierto misticismo, cierta espiritualidad a la que sucumbieron artistas, escritores y, sobre todo, el pueblo. La arquitectura poética de la calle conducía a los viandantes como si tuviera vida propia, tal y como la describió Gógol.

El sol fugaz de finales del invierno se adormeció temprano y la noche cerró el cielo a cal y canto. El invierno del 40 estaba siendo especialmente duro, con temperaturas que alcanzaban los treinta grados bajo cero. No les quedó más remedio que aprender a combatir el frío. Si en Kiev se acostumbraron a su crudeza, en Leningrado aprendieron cómo el frío transforma un lugar, un cuerpo, un mundo. La nieve protegía la urbe como una sábana sobre los muebles de una casa cerrada que se abre en primavera para mostrar todo su esplendor.

La casa de jóvenes era un edificio de cinco plantas de reciente construcción. La derrota de los republicanos en la guerra de España añadió una preocupación más al gobierno soviético. Los más pequeños permanecieron en las casas de niños para terminar los estudios. Eran los mayores los que precisaban con urgencia una solución. Esta llegó con la creación de las dos casas de jóvenes, en Moscú y Leningrado.

Si la casa de niños de Kiev, con su centenar de criaturas, era ejemplo de comportamiento y convivencia, ese cariz cambió cuando llegaron a Leningrado. Eran casi trescientos chicos, de los cuales solo cincuenta eran chicas. La adaptación no fue lo idílica que se habría esperado. Fue tanto el mimo con el que les trataron al llegar al país que algunos desarrollaron un comportamiento un tanto burgués, incluso condescendiente para los propios rusos. Otros, en cambio, no aceptaban la realidad a la que se vieron arrastrados y mostraron su rebeldía, incluso algunos se dieron a la delincuencia y el pillaje. No era fácil la convivencia, por mucho que les uniera el paisanaje. Teresa y el resto de sus compañeras habían tenido suerte. Entre ellas nunca hubo el más mínimo roce, al contrario, siempre se apoyaron, incluso en los momentos más duros que les tocaría vivir. Teresa y Vicenta se tenían la una a la otra, y el nudo se apretaba cada vez con más fuerza.

Llegaron a la casa y Vicenta se adelantó corriendo para subir a la quinta planta, donde dormían las chicas. Teresa la miró con recelo. Era su cumpleaños y Vicenta no había hecho mención durante todo el día. Al entrar en el dormitorio, sus compañeras estaban reunidas frente a su cama. Cuando la vieron gritaron todas al unísono: «¡Felicidades!». No se lo esperaba. Sintió que se estremecía, aunque no le dio tiempo a emocionarse, pues enseguida la rodearon y se la comieron a besos. Al fin la dejaron respirar. Su amiga le tendió un paquete envuelto en papel verde brillante con un gracioso lazo.

—Es de parte de todas. ¡Ábrelo! —le espetó impaciente.

Estaba tan nerviosa que le temblaban las manos. Desenvolvió el regalo con sumo cuidado para no romper el papel. Sus compañeras se impacientaban pero la dejaron hacer. Era un frasco del popular perfume Krasnaya Moskva que todas las mujeres rusas anhelaban pero que pocas conseguían debido a su elevado precio.

—¡Pero qué bobas sois! —dijo, ahora sí, emocionada.

Se secó una lágrima que había escapado de su párpado. Entonces vio sobre su mesita de noche un enorme ramo de claveles y margaritas.

—Pero, chicas, ¿también flores? No hacía falta —añadió intimidada por tanto halago.

—¿Flores? ¡Ah, pero si hay un ramo de flores! —María Pardina, una madrileña corpulenta, algo hombruna, vasta y valiente, se hacía la sorprendida, aunque se le daba bastante mal.

—¿Qué flores? A ver... —añadió Alicia Casanovas, la niña enfermiza que requería sus caricias para dormir en la casa de Kiev.

Hablaban con fingido asombro picarón.

—Bueno, vamos a cenar, que si no, nos llevaremos una bronca, como siempre. —Vicenta se mostraba inusualmente impaciente. Aquello sí que era extraño, y la suspicacia aumentó en Teresa.

Salieron casi en tropel de la habitación. Cuando se quedó sola, contempló las flores. Seguro que se habían hecho las sorprendidas y las habían comprado entre todas. Las conocía bien. Eran preciosas.

—No sabía cuáles eran tus preferidas —pronunció una voz masculina a su espalda.

El corazón le dio un vuelco y se le encajó en la garganta. No podía ser... Pero sí, se volvió y la figura esbelta y resuelta de Ignacio le sonrió desde el quicio de la puerta. Aquella media sonrisa tan suya, tan de los dos. Pero no era el Ignacio adolescente que dejó en Kiev. Ante ella tenía un Ignacio adulto, serio, respetable, entrando ya en la madurez. El uniforme de aviador, el abrigo grueso con cuello de piel de oveja, la gorra, y sobre todo la actitud, era lo que reflejaba aquel cambio. Teresa se había quedado literalmente sin habla. Se acercó a ella despacio, con una seguridad desconocida. Tere bajó la mirada ruborizada. Él le alzó el rostro con su dedo índice en el mentón. Se fundieron en un abrazo que volatilizó la añoranza de los últimos meses y que hubiera derretido toda la nieve de Leningrado. Las cartas, los recuerdos, incluso las llamadas de teléfono no habían sido suficientes para suavizar la nostalgia de la separación. Volvió el calor del amor y la ternura, el olor del deseo, de la perturbación, del compromiso, de la familia, la única que tenían: el uno al otro.

Ignacio se retiró levemente y la admiró de arriba abajo.

—¡Pero qué guapa estás! —dijo, entusiasmado.

Teresa se ruborizó de nuevo.

—Tú también estás muy guapo con el uniforme. —Al fin consiguió articular una frase—. ¿Por qué no me dijiste que ibas a venir?

—Entonces no habría sido una sorpresa —rio, divertido—. Échale la culpa a Vicenta, ella ha sido mi cómplice.

¡La voy a matar!, pensó Teresa sin acritud. Ahora entendía aquel secretismo cuando su amiga recibió una carta de Luis Lavín. Se extrañó al descubrir que existía correspondencia entre ambos. Aunque habían sido compañeros en

Kiev, la relación nunca fue tan estrecha como para que se carteasen. Cuando Teresa le preguntó, Vicenta le respondió con evasivas. En realidad la carta era de Ignacio, pero con el remitente de Lavín, y en ella le comunicaba su intención de sorprender a Teresa en su cumpleaños.

—Ven, acompáñame —dijo, entusiasmado. La tomó de la mano e hizo que le siguiera.

Bajaron hasta la primera planta, a las oficinas de los profesores y educadores. En el trayecto de las escaleras, se cruzó con algún joven que le saludó con entusiasmo. Él respondió educado pero sin detenerse. Llegaron hasta uno de los despachos e Ignacio llamó antes de entrar.

—Adelante —sonó una voz ronca. Teresa reconoció a Federico Pita, educador español responsable de la casa de jóvenes.

—Con su permiso, camarada Pita.

Este les invitó a sentarse con un simple gesto. Federico Pita era un abogado madrileño, miembro de la Comisión Ejecutiva de las Juventudes Socialistas. Refugiado en un campo del sur de Francia, consiguió llegar a la Unión Soviética a través de sus múltiples contactos. Una vez en el país, y con trece casas de niños españoles abiertas, no le resultó difícil conseguir trabajo como educador. Sus conocimientos y elocuencia le llevaron a la subdirección de la casa de jóvenes de Leningrado. Tenía la suficiente formación y templanza, pero también era seductor y zalamero, con lo que ganaba la otra mitad del camino. Era un hombre culto, que siempre hizo uso de su saber para darle a su lucha un cariz más académico. Aunque su jovialidad y una pizca de chulería se dejaban ver en su actitud. Por mucho que los españoles se integrasen en la sociedad y la cultura rusas, ocultar el singular carácter insolente se hacía casi imposible. Sentía un especial cariño por Teresa, pues su mujer, que se había quedado en Madrid, frecuentaba la frutería del barrio que, casualmente, pertenecía a su tía Antonia, la hermana de su madre.

Pita, sin levantar la vista, revisaba documentos con falsa naturalidad. Tras unos minutos de espera, metió el legajo de folios en una carpeta y les contempló en silencio con la mirada procaz. Ignacio se mostraba inquieto; Teresa, intrigada. Al fin, el chico rompió la incomodidad.

—He venido a llevarme a Teresa —afirmó taxativo, sin sugerencias, sin preguntas. Pura afirmación que no pareció sorprender al educador.

—¿Llevártela adónde? ¿Al cine? —Pita disfrutaba con la inocente tortura de jugar al despiste.

—A Moscú, conmigo. Voy a casarme con ella —añadió.

Un sudor frío recorrió la espalda de Teresa. Ignacio hablaba sin parar, por miedo a ser interrumpido con alguno de los sarcasmos del madrileño. Contó cómo en la casa de jóvenes de Moscú ya había parejas que se habían casado y se les permitía vivir juntos. Que la quería y no estaba dispuesto a esperar para estar con ella. Lo tenía todo preparado, incluso había hablado con los educadores de la casa de Moscú y estaban de acuerdo. Ella intentaba organizar tal cantidad de información en su cabeza. Satisfecha al saberse correspondida por Ignacio, pero también algo indignada. Hubiese preferido que lo hubiesen hablado los dos antes. Todo el monólogo era en singular: «conmigo», «voy», «yo he hablado»... Ni un «nosotros», ni un «nuestro», ni un «vamos a». Pero estaba tan emocionada que pudo más la idea excitante de una vida al lado de su amor. De un futuro abierto ante ellos, de una familia nueva, de una vida feliz. Volvió el rostro hacia Ignacio, que había terminado su alegato y esperaba la reacción de Pita. El chico la miró y cogió su mano en un gesto que quería mostrar tranquilidad. El hombre se incorporó en su asiento, aún con un resto de sonrisa cáustica en su boca.

—¿Y no sois un poco jóvenes para estar pensando en casamientos? —preguntó de forma retórica—. Tere acaba de empezar sus estudios, y tú aún estás en la academia.

—Lo que yo quiero es entrar en el ejército —afirmó rotundo Ignacio—. Tendré un sueldo y podré mantener a mi familia.

Para un extranjero era difícil, por no decir imposible, ingresar en el Ejército Rojo. El gobierno soviético era reacio a cualquier influencia externa que pudiera colarse entre sus filas. Pero Pita era consciente de que, dada la situación en Europa, los rusos tendrían que dejar de lado sus reticencias.

—A ver —suspiró hondo antes de hablar—. ¿Por qué no esperáis un año más? Teresa podrá formarse y tener un oficio con el que ganarse la vida. Además, solo tiene... dieciséis años cumples hoy, ¿no? —se dirigió a ella—. Y tú cuántos tienes, ¿diecisiete?

—Diecinueve —respondió el eibarrés con su gallardía característica.

—Vamos a esperar, y después ya veremos —dijo mientras se levantaba y se dirigía al perchero del que colgaba su abrigo—. Quién sabe dónde estaremos dentro de un año. A lo mejor el maldito Hitler se nos ha llevado a todos por delante.

Estas últimas frases las pronunció casi en un susurro.

Los dos jóvenes se levantaron al ver al educador enfundarse su abrigo. Sin saber qué decir, salieron del despacho taciturnos. Pita cerró con llave y caminó unos pasos en dirección contraria. Entonces se detuvo.

—Feliz cumpleaños, Tere —y con un guiño les despidió dejándoles con la incertidumbre revoloteando.

Veinte grados bajo cero les arropaban en la diáfana noche de Leningrado. Mientras el resto de sus compañeros cenaba, ellos paseaban por el patio y apuraban las pocas horas juntos que se habían concedido.

—¿Qué ha querido decir Pita con lo de Hitler? —preguntó Tere con la esperanza de obtener una respuesta diferente a sus sospechas. ¿Va a haber otra guerra?

—Nada, mujer. Si Hitler firmó un acuerdo para no atacar la Unión Soviética. No van a invadirnos —intentó tranquilizarla. Ignacio estaba al tanto de las estrategias políticas del gobierno soviético respecto al resto de Europa, que ya llevaba dos años de guerra encarnizada.

—Ya, pero Hitler es un fascista, y tú eres el primero que no se fía de los fascistas.

Tenía razón; no podía fiarse de un fascista. Les odiaba con todas sus fuerzas. Ignacio no supo qué responder y cambió de tema.

—Tengo un regalo para ti —dijo, sonriente.

—¿Otro? —Teresa se sorprendió una vez más.

Metió la mano en el bolsillo del abrigo y sacó una pequeña bolsa de algodón atada con una bonita cinta.

—¿Qué es? —preguntó ella.

—Ábrelo.

Deshizo el lazo y rebuscó con los dedos. Un pequeño anillo de plata en forma de hiedra se deslizó en su mano.

—¡Qué bonito es! —fue lo único que acertó a decir.

Entrelazaron las manos y la rodeó con su brazo hasta que sus rostros casi se rozaron.

—¿Esta vez también vas a salir corriendo? —preguntó divertido.

Tere permaneció inmóvil, perdida en aquella mirada llena de promesas. No negó, tampoco afirmó. Sus ojos respondieron por ella. Era el momento de saldar su deuda. Sus labios se rozaron unos instantes antes de profundizar hasta sus corazones. Un beso húmedo y profundo, explorador, travieso. Un beso que arrastró con él un pedacito de sus almas y selló una certeza: la de saberse amados, añorados y enamorados profundamente.

8

Arde el mundo

El solsticio de verano cosía el ocaso con el alba y escondía en un pliegue las noches blancas. El 22 de junio de 1942 amaneció soleado y terso tras las lluvias de los días anteriores.

Era domingo, y la casa de jóvenes se preparaba para una de aquellas excursiones pedagógicas que formaban parte de su esmerada educación. Si la Unión Soviética se tomaba en serio la educación de sus ciudadanos, aquel puñado de niños españoles desarraigados suponían un reto personal para una parte del régimen. Fue fácil los primeros años, mientras permanecieron en las casas de niños. En la infancia no se cuestiona la información ni los impulsos externos. Pero en la adolescencia y juventud, no bastaban las ideas preconcebidas. A esa edad el cerebro empieza a procesar y cuestionar el entorno. Por eso era importante brindarles una visión histórica lo bastante amplia como para afrontar el porvenir.

El plan de aquel domingo era visitar el palacio de Catalina, la residencia de verano de los antiguos zares en Pushkin, al sur de Leningrado. Una construcción que, según les habían explicado, gozaba de un lujo obsceno pero que suponía un orgullo para los leningradeses. Allí se hallaba la mítica habitación de ámbar, la joya del recinto. Un salón cubierto en su totalidad con seis toneladas de ámbar extraído del mar Báltico, labrado, trabajado y expuesto para deleite de la zarina. Cuatro años después, los nazis lo desmontarían en uno de sus muchos expolios de obras de arte, aunque el paradero de dicha sala es desconocido hasta hoy. Algunos dicen que el barco en el que lo transportaban naufragó en el Báltico, retornando así el ámbar a su lugar de origen. En cualquier caso, Teresa nunca llegaría a ver la que se consideraba una de las siete maravillas del mundo.

Los anchos pasillos de la residencia servían de salón de baile en los días festivos. El director había comprado un gramófono para que tuvieran a su alcance toda clase de música: tangos, valses, pasodobles, jotas, sevillanas y las más tradicionales y populares piezas del folclore ruso. Aunque su intención última no era otra que mantenerles apartados de la perversidad del jazz, el swing, el foxtrot o el charlestón, que consideraba movimientos burgueses y depravados. Evidentemente, no pocas veces tales recomendaciones caían en saco roto, y los chicos escapaban por las ventanas para colarse en los clubes y hoteles donde las bandas interpretaban la música americana más vanguardista. A veces eran descubiertos en sus rebeldías, que se traducían en castigos que iban desde dejarles sin ir al cine o limpiar el jardín durante una semana. El baile moderno no estaba prohibido, pero tampoco era bien visto.

Teresa y Vicenta siempre bailaban juntas. Algunas veces los compañeros las invitaban a bailar, pero ellas preferían formar su propia pareja. Teresa era la técnica, la perfección en los pasos, los movimientos y las formas. Vicenta era sensualidad y ritmo. Envueltas en los acordes lentos y cadentes de Juan Maglio, recorrían el espacio hasta atraer la atención de todos. Daba gusto verlas.

Tres meses habían pasado desde que Ignacio visitó a Teresa en Leningrado. Las cartas llegaban puntuales cada semana. En ellas le contaba su vida en el nuevo destino y el frío que pasaba en el campamento, a diez o quince bajo cero. Teresa contestaba a todas sin excepción, e incluía a menudo los jerséis, bufandas y gorros que tejía para él. Tras cuatro años de incertidumbre sin unas coordenadas marcadas, la vida parecía haberle señalado al fin un destino por alcanzar y una promesa por cumplir junto a Ignacio. Y aun sin perder de vista el camino dejado atrás, por primera vez en su historia podía elegir su ruta. Pero la brújula de la vida dio un giro insospechado, para ella y para el mundo entero.

Un mes después de su visita a Teresa, Ignacio y los cinco eibarreses ingresaron en la Academia Superior de Aviación Chkalov, en la ciudad de Borisoglebsk. A ellos se les unieron Antonio Uribe, hermano de Vicente Uribe, el ministro de Agricultura durante la República española, y Rubén Ruiz, este último era nada menos que el hijo de la Pasionaria. Lo conocieron el día de Año Nuevo, cuando Dolores visitó la casa de jóvenes de Moscú. La sugerencia de la dirigente comunista fue que se nacionalizasen soviéticos. Ella sabía muy bien que el retorno a España era imposible. Si había que luchar, que fuese por los ideales generales, y la Unión Soviética era el lugar idóneo. Los ocho aguerridos españoles no se lo pensaron dos veces.

En mitad de un giro del baile, la música paró y las chicas quedaron congeladas en una postura difícil. Vieron entonces a Federico Pita acercarse por el pasillo con paso rápido y el rostro desencajado. Abrió las ventanas con la ayuda del director e instó a todos a escuchar la comunicación que brotaba de los altavoces. La voz acerada de Mólotov se dirigía al pueblo:

«Ciudadanos de la Unión Soviética. El gobierno soviético y su líder, el camarada Stalin, me han autorizado a formular la siguiente declaración: Hoy a las 4 de la mañana, las tropas alemanas atacaron nuestro país...».

Los murmullos crecieron. ¿Qué significaba aquello? ¿Un ataque? ¿Cuál era el motivo? Entre interrogantes, conceptos vagos y lamentos, se oyó la palabra más temida, aquella que los españoles ya empezaban a olvidar: guerra. El director chistó pidiendo silencio. La voz del ministro seguía:

«... bombardeando con sus aviones nuestras ciudades: Zhitomir, Kiev, Sebastopol, Kaunas y algunas otras, matando e hiriendo a más de doscientas personas...».

En ese punto, muchos se rompieron. Teresa se estremeció al oír el nombre de Kiev. Su ciudad, su casa, su factoría sentimental, el manantial de sus afectos. Inevitable pensar en todos los que quedaron allí, los chiquitines con los que tanto había jugado al fútbol, a los que había ayudado en las tareas y a los que contaba cuentos a orillas del Dniéper: las hermanas Muñiz, Roberto Marcano y sus dibujos, los Peñafiel... Y los profesores: León, Titi, Manu, Kolia, Valentina... Buscó a Vicenta con la mirada y se fundieron en un abrazo triste. Su hermana pequeña había quedado también en Kiev.

Ya nadie atendía al discurso del político, por mucho que el director y Pita insistieran en calmarles. Solo algunas palabras salpicaban el alboroto: Hitler, fuerza aérea, ataque, fascismo... esta última era demasiado familiar. De nuevo la guerra, de nuevo el miedo, de nuevo el fascismo, ese mal endémico de Europa que infectaba y destrozaba como un cáncer incurable. Salieron de España huyendo de una guerra fratricida y ahora se veían de nuevo en un conflicto de dimensiones monstruosas. España solo había sido el campo de entrenamiento.

«El enemigo será derrotado. La victoria será nuestra», concluían las palabras de Mólotov. Eran tantas las derrotas que acarreaban que la palabra victoria quedó fuera de toda esperanza.

El edificio entero rebullía de emociones. Un ajetreo de entradas y salidas, ida y venidas, portazos, llamadas de teléfono, carreras por los pasillos y rostros descompuestos de los educadores. Los chicos se apelotonaban frente al teléfono intentando averiguar cuál era la situación de sus hermanos y primos. Vicenta había pasado la noche en vela, angustiada por su hermana. Teresa no se separó de ella ni un minuto. Preocupados porque la situación se desbordara, los responsables de la casa de jóvenes decidieron telefonear a todas las casas de niños españoles. Les inquietaban sobre todo las de Crimea, Odessa, Jerson, Yalta, Eupatoria y, por supuesto,

Kiev. Todas situadas en la línea por donde había penetrado el enemigo en territorio soviético. Las noticias no concretaron mucho pero al menos aplacaron la preocupación general. La mayoría de las casas habían sido evacuadas hacia el este. No se tenía constancia de víctimas. Poco más pudieron saber. Y no es que fuera un mecanismo de los profesores para mantenerles esperanzados, es que ellos tampoco tenían más noticias.

Pasado el primer impacto empezó a aflorar el sentimiento patriótico. Los chicos y chicas observaban la nueva actividad de la ciudad. Camiones militares, tropas y carros desfilaban por la avenida Nevski sin descanso. Movidos por la mezcla de agradecimiento, miedo y odio acumulado, corrían a las oficinas de reclutamiento para alistarse y luchar contra el enemigo. Pero los intentos resultaron infructuosos. A la mayoría ni siquiera les dieron la opción de acercarse a las ventanillas. En cuanto veían su aspecto imberbe, les apartaban de las filas. Pero no desistían. Algunos lo intentaron de nuevo poniéndose alzas en los zapatos para aumentar su altura, otros se oscurecían la pelusilla incipiente del rostro con carbón. Hombres y mujeres, indistintamente, se ofrecían para entrar en combate y todos recibían la misma respuesta. Cuando decían que eran españoles, les volvían a rechazar. Los protegidos del sistema no podían luchar. Tampoco los extranjeros. La desconfianza de Stalin era inflexible y nadie osaba saltarse las normas. Aquellas instrucciones férreas no tardarían mucho en cambiar. La guerra reclamaba carne, sobre todo cuando era joven y osada. El gobierno, en un intento de hacerles sentir útiles, les instaba a seguir trabajando en las tareas que la ciudad requería, convertida ahora en factoría de la guerra.

La vida se volvió rara, inquietante. Un estado de alarma continuo donde la presencia militar, las defensas antitanque y las baterías antiaéreas empezaban a formar parte del paisaje urbano. Las chicas realizaban el trayecto a la fábrica en grupo. El miedo compartido parecía menor. En la avenida Nevski, arteria principal de la ciudad, se producían todos los movimientos en Leningrado. Soldados al trote, voluntarios armados y sin uniforme que desfilaban torpes, coches oficiales que entraban y salían del Almirantazgo, columnas enteras de camiones iban y venían del recinto del Palacio de Invierno. Y aquel día, por primera vez, se sumaron los aviones, cazas de la fuerza aérea que reconocían la zona desde el aire. Teresa miró hacia el cielo. Pensaba en Ignacio constantemente. Ya no estaba en la casa de jóvenes de Moscú, sino en una academia a miles de kilómetros. Y cada vez más cerca su deseo de ingresar en el ejército. Sin poder evitarlo, se sobresaltó. Vicenta se enganchó a su brazo y la arrastró hasta la parada del tranvía, que aquellos días iba atestado.

Junto a la Etalón estaba situada la Escuela Militar Suvorev, y algo más al sur, cruzando el canal Obvodny, se hallaban los almacenes Badayev, centro logístico de todos los víveres que abastecían la ciudad, por lo que la presencia militar en la zona era especialmente numerosa. Era difícil acostumbrarse a ver tantos soldados patrullando por las calles. Aunque antes se cruzaban e incluso coqueteaban con ellas, lo que inquietaba ahora era su actitud muda.

En la puerta de la fábrica, Vitaly, el conserje, les dio los buenos días, como siempre, pero su tono sonaba asustado, intranquilo y revelaba la congoja, como si estuviera permanentemente alerta. Las entradas y salidas ya no estaban salpicadas por risas y bromas de las trabajadoras. Ahora discurrían en una procesión meditabunda que arrastraban abatidas.

Casi todas las fábricas de la Unión Soviética reconvirtieron su producción. Las textiles pasaron a elaborar tiendas de campaña y uniformes, las de electrodomésticos fabricaban armas, las fundiciones se centraron en el acero para la guerra. Y hasta la destilería Sojuzplodoimport interrumpió su producción del novedoso vodka Stolichnaya para pasarse a los cócteles molotov.

La Etalón había pasado de los voltímetros y amperímetros a las carcasas de las bombas de mano RG-42, que después se rellenaban con explosivo y se les insertaba una espoleta. Su producción era de una facilidad abrumadora. Fueron los primeros en fabricarlas y de sus talleres salían a diario miles de ellas.

Katya y Tomasov tardaron apenas una hora en explicarles el funcionamiento de la prensa, los tornos y el estampado. El ruido del torno conseguía durante unas horas sacar de su cabecita la imagen de Ignacio dentro de uno de aquellos aviones, expuesto al fuego enemigo de las baterías antiaéreas. La ampliación de las jornadas laborales también ayudó a mantener su mente ocupada para no pensar.

La casa de jóvenes se fue vaciando a medida que pasaban los días. De los doscientos chicos y cincuenta chicas, apenas quedaban un centenar. Algunos habían conseguido ingresar en el ejército con las tretas más rocambolescas. El aumento de la edad en dos o tres años fue el recurso más usado. Varios, como José Grisaleña, el hermano de aquella niña que viajó a lomos de un elefante en el circo de Kiev, entraron formando parte de la banda de música. Otros acudían a los destacamentos de las tropas y simplemente colaboraban en la construcción de barricadas, la instalación de baterías antiaéreas y empalizadas. Nadie rechazaba una ayuda, por mínima que fuese. La maquinaria de guerra debía seguir funcionando. Se formó una comisión para evacuar a los habitantes de la ciudad, y aunque la prioridad la tenían los niños, muchos consiguieron colarse en dichos destacamentos y alejarse de la guerra que asomaba a pocos kilómetros de Leningrado.

A principios de julio se hizo un llamamiento a los leningradeses para colaborar en la construcción de trincheras a lo largo de la línea del Luga. El río era un parapeto natural que podía ser útil para retrasar el avance de los nazis, pero era urgente reforzar esa protección. Teresa, cansada de sentirse inútil y protegida mientras cientos de miles de rusos luchaban en el frente, decidió apuntarse al contingente. Necesitaba hacer algo más que activar un torno durante doce horas al día. Su intención primera había sido la de alistarse para luchar en el frente, pero sabía que aquello era imposible. Pisar el campo de batalla, aunque solo fuera desde la trinchera que ella misma iba a cavar, le daría el aliento y la tranquilidad que necesitaba. La Unión Soviética era ya su hogar, su nueva patria, el refugio cuando ella misma huía de una guerra, igual de cruel, igual de aterradora, igual de inhumana y vomitiva. Vicenta, una vez más, la siguió, más por temor a la soledad que por convencimiento. A los dieciséis años, el miedo pasa de largo ante la insolencia del arrojo.

Tres días después se hallaban en la estación Moscú de Leningrado. Miles de voluntarios de la Milicia Popular esperaban subir a los trenes con el ánimo avivado por el patriotismo. Serpentearon entre el gentío en busca de alguna señal que les indicase cuál era el tren al que tenían que subir. Debían estar atentas. No había megafonía ni pitidos que anunciasen la salida de los trenes. Hacía varios días que se habían prohibido todo tipo de avisos; los tranvías, los trenes y los autobuses no anunciaban las paradas, los silbatos de los policías no regulaban el tráfico... Ninguna señal que pudiera dar pistas a los espías enemigos de lo que ocurría en la ciudad. Solo las sirenas de alarma que llamaban a los ciudadanos a refugiarse ante un posible ataque enemigo. Era imposible acceder al vestíbulo, y mucho menos a las vías. Uno de los andenes estaba fuertemente custodiado por militares. Algunos soldados y voluntarios cargaban en el tren grandes cajas de distintos tamaños. Un funcionario, menudo y con gafas, correteaba de un lado a otro dando órdenes de que tratasen la mercancía con sumo cuidado.

Entre los voluntarios, distinguieron una figura conocida que ayudaba con la carga. María Pardina, la madrileña bruta y bonachona, compañera de la casa de jóvenes, trajinaba entre los soldados como una más de ellos. Le hicieron señas para hacerse ver y ella las identificó. Pero era imposible sortear al soldado impávido que, fusil en mano, las invitaba a alejarse. Entonces Teresa le hizo un gesto pidiéndole que esperase. Las estaciones habían sido su patio de juegos durante su niñez en San Sebastián. Poco variaban unas de otras. Se había criado entre vías y vagones y conocía todos los recovecos. Rodearon el edificio central y siguieron una de las vías muertas hasta cruzar a la misma donde estaba el tren. Después solo tuvo que acceder al andén. Cuando el soldado guardián las vio en la pista miró confundido a su alrededor.

—¡Adónde van esas chicas guapas! —bramó la madrileña.

Teresa se fue hacia ella mientras esta pisaba la colilla del cigarro que acababa de tirar al suelo. La abrazaron como si hiciera años que no se veían. María Pardina había desaparecido de la casa de jóvenes a los tres días de la declaración de guerra. Era trabajadora de la fábrica textil Bandera Roja, pero allí tampoco había vuelto desde entonces. Su espíritu libre y su bondad la habían llevado a ayudar en todo lo que estuviera en su mano. Le daba igual si era en el puerto, en los bosques, en los almacenes de suministros o, como ahora, en la estación cargando mercancías en los vagones. Poco tiempo después se dedicaría a rescatar heridos del campo de batalla en Leningrado. Llegó a sacar a los heridos de dos en dos para ponerles a salvo. No se rendía. Era valiente como pocos, osada y generosa. Los rusos la adoraban. Pero la guerra se nutre de valientes, y un día, en pleno campo de batalla, una bala le alcanzó de lleno. Porque nadie tan valiente como ella acudió a rescatarla.

Teresa y Vicenta la abrazaron. ¡Cómo la querían todos! Su sola presencia resultaba balsámica.

—Nos hemos apuntado para lo de las trincheras —dijo Teresa, emocionada.

—¡Eh, yo también! En cuanto acabe con esto —afirmó señalando el tren que ya cerraba sus compuertas.

—¿Qué hay ahí? —preguntó Teresa, intrigada.

—Ni idea —afirmó María—. Yo solo ayudo en lo que puedo.

Teresa se fijó en un hombre entrado en años, de barba larga y blanca, como solían llevar muchos rusos, calvicie incipiente, americana raída y sombrero pardo en la mano. Observaba los movimientos de los operarios con gesto compungido y una mirada que traspasaba las fuertes chapas de los vagones. Teresa hubiera asegurado que lloraba.

—¿En qué tren vais? —les preguntó María.

Las chicas se encogieron de hombros.

—No importa, os venís conmigo en el siguiente, cuando despejen esta vía. Es el de los soldados, iremos más cómodas. Vamos a por la comida —sugirió.

Unos minutos después, aquellos treinta vagones se movieron camino de Siberia con la carga más valiosa que jamás transportó un convoy. Joseph Orbeli, el hombre del sombrero pardo y la barba blanca permaneció inmóvil en el andén hasta que la batería antiaérea del último vagón desapareció.

Los poco más de cien kilómetros que separaban Leningrado de Kingisepp fueron de todo menos tranquilos. Poco antes de llegar a Veimarn, su tren fue atacado por los Junkers Ju 88 alemanes. Estaban en mitad de la nada, con la única protección de los soldados de infantería que viajaban con ellas en el tren. Lo único que podían hacer era buscar refugio. Teresa y Vicenta corrieron hasta encontrar una depresión en el terreno. Se agazaparon tras unos arbustos, confiando en que las ráfagas nazis no les alcanzaran. Con los ojos cerrados y abrazada a su amiga, Teresa revivió la misma escena, cuatro años antes con su madre y su hermana en el trayecto de San Sebastián a Bilbao. Incluso le pareció sentir el brazo de su madre que la protegía. Toda la distancia que separaban unas bombas de otras se comprimió en un macabro pliegue de tiempo.

El tren quedó destrozado y tuvieron que hacer el resto del viaje a pie. Tres horas hasta llegar al campamento situado al noroeste de Kingisepp. En el camino se cruzaron con los primeros refugiados que ya habían degustado el sabor de la guerra y huían hacia el este como figuras vivientes de un cuadro de Vereshchagin. Llegaron al atardecer. El campamento estaba situado justo a orillas del río Luga, en una zona casi yerma y pantanosa. Más de tres mil personas desperdigadas en tiendas de campaña precarias, toldos sujetos con palos o simplemente en mantas en el suelo. Serpentearon entre las tiendas mientras contemplaban la estampa. Una mujer cocinaba en un puchero sobre una minúscula hoguera, otra tendía impúdica su ropa interior, una rubia medio albina peinaba la trenza infinita de su compañera, un corrillo reía, fumaba y blasfemaba sin escrúpulos, en otro se apostaban al *durak* kopeks, chocolatinas o cigarrillos. En un recodo, Teresa se quedó mirando a una pareja que se besaba y se magreaba con delirio. Las manos del hombre levantaban el vestido de la joven que apretaba con sus piernas las caderas del soldado. Cuando se percató de la mirada de Teresa, fijó sus ojos en ella por encima del hombro de su amante y le regaló una sonrisa lasciva. Un espectáculo insólito y burdo. El ambiente se antojaba dinámico, casi festivo. Tere retiró la vista y continuó con el grupo hasta el puesto de mando.

María Pardina se movía con soltura. No por conocimiento del lugar, sino porque su coraje y determinación le llevaban siempre más allá que a las demás. Llegaron a la que parecía la tienda del alto mando del campamento. Fue la madrileña quien hizo las presentaciones. A los pocos minutos salieron con el equipo básico: pala, linterna, manta, toalla, cuchara, plato, taza, una cafetera y jabón para varios días. Además de tres cajetillas de cigarros. Teresa y Vicenta le entregaron el tabaco a su amiga, pues ellas no fumaban. Pero María insistió en que se lo quedasen. Los cigarrillos eran una buena moneda de cambio en una guerra.

Se alojaron en una improvisada cubierta de lona sujeta por cuatro postes endebles. Otras cuatro jóvenes rusas ocupaban ya el alojamiento. Al verlas aparecer, se juntaron para hacerles sitio y siguieron a lo suyo. Teresa dejó sus cosas y extendió la manta en el suelo. Miró a las rusas, que las ignoraban en animada conversación. Entonces fue consciente de algo curioso que percibió cuando recorrían el campamento. Prácticamente solo había mujeres.

—Aquí estaremos fetén —afirmó castiza María.

A pesar de las circunstancias, estaban excitadas por la adrenalina de la aventura. Comieron su ración e intentaron dormir. No pasaban una noche al raso desde la época de Kiev, cuando solían ir de acampada en verano. Pero aquello era tan distinto. No se oía el ruido de los grillos, ni el rumor de los árboles movidos por el viento, ni a Vicenta contando sus historias inventadas. Allí se oía barullo, risas, gritos de borrachera, cantos desgarrados e incluso los arañazos a las cuerdas de alguna balalaica. El calor y la humedad no ayudaban a conciliar el sueño. En un duermevela, Teresa se despertó. La tienda estaba vacía. María había desaparecido. Solo Vicenta dormía profundamente a su lado. Enseguida oyó risas femeninas que se acercaban. Sus compañeras regresaban, cantaban alegres y a una de ellas le costaba mantener el equilibrio. La más menuda venía con una botella de vodka en la mano. Al ver a Teresa despierta, le ofreció un trago que esta rechazó con amabilidad.

—Ven con nosotras —animó a Teresa. Ella negó con la cabeza. La rusa volvió a ignorarla y se dirigió a sus amigas a la vez que daba un trago del licor blancuzco—. Voy a buscar la tienda del sargento Vólkov.

Y se alejó tambaleándose. Sus tres compañeras cayeron al suelo ebrias de desesperación. Era la guerra que asomaba tras el velo insomne de la noche. Era la vida brava al límite. Era el principio del fin del mundo.

La organización de los grupos la llevaban a cabo miembros del partido, pero el trabajo de campo lo dirigían zapadores del ejército. Estos no tenían muy claro cómo distribuir las tareas y se limitaban a ordenar que cavasen y transportasen tierra de un lado a otro. Hartas de recibir órdenes contradictorias, fueron las propias mujeres las que se organizaron para que su trabajo fuese medianamente productivo. Una vez identificado el terreno, cavaban una zanja, detrás, otro grupo retiraba la tierra que un tercer contingente recogía en carretillas y amontonaba en las lindes de la trinchera.

Teresa intentaba retirar sin éxito la tierra que cavaban sus compañeras. El terreno era tan pantanoso e inestable que lo único que sacaba era una papilla de barro imposible de amontonar. La tarea se presentaba estéril. En una mañana apenas habían conseguido una pequeña zanja de cinco metros de largo por uno de profundidad. Lo intentaron metiendo la tierra en sacos, pero tampoco funcionó. La tierra no tenía estabilidad. A ese ritmo, tardarían meses en conseguir una trinchera un poco decente. Todo lo que conseguían por la mañana, por la tarde ya se había venido abajo.

Fue la sargento Morozova quien puso fin al sinsentido y las envió a limpiar las rutas de acceso improvisadas del campamento. Llevaban tres días y apenas habían trabajado dos mañanas completas. Aquella era una misión inútil. Por mucho pundonor que pusieran, se necesitaba un grupo de trabajadores cualificados que conocieran el terreno y supieran cómo y dónde cavar.

Pasaron los días buscando algo en lo que ocuparse. Algunas, empujadas por el tedio, se dieron a la bebida y pasaban el día borrachas. Otras discutían e incluso peleaban en combates organizados. Teresa, que vivía todo aquello con espanto y perplejidad, se ofreció para lavar la ropa de sus compañeras. No soportaba estar ociosa. Así se mantuvo ocupada durante los siguientes dos días. Fue entonces cuando recibieron nuevas órdenes. Debían volver a Leningrado.

Los dirigentes del partido consideraron que, dado que la construcción de trincheras no había sido fructífera, la mano de obra sería más útil en la ciudad. Los heridos empezaban a llegar y se requería ayuda urgente.

Se sorprendieron al ver la casa de jóvenes casi abandonada. Apenas quedaba una veintena de jóvenes y un par de educadores a cargo de ellos. La mayoría se habían alistado o colaboraban con el ejército en las labores de intendencia. Subieron a su habitación en el último piso. Las camas estaban perfectamente hechas y los armarios cerrados, tal y como los habían dejado. Teresa abrió el suyo. Su ropa y todas sus pertenencias seguían intactas. El abrigo de guata estaba colgado de la percha, cubierto con una camisa vieja para que no se llenase de polvo. Cerró el armario y se sentó en la cama. Los días del Luga y el viaje de vuelta las habían agotado. Miró a la mesita de noche. Esperaba encontrar alguna carta de Ignacio, pero la decepción fue grande cuando la vio vacía. Pensó que quizá el servicio de correo empezaba a fallar. Su mente se negaba a imaginar cualquier otro motivo que justificase la falta de correspondencia.

—Vamos a cenar —le dijo a Vicenta.

Bajaron al comedor pero en lugar de encontrar las mesas largas ocupadas por sus compañeros y llenas de manjares y delicias, estaba casi a oscuras. En un rincón, cuatro chicas se levantaban tras una triste cena. Sus caras de interrogante lo decían todo. Una de las chicas pasó a su lado y se dirigió a ellas.

—Queda pan y unas zanahorias —indicó hacia la cocina—. Mañana a lo mejor traen patatas y pescado, pero ya veremos.

Aquella fue la presentación oficial de la guerra. La escasez de alimentos anunciaba que la guerra tenía forma y peso específicos. No hacía ni una semana, antes de su aventura en el Luga, de aquellos fogones salían los guisos y tartas más exquisitos. Nunca pensaron que las despensas se vaciarían y no habría con qué llenarlas.

La guerra no eran solo batallas a cuerpo descubierto entre soldados de flamantes uniformes, desfiles de tanques por las calles, discursos y partes de noticias que salían de los altavoces. La guerra era amargura, abandono, soledad, frío, enfermedad y hambre. Sobre todo hambre, el mayor enemigo que había que batir, el más duro rival, el arma más letal que producía la herida más cruel.

Era la noche más calurosa del verano en Leningrado. La calma tensa y el silencio flotaban en la humedad del ambiente como un éter. En la azotea del edificio el silencio era absoluto, interrumpido solo por el crujir de las zanahorias entre los dientes. Prefirieron subir al tejado en busca de un poco de aire. El cielo ya oscurecido del final de verano envolvía la ciudad como una campana. En su horizonte, la aguja del almirantazgo, larga y fastuosa, se presentaba como un punzón que intentaba pinchar aquella burbuja sofocante. Los focos de las baterías antiaéreas bailaban en la bóveda turbia.

—No se ven las estrellas —se lamentó Vicenta.

—Si tuviéramos un telescopio podríamos ver la fortaleza de Pedro y Pablo —añadió Teresa.

Acabaron con la media hogaza de pan, dura como una piedra pero que conservaba su rico sabor. Permanecieron en silencio, mascando pensamientos que les venían grandes y que resultaban difíciles de digerir. Cada vez que miraba el cielo, Teresa pensaba en Ignacio. En cada avión que lo cruzaba imaginaba al eibarrés con aquel uniforme que tanto le favorecía, a los mandos del aparato y sobrevolando la ciudad para protegerla. Entonces, mientras mascaban sus cavilaciones, apareció una figura extraña por su derecha. Un perfil de pez gigante llenaba lentamente su panorámica visual. Primero el hocico, luego una panza gorda, y al final, la cola.

—¡Mira! —exclamó Teresa, alucinada.

—¿Qué es eso? —Vicenta abrió los ojos todo lo que pudo.

—¡Parece una ballena!

Nunca habían visto nada semejante, tan surrealista, tan irreal. Ni en las historias más fantásticas inventadas por Vicenta. Se levantaron para verlo mejor. Enseguida, otro de aquellos cachalotes cruzó por delante, y otro más, y otro. Todos iguales, unos más lejos, otros más cerca, nadaban a la misma velocidad en un mar aéreo.

—¡Le va a pinchar la barriga! —rio Teresa cuando uno de los dirigibles se posó visualmente justo encima de la aguja del Almirantazgo.

De pie junto a la barandilla observaron el espectáculo hipnótico durante casi una hora hasta que las criaturas quiméricas desaparecieron de su campo visual. Aquellas primeras noches, los globos antiaéreos patrullaron la ciudad como centinelas mudos de una ciudad nerviosa.

Se reincorporaron a sus puestos en la Etalón, pero antes se presentaron en las oficinas del Komsomol, como les habían indicado. Debían formar troikas para labores que requerían más personal del disponible. Los alemanes ya se habían adentrado en el *oblast* de Leningrado y los heridos y muertos llegaban por doquier. A Teresa le asignaron con dos rusos no mucho mayores que ella; Sasha, un pelirrojo flacucho y asustadizo, y Nikita, fortachón y parlanchín pero de espíritu frágil. Después de la jornada de trabajo debían visitar los hospitales para ayudar en el cuidado de los enfermos. Muchos centros, iglesias, gimnasios y museos se reconvirtieron en improvisados hospitales de campaña donde se intentaba dar auxilio a los soldados heridos que volvían del frente.

El primer destino de Teresa fue el Hermitage. Sus amplias galerías se reconvirtieron en salas de hospital, con hileras de camas blancas y asépticas. Le impresionó la estampa.

Había visitado el museo en una ocasión, con los compañeros de la casa de jóvenes al poco de llegar a Leningrado. En su retina recordaba los capiteles labrados, las columnas, los balcones, los techos, los violines, la colección de camafeos, sortijas, tiaras, collares, los muebles lacados, el pan de oro. Las estancias de Catalina, con camas de dosel, ricas maderas y sedas colgando de las ventanas. Los cuadros, miles, decenas de miles, millones, se atrevería a decir. Y de los mejores: Zurbarán, Murillo, Rembrandt, Gainsborough... Lienzos que narraban con trazos de pintura un momento histórico, evocador, costumbrista, religioso o simplemente un paisaje imposible de imaginar. Y retratos de reyes, princesas, lacayos, lavanderas, vírgenes, damas nobles, pastoras, militares. Unos mundialmente conocidos, otros anónimos que, por algún motivo, atrajeron la atención del pintor para inmortalizarlos. Un escenario digno de los cuentos más fantásticos, un lugar para el cultivo de la humildad, para reconocer las limitaciones del ser humano y a su vez alabar su gloria y talento.

Al ver el recinto vacío, Teresa sintió que el corazón le daba un vuelco. Médicos y enfermeras trajinando por donde antes hubo ricas alfombras orientales. Las paredes limpias de lienzos y los marcos esqueléticos apoyados en el suelo, vacíos de sus moradores que habían huido, temiendo el ataque del enemigo.

Una de las enfermeras le entregó un montón de sábanas para que cambiase las camas de los heridos. Cuerpos mutilados, cabezas vendadas, piernas y brazos amputados, muñones sanguinolentos, lamentos quejumbrosos, cigarrillos que colgaban de los labios cansados de los soldados, cartas en manos magulladas... Se acercó al primero, un joven de apenas veinte años que había perdido ambos brazos. Le sonrió, él le devolvió el gesto. Movió su cuerpo mientras ajustaba las sábanas limpias al colchón, intentando no molestarle mucho. Cogió la almohada, cambió la funda y la ahuecó antes de ponerla de nuevo bajo su cabeza.

—¡Oh, qué bien! Gracias —dijo el soldado agradecido—. Es algo que nunca podré volver a hacer.

Teresa sacó su peine y le atusó el pelo enmarañado y reseco de barro y sangre. El chico cerró los ojos y disfrutó del momento de ternura. Continuó con el compañero de al lado, que llevaba la cabeza totalmente vendada. Así, uno tras otro. Se sentía útil y activa. Sin darse cuenta empezó a canturrear. Los soldados la escuchaban contentos. No tenía buena voz, pero daba igual. Cualquier cosa sonaba a música celestial, mientras no fueran las explosiones de los obuses o el tableteo de las metralletas. Se percató de la atención que provocó y entonó su canción preferida: *Dónde estás corazón*, la que siempre tarareaba invocando el recuerdo de Ignacio. Los soldados la escuchaban y evocaban a sus propias voces lejanas.

Cuando acabó el turno, se despidió uno por uno. En apenas tres horas se había aprendido los nombres de todos. Un quejido lastimero se oyó en el fondo de la sala. «¿Volverás mañana?», dijo uno. «No te vayas», se lamentaba otro. «Dame un besito, Terezhochka», sugirió el más osado. Desde el quicio de la puerta se volvió y les dijo adiós con la mano y una sonrisa en el rostro. Esa noche al menos, los soldados aparcarían las pesadillas para soñar con un ángel fugaz.

Se dirigió a la salida por una de las grandes galerías. El silencio salvaje, solo interrumpido por alguna tos o algún lamento, la hizo estremecer y aceleró el paso. Por suerte la casa de jóvenes no estaba muy lejos.

En uno de los pasillos adyacentes vio de refilón una figura que le resultó familiar. Se detuvo a comprobar si era algún conocido. Sí, era él, el hombre de barba que lloraba en la estación cuando partió el tren blindado. Miraba con interés algo en una de las paredes. Cuando percibió su presencia, se giró a mirarla e inmediatamente devolvió la atención al muro. Teresa se le acercó. Este ni se inmutó. Miraba hacia un punto indefinido de la pared desnuda.

—La *Madonna Litta* —afirmó con los ojos clavados en el hueco vacío. Teresa le observó sin entender—. De Miguel Ángel —añadió.

Ella miró alrededor y vio que todas las paredes estaban vacías, solo el contorno de algunos marcos en el suelo dejaban adivinar que allí había cuadros apenas tres semanas antes.

—¿Dónde están los cuadros? —preguntó Teresa, inocente.

—En el tren que viste el otro día —afirmó, dando a entender que él también la había reconocido.

Así que esa era la carga misteriosa que transportaba el convoy. Ahora entendía el secretismo y las férreas medidas de seguridad que se tomaron.

—*Ispanskiy?* —preguntó el hombre, que seguramente las oyó hablar en la estación—. En tu país hicieron lo mismo —afirmó.

Teresa había oído algo sobre una evacuación de los cuadros del Museo del Prado pero nunca supo con exactitud qué pasó.

—Acompáñame —le sugirió mientras se encaminaba a otra de las salas.

Avanzó con más curiosidad que miedo. No sabía bien por qué pero aquel hombrecillo le inspiraba confianza. El recinto estaba en sombras; el suelo, lleno de cascotes, alguna herramienta y polvo. Teresa se agarraba a las paredes para no tropezar. De pronto algo cruzó a toda velocidad delante de ella, acompañado de un maullido. Se llevó tal susto que pensó que se le salía el corazón del pecho.

—No te asustes —la tranquilizó el hombre—. Son los gatos guardianes, llevan aquí doscientos años.

Llegaron a otro de los salones, casi a oscuras, apenas acariciado por el foco de una batería antiaérea. Una estancia grandiosa y diáfana. Orbeli se plantó frente a una de las paredes, incluso rectificó unos centímetros su posición. Teresa se colocó a su lado. Solo veía una gran escalera, tablones y herramientas desperdigadas. Pero permaneció expectante. Al fin, el hombre habló.

—Goya —afirmó mientras señalaba la pared—. Aquí tenemos una de las mejores colecciones de sus grabados: el *Castigo francés,* el *Hombre feliz,* el *Loco africano,* la *Maja con cachorros...* ¿se dice maja? —preguntó no muy seguro mientras señalaba con el dedo diferentes huecos específicos de la pared—. Y allí, mira —alargó un poco más el índice—, *Mujer dando de beber a una enferma.* Como tú.

Teresa sonrió. Aquel homenaje que le brindaba el director del Hermitage le provocó una ternura inesperada que la conmovió.

—Nadie ha sabido plasmar el horror como él —afirmó más como un pensamiento que como información.

Un suspiro profundo rompió el hechizo. Un suspiro que arrastraba la certeza de la barbarie que se avecinaba.

—¿Recuerda usted el sitio exacto de cada cuadro? —se interesó ella mientras caminaban hacia la salida.

—Casi todos —dijo él con un guiño quitándose importancia—. Ve con cuidado —advirtió protector ya en la entrada del museo.

Teresa se despidió con una sonrisa y atravesó la explanada de la puerta principal. A mitad del recorrido se detuvo y miró hacia atrás. La figura de Orbeli seguía en la puerta, vigilante de sus pasos. Levantó la mano y le dijo adiós desde lejos. Él le devolvió el gesto. Joseph Orbeli permaneció en el museo durante los años que duró la contienda, hasta que las obras de arte regresaron. De todas las piezas que salieron en el tren, no se perdió ni un simple camafeo.

El verano fue largo, bochornoso y desesperante. La vida transcurría con una naturalidad artificial que sembró la inquietud en los leningradeses. Los alemanes ya habían penetrado en la región y cualquier movimiento o persona sospechosos era acusado de traición o espionaje. Podía ser un hombre mirando más de la cuenta, una mujer demasiado alta a la que se confundía con un espía alemán, un extranjero despistado, o un periodista, aunque estuviera acreditado. La crispación campaba a sus anchas e infectaba a los ciudadanos como un virus. Las alarmas seguían sonando para alertar de posibles ataques, aunque estos fueron escasos. Cada vez eran menos las vías de abastecimiento y evacuación de la ciudad y las autoridades temían no poder proveer de víveres a los habitantes. Así fue como se tomó la primera decisión drástica: las cartillas de racionamiento. Se prohibió la venta de cualquier producto de primera necesidad sin los consabidos cupones. Jabón, mantequilla, té, pescado en salazón y pan. Sobre todo el pan, protagonista fundamental durante los siguientes dos años y medio en Leningrado. Los ciudadanos tuvieron que habituarse a racionar los alimentos. El suministro de víveres estaba cubierto... por el momento.

A la ciudad seguían llegando heridos a los que auxiliar y cadáveres a los que dar sepultura. Los hospitales, tanto los permanentes como los de campaña, estaban a rebosar. Las escuelas, por el momento, seguían abiertas, incluso se preparaban para iniciar el nuevo curso en octubre. Teresa colaboraba en todo lo que le ordenaban: cuidaba enfermos, lavaba sábanas y vendas, barría pasillos, cambiaba bacinillas, limpiaba heridas y entonaba canciones. La población civil estaba cada vez más preparada para los ataques. Los cazas de la Luftwaffe atacaban con bombas incendiarias en breves incursiones y los habitantes, armados con cubos de arena y palas, sofocaban los proyectiles que caían sobre los tejados y los patios. La guerra se colaba como el agua entre las grietas, sin estridencias ni bombazos, pero infestaba ponzoñosa la vida de la gente.

Septiembre trajo la evidencia. Ataques sistemáticos de la artillería y los primeros bombardeos sobre la ciudad. Más de mil quinientos muertos en un mes. Los alimentos cada vez escaseaban más, y andar por la ciudad se convirtió en una aventura macabra. El 8 de septiembre salieron de la casa de jóvenes sin desayunar. No había leche, ni pan, ni siquiera un poco de té. Las despensas y los estómagos empezaban a vaciarse. La invasión alemana era una amenaza, pero el hambre era un enemigo más difícil de vencer. Comían una vez al día, a veces solo un poco de pan duro. O lo que hubiese. La selección alimenticia en consonancia con la hora del día había quedado relegada a la nostalgia. Septiembre se tragaba el verano y sazonaba el inicio del otoño con los primeros copos de nieve. Las jornadas se hacían interminables. Ocho horas fabricando carcasas de bombas, y al terminar, el voluntariado del Komsomol. Los cuerpos menguaban, y las fuerzas perezosas ralentizaban el ánimo.

A las cinco de la tarde de aquel 8 de septiembre volvieron a sonar las sirenas. Ese día la ciudad fue sometida a bombardeos masivos. Los pocos trabajadores que quedaban en la Etalón se apuraron por ponerse a salvo. Ahora los ataques eran reales y encarnizados, como habían comprobado. El rumor de los aviones más acentuado, más cercano, más rasante. Por primera vez se oyeron explosiones en los alrededores. Eran tan atronadoras que parecía que el cielo se les iba a caer encima. La escuela militar era uno de los objetivos de los nazis y, por ende, ellos no estaban a salvo. El edificio tembló, el humo se desparramó y el fuego asomó por uno de los pasillos. Una voz gritó en la planta de arriba: «¡Ayuda!». Nadie se atrevía a subir. Un proyectil había impactado de lleno sobre el edificio. Teresa se asomó a la escalera, convertida en una chimenea gigante. La voz que llegaba de arriba era la de Tomasov, a merced de las llamas. Si seguía más tiempo allí acabaría asfixiado o abrasado. Sin pensarlo, se envolvió en su abrigo y subió las escaleras atravesando la cortina de humo. Cuando llegó arriba, temió abrir la puerta y avivar más el fuego, pero debía salvar a su profesor. Empujó con fuerza y buscó entre el humo. Lo localizó en un rincón, acurrucado e intentando respirar lo menos posible.

Le echó el abrigo encima y él bajó las escaleras corriendo entre toses y tropezones. Tere consiguió abrir una de las ventanas, pero fue tanta la cantidad de humo que respiró que cayó desplomada al suelo.

El agua fría del Neva impactó sobre su rostro. Vicenta, Katya, Tomasov y algunos profesores la observaban en un plano contrapicado. Katya dejó el cubo a un lado.

—Ya despierta —afirmó.

—¡Tere! ¡Tere! —decía Vicenta mientras la zarandeaba.

Por fin abrió los ojos y vio un gesto de alivio en sus rostros. Katya le acariciaba el pelo y la cara.

—¡Qué susto nos has dado, Tere! —le recriminó Vicenta a punto de echarse a llorar.

—Bueno, ya pasó. Bebe un poco de agua. —Katya la sujetaba del cuello mientras ella se incorporaba.

—Me has salvado la vida, jovencita —afirmó Tomasov, que se había acercado hasta ponerse a su altura.

—Estoy bien —aseguró, pero aún se tambaleó un poco al levantarse.

Bajaron la escalera hasta la planta de producción, que se había salvado del bombardeo. La producción se interrumpió hasta el día siguiente. Era preciso revisar la maquinaria para poder continuar con el trabajo. Vicenta cogió a su amiga del brazo y la condujo hasta uno de los despachos donde le preparó un poco de té. Llamaron a la puerta y sin esperar permiso, entró Tomasov, ya recuperado del accidente.

—Toma, para ti, por salvarme la vida —le dijo, y le alargó un fardo que llevaba bajo el brazo.

Era un pliego de tela perfectamente doblado, blanco como la nieve que empezaba a revolotear tras las ventanas. Diez metros de seda natural, la mejor de Georgia, aseguró él. Había suficiente para un par de vestidos, uno para ella y otro para Vicenta. Pero nunca llegaría a enhebrar la aguja. No tardó mucho en utilizar el valioso tejido como moneda de cambio por un kilo de pan. En una ciudad en guerra cualquier cosa servía para trocar por comida. Acarició la seda y sintió la textura en las manos. La seda georgiana que meses después no le resultaría tan suave, sino que arañaría el pellejo de su corazón.

El incendio destruyó los laboratorios de la Etalón y la producción se limitó a los talleres. La zona fue atacada duramente. Los almacenes de Badáiev, centro logístico de víveres, habían sido bombardeados. Las evacuaciones se suspendieron. Nadie podía entrar ni salir de la ciudad. Ese mismo día, la voz de Olga Bergholz anunciaba por los altavoces la toma de Shlisselburg por parte de los nazis. Aquel 8 de septiembre de 1941 empezaba el cerco de Leningrado.

9

Las brujas de la noche

Un estruendo cercano les detuvo en mitad del partido de fútbol que disputaban entre soviéticos y extranjeros. Un gesto de fastidio se dibujó en las caras de los cursillistas, sobre todo en las de los soviéticos, que iban ganando por dos a cero. La actividad en la base había aumentado en las últimas semanas. La batalla de Vorónezh, en la que participaron Ignacio y Luis Lavín, requería refuerzos de tropas que defendieran todo el frente noroeste. Povórino, rodeada de numerosos aeródromos, estaba en una situación inmejorable: apartada del frente sur, pero lo bastante cerca como para servir de escala y refresco a los regimientos que acudían a la defensa. Los alemanes avanzaban por el sudoeste y ya habían tomado casi toda Ucrania. Su intención era llegar hasta la zona sur del país, rica en carbón, minerales y petróleo, en especial en el Cáucaso.

Los alumnos del campo Ural 5 habían sido testigos de la migración de miles de refugiados que abandonaban sus casas y huían por oriente como una marea de desarraigo.

No necesitaron escuchar las órdenes. La misma agitación de la base les alertó y acudieron prestos ante su responsable. El comandante Vitaly Filippovich Dryanin les informó de la situación: en breve recalaría en la base el 588 Regimiento de Bombarderos Nocturno. Llegarían hacia el mediodía e iban a necesitar apoyo, sobre todo de los mecánicos y personal de mantenimiento. Era la primera vez que un regimiento aéreo hacía escala en su base. Eso alentó y emocionó a los hastiados estudiantes, que empezaban a cansarse de las unidades de infantería y sus tanques. Ahora tendrían ocasión de conocer en primicia la situación en los cielos de la Unión Soviética. Por primera vez iban a conocer a aviadores que ya habían entrado en combate.

Los U2 comenzaron a caer sobre la pista como libélulas en un pantano. Los mecánicos acudieron hacia los aparatos mientras les indicaban las maniobras de aterrizaje. Los aeroplanos les seguían como gatitos obedientes y los cursillistas observaban las naves con curiosidad. Ellos mismos habían probado aquellos aeroplanos en sus prácticas. ¿En serio aquellos viejos cacharros venían del frente? Dado su aspecto, no cabía ninguna duda. Algunos presentaban agujeros de proyectiles en las alas y varios de los motores gemían quejumbrosos. Uno a uno fueron enmudeciendo y los alumnos destinados a asistir a los mecánicos ayudaron a descender a pilotos y navegantes.

Sus caras mutaron del entusiasmo a la sorpresa. Bajo los gorros de piel de zorro y las gafas protectoras, aparecieron los rostros de bellas jovencitas de miradas extenuadas y cuerpos menudos que flotaban desangelados dentro de sus uniformes.

La comandante Bershanskaya se dirigió a Dryanin. Este

ya estaba al tanto de a quién iba a recibir, pero prefirió no dar a sus alumnos más información de la necesaria. No consideró procedente desviar el cometido de sus cachorros antes de tiempo. Prefirió que el asunto se desarrollase de forma natural, tan natural como permitían las circunstancias de un conflicto como el que se estaba desarrollando en ese momento en territorio soviético. El saludo entre ambos oficiales se convirtió en una foto fija, una escena inmóvil que no se rompió hasta que el comandante Dryanin alentó a sus chicos a que asistieran a las pilotos en todo lo que precisaran. Inmediatamente volvió la actividad y todos se movilizaron como hormigas laboriosas.

—Necesitamos avituallamiento y descanso, camarada comandante —se dirigió Bershanskaya a su homólogo—. Mañana debemos seguir la ofensiva hacia Vorónezh. Mis pilotos están agotadas y los aeroplanos necesitan una puesta a punto.

—Cuente con ello, camarada comandante. He dado órdenes a mis alumnos para que se hagan cargo de todo lo necesario. Conocen bien las máquinas, han aprendido a volar en esos U2. Tenga la seguridad de que por la mañana estarán en perfecto estado.

—Se lo agradezco, camarada comandante. Esperemos no necesitarlos esta misma noche —asintió Yevdokia Bershanskaya, en un tono que revelaba cansancio y un ápice de desaliento.

El comandante Dryanin se percató de su estado de ánimo y quiso regalarle una cortesía.

—Si me lo permite, me gustaría que aceptase mis aposentos para que se refresque y pueda descansar.

—Gracias, pero me alojaré con las chicas —agregó, altiva—. Si es tan amable, me gustaría que me indicase cuáles serán nuestras dependencias. Un simple hangar bastará.

De ser un regimiento masculino, el comandante les habría ofrecido cualquier sitio que estuviera a cubierto. Pero era un hombre, y su estúpido instinto de protección le impedía dejar a aquellas chicas desvalidas morirse de frío en un sucio hangar. Ignoraba que aquellas mujeres habían vivido, luchado y muerto tanto o más que cualquier soldado del Ejército Rojo. Que todas ellas llevaban en su haber ya varios derribos de aviones alemanes, bases, trenes de mercancías y almacenes de municiones. Que más de una había escapado de una muerte segura y, gracias a su pericia, habían llegado sanas y salvas a su base. Aunque él y el resto de la base solo vieran a un grupo de jóvenes ateridas, cansadas y desprotegidas. El comandante había subestimado la capacidad bélica y personal de aquel regimiento por el mero hecho de ser mujeres. Tiempo después, al conocer sus hazañas, tendría que rectificar su opinión, aunque fuese en su fuero interno.

La base, aunque no era de las más importantes de la zona, tenía suficiente espacio libre. Los cursillistas no eran tantos y quedaban algunos barracones libres, a pesar de no encontrarse en las mejores condiciones. Las camas no tenían colchones y el frío se colaba por las ventanas sin cristales. Los del 826 regimiento, al que pertenecían los seis españoles, habían recibido órdenes de adecentar el lugar, pero no vieron cómo hacer más agradable la estancia de aquellas chicas, aparte de un buen barrido y tapar con cartones las ventanas rotas. Ni siquiera tenían paja para poder improvisar un lecho mínimamente decente.

—Tendrán que dormir en el suelo —dijo Albístegui mientras se rascaba la coronilla.

Pero entonces se quedó parado, pensativo. Algo le rondaba por la cabeza.

—¿Qué pasa? —le preguntó Lecumberri, intrigado.

—¡Ven conmigo! —Fue lo único que dijo, y salió corriendo del barracón.

Diez minutos más tarde aparecieron arrastrando una funda de avioneta que sujetaban cada uno por un lado. El resto, Ignacio, Cianca, Lavín, dos kazajos, tres armenios y otro al que llamaban el Chino pero que en realidad era natural de Irkutsk, salieron corriendo en busca de más fundas. Servirían de camas improvisadas. En poco más de una hora todas las literas tenían su «colchón».

Cuando entraron las aviadoras, quedaron impresionadas por la hospitalidad y el alojamiento tan acogedor. Pudieron lavarse decentemente y descansar un poco hasta la hora de la cena.

El comedor se amplió con algunas mesas improvisadas con tablones y bancos de los hangares. El comandante Vitaly Dryanin no daba crédito a lo que veía. Los soldados se habían esmerado en el aseo personal, iban peinados, afeitados y, sorprendentemente, sus uniformes estaban limpios. Su entrada en el comedor fue ordenada y en silencio, y no como seres semisalvajes, que era lo habitual. Estaba claro que la disciplina era cuestión de actitud, no de imposición. Inmediatamente después entraron las aviadoras. Ya no parecían espectros dentro de sus trajes. El descanso y el aseo aportaron luz a los rostros de aquellas mujeres cuya valentía impresionó a los cadetes.

Bershanskaya intentó que se sentasen apartadas del resto de los soldados, pero antes de poder dar órdenes al respecto, ya se habían mezclado entre sí y empezaban a charlar animados. La comandante pensó que quizá un poco de relajo les vendría bien, después de las jornadas pasadas, en las que las chicas habían soportado noches de hasta cinco y seis misiones ininterrumpidas. La comandante se permitió también una licencia y se sentó junto a Dryanin, con el que intercambió impresiones e información.

Los víveres eran escasos y la cena no iba a ser muy copiosa. La ruta del Volga era en ese momento un hervidero de batallas y ataques y no era fácil que llegasen vituallas para los soldados, y mucho menos para la población. Aun así se improvisaron gachas de avena, sopa de cazador,[20] pan y té caliente.

Los chicos querían saber cómo era combatir en el aire, qué se sentía, cuántos Messerschmitt habían derribado, a cuántos *fritzies* se habían cargado. Ellas les contaron sus logros, sin alardes ni exageraciones, incluso restándole importancia a algunas de sus hazañas. Jarkov, Donets, el Mius, el Don... Ellos escuchaban con atención y admiración.

Las chicas compartieron sus raciones de vodka, que habían guardado durante días, y la velada se animó. De algún sitio, como una flor de felicidad que se abre camino en mitad de la tragedia, brotaron las notas de un tango. El tono general bajó y las sonrisas se abrieron paso. En la guerra a veces ocurren milagros, como que aparezca un gramófono en medio de una base aérea perdida de la Estepa. Allí estaba, y ni siquiera los comandantes de ambos regimientos preguntaron por la procedencia del aparato. Estos también mostraban en sus rostros esa felicidad efímera bien ganada. No se movieron de sus sillas, se limitaron a admirar la juventud que ni siquiera a ellos les había abandonado, aunque sus pies se balanceaban bajo la mesa.

20. Se la llamaba así porque llevaba tan pocas judías que había que «cazarlas» con la cuchara.

El roce arenoso de la aguja sobre el surco dio paso a los primeros acordes. Era la señal que indicaba la apertura del baile. ¿Quién se encargaría de ello? Había pocas dudas; en lo referente a bailes, Uribe mandaba. Las chicas intercambiaban risitas tímidas, los chicos se atusaban el pelo mientras buscaban con la mirada cuál de ellas les haría el honor. Uribe era el más simpático, el chistoso, el que siempre tenía una sonrisa o una ocurrencia. Miró a las chicas, aunque hacía un buen rato que tenía localizado su objetivo. Ella se percató y le regaló una sonrisa tan mágica y luminosa que el vasco la recordaría de por vida. Polina Gelman era menuda, de pelo castaño y los ojos de un azul insufrible. De gesto chispeante, casi insolente en su travesura. El vasco aún no había llegado a su altura cuando ella se levantó y completó los dos o tres pasos que les separaban. Él cumplió el protocolo e hizo la obligada pregunta:

—¿Me concede este baile, señorita?

Lo dijo en español de forma inconsciente, y cuando quiso rectificar, ella no le dio opción.

—Encantada —respondió la joven también en español.

Polina tenía facilidad para los idiomas. El español era uno de sus favoritos pero nunca había tenido ocasión de practicarlo. Años más tarde se graduaría en el Instituto de Traducción Militar en español y trabajaría como traductora en Cuba. Aquella piloto pasaría a la historia, entre otras cosas, por ser la única mujer judía condecorada como Héroe de la Unión Soviética.

Él, sorprendido y gratificado, se limitó a cogerle la mano derecha, ya alzada en posición de apertura, y la izquierda reposaba en su hombro. El baile arrancó y los demás les imitaron. Isaías Albístegui, que nunca había destacado por su desparpajo ni sus habilidades artísticas, se atrevió a invitar a bailar a Galia Dokutóvich.

Ignacio, desde su sitio, ni siquiera hizo intención de acercarse a ninguna de las muchachas. Los acordes de aquel tango tiraron de él hasta Kiev, cuatro años atrás, a la Casa de Niños número 13. Las excursiones al lago, los paseos en esquís, las clases de Manu y Titi, los dibujos de Marcano, las escapadas nocturnas, las clases de baile... Aquellos bailes que tanto le gustaban a Teresa. ¡Qué bien bailaba Teresa! Aunque a él le llevaban los demonios cuando practicaba con León, el maestro. Arrancaba el bandoneón y la mano del mexicano se deslizaba por su cintura, que giraba ligeramente, entonces Ignacio estiraba el espinazo. Varios pasos alrededor de la pista y el cuerpo de Teresa giraba hasta que su espalda quedaba pegada al pecho del profesor mientras este le recorría el brazo. Los puños de Ignacio se cerraban y las uñas se le clavaban en las palmas. Con el violín, el cruce de pies hacía mover sus caderas. La ira de Ignacio escapaba con fuerza por la nariz. Y ya, con el piano, llegaba el remolino de piernas y la elevación de la misma a la cintura del profesor. Un puñetazo a la pared e Ignacio abandonaba la sala. Su castigo por el baile: un día entero sin dirigirle la palabra, aunque por dentro se muriese de ganas de encontrarse con ella. Hubiera dado la mitad de su vida por verla ahora, aunque fuera en brazos del payaso de Uribe, o del patán de Albístegui. Su presencia ubicua la llevaba pegada en la piel como el vello que ahora se le erizaba. Un nudo subió a su garganta y, temiendo que se convirtiera en lágrimas, salió al exterior.

La noche estepoaria le asaltó con su manto bruno perforado de luceros. Fijó la vista en uno que titilaba, o quizá fueran sus ojos húmedos los que los hacían temblar. ¿Sería esa la dirección en la que se hallaba Leningrado? ¿Seguiría allí Teresa? Las noticias que llegaban a la base no eran muchas, pero todos sabían que la ciudad había sido sitiada por los nazis, que no había forma de entrar ni salir y todos los suministros se habían cortado. Intentaba no imaginarla pasando hambre, muerta de frío, sin abrigo, sin compañía. Prefería recordarla como pocos minutos antes, bailarina, sonriente, tímida. Incluso negándole aquel beso que quedó suspendido en Kiev y que recuperaron en Leningrado la última vez que la visitó, el día de su cumpleaños.

Encendió un cigarro. Lanzó el humo y jugó a adivinar en él la figura de Tere, su dulce sonrisa, su rostro cálido, su cuerpo recio.

—¿Te sobra uno de esos? —Una voz femenina le sobresaltó.

Casi había olvidado la tonalidad de la voz de una mujer. Al girarse se encontró con el rostro sonriente de una estrella oculta. Unos ojos indescifrables y unos labios que le hablaban pendencieros. Un rostro envuelto como un regalo por un pelo rubio y encrespado, cortado torpemente. Bajó la mirada hacia los galones y de pronto se cuadró. Se trataba de una teniente. El protocolo exigía respeto.

—Teniente Rudneva. Descansa, camarada soldado —le espetó ella—. Hoy es día de fiesta y la jerarquía ha quedado relegada por unas horas. Hace semanas que no fumo un cigarrillo.

Ignacio buscó nervioso en el bolsillo de su guerrera. Por suerte le quedaba un pitillo que tenía reservado, pero las circunstancias le obligaron a cedérselo a aquella mujer de mirada inquietante.

—¿Brigadista? —preguntó Zhenia—. He conocido a otros españoles, en Kirovabad.

—No, refugiado, llegué aquí hace cuatro años —le aclaró él.

—Oh, niño de la guerra... —Y de su boca brotaron unos poemas aprendidos de memoria:

Envuelto en una toquilla con olor a humo, escondido,
aprieta al hijo la madre.
¡Oh, hermana, apresúrate al muelle!
hacia ti extiendo las manos
para acoger al niño.

Ignacio la miró sorprendido, con lágrimas en los ojos y el corazón hecho una pasa. De pronto se le presentó la imagen de su madre y su hermana despidiéndoles en el tren de Bilbao, el miedo en los ojos de sus primos, los tarjetones blancos en el pecho cuando subían al barco. Recuerdos que parecían de otra vida. Que eran ya de otra vida.

—Olga Bergholz —le aclaró—, la poeta... Recita poemas en la radio para animar a la población. Esos los escribió para vosotros, los niños españoles... —Ignacio no tenía ni idea de poesía, fuera de los poetas que les habían visitado en la casa de Kiev. Zhenia insistió—. ¿No conoces ningún poema?

Ignacio intentó estar a la altura e hizo un repaso rápido. Lo primero que le vino a la memoria fueron aquellos versos que le enseñó su profesor de Éibar, Ramiro Munilla:

—*Y todo un coro infantil, va cantando la lección: mil veces ciento, cien mil; mil veces mil, un millón.* —Ignacio esbozó su sonrisa a medio camino. Ella le respondió con una carcajada sincera.

—No he entendido ni una palabra —aseveró entre risas. Recuperaron el silencio hasta que Zhenia lo rasgó de nuevo tras una bocanada de humo—. ¿Dónde está la estrella que buscas?

Ignacio suspiró y dejó suspendida su respuesta unos instantes.

—En Leningrado... creo.

—Mal sitio para custodiar el amor. —Zhenia se dio cuenta de lo hiriente de su afirmación e intentó resarcirse cambiando de tema—. ¿Eres piloto?

—Aún no, me faltan unos meses para acabar el curso —respondió Ignacio—. ¿Tú eres piloto? No sabía que hubiera mujeres piloto en el ejército.

—Hay muchas cosas que la gente ignora, sobre todo en lo relativo a las mujeres —inquirió, altiva—. Soy navegante, jefa de navegantes, concretamente.

Los navegantes volaban siempre en la carlinga trasera de los U2 e indicaban las coordenadas y las rutas a los pilotos. Sin ellos, estarían perdidos. Un piloto, por bueno que fuese, no era nada si no se hacía acompañar por un excelente navegante que le dictase el rumbo que debía seguir. Zhenia había sido seleccionada como jefa de navegantes del 588 Regimiento de Bombarderos Nocturnos por sus conocimientos en matemáticas y astronomía. Además, era una gran lectora, conocedora de los clásicos de la literatura rusa, amante de Tolstói, Ajmátova, Maiakovski y sobre todo Kollontái. Animaba las veladas de su regimiento relatando cuentos, poemas y leyendo cualquier novela que cayese en sus manos. Gracias a ella y sus historias, las noches se hacían mucho más amenas e irreales.

—Supongo que tú también tienes una estrella en alguna parte —manifestó él, insidioso.

Zhenia sonrió divertida.

—Así es, pero mi estrella está ahora mismo intentando seguir el ritmo de tu amigo, el patán —dijo sin atisbo de pudor.

Ignacio, aunque sorprendido, prefirió guardar silencio. En la guerra había licencias que sustituían al libre albedrío de la vida civil, un equilibrio sentimental necesario para la supervivencia del alma como antídoto a la demencia. Agotados los temas de conversación, Zhenia volvió a sorprenderle.

—Ven conmigo. —Y se encaminó hacia la pista donde se encontraban los U2 en los que habían llegado esa misma mañana.

Una joven hacía guardia, más pendiente de lo que ocurría en el comedor que de cualquier amenaza enemiga. Ya era mala suerte tener guardia la única noche en la que había un poco de diversión. Al verlos aparecer, la joven se cuadró.

—Buenas noches, camarada teniente —saludó marcial.

—Ve adentro, camarada Gólubeva, yo te sustituyo —le ordenó su superior—. Olga Gólubeva dudó un instante, aunque no tuvo que insistir mucho.

—Tengo órdenes de... —titubeó.

—Yo me hago responsable —insistió Rudneva—. Ve y diviértete un rato.

—¡Gracias, camarada teniente! —dijo la chica con una sonrisa sincera. Y salió corriendo hacia el comedor sin volverse.

Caminaron unos metros entre los aeroplanos hasta que ella se detuvo al pie de uno de ellos.

—Esta es mi escoba —afirmó orgullosa—. Somos las brujas de la noche. —Ignacio la miró intrigado—. Así nos llaman los *fritzies*, volamos de noche, les hostigamos, bombardeamos sus bases, sus madrigueras, les despistamos, no les damos ni un respiro, y desaparecemos como llegamos. Sin hacer ruido, solo el cimbreo de las alas en mitad de la oscuridad. Por eso nos llamas brujas, porque llevamos con nosotros la magia de la guerra.

—Una guerrilla nocturna —afirmó alucinado.

—¡Exacto! —aseveró Zhenia mientras rodeaba el aparato—. ¡Vamos, ¿a qué esperas?, sube!

Ignacio obedeció. De una zancada se enfundó en la carlinga del piloto. El espacio era tan reducido que parecía haberse calzado el avión. Conocía aquellos cacharros pero no imaginaba cómo podrían ser capaces de funcionar como bombarderos. Los U2 se utilizaban para adiestramiento, transporte o reconocimiento, incluso para fumigaciones. Inspeccionó cada uno de los indicadores. En el suelo, una cuerda atada a unos ganchos instalados en las alas servía como dispositivo para lanzar las bombas que iban simplemente colgadas de una alcayata.

—¡Suelta el aire! —gritó Zhenia desde abajo. Él obedeció y el motor empezó a rugir. Ni siquiera se dio cuenta de que ella ya estaba metida en la carlinga del navegante.

—¿Pero... qué pretendes? —Ignacio no quería creer lo que estaba a punto de ocurrir—. Si ni siquiera hay luna para saber...

—Confía en las estrellas —interrumpió ella a su espalda.

Era una noche abismal que se había comido el horizonte. El vasco pensó un instante en los problemas que podría acarrearle aquella travesura. Pero la pasión es un enemigo difícil de batir y, agazapada y camuflada, te ataca por sorpresa. Se dejó guiar por aquella joven confiada y algo presuntuosa. Enfiló la máquina hacia la pista y, con suavidad, dejaron la gravedad bajo sus pies.

La cúpula celeste les envolvió. Ya no estaba en la tierra, ni en el cielo, sino en un espacio paralelo, lejos del ruido de la guerra, de los misiles y los tangos. Flotaban en el flujo del universo sin puntos cardinales, sin brújula, sin horizonte. Un espacio frágil solo roto por las fisuras de las estrellas que empujaban el cristal oscuro con sus destellos.

—Mira, la Osa Menor —le indicó Zhenia. Ignacio la reconoció al instante—. Ese es tu norte, ¿ves el extremo, la estrella más brillante? Es la estrella polar.

Por inercia, se dirigió hacia ella. El norte nunca se perdía, se dijo a sí mismo. El silencio era casi tan hermoso como la burbuja en la que estaba inmerso.

—Gira veinte grados al oeste —indicó la navegante. Él obedeció—. Ese es el ganso, ahí está tu estrella. Leningrado.

Ignacio distinguió un grupo de estrellas semejantes a una cometa. Intentó imaginar uno de aquellos cisnes que recordaba de sus primeros días en Leningrado. Aceleró tanto que Zhenia, consciente de su alteración, tuvo que pedirle que aminorase.

—Ahora ochenta grados, este sudoeste. —Dio un giro brusco que ella no esperaba. Sin duda, estaba con un buen piloto—. ¿Ves aquellas tres estrellas, las más brillantes? Es el triángulo de verano. Allí está tu hogar, España.

Ignacio sonrió. Y como estaban dentro de un sueño, en un planeta imaginario y ajeno a la realidad, se permitió recordar a sus padres, su escuela, las partidas de canicas con sus amigos, las bromas con sus primos, el parque de Txantxa, la sonrisa de su sobrino Roberto. Quiso quedarse allí arriba para siempre, flotando en la felicidad de los recuerdos, arrullado por la dulce canción del alma que solo podía entonar el universo. Si existía el cielo, tal y como los místicos lo describían, él ya lo había visitado.

Obedeció las indicaciones de Rudneva sin desviarse un ápice, aunque su mente y su corazón seguían colgados de los hilos de las estrellas. Solo fue consciente del presente cuando casi estaba tocando tierra.

Bajaron de la nave. Todo parecía en orden, nadie se había percatado de su travesura. Ya en la pista, Zhenia observó su rostro e intentó ver más allá de aquella mirada perdida. El brillo de todas las estrellas de la bóveda celeste estaba atrapado en sus ojos. Había hecho feliz a un pobre chico apátrida y huérfano emocional. La satisfacción no tenía ni punto de comparación con nada, ni siquiera con el derribo de un Messerschmitt. Una victoria más en su haber, un triunfo del que sentirse orgullosa, aunque no pudiera alardear de ello. Pero, qué más daba. La teniente Rudneva estaba acostumbrada a las reservas de sus sentimientos, que solo las estrellas, sus aliadas, conocían y respetaban.

Borracho de emoción, la rodeó por los hombros, ella le cogió la cintura. Así caminaron por la pista, cómplices, amantes, fraternales, hermanos ya, unidos para siempre por las estrellas.

Entraron en el comedor, donde la fiesta había aumentado los decibelios y el alcohol. Sorprendidos, vieron como sus respectivos comandantes bailaban *Tsiganochka* en mitad del corro que el resto de las aviadoras y cursillistas habían formado en torno a ellos. Dryanin taconeaba y estiraba las piernas en equilibrio de cuclillas mientras Bershanskaya giraba en torno a él agitando un pañuelo. Era la representación pura de la guerra, el equilibrio entre la obligación y la locura. Algunos se emborracharon, todos se enamoraron. Amores que quedaron atrapados en la eterna fugacidad esteparia.

Las sirenas les sorprendieron al alba. Apenas habían dormido un par de horas. Saltaron de sus lechos a toda prisa... Era hora de cambiar de base, de machacar a los alemanes. El objetivo de los nazis era Stalingrado y hacia allí se dirigían todos los regimientos, hacia una batalla sangrienta que duró seis meses. Mecánicos y cursillistas salieron a la pista para poner a punto los aviones. Ignacio buscó a Zhenia. La encontró ya subida en su avión, en la carlinga de navegante. Ella se percató de su presencia cuando el motor estaba ya en marcha. Cuando el avión empezó a moverse y se deslizaba en dirección a la pista, él la saludó marcial, pero con hermandad y amor grato. Ella le respondió del mismo modo a la vez que le gritaba: «¡Nos vemos en las estrellas, camarada *ispanskiy*!».

Dos años después, en abril del 44, Rudneva fue derribada en Kerch, en la costa sur del mar de Azov, en la orilla opuesta de Berdiansk, su ciudad natal. Allí le guardó un sitio en la carlinga de su lucero.

10

Cerco

Dos millones de personas quedaron atrapadas en Leningrado. A pocos kilómetros, los nazis hostigaban la ciudad, que exprimía sus últimas gotas de fortaleza. Las tiendas llevaban semanas vacías y las amas de casa, desesperadas, hacían acopio de todo lo que podían: pan, azúcar, harina, legumbres... Muchos comercios fueron saqueados. Los pocos productos que se podían adquirir en los grandes almacenes tenían precios desorbitados. La población sobrevivía con las cartillas de racionamiento, que proporcionaban los productos básicos; jabón, azúcar, pasta, un poco de carne y pan, sobre todo pan. Medio kilo por persona y día. La ciudad tenía reservas para un mes. Las autoridades pensaron que sería suficiente, hasta que el Ejército Rojo hiciera retroceder a las tropas alemanas. Pero las despensas ya estaban vacías. Si dos semanas antes sobraba comida de las raciones que se distribuían con las cartillas, a estas alturas lo que se entregaba se consumía en el día. Y por las noches muchos estómagos no tenían ni un mendrugo con que llenarse.

La ciudad bullía de angustiosa actividad. Miles de personas trajinaban de un lado a otro en busca de alimento o refugio. Los soldados desfilaban abatidos por las calles. La efusividad de los rostros los primeros días de la guerra había mutado a un recelo afligido. Los transportes públicos se suspendieron casi por completo. Había días que no pasaba por la avenida Nevski ni un solo tranvía. Durante casi una semana Teresa y Vicenta llegaron a la fábrica dos horas tarde por la falta de medios de locomoción. Como la casa de jóvenes estaba prácticamente vacía, decidieron instalarse en uno de los despachos de la fábrica. Allí se sentían más seguras o, al menos, más acompañadas. Algunos profesores, los de más edad, llevaban ya casi un mes viviendo allí. El agotamiento y las largas distancias a sus domicilios hacían inviable el traslado normal de antes de la ofensiva. La vida de los leningradeses había dado un vuelco y lo que dos meses antes era impensable, ahora se aceptaba sin cuestionarlo. Los compañeros y profesores se alegraron de que se quedasen en la fábrica, sobre todo Katya, que al lado de las dos jóvenes se sentía más acompañada.

La decisión fue tan precipitada que apenas disponían de unas pocas cosas para el aseo personal. No tenían ropa de repuesto, solo las batas que usaban para el trabajo. Teresa necesitaba su ropa, su peine, su vida íntima para sentirse persona. Le propuso a Vicenta ir a la casa de jóvenes para coger algunas de sus pertenencias. Aunque su motivación era otra.

Esperaron unos días, cuando la ciudad estuviera algo más calmada, cosa difícil, pues las sirenas de alarma eran una constante. Descartaron la posibilidad de esperar un tranvía hacia la avenida Nevski. Teresa estaba impaciente y convenció a Vicenta de ir caminando. En dirección norte, atravesaron el Fontaka, el Giboiedon y el Moika para desembocar en la misma avenida Nevski. El paisaje era tan diferente del que recordaban que les costó distinguir los referentes. Las fachadas de los edificios estaban protegidas con sacos terreros, las calles sembradas de defensas antitanque y alambre de espino. A duras penas pudieron localizar los edificios. La aguja del Almirantazgo había sido cubierta con una enorme red verde, y las cúpulas de los edificios más emblemáticos se habían pintado de un color pardo horrible. Todo para evitar los ataques directos de los aviones de la Luftwaffe; eliminaban así el mayor número de objetivos.

La casa de jóvenes mostraba aspecto de reciente abandono. Las puertas estaban abiertas pero no había conserjes, ni educadores, ni compañeros que velasen por la integridad de aquel hogar que ya solo era un edificio más asolado por la guerra. En el vestíbulo se cruzaron con un muchacho que huía con un fardo entre los brazos. Se apresuraron hacia la entrada, temiendo que sus pertenencias hubieran desaparecido. El pillaje y los robos estaban a la orden del día. Vicenta subió la escalera a grandes zancadas. Teresa, sin embargo, se entretuvo en el cuarto del conserje, donde llegaban los paquetes y la correspondencia. Buscó en la mesa y las estanterías, pero estaban vacías. En un rincón vio una saca del servicio de correos. Volcó el contenido en el suelo y empezó a leer los remitentes con apremio. Ninguna de las misivas venía de Borisoglebsk. Las repasó de nuevo. Nada. Teresa se llevó una gran decepción. Ignacio era la motivación y el aliento que la empujaban a seguir adelante.

Sin noticias suyas, le costaría mucho más. No imaginaba hasta qué punto.

Subió hasta la habitación de las chicas. Algunos armarios estaban abiertos de par en par. La mayoría de los colchones habían desaparecido, así como la ropa de cama y las cortinas. Vicenta trasteaba en su armario. Había improvisado un hatillo con una pañoleta donde iba metiendo todos sus enseres: cepillo, espejo, polvos de talco y un par de barras de labios. Teresa abrió el suyo. Afortunadamente todo estaba como lo dejó. Su poca ropa, los peales, un par de botas de repuesto y el neceser con un peine, un trapo blanco como la nieve, media pastilla de jabón y el bote de colonia que le regalaron sus compañeras. Improvisaron cada una su equipaje y salieron de la casa.

Mientras atravesaban el patio, les invadió una indescriptible y nueva sensación de pérdida, de cambio de etapa, un paso trastabillado hacia la edad adulta que parecía pudrirse en el árbol antes de madurar.

Cruzaron la avenida Nevski con la esperanza de que pasase algún tranvía. Antes de llegar a la acera, el alarido de las sirenas las hizo estremecer. Instintivamente corrieron en busca de protección, pero no conocían los refugios de la zona, así que se limitaron a correr con todas sus fuerzas. La gente huía en bandada como hormigas bajo la lluvia. Cientos de personas se apresuraban de un portal a otro, de una acera a otra y deslizaban su angustia entre el desconcierto. Teresa arrastraba a su amiga del brazo, y ambas tropezaban con unos y otros. Llegaron a la altura de la tienda de fotos del señor Semiónov. La puerta estaba abierta y no dudaron. Entraron sin preguntar. Al verlas, él las arrastró hacia el cuarto de revelado y les indicó que se metieran bajo la mesa. Él se acurrucó junto a su esposa en un rincón debajo de una estantería. En ese momento las bombas empezaron a caer. Allí permanecieron un tiempo indefinido mientras oían el sonido amortiguado de las sirenas y las explosiones. Teresa miraba absorta la bombilla roja que se tambaleaba con cada impacto. Algunos carretes de fotos caían ante ellas, así como trozos de pintura y escayola que se desprendían del techo. La repetición de vivencias comenzaba a ser una constante cruel en su vida. Imposible no rememorar aquel bombardeo similar en Bilbao, junto a su madre y su hermana bajo el fregadero.

Los Semiónov se abrazaban. Ella lloraba, él le acariciaba la cabeza y miraba a las chicas con el desasosiego anclado en su mirada. El miedo seguía atenazando al hombre, a pesar de que aquella era su cuarta guerra. La penumbra carmesí ahogaba la vida, concentrada en cinco metros cuadrados. Una vida a merced del enemigo que decidía cuándo y cómo podían morir. Y ellas no tenían más opción que esquivar esa muerte que caía en una lluvia de fuego. Aquel cuartito diminuto era el epicentro del fin del mundo. A partir de ese día, el mundo se les acabaría muchas veces, y tras cada apocalipsis, un nuevo génesis cada vez más escuálido.

Transcurrieron treinta minutos, o treinta horas, qué más da. El tiempo en la guerra es deforme y elástico, aunque nunca breve.

Cuando salieron de la tienda, la ciudad moribunda gemía de dolor. Los ciudadanos emergían de sus guaridas como animalillos asustados, con lentitud y prudencia. Los que no llegaron a tiempo de refugiarse se retorcían en el suelo entre escombros y cadáveres.

El humo denso velaba los tenues rayos de luz del ocaso. Olía a gasóleo, parafina y neumático quemado. La atmósfera resultaba irrespirable. Varios edificios estaban en llamas y en las aceras agonizaban unas cuantas bombas incendiarias. Algunas mujeres intentaban levantar los cuerpos moribundos de sus acompañantes. Otras lloraban arrodilladas junto a ellos, impotentes y sin fuerza para moverlos.

Teresa y Vicenta caminaban despacio, pegadas a la pared. Observaban aquel escenario abominable como una sucesión de escenas que transcurrieron a cámara lenta y ellas se movieran a velocidad normal. Como si hubiesen abandonado su cuerpo para trasladarse a un estado onírico.

Teresa tropezó y cayó de rodillas sobre los cascotes desperdigados por el suelo. El dolor la trajo de vuelta a la realidad, pero se tragó el lamento. Se levantó e, instintivamente se giró a mirar el objeto que había provocado su caída. Era un cadáver. Se quedó petrificada mirando la mueca atroz que quedó en su rostro en el momento de su muerte. Sin saber por qué, pensó en aquellos cuadros de Goya que con tanto detalle le mostró Joseph Orbeli unos días antes. Vio unos pies que se acercaron al cuerpo. Cuando levantó la vista, un hombre con una cámara fotografiaba de cerca el rostro del muerto.

—¿Qué hace? —le gritó Vicenta, escandalizada.

—Soy periodista —respondió el hombre, y se alejó unos metros mientras seguía fotografiando la muerte.

Era el primer cadáver que veía de cerca, tirado e ignorado en mitad de la calle. El primero de los miles que le tocaría esquivar.

A pesar de la guerra, muchos cines, teatros y salas de conciertos seguían abiertos, aunque llevasen meses proyectando la misma película, como era el caso. La gente seguía acudiendo a estos espectáculos, y los actores, músicos y operadores de cine continuaban haciendo su trabajo. Se negaban a abandonar la normalidad que se les escapaba de entre las manos con cada bombardeo o en cada cola para conseguir pan.

Los rostros iluminados por la proyección en pantalla admiraban la belleza magnética de Miliza Korjus. Su pelo, rubio y brillante como el aceite; la sonrisa pícara y algo inquietante, los ojos crispados. Y la voz, un prodigio sonoro cuya única explicación solo podía hallarse más allá de la razón.

Teresa ya había perdido la cuenta de las veces que habían ido a ver *El gran vals*, de Duvivier. A pesar de ello disfrutaba con la película, sobre todo al contemplar la emoción y admiración de Vicenta cuando la actriz se deslizaba casi en volandas mientras bailaba los valses del maestro Strauss.

Vicenta quería ser Carla, la protagonista. Cantar, maquillarse, llevar aquellos vestidos imposibles y fantásticos con los que derramar su divinidad. Pero sobre todo bailar, bailar hasta echar a volar y perderse en un cielo de polcas. El cine era un oasis de fantasía para soñar realidades imposibles. Pero si hasta entonces las ensoñaciones se focalizaban en los vestidos y los bailes, hacía ya varios días que la expectación y los murmullos aparecieron durante la escena del banquete de bodas entre Strauss y su esposa. Tres meses de guerra y casi uno de bloqueo habían abierto brechas en los estómagos. Las ventanas de las cocinas ya no exhalaban el aliento del *borscht,*[21] ni las pastelerías el de los *kartóshka.*[22] Los alimentos se habían agotado y los leningradeses se acostumbraron a comer por pura supervivencia. La gente tenía hambre pero lo soportaba con estoicismo, lo que no impedía que una simple imagen de comida la hiciese salivar y añorar mesas rebosantes de manjares. El hambre de verdad, aterradora y salvaje, aún no había llegado, pero estaba más cerca que los propios alemanes, y era un enemigo mucho más inhumano.

El hielo del Neva aumentaba de grosor día tras día y cada vez resultaba más difícil abrir un boquete para obtener agua. Teresa aprovechó el agujero que alguien había perforado para lavar las vendas del hospital. Más de un millar de heridos llegaban a los hospitales a diario, despedazados en cuerpo y alma. Pero ya apenas quedaban medicamentos ni medios para atenderles. Poco podían hacer, aparte de lavar sábanas y vendas. El único antídoto de que disponía para calmar su dolor eran trapos raídos, agua y caricias.

Los ánimos empezaban a agotarse y el hambre iba debilitando los cuerpos como una pandemia. Las raciones diarias de pan se redujeron en función del puesto de cada uno. Ella, como obrera y miembro del Komsomol, recibía trescientos gramos diarios. El pan era el único alimento para la mayoría de los ciudadanos, y cada día debían hacerse colas interminables para conseguir la ración. El pillaje y los robos de alimento y cartillas no tardaron en llegar. El lago Ladoga era la única vía de entrada de suministros, pero la prioridad la tenían las tropas y el armamento, como las bombas que Te-

21. Sopa de remolacha.
22. Pastelillos individuales de cacao y ron.

resa fabricaba y que salían de la Etalón a millares. Aunque la producción era cada vez más reducida, por la falta de materia prima y la disminución de mano de obra. Además, las bajas temperaturas congelaban las aguas del lago y permanecía así durante meses, hasta la llegada de la primavera. Pero los soviéticos hicieron de la necesidad virtud, y le encontraron una solución que salvaría miles de vidas.

Los soldados heridos eran el barómetro que les indicaba el transcurso de la guerra. Las noticias que traían desde el campo de batalla no eran muy alentadoras. Los nazis estaban a las puertas de la ciudad. Solo era cuestión de esperar hasta que la población muriese de hambre. Aquello no era una táctica bélica, era un genocidio en toda regla.

Teresa zigzagueaba entre las camas como una criatura de un cuento de hadas. Aquel día le tocó asistir a los heridos del hospital situado en la esquina del Moika con Derzhinski. Para aquellos infelices la guerra había terminado, bien por las mutilaciones, bien por la locura que atormentaba sus cabezas. Y a pesar de su desgracia, alardeaban entre ellos de sus hazañas en el campo de batalla, sentían esa necesidad atávica del heroísmo, la épica del soldado vencedor, o vencido. Sabían que, de un modo u otro, serían recordados con alguna medalla, en algún cuadro o en los libros de historia.

Ellas no. Las mujeres seguían en su particular cruzada, en la retaguardia invisible, curando sus heridas y acallando sus pesadillas. Y de noche, de vuelta a sus casas sin nada que ofrecer a sus hijos, debían esquivar los proyectiles del hambre cuando sus hijos lloraban por no tener qué comer, cuando olvidaban los juegos y morían dormidos en sus camas, cristalizados por el frío. No, nadie hablaba de ellas, no recibían medallas, no aparecían en los libros. Eran las víctimas invisibles, fantasmas antes de morir.

En un extremo, un joven con la cabeza y un ojo vendados intentaba arrancarse las vendas sanguinolentas. Teresa se acercó.

—*Ty ne dolzhen prikasat'sya k rane*[23] —le ordenó mientras le retiraba la mano. Pero el chico insistía. Su cara reflejaba un dolor insoportable—. *Kak tebya zovut?*[24] —Teresa intentaba distraerle.

Él la miró entre el miedo y la ignorancia. Forcejearon con las manos hasta que ella consiguió sujetarle las suyas en el regazo. Al final se rindió. Teresa le ahuecó la almohada y él se recostó sin soltarle.

—*Kak tebya zovut?* —repitió ella.

Con la vista medio perdida, giró el rostro y soltó un improperio.

—¡Mecagüen la pena negra! —maldijo en perfecto castellano.

¡Un español! Estaba claro que finalmente habían conseguido ir al frente a luchar. Se alegró de encontrarse con un paisano, aunque le extrañó que no le respondiera a sus preguntas. Cualquier niño español de cualquier casa entendería una pregunta tan básica.

—¿De dónde eres? —preguntó, ahora sí, en su mismo idioma. Él se giró con curiosidad—. Me llamo Tere.

Él la miró, sorprendido.

—José, José Manuel Bautista —dijo en apenas un susurro mientras se incorporaba.

23. No debes tocar la herida.
24. ¿Cómo te llamas?

La herida había empezado a sangrar y un rosetón encarnado se abría en el vendaje. Tere se acercó y cogió unos jirones de sábana limpios.

—¿De dónde eres? —preguntó de nuevo mientras desenvolvía su cráneo como si pelase una patata.

Él se dejó cuidar por las delicadas manos, que parecían manipular papel de seda. Al final respondió.

—De Sevilla. ¿Y tú?

—De San Sebastián. Estás muy lejos de tu casa —advirtió ella.

—¡Pues San Sebastián no está lejos ni *ná*! —respondió ya con algo más de desparpajo. La comunicación y la posibilidad de expresarse fueron su mejor medicina.

Teresa sonrió, por la broma y por verle un poco más calmado. A ella también le reconfortó encontrarse con un paisano.

—Vine hace cuatro años. Bueno, me trajeron... No te muevas, voy a despegarte la venda. —Él hizo un gesto de dolor que aguantó estoico—. ¿Y tú?

El joven chasqueó la lengua antes de responder.

—Pagaban bien, y nos dijeron que teníamos que ser buenos patriotas y matar rojos, aunque fuera en la otra punta del mundo. Y aquí estamos —se lamentó él—. La División Azul es como el Piojito,[25] un mercado en el que hay de todo. Somos las putillas del Hitler ese.

Teresa intentó entender. Ató cabos y dedujo que Franco estaba mandando soldados para apoyar a los nazis.

—Entonces... ¿eres fascista? —Teresa recordó el miedo infantil, cuando los fascistas bombardeaban ciudades y encarcelaban a hombres y mujeres.

—¡Qué fascista ni qué pollas! —Ella se sorprendió por el

25. Mercado de Sevilla.

improperio—. Yo estaba en mi pueblo, en Camas, y hacía lo que me decían. ¡A ver, qué remedio! Si no, el cacique no te daba trabajo. Y mi padre, pues decía que sí, que él apoyaba a Franco, pero vamos, que en mi casa nunca se habló de política. Si todos son de derechas, pues tú también te haces de derechas.

—¿Y cómo has acabado aquí? Porque otra cosa no, pero rojos... —bromeó mientras abarcaba la sala con un gesto de la mano.

—Dos días llevaba aquí, en Vóljov, o como se diga. ¡Mecagüen la pena negra! —Hizo otro gesto de dolor, esta vez más pronunciado.

—Estate quieto.

Teresa le limpió el ojo con una venda mojada en agua. La herida era fea, tenía levantada parte de la piel entre el párpado y la oreja y le faltaba un buen trozo de pelo. Aquello ya no lo recuperaría. Si conseguía sanar bien, la marca sería bastante escandalosa, incluso le afectaría al ojo.

—Teníamos que pasar un río, y allí que fuimos. Con un frío que no lo aguanta ni su puta madre...

Teresa empezaba a acostumbrarse al vocabulario del sevillano y se lo tomaba con buen humor.

—¿Frío? Pero si estamos en octubre —le interrumpió, pero se abstuvo de contarle que en pleno invierno las temperaturas llegaban a los treinta grados bajo cero.

—Nos arrastramos por un lodazal. —Hizo caso omiso al comentario de Teresa, encantado como estaba de poder contarle a alguien su breve aventura—. No se veía un pijo. ¡Qué se iba a ver, si teníamos el barro en el hocico! El sargento me mandó a echar un ojo. Corrí agachado, pero oí un bombazo cerca y me tiré al suelo. Y allí me quedé un buen rato. Y de pronto, ¿qué crees que pasó? —Teresa negó con la cabeza para darle a entender que no tenía ni idea—. Cuando te lo cuente te vas a reír, ¡mecagüen la pena negra! ¡Que se puso a nevar! En mi puta vida había visto la nieve. Me levanté y me quedé mirando como un gilipollas. Y claro, me cayó otro bombazo, esta vez bien cerquita —señaló la herida que Teresa le empezaba a vendar de nuevo.

—¿Y quién te trajo aquí? —No era normal que un soldado nazi fuese trasladado a un hospital de Leningrado. Además, llevaba puesta una guerrera del Ejército Rojo.

—Pues suerte que no perdí el conocimiento. Eché a correr como pude hasta unos árboles. Había un montón de muertos de los vuestros y me escondí. Hasta que vi una ambulancia. Me quité la ropa y me puse la de uno de los muertos. Y cuando me vieron, aquí me trajeron.

—También es mala suerte, recién llegado y ya herido —respondió ella sin mucho entusiasmo—. Esto ya está. Y haz el favor de no tocarte la herida.

—Gracias, chiquilla —agradeció, sincero.

—¿Y adónde vas a ir cuando salgas del hospital? —se interesó—. Aquí no conoces a nadie y si dices que ayudas a los fascistas...

—Te conozco a ti —afirmó, guiñándole un ojo—. ¡Qué sé yo! Ya veremos a ver qué pasa.

—Tengo que marcharme. No hay tranvías y me queda un buen trecho. —Se levantó y cogió su abrigo.

—¿Vendrás mañana? —preguntó él con un punto de ansiedad.

—Lo intentaré —respondió ella.

Pero no se vieron al día siguiente, ni al otro. Transcurrieron quince años hasta que se encontraron de nuevo, pero en diferentes circunstancias.

En Leningrado todo se congelaba menos el vodka. La ración de pan se redujo de nuevo: ciento cincuenta gramos por persona y día. Ya no había otra cosa. El pan era el único nexo entre la vida y la muerte. Llegó a ser más valorado que el oro. Quien tenía pan, tenía vida. Era el maná del cielo, el bien preciado que marcaba la diferencia entre respirar al despertar o no hacerlo. Pero aunque faltase comida, siempre aparecía por algún lado una botella de vodka.

Teresa y Vicenta bebían a morro de una botella que la pelirroja había cambiado por los cigarrillos que le dio María en el Luga. Estaban a oscuras, solo alumbradas por una raquítica vela que agonizaba sobre un plato. Llevaban tres semanas sin electricidad, agua ni teléfono. Los nazis habían bombardeado todas las centrales hidroeléctricas excepto una, que se reservaba para las fábricas, aunque pronto dejaría también de funcionar. Aquello fue un azote más para los leningradeses, que se vieron abocados a la inactividad y la supervivencia. Bebieron más de media botella, pero no les hizo ningún efecto. La desnutrición impedía que el metabolismo procesara el alcohol. Pensaron que el alcohol les ayudaría a olvidar la realidad, pero el abatimiento se hizo más palpable.

Vicenta estaba muy débil. Sus piernas se habían hinchado y caminaba con dificultad. No era la única. Teresa lo veía a diario. La distrofia atacaba desde dentro y causaba más bajas que las bombas. Sonaron las sirenas. En mitad de la noche eso significaba que debían subir al tejado para apagar las bombas incendiarias. Otros compañeros realizaban la misma tarea en el patio delantero de la fábrica. Vicenta intentó incorporarse pero las piernas le fallaron. Teresa la sujetó del brazo antes de que cayera al suelo.

—Quédate aquí, ya subo yo —le dijo a su amiga, que la miraba aterrada.

Cogió el cubo de arena y una pequeña pala metálica y se encaminó escaleras arriba. Las bombas incendiarias revoloteaban entre la nieve de la azotea. A Teresa le alucinaba aquella macabra pirotecnia. Refugiada en el dintel de la puerta, corrió hacia la primera que cayó cerca. La cogió «del rabo», como ella decía, y la metió en el cubo. Así una tras otra, hasta que el ataque cesó. Volvió al interior pero algunas de ellas quedaron extinguiéndose en la nieve.

Con la producción de la Etalón paralizada, sus días transcurrían colaborando con el Komsomol e intentando no morir de hambre. La nieve enmascaraba la ciudad como una mortaja macabra que al menos cubría los cadáveres abandonados en las calles.

Una mañana de noviembre Teresa vivió otro de los sucesos siniestros que quedarían a perpetuidad en su memoria. La enviaron, junto a tres miembros del Komsomol, a los bosques de Levashovo a cortar leña. Las reservas se habían agotado y las autoridades recurrieron a los árboles de bosques cercanos, parques y jardines para alimentar los hornos del pan. Era la prioridad en ese momento. Abedules, tilos, cedros... todo servía. A pesar de la debilidad, aún conservaban un poco de ánimo para llegar. A Teresa le molestaba cuando sus acompañantes eran hombres. No entendía por qué los hombres mostraban una fragilidad extrema. No soportaban el hambre, ni el frío, ni el cansancio. Quizá porque anatómicamente los hombres acumulaban menos grasa que las mujeres. El caso era que, cada vez que en las troikas iba algún hombre, este acababa tumbado en alguna acera o portal, o no volvían a verlo. Cuando el grupo se componía de mujeres, las tareas siempre se llevaban a cabo, aunque tardasen más. Los pocos hombres que quedaban en la ciudad no aguantaban, simplemente se detenían y morían. Los dos de aquel día eran jóvenes, inexpertos, quizá hasta un poco retrasados. Teresa ni se molestó en preguntarles el nombre. Para llegar a Levashovo debían pasar por el cementerio del mismo nombre, uno de los más grandes de la ciudad. Un kilómetro antes empezaron a ver cadáveres desperdigados en los márgenes del camino. A medida que avanzaban estos se amontonaban en grupos de veinte o treinta. Brazos, pies, cabezas, manos y piernas asomaban entre los montones pidiendo ayuda antes de ser arrastrados al inframundo. Algunos hombres los descargaban con la naturalidad del que vuelca piedras en una carretera. Armados con ganchos como los que utilizaban los estibadores del puerto, arrastraban los cuerpos y sus compañeros los empujaban hasta las zanjas ya repletas, o en montones que superaban los tres metros de altura. El camino hasta la entrada del cementerio estaba flanqueado por dos muros de cadáveres congelados. Cientos de miles de muertos que sus familiares habían arrastrado hasta allí. Darles un final digno se hacía imposible. Un entierro costaba un kilo de pan; una fortuna. Además, las fosas estaban completas y las almas se amontonaban a la espera de un salvoconducto hacia el Hades.

Uno de los sepultureros parecía más preocupado por la colilla que colgaba de su labio que por las ánimas de los infelices que manipulaba con naturalidad. Teresa le miró a los ojos y tuvo la certeza de que su espíritu se había evaporado y solo quedaba la animalidad. Él la observó y esbozó una sonrisa rijosa. Salió de su arrobo cuando sintió cómo algo caía a sus pies. El cadáver de un bebé se había precipitado desde lo alto de aquella siniestra montaña. Tendría apenas un año, quizá menos. La piel morada, señal de que llevaba demasiados días a la intemperie. El cuerpecito totalmente desnudo, pero la cabeza cubierta con un minúsculo gorro de lana. Se agachó y lo miró unos instantes. Al fin lo cogió entre las manos y lo llevó a un lugar apartado del camino. Lo tapó como pudo con hojas secas y nieve y permaneció en silencio hasta que una explosión la volvió a zarandear. Alguien había lanzado una bomba de mano que abrió un boquete donde los carros vaciaban los cadáveres. Con la necesidad se agudiza el ingenio, y aquellas prácticas empezaron a realizarse incluso en los jardines de las casas privadas. Los muertos piden tierra, pero a veces esta es tan dura como las ganas de aferrarse a la vida.

La voz de Olga Bergholz brotaba por las *tarelkas* como estertores de moribundo. Aquellas radios en forma de plato instaladas por todo el territorio soviético, desde las que se enviaban mensajes y proclamas a la población, ahora eran poco más que un aliento imperceptible con el que, a falta de alimento para el cuerpo, se pretendía nutrir el alma. Las *tarelkas* no se apagaron durante los ochocientos setenta y dos días que duró el cerco. Cuando no había locutores u operarios que ofreciesen música, el simple tic tac de un metrónomo marcaba el compás. Un latido que recordaba que la ciudad seguía viva. Un ritmo que servía de distracción a las pocas mujeres que se atrevían a deambular por la ciudad.

Mujeres, ningún hombre. Los menores de cincuenta años habían sido llamados a filas. Y los mayores morían de inanición, terror o pesadumbre. Ellas deambulaban lentas, arrastrando el alma que tiraba de sus cuerpos hacia la tierra, donde aguardaba la muerte. ¿Quién era el enemigo? ¿Los nazis? No, el enemigo era el hambre que acuchillaba las mentes y las partía en mil pedazos imposibles de reconstruir, desperdigadas a merced de la más cruel de las locuras. Locura que empujaba al robo, aunque ya no hubiese nada que robar; a sacrificar mascotas, incluso animales del zoo sirvieron de alimento. Los pájaros, las ratas, los peces de los estanques... Y cuando estos recursos se agotaron, llegó la aberración, la demencia, la bestialidad atávica que volvía al ser racional y pensador en un animal en lucha por la supervivencia. Leningrado se convirtió en una ciudad atroz, un ente que se fagocitaba a sí mismo.

Hitler quería hacerse con la ciudad, pero la quería vacía. Hacía semanas que habían ocupado Tijvin, y con ello se cerró la última vía de abastecimiento. Leningrado quedó a merced de sí misma. El frío llegó a los cuarenta grados bajo cero, la nieve se había pegado a las calles y los tejados como la cola, y así permanecería durante meses. Los inviernos en el norte eran despiadados, pero en una ciudad sitiada y hambrienta iban a poner a prueba la fortaleza y amor a la vida.

Teresa volvió a la fábrica con un cubo de agua. Tuvo que recorrer casi dos kilómetros hasta encontrar un lugar a orillas del canal Fontaka donde alguien hubiese abierto un agujero en el hielo. Dos kilómetros suponían casi una hora de travesía, tal era la debilidad que sufrían. Un caminar tardo y pesado por el hambre y la nieve que frenaban los breves atisbos de supervivencia. Algunas mujeres arrastraban trineos infantiles en los que llevaban fardos, siempre cubiertos con sábanas o trapos. Algunas veces se distinguían cuerpos, otras cargaban con ancianos u hombres ausentes del mundo, otras a sus propios hijos, inmóviles, inexpresivos. Intentaban convencerse de que estaban dormidos.

Llegó a la fábrica justo cuando se levantaba una fuerte ventisca. Vitaly, el conserje, salió a ayudarla con el cubo, que ya tenía una capa de carámbano en la superficie.

—Acompáñame —le pidió al vigilante. Él la miró sorprendido. Respetaba la privacidad de sus compañeras y nunca se hubiera atrevido a entrar en su habitación, por mucha curiosidad que sintiera—. Me da miedo pasar por... ya sabes —y señaló hacia el despacho donde dormían los cuatro profesores moribundos.

Era inquietante cuando cruzaba por su lado y alargaban las manos sarmentosas pidiéndole pan.

—No te preocupes, no tienen fuerza, están muy débiles —intentó tranquilizarla el grandullón de Vitaly.

Aun así, Teresa insistió y prefirió recorrer el pasillo en su compañía.

En el dormitorio improvisado consiguieron instalar una pequeña *burzhuika*[26] que casi siempre estaba apagada. No había leña, solo unos pocos tablones hechos con las cajas de embalar los voltímetros. Habían acordado que, mientras Teresa iba a por agua, su amiga haría la cola para la ración de pan, que a aquellas alturas ya se había reducido a cien gramos por persona y día. Cuando entró, vio a su amiga sentada en el suelo, de espaldas a la puerta. Entonces supo que no se

26. Estufa similar a la salamandra.

había movido de allí desde que ella se marchó. Llevaba días inquieta, ausente y más débil de lo normal. Observó sus piernas hinchadas como toneles. No había conseguido ponerse de pie a causa de la distrofia. Teresa tuvo un pálpito. Sabía que algo pasaba. Se acercó despacio y se sentó a su lado. Sus preciosos ojos verdes empezaban a mirar más allá de la realidad. Aquella mirada que tantas veces había visto en el rostro de algunos leningradeses y que le causaba verdadero horror. Le acarició el pelo con dulzura. Vicenta volvió la mirada hacia ella. Teresa quedó horrorizada ante lo que vio. El rostro y la boca manchados de rojo, así como los dedos. Los puños apretados con fuerza guardaban algo. Con esfuerzo pudo abrirle los dedos que aferraban las fundas de los dos pintalabios que rescató de la casa de jóvenes. Vicenta se los había comido.

Existe un concepto en la psicología de la supervivencia denominado fuerza histérica, que consiste en desarrollar una fuerza extrema por presión psicológica en momentos de pánico. La adrenalina se dispara y activa el metabolismo, y se llegan a realizar actos insospechados. Teresa no supo nunca de dónde sacó la fuerza para ir a buscar la ración de pan y volver en apenas una hora. De vuelta, empezó a buscar con desesperación por toda la fábrica. Algo tenía que haber para que su amiga, su compañera, su sostén, pudiera alimentarse y recuperar unas pocas fuerzas. Estaba realmente asustada. La muerte rondaba cerca, y eso no lo tenía previsto. Removió estanterías, bancos de trabajo, planchas de acero, almacenes, sótanos. Nada. Ni un triste hongo, ni un musgo con lo que hacer un té. Solo quedaba la sala de los profesores, pero allí no se atrevía a entrar. Nadie quería entrar en aquella antesala de la muerte donde los brazos de aquellas mentes brillantes se alargaban pidiendo pan. Tenía que intentarlo.

Despacio y con la esperanza de encontrarles dormidos, cruzó la puerta. En efecto, yacían dormidos, con un rictus de agonía en la cara. Cualquier otro hubiera pensado que estaban muertos, pero Teresa intuyó que no era así. La parca revoloteaba entre ellos, pero aún no les había reclamado. En el fondo de la sala, una puerta entreabierta llamó su atención. Entró, ya más segura de sí misma. Era un almacén pequeño en el que se guardaban cajas y material para embalar las piezas más menudas y delicadas. A nadie se le había ocurrido mirar allí. Además, aquel era el santuario sagrado de aquellos cuatro moribundos. Apiladas en un rincón había cuatro cajas de madera y dentro, un paquete entero de cola de carpintero. Cogió el paquete y una de las cajas y retrocedió en silencio. Un ronquido la sobresaltó. Quedó inmóvil unos instantes, hasta que se cercioró de que había sido un simple espasmo. Salió de la sala y volvió con Vicenta. Rompió las maderas con una fuerza insospechada y metió los trozos en la salamandra hasta que consiguió un buen fuego. Después, puso a hervir las barras de cola en el cazo. La cola de carpintero se había convertido en un artículo de lujo. Se hervía en agua y se convertía en una gelatina que llenaba los estómagos. Estaban fabricadas con despojos de carne, huesos, tuétano y cartílago de los mataderos y contenía un alto contenido en nutrientes, sobre todo proteína. Tere tenía reservado, además, un trozo de pan que cortó en cuatro pedazos.

A Vicenta le costó tragar la sopa y su amiga tuvo que ayudarla, casi obligarla. Teresa acabó con el resto que dejó. Durmieron bien, con el estómago apaciguado aunque con los sueños interrumpidos.

Despertaron con un atisbo de renovación y descanso que ya empezaban a olvidar. Teresa se aseó con un poco de agua sobrante del día anterior. Aún quedaban dos trozos pequeños de pan que fueron su desayuno, acompañado de un té hecho con tierra de los almacenes Badayev. De la primera capa, le aseguró Vitaly la noche anterior cuando se lo dio. Cuando estos fueron bombardeados, los víveres ardieron, sobre todo el azúcar, almacenado en grandes cantidades, que se fundió con la tierra. Mezclado con agua caliente, los ciudadanos encontraron una fuente de calorías.

Vicenta había vuelto a la realidad pero permaneció en la cama. Sus piernas seguían hinchadas aunque su ánimo había mejorado con el alimento y el descanso.

—Necesitas que te cuiden, no puedes seguir así —afirmó angustiada Teresa.

Vicenta negó con la cabeza. Sentía pánico solo de pensar en salir de aquel habitáculo en el que se sentía protegida. Pero sobre todo le aterraba la idea de separarse de Teresa. En circunstancias tan extremas, cuando el mundo conocido y aprendido dio un vuelco, su mapa de afectos trazó nuevos rumbos emocionales que les guiarían en mitad de un desierto.

—Prefiero quedarme aquí, contigo —le rebatió.

Sus palabras sonaron vacías de convicción. Sabían que no era buena idea. Callaron ante la aplastante evidencia y esperaron que se obrase algún milagro. Vicenta necesitaba cuidados físicos, pero Teresa no quería enfermar de soledad.

—Ya veremos qué hacemos —le tranquilizó Teresa con un abrazo—. Ahora tengo que irme.

Besó a su amiga en la frente y, al retirarse, sintió una rara sensación de pérdida. Una presión en el pecho ajena al hambre o el vacío del estómago. Una corazonada triste que gritaba silente en el centro del desamparo.

Teresa se alegró cuando vio a Nadia y Olena. Era ya la tercera jornada que compartía con ellas en la troika. Buenas trabajadoras, duras y animosas. Dulce y pizpireta, Olena; sarcástica y cabal, Nadia. El destino de ese día no estaba lejos. Una hora escasa hasta las inmediaciones de los jardines Yusupov, en el barrio de Moika. En condiciones normales, aquel recorrido no les hubiera supuesto más de veinte minutos, la debilidad hacía que cada acción, por insignificante que fuera, les costara el doble. En ocasiones, los miembros del Komsomol gozaban de alguna prebenda y abrían los comedores comunales para ellos. Allí disfrutaban de un poco de caldo caliente aguado y, alguna vez, les sirvieron *bitoke* o filetes rusos. Todos se sorprendieron de que hubiera carne en mitad del bloqueo. Pero Teresa nunca preguntó su procedencia.

Llegaron a la dirección indicada, un edificio residencial de hechuras nobles que conservaba la gloria de épocas pasadas. La nieve cubría la entrada, señal de que hacía tiempo que nadie habitaba el edificio. Dentro solo quedaba una familia, la que iban a visitar. Les habían informado que en el interior había un cadáver, pero no sabían si quedaba alguien vivo. Muchas familias no informaban de los fallecimientos de sus parientes para conservar la cartilla del pan.

Las escaleras estaban cubiertas de escarcha y de las molduras del techo colgaban estalactitas que amenazaban con precipitarse a la menor vibración. El ascensor hidráulico, de inspiración modernista, se mostraba en estado catatónico. Llegaron a la cuarta planta, la puerta estaba abierta. Empujaron y anunciaron su presencia.

—*Privet. Yest' kto?*[27] —exclamó Nadia.

El recibidor y parte del pasillo también se mostraban cubiertos de escarcha. Avanzaron despacio, inspeccionando cada estancia en busca de algún morador.

El mismo hielo que cubría las escaleras estaba presente en la entrada y el pasillo. La cocina, fría, descuidada, con los fogones abiertos que vomitaban restos de ceniza. Teresa se sorprendió al ver platos sucios con restos de comida. Era evidente que se habían utilizado hacía poco. Siguió a sus compañeras hacia el corredor. De las paredes colgaban retratos de otro tiempo, de ancestros felices, mezclados con otros más actuales. Una joven arengando a las masas. Un hombre de unos cincuenta años con el uniforme de la marina. Una reproducción de la mítica imagen de Lenin, la que vieron en casa del señor Semiónov, con su larga gabardina. Otra de Trotsky. Ninguna de Stalin. Al lado, un soldado joven con uniforme de la Fuerza Aérea Soviética. A Teresa le dio un vuelco el corazón. No era el mejor momento para añorar a Ignacio. Había aprendido a no pensar en él en los momentos cotidianos. La nostalgia y las ilusiones desgastaban y ocupaban espacios en la mente que necesitaba para resistir. Solo en soledad se permitía el lujo de invocar su recuerdo y recrearse en la melancolía. Descolgó el retrato y lo puso bocabajo. Olena la miró desconcertada mientras se dirigían al salón, al fondo de la vivienda.

Necesitaron unos instantes para tomar consciencia de la escena dantesca que vieron ante ellas. Una niña de apenas

27. Hola, ¿hay alguien?

cinco años sentada en la alfombra, con la mirada perdida en algún abismo por donde vagaba su cabecita aterrada. Los labios cárdenos, los ojos hundidos, el pelo ralo asomaba por un ajado gorro de lana. Apenas vestida con un jersey y unos peales que se caían a pedazos y no la protegían de aquel frío infernal. A su lado, en el suelo, yacía el cuerpo de una mujer, probablemente su madre. En principio las chicas creyeron que estaba muerta. Fue al acercarse cuando un sonido gutural las sobresaltó y las alertó de que seguía viva.

La pequeña abrazaba con sus manos congeladas una muñeca de trapo vestida con uniforme de pionera. Teresa se agachó, la cubrió con una manta e intentó calentarla con su cuerpo. Pero seguía ausente. No respondía a las caricias ni al calor que Tere le intentaba traspasar con sus manos. Entonces la niña bajó el rostro hacia la muñeca, metió uno de sus deditos en una costura abierta y escarbó en sus entrañas de algodón. Extrajo un pedazo de lana y se lo llevó a la boca.

—No hagas eso —le advirtió Teresa mientras le retiraba la lana de la boca.

—*Yest*[28] —dijo la pequeña, y señaló hacia el sofá—: *Dedushka*.[29]

Entonces oyó la voz de Nadia.

—¡Santo cielo! —exclamó horrorizada.

Olena vomitaba en un extremo de la habitación, mientras Nadia sujetaba la manta del sofá donde se adivinaba un bulto. Se acercó y quedó aterrorizada de lo que vio. A punto estuvo de vomitar también si no fuera porque su estómago estaba vacío. El cuerpo de un anciano yacía vestido con el viejo uniforme de la marina, el mismo que vieron en

28. Comida.
29. Abuelo.

la foto del pasillo. El frío había evitado la descomposición. Llevaba la guerrera desabrochada y el pecho abierto en canal vaciado de vísceras. Ahora se explicaba los platos sucios en la cocina. No era asco lo que sintieron, ni náusea, ni repulsión. Era miedo, pánico, angustia, tomaron consciencia de la brutalidad, la abominación, la atrocidad que esconde el ser humano. Fue el primero, pero no sería el último cadáver que viesen al que le faltasen las nalgas, los gemelos o los pechos. El hambre lleva a la desesperación, y esta, a la locura.

Cuando la sangre volvió a sus corazones, se pusieron manos a la obra. Olena era la más afectada, así que Teresa le indicó que se llevase a la pequeña y avisara para que recogieran a su madre. La joven cogió a la niña en brazos y bajó las escaleras sin mirar atrás.

Nadia y ella se miraron. Había que sacar el cadáver. Lo primero que se le ocurrió a Teresa fue abrocharle la guerrera para esconder aquella atrocidad. Colocaron la manta en el suelo y lo pusieron encima. Más de media hora les costó arrastrar el cuerpo hasta el rellano de la escalera. Era condenadamente pesado. Y la debilidad no ayudaba. Llegó el momento de bajar las escaleras. La manta no les serviría. Teresa se situó delante del cuerpo, lo cogió por las piernas y se las puso debajo de las axilas. Empezó a bajar las escaleras. Parecía que podían moverlo con facilidad. La cabeza del anciano golpeaba en cada escalón: cloc, cloc, cloc... El silencio del edificio amplificaba el sonido y les taladraba el cerebro. En el segundo piso, el golpeteo aceleró el ritmo.

—¡Tere, cuidado! —gritó Nadia desde arriba.

Teresa vio la cabeza del hombre rodar a su lado por los

escalones y precipitarse hasta el otro rellano. La siguió con la vista en su descenso, alucinada, incrédula, espantada. Miró a su compañera.

—¡Sigue, vamos! Ya no la va a necesitar —exclamó, impaciente.

Pero Teresa permanecía inmóvil.

—Déjame, ya sigo yo —dijo Nadia con decisión.

Colocó las piernas del anciano bajo sus axilas y lo arrastró escaleras abajo.

Mirando aún la cabeza desprendida, se le ocurrió usar la gorra del uniforme como recipiente. Cuando llegó a la acera, Nadia ya había colocado el cuerpo junto al montón de cadáveres apilados en la puerta. Teresa depositó la cabeza en la parte superior del cuerpo y se marcharon tan rápido como sus cuerpos les permitían.

La marcha de Vicenta dejó a Teresa en la más infausta soledad. Había decidido pedir ayuda en la casa de niños españoles de la calle Tverskaya. Pensó que quizá allí tendrían más comida, incluso algún medicamento. Su estado de salud no le permitía seguir en la fábrica, por mucho que se necesitasen la una a la otra. Sin el nexo afectivo, Teresa sintió que se volvía invisible, un ser anónimo, un cuerpo errante por las calles nevadas de Leningrado. Lo que más miedo le daba era convertirse en un cadáver en mitad de la nieve al que otros esquivaban. Vicenta era el lazo de luz que las ataba para que su existencia no quedase diluida en el océano macabro de la muerte. Era el miedo de todos: ser olvidados.

Eso mientras quedase un mínimo de consciencia. Una vez que caían en el pozo de la demencia, sus ojos se perdían más allá de la sensatez y relucían macabros como faros que mostraban el camino del averno. Teresa había aprendido a reconocer aquellas miradas como el barómetro del delirio. Miradas que traspasaban el rostro como un espectro una pared. Miradas que indicaban que aquellos cuerpos estaban infestados por la demencia.

La locura rondaba y seducía. Teresa lo pudo comprobar pronto. Por suerte, consiguió escapar a tiempo de sus garras.

Katya, su profesora, aunque prácticamente vivía en la fábrica, a veces iba a su casa para visitar a su marido. Aquel día le pidió a Tere que la acompañase. Su marido estaba muy enfermo y tenía miedo de estar sola cuando muriese. Dudó unos instantes pero quería a su profesora y no pudo negarse.

Tres horas tardaron en llegar al piso comunal en el que vivían. En él ya solo quedaban ellos y una mujer con un bebé de apenas unos meses. En cuanto Teresa vio al hombre en la cama supo que llevaba varios días muerto. Pensó que Katya la había engañado para ayudarla con el cadáver y se enfureció. Pero no tardó en darse cuenta de que algo no iba bien. Katya se quitó el gorro y la bufanda y los colgó en un perchero mientras se dirigía a su esposo y le contaba las novedades de la ciudad y su día en la Etalón. Incluso le presentó a Teresa. Una de mis mejores alumnas, señaló. La mujer le hablaba como si él pudiera escuchar, incluso reía los comentarios que creía que decía su marido muerto. Entendió que Katya había perdido la razón, por eso no se atrevía a decirle nada. El miedo la tenía paralizada.

En la habitación de al lado, el bebé lloraba sin consuelo, pero su profesora parecía no oírlo. Se asomó con timidez. La mujer estaba sentada sobre la cama, con los ojos envanecidos y el cuerpecito de su hijo pataleando sobre el regazo. Volvió a la habitación donde Katya continuaba en animada charla con su marido muerto. Ni siquiera se percató de la presencia de Teresa. Esta se acercó y fue cuando la vio. Allí estaba: la mirada errática del hambre, los ojos vacíos y otra mente que había cruzado al mundo del delirio.

Lo único que podía hacer Teresa era ayudar a su profesora a preparar el cadáver. Lavaron el cuerpo, lo vistieron y lo envolvieron en un hule. Intentó cerrarle los ojos pero el cuerpo parecía de mármol. En su lugar colocó una moneda en cada ojo. Después depositaron la sal, el diezmo que los rusos ofrecían para pagar el tránsito hacia la muerte. Hicieron un fardo con el cuerpo atado con cuerdas y lo acostaron de nuevo sobre la cama. Katya se sentó en el borde y permaneció callada. Teresa le hablaba pero ella había traspasado el umbral de la sensatez hacía kilómetros de tiempo.[30]

No tenía nada más que hacer allí. Se ajustó el abrigo y la bufanda y salió de la habitación. El bebé seguía llorando. Sentía que la cabeza le iba a estallar en cualquier momento. Cuando llegó a la puerta, el llanto cesó. El silencio la detuvo. Retrocedió lentamente y volvió a asomarse. La madre había caído de espaldas sobre la cama y el bebé continuaba en la misma posición pero no se movía. Se acercó y le tocó la cara. Estaba muerto. Inconscientemente lo tumbó sobre la cama y le ajustó la ropa. Cuando le fue a subir uno de los calcetines, notó una bolita, como una piedrecita dentro. Lo giró y rodó por el suelo. No era una piedra, era su dedito pulgar congelado que se le había desprendido. Acababa de morir de hambre y frío.

30. *Kilómetros de tiempo* es el título de la poeta Carmen Castellote, niña de Rusia, residente en México y última escritora viva del exilio.

Diciembre llegó a cuarenta grados bajo cero y el termómetro se detuvo ahí tres meses. Un peso más añadido a todos los que soportaba la ciudad, ralentizada en su ritmo doliente. Las noches tempranas robaban a los habitantes la poca seguridad que brindaba la luz. Teresa no calculó bien las distancias y se le hizo de noche en el camino. La debilidad alargaba las calles y, lo que en circunstancias normales sería un paseo, se convertía en una peregrinación plagada de penitencias. En Leningrado, de noche, hasta los suspiros representaban una amenaza. Las alarmas parecían haber dado un respiro, pero el silencio era casi más inquietante que los obuses. Bordeó los jardines Yusupov para cruzar el Fontaka. Atravesar un parque de noche no era lo más aconsejable. Antes de la guerra por allí deambulaban ladrones, maleantes, mendigos, violadores... Ahora el peligro eran los caníbales, que salían de caza en busca de presas para alimentarse.

Apretó el paso hacia el embarcadero. Las maderas de las barcas crujían apresadas por el hielo. El viento del río petrificado susurraba un misterio oscuro. A Teresa le parecía oír pasos por todas partes. Intentó acelerar el ritmo pero la nieve espesa frenaba sus piernas.

Llegó al puente Obukhov, se apoyó sobre la barandilla e intentó recuperar el resuello. La luna llena de diciembre bañaba de plata la corriente inmóvil. El río detenido, como los corazones, se le antojó acogedor, hospitalario. Un Neva lacerado con cicatrices de sed que los leningradeses habían abierto en el lecho. Su mirada intentó adivinar el secreto de aquella profundidad hipnótica. El hielo tenía el tamiz transparente del ópalo. Bajo la gruesa capa, vio deslizarse una sombra, silenciosa e inquietante. Un pez, pensó. Unos segundos después, otra similar. Esta vez prestó atención. No, aquella figura tenía piernas, brazos... Era un cuerpo que se deslizaba funesto y con serenidad macabra. Se traslucía perfectamente su silueta bocarriba. Podía distinguir el rictus de su rostro pidiendo ayuda, arañando aquel techo transparente en el que estaba atrapado. La escena, aunque lúgubre, se le antojó enigmática, extraña e inquietantemente bella.

Al entrar en la avenida Moskovsky percibió una agitación inusual. Decenas de personas arrastraban sus cuerpos lívidos en su misma dirección. Unas manzanas más adelante ardía un edificio. Ese día no hubo bombardeos, así que lo más probable era que el incendio lo hubiera provocado alguna vela encendida o un exceso de aceite industrial con el que se calentaban los ciudadanos. Teresa pensó que la gente acudía al incendio para ayudar, pero en lugar de eso, cuando llegaban, se paraban enfrente y observaban las llamas, o se sentaban en el suelo hasta que se sofocaba. A cuarenta grados bajo cero cualquier fuente de calor era un reclamo, un canto de sirena.

Un camión de bomberos aguardaba delante del edificio a que se descongelase el agua de las cubas y sofocar el fuego. Teresa se acercó con su paso lento. Le reconfortó el calor que desprendía el incendio. Sus entrañas rebullían, un hormigueo aterciopelado de diminutas burbujas activaban de forma fugaz su organismo. Sintió vergüenza de aquella centella de bienestar cuando vio tras una de las ventanas del edificio una silueta que gesticulaba pidiendo ayuda. Se acercó a uno de los bomberos, un hombre alto con un casco que le quedaba demasiado grande, ojos de topo y unas gafas redondas que le empequeñecían aún más la mirada.

—¡Hay alguien dentro! —gritó Teresa señalando a la ventana.

El hombre dirigió la mirada al edificio y localizó a la víctima. Hizo un gesto de abatimiento y se volvió a Teresa.

—No podemos hacer nada —se lamentó.

Teresa le miraba mientras veía el fuego reflejado en los cristales de sus lentes. Él alargó la mano y le ajustó la bufanda.

—Vete a casa —sugirió él bombero.

Ella siguió con sus ojos fijos en las llamas que bailaban en sus lentes. Años más tarde se encontraría con aquellos mismos ojos, aquellas mismas gafas, domesticando otro fuego, menos letal pero sí más cálido.

Llegó a la Etalón completamente agotada. Lo único que pedía su cuerpo era dormir, abandonarse al sueño, aunque corriese el riesgo de no despertar. Vitaly parecía esperarla mientras apuraba nervioso una colilla raquítica.

Vitaly era uno de esos seres con los que la naturaleza se había excedido en su bondad. Un grandullón en cuyo cuerpo no cabía la picardía, la suspicacia ni las segundas intenciones. Su aspecto de bruto asustaba a simple vista y era ideal para su trabajo. Era tan afable y dulce que en más de una ocasión la gente le tomó por retrasado. Tenía apenas veinte años y fue de los primeros en acudir a las oficinas de reclutamiento cuando estalló la guerra pero no fue aceptado. El motivo del rechazo fue un tanto cómico. Era alto, mucho, casi dos metros, corpulento, de anchas espaldas, brazos como troncos de abedul y manos que parecían palas. En el Ejército Rojo no disponían de botas militares del número 48. Así quedó relegado a la vigilancia de la Etalón, trabajo que desempeñaba con seriedad y responsabilidad. Pero todo lo que tenía de grande y bonachón, lo tenía de miedoso.

En cuanto vio aparecer a Teresa soltó un suspiro y se arrimó a ella.

—Están muertos —sentenció mientras miraba al interior—. Hoy no han pedido pan, no les he oído en todo el día, por eso me he asomado. ¡Están todos muertos!

—¿De quién me hablas, Vitaly? Tranquilízate —le pidió con calma.

—Los profesores, Grigor, Nikolay, Sacha, Yelena...

—¿Cómo que están muertos? —Volvió a preguntar ella.

—¡Muertos, Terezhochka!

Nunca le había visto tan alterado. Parecía un niño asustado al que le da miedo la oscuridad, y los muertos. No estaba tan familiarizado como ella con los cadáveres, ni había estado en contacto con la muerte, a pesar de que los cuerpos se amontonaban en las aceras y formaban parte del paisaje de la guerra. Quizá su instinto de protección le hacía creer que todos aquellos cuerpos solo eran maniquíes, atrezo de una representación teatral siniestra.

—Estaban muy enfermos —dijo ella para tranquilizarle.

—¿Y ahora qué hacemos? No pueden quedarse ahí.

—Ven, vamos. —Teresa entró decidida y él la siguió con la confianza y la fidelidad de un perrillo asustado.

Se dirigieron al almacén, donde aún quedaban algunas cajas. Teresa cogió una barra de hierro e intentó hacer palanca, pero no tenía suficiente fuerza como para hacer saltar la madera. En un par de intentos, él hizo saltar las tablas con facilidad.

—Haremos una caja grande y los meteremos dentro —le indicó.

Desmontaron parte de los cajones y a continuación los ensamblaron hasta conseguir un gran ataúd improvisado.

No fue fácil acomodar los cuerpos para que cupiesen los cuatro. Los cuarenta grados bajo cero los dejaron agarrotados y resultó imposible modificar las posturas en las que habían dejado de respirar. Fue un trabajo de ingenio, un rompecabezas espeluznante que les llevó un par de horas resolver. Al principio él se mostró reacio a tocar los cadáveres, pero al ver la destreza y naturalidad de Tere se armó de valor. Arrastraron el cajón hasta la calle. En un hueco de la acera lo depositaron al lado de un poste de electricidad del que languidecían tres cables. Brazos, pies, rodillas y cabezas. Carne de tinieblas. Teresa les observó unos instantes. Cuatro eminencias, mentes privilegiadas que habían dado todo su talento a una causa perdida para ellos desde que comenzó. Así era la guerra, un lugar donde la riqueza intelectual quedaba al mismo nivel que la basura, literalmente. Ellos, que habían entregado su valía para la creación de las armas que ahora retumbaban en la ciudad, se convirtieron en despojos, mondas de la industrialización y el progreso. Diamantes tirados en mitad de la nieve y que todo el mundo confundiría con simples pedruscos. Confió en que los servicios funerarios los recogiesen pronto para, al menos, enterrarlos en alguna fosa común con un mínimo de dignidad. Pero Teresa no llegó a ver la retirada de los cuerpos y los contempló cada día de aquel endemoniado invierno.

Salió al patio con el cubo de arena para apagar las bombas incendiarias. Era preciso conservar a toda costa las pocas infraestructuras que quedaban. A lo lejos se oían algunos bombardeos, pero su zona parecía ya fuera de peligro. Con el tiempo había aprendido a escuchar el lenguaje de la guerra: el siseo agonizante de las bombas incendiarias, el bramido de las sirenas que presagiaban la devastación inmediata, los rugidos obscenos de los obuses, el chisporroteo de los edificios en llamas, las quejas sordas de los cadáveres en las aceras, las burlas de los cazas en el cielo y las amenazas del silencio. Teresa salió al patio confiada. Las bombas incendiarias revoloteaban entre sus pies como gatitos hambrientos a mil grados de temperatura. Algunos de sus compañeros hacían lo mismo, pero siempre resguardados en las paredes y los quicios de las puertas.

—¡¡¡Cuidado, Terezhochka!!! —gritó Vitaly desde las escalinatas del muelle de carga.

Pero Teresa no alcanzó a oírle. Todo pasó en unas décimas de segundo eternas. Un rugido atronador, la panza de un Dornier con las cruces negras en sus alas, su vista siguiendo el avión que cruzó el cielo casi en vuelo rasante. El silbido lejano del obús al caer... Y en ese instante, el suelo del patio y el edificio entero se elevaron, como si el pavimento se hubiera desprendido de la tierra. Inmediatamente el terreno volvió a bajar y quedó suspendida en el aire, ingrávida, como una pelusa flotando en la atmósfera tras sacudir una alfombra. Una burbuja de silencio la envolvió mientras el mundo transcurría a cámara lenta. Una ráfaga de aire candente la empujó hacia atrás a velocidad vertiginosa. Voló más de quince metros en horizontal hasta que el muro del almacén frenó su cuerpo. Oyó un crujido, como si se resquebrajara por dentro. A continuación, solo un pitido punzante. Cuando levantó el rostro, Vitaly le hablaba pero ella solo oía el pitido que seguía en su oído. El joven gesticulaba, le decía algo. La cogió en brazos y la metió dentro. Las bombas continuaban cayendo en el exterior. El obús había impactado fuera del recinto pero la onda expansiva afectó a un radio de varios kilómetros.

No sentía dolor, estaba tan consternada que ni se percató de la hinchazón de su mano izquierda.

—Esto tiene mala pinta —exclamó Vitaly.

Poco a poco iba recuperando la audición, la voz del vigilante se acercaba a ella y se hacía cada vez más clara. Miró su mano y comprobó que se le estaba poniendo como un globo. Con la consciencia vino el dolor. Un roce de él sobre la piel y apretó los dientes en un gesto trágico.

—Hay que entablillarlo —afirmó Vitaly, dispuesto.

Ella no podía ni hablar. Tenía el brazo paralizado. Él no se atrevía a tocarla, pero sabía que si no se colocaban bien los huesos, probablemente la mano le quedaría inutilizada para siempre. Cualquier movimiento de los dedos, por leve que fuera, suponía un tormento. Con un par de tablas y un trapo intentó la cura. Para ello tuvo que estirar sus dedos agarrotados. El grito fue enloquecedor. Teresa se desmayó y Vitaly pudo acabar su tarea.

Aquel 24 de diciembre de 1941 Teresa pasó la peor noche de su vida. El dolor era tan salvaje que la vista se le nublaba y, cuando intentaba descansar, sentía las punzadas afiladas del hueso quebrado que le laceraba la carne desde dentro. El frío inflexible de diciembre le aprisionaba los huesos y quebraba su espíritu. Sentía que la poca vida que le quedaba se le iba por la mano astillada. La noche fue un baile de bastones en la que tuvo que esquivar a los tres elementos más devastadores de la guerra: el dolor, el hambre y el frío. En unas semanas la mano se curó. Lo que Teresa no sabía era que aquel impacto provocó que varias vértebras de la espalda se le desprendieran. Y aquella lesión la arrastró de por vida.

El cerco era cada vez más estrecho, más férreo. Los muertos se contaban a miles. Los trineos de los niños seguían transportando cadáveres por las calles desahuciadas. Cuando alguien caía en la nieve, ya no se levantaba y agonizaba allí mismo, donde yacería durante semanas o meses. Leningrado se había sumido en el espantoso silencio de la muerte. Hacía semanas que el cuerpo de Teresa había llegado al límite, y su mente daba los últimos coletazos. Si no encontraba ayuda, pronto la hallarían muerta en su cama o en alguna acera. Necesitaba protección, y la necesitaba con urgencia. Pero la ciudad estabas seca, ajada y moribunda. Nadie iba a socorrerla. Los hospitales estaban atestados de enfermos y escasos de personal médico y material. Además, su lesión no era grave. Sabía que no la aceptarían. Sin sangre no había tratamientos. Solo se le ocurría un sitio al que acudir: la casa de niños de la avenida Tverskaya. Si habían acogido a Vicenta quizá también hubiese un hueco para ella, aunque solo fuera por compasión patriótica. Era su última opción y no quiso rendirse.

Salió temprano. Tenía al menos tres horas de caminata, si no más. Desde el accidente con el obús sentía la espalda resentida. Se abrochó el abrigo de guata, se cubrió la cabeza con un mantón de lana y se dirigió al norte.

La Casa de Niños número 9 se hallaba cerca del Smolny, la sede del partido comunista en Leningrado y el edificio donde se ubicó el primer gobierno bolchevique tras la Revolución. Nunca la había visto, pero localizó enseguida el edificio. Todas las escuelas y centros educativos del país eran iguales, incluso las rejas de las ventanas, las mismas. La fachada estaba protegida con sacos de tierra hasta una altura de un metro y medio. Los cristales de las ventanas, tapados con cinta adhesiva en forma de aspa para amortiguar los bombardeos. No se veía un alma por las inmediaciones y las puertas y ventanas estaban cerradas a cal y canto. Intentó asomarse, pero los sacos se lo impedían.

Rodeó el edificio sin éxito. En la acera, un chico escuálido se calentaba con los pocos rayos de sol que aparecieron insolentes aquel mediodía. No tendría más de catorce años. llevaba las ropas podridas y se cubría la cabeza y el cuerpo con una manta raída. Con la mirada perdida de los cautivos del hambre, su entretenimiento consistía en buscar piojos entre el pelo y la ropa y llevárselos a la boca. La demencia de la inanición arrastraba las voluntades por atajos insospechados. De nuevo llamó a la puerta principal sin éxito. Temió que hubieran sido evacuados, eso supondría la pérdida de su única esperanza en aquel desvarío de ciudad. Volvió a intentarlo, no se dio por vencida. Buscó un trozo de escombro y golpeó todo lo fuerte que pudo. Agotada, dejó caer la piedra y se apoyó rendida en la puerta. Entonces un cerrojazo sonó desde dentro. Una niña de apenas diez años se plantó ante ella.

—*Snaruzhi!*[31] —le espetó por saludo. Pero antes de que cerrase, Teresa consiguió colarse dentro.

La niña desapareció por uno de los corredores. Teresa buscó a su amiga con la mirada. Por el pasillo se acercó una figura familiar. Era Federico Pita, el educador de la casa de jóvenes que impidió que se fuera con Ignacio. Por ese motivo Teresa no le tenía mucha simpatía. Estaba tan delgado que parecía flotar dentro del abrigo militar que le envolvía. La barba espesa y el pelo mucho más largo de lo que recordaba acentuaban más su decrepitud. Él no la reconoció hasta que la tuvo enfrente. Sus ojos delataban su asombro. Era evidente que la daba por muerta, como a muchos otros. Su rostro se endureció antes de dirigirse a ella.

—¿Qué haces aquí? —preguntó en un tono provocador.

—Una bomba me lanzó contra la pared, me hirió y... —Entonces le mostró su mano entablillada.

—Aquí no te puedes quedar, no hay sitio —respondió tajante.

A Teresa le entraron ganas de llorar, de impotencia, de rabia, pero hasta las lágrimas se le habían secado, y se tragó su llanto como almuerzo. Pita la agarró del brazo y la empujó hacia la salida. Entonces una voz familiar la llamó desde el corredor.

—¡Tere! ¡Tere!

La melena rojiza de Vicenta se vapuleaba en el aire. Se sorprendió al verla tan ágil, más recuperada, sonriente. Apenas mostraba señales de la distrofia, aunque aún caminaba con algo de dificultad. Sus ojos habían vuelto al mundo de los cuerdos, aunque fuera para seguir contemplando atrocidades.

31. ¡Vete!

—¡Qué guapa estás! —le mintió. Vicenta seguía igual de delgada.

Teresa sonrió y le acarició el rostro. En ese momento fue consciente de lo mucho que la había echado de menos. Pita seguía sujetando la puerta invitándola a marcharse.

—¿No puede quedarse? —le rogó Vicenta angustiada.

—Ya somos muchos. Contigo hicimos una excepción, aunque no sé por qué —le dijo, amenazante—. Mira a Angelito, ¿crees que a mí no me da pena? Pero cuando no se puede, no se puede...

Se refería al joven que comía piojos en la acera. A Teresa le dio un vuelco el corazón. Le habían negado la entrada y continuaba allí, aferrado a un deseo irreal, mendigando un poco de compasión por parte de sus paisanos. Se llamaba Ángel Martínez. A los pocos días desapareció y nunca más se supo de él.

—Pero... ¡es Navidad! —insistió Vicenta. Al ver que Pita no se inmutaba, intentó convencerlo de otro modo—. Deja que se duche y se quite los piojos, por lo menos.

Federico Pita claudicó al fin. Aún quedaba en él una pizca de humanidad.

—Te duchas y te marchas —aclaró cuando pasó a su lado. El portazo de la entrada sentenció la frase.

A pesar de la decepción, se sintieron felices. Volvían a ser las niñas de antaño en Kiev, las que bailaban tangos y paseaban con Ignacio y Paco por el lago. Aquella dicha fugaz las arrastró por el tiempo y por un instante retrocedieron cuatro años. Se cogieron del brazo y fueron hacia las duchas.

Inexplicablemente, en la casa de niños habían conseguido mantener el agua corriente, aunque fría, pero al menos disponían del privilegio del aseo personal. Desnudas bajo la ducha, se observaron con asombro y pena. Dos cuerpos escuálidos, con el pellejo pegado a los huesos. El esqueleto les aguantaba el alma como un andamio endeble a punto de desmoronarse a la mínima ráfaga de viento. Vicenta aún tenía las rodillas algo hinchadas por la distrofia. Teresa, con su metro sesenta y cinco de estatura, apenas pesaba cuarenta kilos. Se miraron la una a la otra hasta que se echaron a reír y se burlaron de sus respectivas flaquezas. A pesar del frío, Teresa se deleitó en el agua que caía por su cuerpo. Alzó el rostro y cerró los ojos. Ya no recordaba la última vez que se había aseado en condiciones. Delante del espejo, Vicenta le pasaba un peine estrecho por el pelo con suavidad. A continuación, lo sacudía en el lavabo para limpiarlo de la colonia de piojos que Teresa alojaba en su melena. Gordos como garbanzos, saltaban en un intento de no caer por el desagüe.

—¿Qué te ha pasado en el brazo? —preguntó Vicenta preocupada.

—Un obús, mientras apagábamos bombas incendiarias. Me lanzó contra la pared. Pero creo que tengo algo en la espalda —reconoció.

Vicenta no encontró palabras para consolar a su amiga. Un raro sentimiento de culpa la invadió. Ella disponía de un sitio donde estaba relativamente a salvo y tenía a sus paisanos, aunque muchos de ellos ya estaban envilecidos por la guerra. Y lo más importante: tenía comida. Poca, casi inexistente, una sopa aguada con tres alubias flotando y un vaso de leche más aguada aún. Teresa hubiera dado cualquier cosa por un plato de esa sopa. Pero lo que le aguardaba era de nuevo el lúgubre cuarto de la fábrica y la gelatina de cola de carpintero, además de la raquítica ración de pan diaria. Su amiga se interesó por la vida en la fábrica, ella le contó vagamente lo acontecido desde su marcha. El baño las reconfortó y les levantó el ánimo. Se vistieron con la misma ropa y salieron al pasillo.

—Ven —le indicó Vicenta mientras tiraba de ella.

En el dormitorio, unas veinte camas se alineaban pegadas unas a otras. Recorrieron la estancia hasta llegar a la que estaba en el extremo.

—Me dieron esta porque fui la última en llegar —aclaró—. Los que están en medio pasan menos frío, pero bueno.

Teresa volvió a sentir envidia. Por la comida, por el agua, por las camas, pero sobre todo por la compañía. La soledad podía ser tan letal y enloquecedora como el hambre. Vicenta metió la mano bajo las mantas y le entregó algo a su amiga. Esta abrió la mano: un trozo de pan duro, el equivalente a media ración de las que entregaban con las cartillas.

—Pero... ¿y tú? —No podía creerlo, su amiga le regalaba su ración diaria de pan.

—Mañana me darán más —se excusó—. Además, hoy toca vaso de leche. Con eso tendrás para hoy y mañana, si lo racionas bien.

No había palabras que pudieran expresar la gratitud y el amor que Teresa sintió en ese momento. Pellizcó un trozo y se lo metió en la boca. Guardó el resto en el bolsillo de su abrigo. Lo saboreó despacio, disfrutando del sabor casi olvidado que logró aislar del serrín con que mezclaban la harina. La miga se ablandaba lentamente en su boca como un delicioso dulce que da pena terminar.

En la puerta del dormitorio un niño las miraba con recelo. No se habían percatado de que llevaba allí unos minutos. El chiquillo había presenciado toda la escena. Se sintieron sorprendidas como si cometieran un grave delito. El chico salió corriendo escaleras abajo. Escucharon el revuelo y bajaron a ver qué ocurría. Alguien había robado pan de la cocina.

Cuando llegaron, todos se giraron hacia ellas. El muchacho que las había sorprendido en el dormitorio señaló a Teresa. ¡Ha sido ella, la he visto! Vicenta le preguntó a Pita qué estaba pasando, de qué acusaban a su amiga.

—¿Has robado pan? —Se dirigió a Tere en actitud amenazante.

—¡Nosotras estábamos en la habitación! —la defendió Vicenta—. Ni siquiera nos hemos acercado a la cocina.

—Yo lo he visto, se lo estaba comiendo. —El niño insistía en la culpabilidad de Teresa—. Lo tiene en el bolsillo.

Federico Pita se acercó y, sin pedir permiso, metió la mano en el bolsillo del abrigo. Evidentemente, encontró el trozo de pan que Vicenta le había regalado.

—¿Y lo que falta? —preguntó también en tono acusador.

—Yo no he robado nada, me lo ha dado Vicenta. —Empezaba a estar desesperada.

—¡Se lo habrá comido! —El niño no cejaba en su empeño de culparla.

Pita ni siquiera se molestó en comprobar si la acusación era falsa o no. Aquello le dio la excusa necesaria para echarla de la casa inmediatamente. La cogió del brazo con violencia y la arrastró hasta la puerta. Vicenta fue tras él, pero no sirvió de nada. De un empujón la lanzó a la calle y la puerta se cerró tras ella.

Se sentó en la acera y rompió a llorar. ¿Dónde estaba la camaradería, la fraternidad, la unión que creía indestructible cuando, unidos en su dolor infantil cruzaron medio mundo huyendo de otra guerra? El hambre abría una sima a la que no llegaba la compasión.

—Tere... Tere... —Una voz a su espalda la llamó. Era uno de los chicos que habían sido testigos de su linchamiento pocos minutos antes.

No respondió, se tapó la cara con las manos y se hundió en su propio regazo. El chico continuó:

—No llores, por favor, yo sé que tú no has robado el pan. —Aquellas palabras la hicieron reaccionar.

—¿Y por qué no lo has dicho? —se quejó, ofendida. El chico se lo pensó unos instantes antes de responder.

—Porque... yo sé quién lo ha robado. Ha sido mi hermano pequeño —sentenció—. Pero no puedo decirlo porque si no, nos echarán de aquí a los dos.

Por un momento, a Teresa se le pasó por la mente la idea de delatarles ella misma. Si se iban dos, podrían acoger a una. Pero enseguida se avergonzó de su pensamiento.

—No te preocupes, no diré nada. Ya me voy.

El chico la ayudó a levantarse mientras le daba las gracias. Teresa se alejó por la avenida Tverskaya de vuelta a la fábrica. Alguien más debió de ver el robo, el auténtico, porque a la mañana siguiente, los dos hermanos aparecieron en una caja en las inmediaciones del edificio, muertos por congelación.

A finales de 1941, las raciones de pan aumentaron ligeramente. Trescientos gramos por persona y día. Comparado con los cien que recibían hasta ese momento, aquello suponía una mejora considerable. La gente, al enterarse, corrió para conseguir la mejor ración y ocupar los primeros puestos de la cola.

Teresa fue precavida y llegó de las primeras. Era importante estar en el inicio, pues los primeros trozos solían ser un poco más gruesos. Una mujer cortaba con un enorme cuchillo las raciones previamente marcadas. El que esperaba su pedazo se acercaba todo lo que podía y protegía la ración con las manos para evitar que se lo robasen de la misma mesa, algo que ocurría a menudo. Cuando llegó su turno, Teresa se despistó y olvidó proteger su pan. El cuchillo aún no había terminado el corte cuando una mano apareció de pronto y agarró la rebanada, que desapareció en un instante. No le dio tiempo a reaccionar. Cuando quiso darse cuenta, un chiquillo lo engullía mientras se tapaba la boca con las manos. Tere intentó sin éxito correr tras él. La espesa nieve y la debilidad le impidieron dar más de tres pasos. Tropezó y cayó al suelo. Aquello era el fin. Su voluntad no podía con el peso de sus huesos. Tumbada bocarriba solo veía el trozo gris de cielo. Su mente se nubló en blanco y el mundo se desvaneció.

Una mujer que pasó por su lado se paró y le registró los bolsillos. Rebuscó hasta encontrar la cartilla de racionamiento. Miró a un lado y a otro y se la guardó entre sus ropas. Arrastrando su pequeño trineo se colocó al final de la cola del pan.

Sintió el frío punzante que le arañaba el rostro. Una mano le daba golpecitos en las mejillas para despertarla. La voz le resultó ligeramente familiar.

—Tere... Terezhochka.

Intentó abrir los ojos pero los párpados le pesaban. Aun así, hizo un esfuerzo. El rostro demacrado de Tomasov, su antiguo profesor, eclipsaba la luz mortecina de diciembre. Se sintió levemente aliviada al ver una cara conocida. La ayudó a incorporarse y permanecieron sentados sobre la nieve.

—¿Qué haces aquí? —logró preguntar ella. Tomasov había desaparecido de la fábrica al poco de empezar el bloqueo.

—Trabajo aquí, en el pan.

—Nunca te había visto.

—Nos cambian de sitio de vez en cuando —se quejó él—. Estaba dentro y he visto lo que te ha pasado. No estaba seguro de si eras tú.

Haciendo caso omiso a sus palabras, se puso a buscar nerviosa en su abrigo.

—¡La cartilla, me la han robado! —exclamó angustiada. Sin la cartilla estaba perdida. Era la única fuente segura de alimento. Sin ella moriría de hambre.

—Una mujer te la robó. No pude detenerla —se excusó él.

—¿Y qué voy a hacer ahora? —se lamentó.

—No te preocupes, algo podremos hacer —intentó tranquilizarla—. De momento, vamos a la fábrica. Mira lo que tengo.

Se abrió un poco el abrigo, vigilando que nadie le viese. Allí escondía tres trozos de pan más gruesos de lo habitual. A Teresa se le iluminaron los ojos. Se levantaron con mucha dificultad y se dirigieron a su destartalado hogar en la Etalón.

Tres rebanadas de pan eran un lujo para celebrar la salida del año 41. Se reunieron los tres en el cuarto de Vitaly para despedir aquel año aciago. Tomasov llevaba los tres pedazos de pan envueltos en un trapo como si fuera una ofrenda a los dioses. Teresa rescató la botella de vodka que dejó Vicenta. Vitaly daba vueltas a una olla que hervía sobre un fuego raquítico donde cocinaba algo.

—¿Qué hay de cenar? —bromeó Teresa asomándose a la cazuela.

Lo que había dentro era, cuando menos, inquietante, o surrealista. En el agua nadaban dos monederos y un cinturón que serpenteaba como una anguila. Una grasa amarillenta flotaba en la superficie del peculiar guiso. Vitaly retiró la olla y espero a que la grasa se endureciera.

—Dame el pan —le dijo a Tomasov.

Lo puso sobre la estufa para que se tostara y después untó la grasa encima de las rebanadas. Teresa no estaba segura de que aquello fuera comestible, pero al ver cómo lo devoraba el chico, le dio un mordisco. La textura se asemejaba un poco a la mantequilla, pero sabía a rayos.

Bromearon sobre el horrible sabor de la cena pero la disfrutaron. Las alarmas antiaéreas les dieron un respiro y les permitieron despedir el año en paz. Seguían estando a cuarenta grados bajo cero, con los abrigos puestos y las mantas por encima, pero a Teresa el momento se le antojó acogedor, dadas las circunstancias. La charla derivó hacia el inevitable tema.

—¿Cuánto más durará la guerra, Tomasov? —preguntó Vitaly seguro de que obtendría una respuesta convincente.

Respetaba a los profesores a los que consideraba fuentes de sabiduría infalibles.

—No lo sé, pero me temo que aún queda tiempo para que esto acabe —afirmó afligido. Prefirió ser sincero antes que recurrir a mentiras o eufemismos.

—Pero ¿las cosas no están mejorando? ¡Si han aumentado la ración de pan! —Teresa trataba de encontrar una pizca de esperanza.

Tomasov miró a un punto indefinido de la sala y permaneció en silencio. Después suspiró hondo antes de dirigirse de nuevo a ellos.

—Quiero deciros algo —confesó en un susurro—. Me voy de Leningrado.

Teresa y Vitaly se miraron intrigados.

—Pero ¿cómo? Nadie puede entrar ni salir de la ciudad. —Vitaly dejó escapar su incredulidad. A pesar de que siempre había sido optimista, aquello le pareció una empresa imposible.

—Por el Ladoga —afirmó—. Han abierto una carretera sobre el hielo. Por eso han aumentado las raciones, porque han conseguido traer comida, aunque no suficiente.

—Entonces... ¿podemos marcharnos? —El rostro de Teresa esbozó una leve ilusión.

—No es tan fácil —le aclaró el profesor. Hay que estar en las listas para la evacuación.

—¿Y tú estás apuntado? —preguntó Vitaly casi como un ruego. Si el profesor estaba en esas listas, quizá, quién sabe, podrían ir con él, alegando algún tipo de parentesco.

—He conseguido una plaza a través de un antiguo compañero de la universidad, que me ha facilitado documentación falsa —aclaró, dando más explicaciones de las necesarias—. Ya sabéis que soy judío. Nosotros no lo tenemos fácil.

—Pero... podríamos ir, a lo mejor encontramos alguna plaza libre —se le ocurrió a Teresa, en un intento desesperado de salir de la ciudad.

Cuando Tomasov leyó la intención en sus caras, negó con la cabeza e intentó hacerles entrar en razón.

—Es muy peligroso —arguyó—. El hielo es grueso y pasan muchos camiones. Hay abiertas tres vías y el hielo se agrieta constantemente. Eso sin contar los bombardeos de los alemanes.

Teresa sabía que la opción de salir de Leningrado con Tomasov estaba en una vía muerta. Pero lo importante era que había una posibilidad, aunque fuese pequeña. Eso le daba una leve esperanza para seguir adelante. Entonces recordó que ya no tenía su cartilla de racionamiento y la angustia volvió.

Llegó la medianoche, momento de cambiar de año. Repartió el resto de vodka y brindaron. Chocaron las tazas y mezclaron las penas y el alcohol. La costumbre era salir a la calle a celebrarlo, aunque ese año no había fuegos artificiales. En mitad del frío oyeron una melodía familiar que parecía brotar de un piano.

—¡Escuchad! —advirtió Teresa con una sonrisa.

Eran los acordes de «*lesu rodilas' yolochka*»,[32] la canción más popular de los niños rusos en fin de año. Vitaly movía los labios siguiendo la letra. Teresa, que tantas veces la había cantado en Kiev, le acompañó subiendo un poco la voz. Se miraron y se sonrieron sin dejar de cantar. Con los ojos, invitaron a Tomasov a acompañarles. Él, tímido al principio,

32. Un pinito crece en el bosque.

se negó con un gesto de la mano, pero enseguida se unió a la canción. Aquel fue su deseo de año nuevo: que los árboles volviesen a florecer en Leningrado. Fue un momento feliz, labrado a perpetuidad en sus petrificados corazones.

El año nuevo amaneció más álgido y glacial. Ya no se molestaban en mirar los termómetros. Solo de vez en cuando escuchaban algún parte meteorológico por la radio. Teresa se despertó temprano. Las mantas que la cubrían estaban acartonadas por la temperatura. Quería quedarse dentro y seguir durmiendo pero se obligó a salir de la cama. Sabía que si se quedaba allí moriría congelada. Tenía que activarse, moverse, ocuparse en algo y no pensar para no acabar convertida en una estatua más de hielo. Buscó el cubo de agua pero estaba vacío, así que no pudo asearse. Se ajustó el abrigo, la bufanda y los peales dispuesta a salir a la calle. Cuando iba a levantarse, vio algo sobre la silla que le hacía de mesita de noche. Una cartilla para el pan y dos caramelos. Un regalo de Navidad inesperado. Cogió la cartilla, que estaba casi sin usar. Miró los caramelos y sintió un brote de ternura. Los guardó en el bolsillo del abrigo. Supo, sin ninguna duda, que aquellos regalos los había dejado Tomasov mientras ella dormía. Entonces tuvo la certeza de que su profesor se había marchado y que jamás volvería a verle.

Leningrado se había convertido en un glaciar que, como estos, se movía a un ritmo imperceptible. Los cuerpos parvos y roñosos transitaban a cámara lenta por la espesa capa de nieve. Solo necesitaban un paso en falso, un mareo, un empujón para caer como piezas de dominó. Mantenerse en pie suponía un ejercicio de precisión y equilibrismo. La actividad laboral había cesado casi por completo. No había nada que fabricar, nada que organizar, nada para comprar ni vender. Durante las primeras semanas del hambre el mercado negro y los trueques eran habituales. Cualquier cosa se cambiaba por comida, sobre todo pan. Un abrigo de astracán valía para un kilo de azúcar, un anillo de brillantes para dos kilos de pan. Pero ya no había comida para poder mercadear. Los ciudadanos estaban ociosos; los muertos, desperdigados por las calles. No quedaban árboles que talar, ni apenas ancianos a los que cuidar. El Komsomol había cesado las tareas de recogida de cadáveres; las aceras ya no tenían capacidad para almacenar más muertos.

Las autoridades temían que, cuando subieran las temperaturas, las enfermedades hicieran aún más estragos entre la población. Suficiente tenían con los continuos bombardeos y el hambre. Las plagas de piojos empezaban a ser un problema, así como la contaminación del agua, debido a los cadáveres que se descomponían en el Neva y los canales.

A principios de marzo se decretó que la población debía colaborar en la limpieza y saneamiento de la ciudad. Los comisarios políticos dieron orden al sóviet municipal, que decretó organizar los grupos de trabajo. Pero las condiciones anímicas y de salud no eran las más apropiadas para emprender tareas de saneamiento que evitase que la guerra engendrase más miseria.

Una vez más fueron ellas, las mujeres de Leningrado, las que constataron su valor y su fuerza. Se levantaron dispuestas a demostrar que nadie ni nada les arrebataría sus vidas.

El 8 de marzo, día de la mujer, aunque no se declaró

festivo hasta veintitrés años después, se celebraba en toda la Unión Soviética desde 1917, fecha en que las mujeres se alzaron en armas allí mismo, en la entonces llamada Petrogrado. Pero aquel año no hubo felicitaciones, ni postales, ni carteles constructivistas que empapelasen los muros. Solo un sol cribado por la niebla espesa propició el despertar en las leningradesas. Suficiente para que emergieran como conejillos asustados de sus madrigueras. Madres con sus bebés atados a la espalda, otras tirando de pequeños trineos, ancianas agónicas apoyadas en muletas improvisadas, adolescentes famélicas de mirada perdida, enfermeras, secretarias, obreras, cocineras, locutoras, periodistas, escritoras... Todas se echaron a la calle con palas, escobas, recogedores o sus manos vacías. Limpiaron nieve, retiraron escombros, barrieron portales, amontonaron cadáveres y aventaron sus corazones carcomidos. Como hecho excepcional, pasaron varios camiones que se llevaron gran parte de los cuerpos apilados en las aceras. Aquello generó algunas escenas inquietantes; cuerpos acartonados atrapados en sus pellejos, amontonados en los camiones de forma grotesca, con el rictus y la postura que tenían cuando abandonaron este mundo. Teresa se alegró cuando vio cómo cargaban a sus profesores en uno de los camiones. Al fin descansarían en paz, pensó.

Volvió el lustre a las aceras, el aire a las almas y las sonrisas tímidas a los rostros. Fueron ellas, guerreras sin galones, soldados sin pistolas, heroínas valerosas las que dieron un empuje más a la población. Leningrado era de las mujeres y la defenderían con uñas y dientes, como ya hicieron en el pasado. No importaba quién mandase, para ellas la tarea primordial era resguardar su hogar. Leningrado se pronunciaba en femenino.

«Si el enemigo insolente intenta entrar en nuestra ciudad, hallará en ella su tumba...». La voz del locutor de Radio Leningrado repetía lacónica uno de los manifiestos del sóviet municipal que intentaban animar a la población. Aunque aquellas voces anónimas cada vez quedaban más relegadas a la desidia. Hallará en ella su tumba... La ciudad ya era una enorme tumba.

Aquel 15 de marzo Teresa no pudo levantarse. El frío le había paralizado las piernas y pensó que se le habían congelado. Si iba a morir, prefería hacerlo en la cama, tapada y protegida para que alguien la encontrase, y no en mitad de la calle, ignorada por todos. Ya había tenido bastante el día que la encontró Tomasov. No estaba preparada para perecer, pero su mente casi se había resignado a aceptar que aquello era el final. El silencio pugnaba en supremacía con el frío. La voz del locutor calló, tampoco sonaba música. Teresa se imaginó al locutor caer muerto de hambre sobre el micrófono sin nadie que le sustituyera. Solo los pulsos del metrónomo marcaban el ritmo de los pasos hacia su propia extinción. Le pesaban lo párpados. Intentó mantenerlos abiertos, pero era un auténtico sacrificio. Su mirada se nublaba, el telón caía como en un escenario abandonado por los actores. La oscuridad trituraba la vigilia. Solo unos minutos, pensó, un instante de evasión, no me dormiré. Y el abismo la aplastó.

En aquel estado onírico se vio atrapada en una tiniebla viscosa, un vacío espeso, sin señales visuales, olfativas o sonoras por las que guiarse. Flotaba en la nada, como en el líquido amniótico de una embarazada muerta, ausente de estímulos.

Escuchó unos golpes lejanos: cloc, cloc, cloc... Pensó en el metrónomo. Seguía viva. El sonido llegaba cada vez más aumentado, cada vez más cerca: cloc, cloc, cloc... Pausa. A continuación, una voz familiar:

—¡Tere! ¡Tere! ¡Despierta!

Notó cómo la zarandeaban y temió caer al vacío incierto. Consiguió abrir un poco los ojos. La melena rojiza de Vicenta asomaba bajo el gorro de piel. Los párpados volvían a pesarle pero su amiga impidió que los cerrase. La incorporó con mucho esfuerzo hasta que la vio despierta. Teresa la miró como quien ve a un resucitado. Vicenta sonrió y la abrazó. Permaneció inmóvil, confundida. Sintió el frío en la cara y volvió a la realidad.

—¿Qué estás haciendo aquí? —Fue la pregunta lógica.

—¿No te alegras de verme? —respondió la pelirroja mientras le cubría la cabeza con la manta.

—Pero... ¿cómo has llegado?

Si Vicenta había cruzado media ciudad para visitar a su amiga, debía de tener algo importante que decirle.

—He venido en uno de los camiones de los muertos, el conductor me ha traído a cambio de pan —aseguró—. No tengo mucho tiempo. He quedado con él para que me recoja en la puerta.

—¿Qué pasa? —Teresa se mantuvo reticente.

—Evacuamos —dijo sin rodeos—. Por el Ladoga. Nos vamos todos los de la casa. He convencido a Pita para que te apunte a ti también.

Teresa recordó la conversación con Tomasov. Así que era cierto. Una carretera en mitad del hielo.

—¿Cuándo? —preguntó esperanzada.

—El martes, por Osinovets. A nosotros nos llevarán

hasta allí. Tú tendrás que apañarte para ir. Cuando llegues, búscanos.

Una ilusión ya olvidada inundó su corazón. Vicenta le había salvado la vida, literalmente. Se abrazaron de nuevo y se sintió renovada. Su amiga buscó entre sus ropas y le entregó un documento.

—Toma, la licencia de viaje. No la pierdas —le advirtió—. Tengo que irme.

—¡Espera! —Tere intentaba retenerla todo lo que podía—. Tengo un regalo para ti.

Metió la mano en el bolsillo de su abrigo; cuando la abrió, Vicenta vio los dos caramelos que le había dejado Tomasov.

—¿Para mí? —preguntó con los ojos como platos—. ¿De dónde los has sacado? —Caramelos. Hacía meses que no probaba uno.

—Los guardaba para ti, como regalo de Navidad —añadió Tere con cariño.

—Pero... ¡con el hambre que estamos pasando y me los has guardado!

Cogió uno y se lo metió en la boca. La mano de Teresa quedó suspendida con el otro sobre la palma.

—Uno para cada una —sentenció Vicenta.

Tere dudó apenas un instante, pero no era ocasión de andarse con remilgos. Los saborearon con fruición. El azúcar les dio energía suficiente para sentirse más animadas. Se hacía tarde y debía volver a la casa de niños. Se levantó y la abrazó de nuevo.

—Nos vemos pasado mañana.

Salió al pasillo y volvió a oír sus pasos, pero esta vez sonaban a melodía de vida.

Teresa apenas tenía dos días para prepararse. No tenía mucho equipaje, tampoco hubiera podido llevárselo con ella. La poca ropa que le quedaba la llevaba puesta. Vitaly le hizo unos peales nuevos con jirones de una manta.

Abrió el hatillo donde guardaba sus pocas pertenencias. El peine, el espejito y la foto de Ignacio. Quizá ahora tendría oportunidad de enviarle alguna carta, o incluso de buscarle, aunque eso era más difícil. Borisoglebsk quedaba muy lejos y, por las pocas noticias que llegaban a Leningrado, los alemanes aún no habían penetrado tan lejos. Le reconfortó la idea de que estuviera a salvo. Cosió la foto al forro de su vestido. No quería perderla por nada del mundo. Ahora que dejaría atrás el hambre, necesitaba recuperar la esperanza, el aliciente de reencontrarse con él y tener una vida feliz.

No tuvo tiempo de ir a la cola del pan a buscar algo para el camino. No quería llegar tarde a Osinovets. Quizá allí encontraría un puesto donde recoger algo de pan.

Vitaly fue más previsor y compartió con ella una última sopa de cola de carpintero. Comieron en silencio. Teresa sentía una gran pena por él. No quería dejarle solo, pero el documento que guardaba en el abrigo era su única salida para no morir.

Recogió sus cosas y se apresuró para aprovechar las pocas horas de luz. Mientras recorría el pasillo sintió una absurda nostalgia. En la entrada la esperaba Vitaly. Teresa vio la tristeza en sus ojos. Habían formado un tándem curioso y, de forma tácita, se cuidaban el uno al otro.

—¿Por qué no vienes conmigo? —le preguntó Teresa—. Puede que encontremos una plaza para ti.

—Yo no estoy en la lista —negó con la cabeza—. Aquí estoy bien. —Cogió la manta que llevaba sobre los hombros y le cubrió la cabeza. Después se la ajustó a la cintura—. Abrígate bien, todavía hace mucho frío.

Vitaly le entregó un paquete con media rebanada de pan que había secado en la estufa previamente. Ella no supo qué decir.

—Para el camino —le dijo, cariñoso.

El estómago de Teresa volvió a retorcerse. ¿Hasta dónde llegaba la bondad de aquel hombre? Se puso de puntillas y le rodeó el cuello con los brazos. Se abrazaron con la fuerza del cariño forjado en la miseria.

—Te escribiré pronto —aseguró ella.

Él no respondió. Teresa caminó un par de pasos hacia atrás sin perderle de vista. Después se dirigió al norte, a la estación de Finlandia. Aún se giró en un par de ocasiones, hasta que perdió de vista el edificio de la Etalón. Allí quedaban los días más aciagos y espeluznantes de su vida. Leningrado, la vieja dama decadente y saqueada que sobrevivía a la crueldad. Y aún quedaban seiscientos ochenta y dos días para que sus habitantes salieran de aquel infierno.

11

Carretera de la Vida

El faro de Osinovets se alzaba solemne para alumbrar la marea de desdichados que inundaban el campamento de evacuación, un hormiguero de camiones, soldados, voluntarios y almas en pena. Miles de leningradeses esperaban un hueco en aquellos vehículos para ser evacuados. La explanada que desembocaba en la playa del lago semejaba un colector que abocaba una esperanza descarnada.

Mujeres cargadas con maletas y hatillos tiraban de niños pequeños enganchados a sus faldones. Deambulaban desconcertados siguiendo las órdenes groseras de los militares. A pesar del frío, el calor de la multitud y los neumáticos de los camiones habían convertido el suelo en un puré marrón de barro y nieve. Los operarios les ayudaban a subir en los GAZ-AA, aupaban a los niños y empujaban a mujeres y ancianos. Doce personas por cada camión. Cuando estaban completos, cerraban la portezuela trasera y, con un golpe en la chapa, daban orden al conductor de arrancar hacia el hielo.

La Ruta militar 101, más conocida como Carretera de la Vida, se construyó en tiempo récord. Una senda sobre el lago helado que fue la única vía de evacuación y suministro de la ciudad durante el cerco. Los rusos tenían experiencia en ese tipo de infraestructuras efímeras: Alejandro Nievski en el siglo XIII sobre el lago Peipus, los trenes sobre el Volga durante la guerra civil rusa o el kilómetro y medio del transiberiano sobre el lago Baikal en la Primera Guerra Mundial también fueron rutas construidas sobre el hielo.

Durante el verano, el tránsito estaba asegurado con los barcos, pero en invierno el hielo paralizó la navegación. Los rusos supieron aprovechar el inconveniente e imitaron a sus antepasados. Pero había que esperar a que las temperaturas bajasen lo suficiente para que el hielo tuviese el grosor necesario; al menos treinta centímetros para que la circulación fuera posible. Desde mediados de noviembre, los camiones no habían cesado de evacuar gente y abastecer de víveres a la ciudad, que languidecía de hambre y penurias.

La estación de Osinovets disponía de almacenes, puestos de asistencia, tiendas de campaña militares e incluso unidades de la Cruz Roja. También había refugios, baterías antiaéreas y muchos muchos militares. Teresa contemplaba alucinada la actividad, la logística, incluso la indiferencia de los militares. Tras meses viviendo a cámara lenta, moviéndose lo justo para no perecer en una ciudad absorbida por su propio aliento, ver aquellos cuerpos sanos, alimentados y en movimiento le pareció un milagro.

Estaba perdida, confusa entre tanto caos y ajetreo. No tenía la más remota idea de adónde dirigirse. Lo único que le había indicado Vicenta era que debía presentarse allí el 17 de marzo. Se acercó a uno de los puestos de la Cruz Roja y enseñó su licencia de viaje. La operaria, que atendía sin resuello a unos y otros, miró el documento sin fijarse en lo que ponía.

—*Ya ishchu ispantsev*[33] —le indicó mientras señalaba el documento.

—*Sdit'sya v gruzovik!*[34] —le espetó de forma áspera la mujer.

Un militar la empujó bruscamente hacia un grupo de personas que se dirigía al camión. Arrastrada por los empujones, subió al vehículo casi en volandas.

—*Davay!*[35] —gritó con voz estentórea el soldado.

—*Ispanskiy?*[36] —gritó Teresa.

Pero el camión arrancó y la figura del soldado se perdió entre las preguntas de otros cientos de refugiados que buscaban su grieta para escapar de la ciudad.

—¡Dos minutos más, por favor! —Vicenta le rogaba a Federico Pita que esperase.

Miraba por encima de las cabezas de la multitud con la esperanza de encontrar a su amiga, pero no había rastro de ella.

—No podemos esperar más, los camiones están saliendo —se apresuró a decir él—. Si ha venido, podrá subir en cualquier otro.

Había llegado su turno. Todos los españoles de la casa de niños se aventuraban ya hacia el hielo. Ellos eran los últimos. Vicenta subió, abatida y decepcionada. Desde arriba tenía una perspectiva más amplia del campamento. Siguió

33. Busco a los españoles.
34. ¡Sube al camión!
35. ¡Vamos!
36. ¿Españoles?

buscando con la mirada, pero era inútil. Todos los cuerpos le parecían iguales: envueltos en abrigos y con la cabeza tapada para protegerse del frío. El camión arrancó y a punto estuvo de caer al barro. Pita la agarró del brazo y la obligó a sentarse.

—¡Ya vendrá! —le espetó furioso.

Se sentó a su lado, abatida, y confió en que hubiera conseguido subir a uno de los camiones.

A través de una estrecha senda abierta entre el gentío, los GAZ-AA avanzaban en procesión lenta. Los militares trataban de contener a la muchedumbre que intentaba subir a los camiones en marcha. Algunas mujeres extendían con los brazos a sus bebés para que se los llevaran. Otros trepaban por la chapa e intentaban hacer caer a alguno de los pasajeros y provocaban peleas patéticas que siempre acababan con alguien en el barro. En varias ocasiones hubo quien acabó bajo las ruedas y murió aplastado. Los instantes hasta llegar a la orilla del lago se hicieron eternos y casi agotaron la paciencia de los pasajeros. Llegaron hasta el hielo y esperaron unos instantes hasta que una de las operarias ataviada con un mono blanco y unas gafas protectoras subió la barrera. Se adentraban en una carretera con destino incierto.

La luz del día se había extinguido cuando empezaron a circular sobre el hielo. El chapoteo de las ruedas sobre la nieve y el barro cambió a un crujido turbador que sonaba hueco, abismal. Comenzaba la singladura sólida por el Ladoga.

Era una noche sin luna, aunque la albura de la nieve emitía su propia luz. A los pocos minutos de entrar en el lago, el conductor abrió la puerta del camión sin dejar de circular. Teresa se preguntó qué significaba aquel gesto.

—Es por si se rompe el hielo —afirmó un hombre que viajaba frente a ella y que adivinó sus pensamientos—. Así le da tiempo de saltar.

El comentario no fue muy alentador, pero no había opción. Tenían por delante treinta kilómetros de incertidumbre.

Ella observó a su alrededor. A su izquierda, una madre con dos niños pequeños que se resguardaban en su regazo. A la derecha, un hombre que bien podría pasar por un cadáver de no ser porque ella misma lo vio subir al camión. Cinco mujeres más y un hombre con aquella mirada perdida que la aterraba. Fue la única frase que se oyó durante el trayecto. El silencio regía y el crujir de los neumáticos sobre el hielo se convirtió en un soniquete machacador.

A los pocos kilómetros la luz les abandonó, temerosa del peligro que se cernía sobre ellos. Los camiones, pegados unos a otros, transitaban como una oruga de ojos luminiscentes. Los haces de los faros eran la única guía para los conductores. Ellos, desde la caja descubierta, observaban los chorros de luz que les seguían ansiosos. En un tramo del trayecto Teresa distinguió algunos bultos sobre el hielo. Le parecieron piedras, o quizá algunas de las centenares de islas del lago. En un momento en que aminoró la marcha, el camión iluminó una de aquellas formas. Era el busto de una mujer que emergía a la superficie con los brazos estirados sobre el hielo y en actitud yacente. Estaba petrificada. El frío congelaba la escena, dantesca y aberrante de aquella mujer pugnando por escapar de las fauces del infierno helado. Muchos leningradeses que no habían podido conseguir el salvoconducto para la evacuación se aventuraron a realizar la travesía a pie de forma furtiva. Las evacuaciones sin la supervisión de las autoridades estaban prohibidas, y no por capricho, sino precisamente para que nadie acabase como aquella infeliz.

Cada seis o siete kilómetros se había instalado un puesto de control. Refugios construidos con bloques de hielo en los que varios operarios controlaban la circulación e indicaban la ruta, sobre todo de noche. Pasaron sin detenerse, a velocidad de crucero. Era importante que el peso de los camiones no permaneciera durante mucho tiempo en el mismo sitio para no quebrar el hielo.

Una mujer cubierta con el mismo uniforme blanco y gafas protectoras salió de su iglú con un farol en la mano e indicaba qué dirección seguir. Teresa la observó con atención, esta la siguió con el rostro. El lenguaje del miedo hablaba y Tere pareció leer en ella una advertencia. La caravana siguió casi por inercia y la velocidad aumentó un poco. La marcha se reanudó y la oruga mecánica volvía a deslizarse cautelosa por el hielo.

Los cuerpos inermes, envueltos en mantas endurecidas por la helada, se balanceaban como juncos de pantano. Sus rostros acartonados emitían la luz negra del desvarío. Las miradas fijas en los regazos, la vista vuelta al interior, en busca de una esperanza que asomaba en sus corazones. La *burya*, la ventisca del lago como la llamaban los rusos, cortante y cruel, escudriñaba bajo la ropa resquicios, grietas, poros en los que acomodarse. Teresa se ajustó la manta y se tapó la cara.

El conductor frenó en seco y los viajeros chocaron unos contra otros. Miraron confusos a su alrededor mientras intentaban averiguar qué pasaba. Entonces Tere lo vio.

—¡Allí! —señaló con un grito.

Por uno de los laterales, una raya negra e irregular se acercaba como una serpiente a toda velocidad y se escabulló por debajo del camión. Una enorme grieta se abría en el hielo. Miró instintivamente al conductor y recordó el comentario del hombre sentado frente a él. ¡Va a saltar!, pensó. Pero en vez de eso, se oyó un rugido apresurado acompañado por la polvareda de hielo que levantaron los neumáticos cuando el conductor aceleró tratando de salir de allí. Las ruedas patinaban sobre el hielo y el vehículo no se movía. Notaron cómo los acelerones pararon y al instante empezaron a moverse. Sintieron el bache al pasar sobre la grieta y, entonces sí, la velocidad aumentó. La pericia de aquel conductor les salvó la vida. El camión que venía detrás a una distancia considerable no tuvo tanta suerte. Teresa intuyó la tragedia.

Lo único que acertó a ver fue cómo el morro del camión se hundía en la grieta, el interior del hielo iluminado por los faros del vehículo, que se sumergió en unos segundos. Y a continuación, la oscuridad. No llegó a distinguir a los infelices que viajaban en él, solo sintió el aguijón de la certeza de que aquellas almas quedaban atrapadas en el hielo para siempre.

Nadie comentó el suceso, pero el corazón de Teresa latía con tanta fuerza que creyó que el golpeteo abriría una nueva grieta. El silencio regresó a las tinieblas, solo interrumpidas por la presencia etérea de las linternas en los puestos de control.

Fue la noche más larga de su vida. El lago parecía estirarse y jugar con su impaciencia por llegar hasta la otra orilla. El monótono crujir de los neumáticos sobre el hielo iba a volverla loca. Ya no pensaba en la posibilidad de una rotura y acabar como los desdichados de unas horas antes. Solo quería llegar, pisar tierra firme, dejar atrás aquel infierno lechoso y siniestro.

Un fuerte traqueteo la despertó. No sabía cuánto tiempo había estado dormida. El cansancio hacía mella en todos, y ella no era una excepción. Elevó el rostro y comprobó que el cielo ya no era negro sino de un azul marino imperceptible y se distinguía la línea del horizonte. Unas nubes moradas vetearon el azul marino, el violeta irrumpió varicoso entre los nimbos, el rosa se precipitó y salpicó la nieve oscura. El poderoso azul brillante peleaba por asomar entre los algodones. Y en la perspectiva, los primeros rayos del disco solar, amarillo, áureo, poderoso. Poco a poco todos fueron alzando la vista. La luz dorada iluminaba sus rostros pétreos, como las estatuas del campo de Marte. Impertérritos, duros pero con la vida latiendo de nuevo en sus pechos huecos. Incluso afloró algún amago de sonrisa. Solo el anciano que viajaba frente a Teresa permanecía con la vista en su regazo. Llevaba horas muerto.

Y entonces, la melodía chirriante y perturbadora de las ruedas cambió. Ya no era el crujir machacante del hielo, sino un rugido telúrico y cálido que tiró de ellos hacia la tierra y aferró sus cuerpos como la raíz de un árbol. El portazo del conductor al cerrar la puerta fue suficiente para anunciar que habían llegado a tierra firme. Era el amanecer del 18 de marzo y Teresa recibió el regalo de la luz, la tierra y la vida. Aquel día cumplía diecisiete años.

12

Cincuenta días en tren

Desde el camión en marcha observaron la actividad de la ciudad de Levrovo. El ajetreo de los refugiados, el ir y venir de las enfermeras, las órdenes de los soldados, incluso peleas por algún mendrugo de pan. Era maravilloso ver de nuevo la vida en estado puro. Se sorprendieron cuando, al llegar a tierra, aún recorrieron unos kilómetros. Pensaron que les dejarían justo al llegar, pero su destino era Naziva.

El conductor se detuvo brevemente en uno de los puestos de control y preguntó algo a un soldado que hacía guardia. Tras la breve indicación, continuaron la ruta. Los pasajeros se miraron confusos pero ninguno comentó nada. Poco podían hacer más que acatar órdenes. Ese ha sido y será siempre el destino de los refugiados: saben de lo que huyen pero no a lo que se enfrentan.

Pasaron de largo por la ciudad y media hora después llegaban a la población de Naziya. El caos y el desconcierto era similar al que encontraron en Levrovo. El camión paró en la estación. Alguien abrió la portezuela y les apremiaron para que se apearan. El conductor se dirigió a dos miembros de la Cruz Roja y les dijo algo que no entendieron. Inmediatamente se ocuparon del cadáver del anciano. Teresa preguntó al chófer adónde debían dirigirse, pero él la ignoró y se puso en marcha de vuelta por donde habían venido. Cuando giró la vista, el grupo se había esfumado de forma pasmosa. Se vio sola en mitad del gentío envuelta en la ventisca y las dudas. Le dolían las piernas, por el frío y las horas inmovilizada en el camión. Necesitaba activarse, así que caminó sin rumbo.

Naziya apenas podía considerarse un pueblo. Se construyó años antes como simple asentamiento de mineros junto con un apeadero para el transporte del carbón. Unas pocas familias se habían instalado allí, pero su aspecto distaba mucho de la calidez y recogimiento de una población tradicional.

Soldados y voluntarios organizaban a los refugiados que llegaban de manera incesante. Enfermeras de la Cruz Roja, con sus tocas y sus uniformes blancos, revoloteaban de un lado a otro como golondrinas atendiendo a los más enfermos. Vendaban pies congelados, alimentaban a los niños, organizaban colas, calmaban histerias y recogían almas varadas. Una enfermera sentada en una caja de munición intentaba dar de comer a una niña que tenía en su regazo. Le acercaba un tazón humeante a la boca pero la pequeña se negaba a tragar y rehuía el alimento apartando la cara. El hambre de Leningrado provocó cambios en la anatomía hasta el punto de que algunos perdieron el hábito de alimentarse y sus cuerpos rechazaban la comida. En cuanto ingerían algo, lo vomitaban. La escena le recordó su propia hambre.

Durante el viaje acabó con el trozo de pan que le dio Vitaly y no le quedaba nada más.

Fuera de las instalaciones de la estación encontró lo que parecía un puesto de control. Lo más apremiante era encontrar a los españoles. Su supervivencia dependía de ello. En la oficina de evacuación se encontró con una larga cola que esperaba a que comprobasen sus documentos. Una vez realizado el trámite se les entregaba un cupón para que recogieran una bolsa con algo de comida. Al menos había conseguido comida, que era lo más importante. Pero debía apresurarse para llegar a los barracones de reparto de víveres, y no estaban precisamente cerca; además, no sabía a qué hora salía el tren y aún no había encontrado a Vicenta.

Pasó por delante de un grupo reducido cuando oyó a uno de los chicos hablar en español.

—Creo que es por allí —se dirigió a una joven que sostenía a una mujer bastante más mayor. Teresa dedujo que eran madre e hija.

Se acercó a ellos esperanzada.

—¿Sois de la casa de niños? —preguntó, optimista.

El grupo la observó suspicaz. No eran tiempos como para fiarse de nadie, por muy compatriotas que fueran.

—¿De qué casa eres tú? —preguntó el que parecía que llevaba la voz cantante.

—De Leningrado, la casa de jóvenes. Antes estuve en Kiev —respondió resuelta.

Eran nueve. La chica y su madre, las únicas mujeres. Esta última estaba bastante enferma y debilitada. Ni siquiera tenía fuerzas para hablar y todo el peso de sus huesos recaía sobre la joven, que no ofrecía mejor aspecto. El resto, siete chicos que, por diversas circunstancias, habían quedado cercados en Leningrado. Trabajadores de fábricas, voluntarios o aspirantes a soldados rechazados por el ejército. Todos presentaban una estampa lamentable. Teresa pensó que ella tampoco tendría mejor aspecto. Estaba tan delgada que a veces sentía que flotaba dentro del abrigo.

—Estoy buscando a los de la casa de Tverskaya —informó con la confianza de que ellos pudieran darle alguna pista—. Quedé con ellos en Osinovets pero cuando llegué ya habían salido.

Se miraron unos a otros y se encogieron de hombros. No tenían ni idea de ninguna evacuación de la casa de niños. Ellos habían conseguido los permisos de viaje de forma individual, con trueques, de contrabando o incluso robándolos. El azar se había ocupado de juntarles a la hora de cruzar el lago.

—Davay, davay! —les gritó uno de los soldados para que despejasen la entrada.

Con los cupones en la mano, se dirigieron a los barracones para recoger la comida. Envueltos en sus mantas recorrieron la breve distancia que para ellos representaba una carrera de fondo. Se había desatado una tormenta y la ventisca cimbreaba sus cuerpos. Parecían a punto de quebrarse como tallos secos de cañaveral. Los copos de nieve lívidos revoloteaban a su alrededor.

Galletas, pasta, pan y caramelos era el contenido de la bolsa de comida que entregaron a cada uno. Presumieron que el viaje no duraría mucho, a tenor de la ración, que alcanzaba para pocos días, una semana, si se administraban bien. Aunque algunos de ellos dieron cuenta de la mitad del pan en apenas dos bocados.

Llegaron hasta el andén esquivando los gruesos copos que

caían embravecidos y formaban una tupida cortina. No se veía más allá de un metro, pero Teresa seguía buscando con la mirada al grupo de españoles. Era urgente reunirse con ellos. Tenía más probabilidades de sobrevivir si iba con un grupo grande. Si se quedaba sola no llegaría muy lejos. Una cuestión de supervivencia.

Cada vez que se cruzaba con algún enfermero o voluntario formulaba la misma pregunta: *Ispantsy*? Hasta que una mujer con uniforme blanco le indicó con el brazo en dirección a los andenes. Apretó el paso y el resto del grupo la siguió.

En una de las vías vio un tren en el que embarcaba un grupo de jóvenes. A pie de andén, un hombre cuya figura le resultó familiar metía prisa a una chica que miraba en todas las direcciones. Era Federico Pita. Cuando la joven se volvió, Teresa pudo distinguir los mechones pelirrojos de Vicenta que asomaban bajo la manta que le cubría la cabeza. Intentó correr y metió prisa al grupo para alcanzar el vagón, pero tenían que sortear cinco vías. No llegarían a tiempo.

—¡Están allí! ¡¡¡Vicenta!!! —el grito le salió de las entrañas. Su amiga se giró al oír su nombre.

Pero Teresa no pudo oír lo que su amiga le gritaba. No le quedaban fuerzas para intentar alcanzarla. El tren arrancó y se alejó mientras la melena de Vicenta ondeaba por la ventanilla como la llama de una casa incendiada.

Las luces de la locomotora apenas iluminaban la vía tras la espesa cortina de nieve. La noche azul marino de marzo trazaba un corredor intangible entre la taiga y la estepa.

Tuvieron que esperar veinte horas hasta que consiguieron embarcar en otro tren. Eran vagones de carga, habilitados con meras tablas a modo de literas por las que había que escalar para llegar a las más altas. Fueron las elegidas por los españoles. No había ventanas, solo unas simples aberturas en la parte alta del vagón que apenas permitían ventilar el habitáculo. Uno de esos ventanucos quedaba a la altura de la litera de Teresa y le permitía vislumbrar parte del recorrido. Cajones de madera en el suelo hacían las veces de asientos y la paja aún fresca les servía de colchón. En el centro una improvisada *burzhuika* que pocas veces se encendió por la escasez de leña. Los vagones carecían de un mínimo aislamiento, como un tren de pasajeros normal, y el frío atravesaba la chapa y se cosía a la piel. Eran en total veinte personas, todos rusos menos ellos; niños, mujeres y ancianos, la mayoría en un estado de salud deplorable.

Llevaban dos días de viaje y aún no conocían su destino. Huir del hambre y las bombas de Leningrado bastaba como para no preguntar y dejarse llevar. El destino era lo de menos, lo importante era escapar del cerco. Y aunque la nueva realidad no mejoraba mucho, al menos suponía un cambio, un resquicio de una esperanza raquítica.

En dos días apenas habían recorrido cuatrocientos kilómetros. Las paradas eran constantes y no circulaban más de una hora seguida. La última vez que se detuvieron pasaron casi ocho horas hasta que volvieron a arrancar. No recibían ningún tipo de información. Los viajeros se desesperaban y se enfurecían durante la demora. Pero pronto no les quedaría más remedio que acostumbrarse. Aprenderían el noble arte de la paciencia, incluso sabrían cómo sacarle partido.

Durante los días siguientes Teresa fue conociendo poco

a poco a sus acompañantes españoles. El que parecía el cabecilla del grupo se llamaba Marino, un navarro exmiembro del Ejército Rojo herido en el frente de Leningrado. Estaba convaleciente en el hospital cuando se enteró de las evacuaciones. Sin pensarlo y sin permiso cogió sus pocas pertenencias y salió hacia Borisova. Nadie le echó de menos en una ciudad invadida por el caos y la catástrofe. Josu Azcona era bilbaíno y trabajaba en la fábrica Electrosila. En los últimos meses había sido voluntario del Komsomol, aunque Teresa nunca coincidió con él. Luis, el más callado, era asturiano, de La Felguera. Dispuesto y avispado, los demás siempre contaban con él para todo. De los otros tres chicos no supo los nombres. Estaban tan debilitados que se limitaban a dormir. Las fuerzas no daban para más. Uno de ellos llevaba la cabeza rapada, una medida habitual contra los piojos que se instalaban permanentemente en su melena. Tenía aquellas pupilas de extravío que Teresa conocía tan bien, los pies medio congelados envueltos en trapos y unos peales que se caían a trozos. Estaba en muy mal estado y el asturiano le metía la comida en la boca como un pajarito. Sin duda entre ellos había una relación estrecha, casi fraternal.

La chica se llamaba Isabel y era de Gijón. Al parecer eran compañeras en la casa de jóvenes de Leningrado. Teresa no recordaba haberla visto, aunque los siete meses de cerco habían cambiado el aspecto de todos. Al empezar el asedio se refugió en su antigua casa de niños, en la misma avenida Nevsky. Cuando llegó el momento de la evacuación, no consiguieron llegar a tiempo al tren, igual que le pasó a Teresa. La mujer dormitaba en su hombro. No tenía buena apariencia. Teresa sacó una galleta de su bolsa, hizo una pasta mojándola en un poco de agua y se la dio a Isabel.

—Tu madre tiene que comer algo —le dijo, preocupada.

—Gracias. No es mi madre pero como si lo fuera —le aclaró mientras le cubría la cabeza con la manta. La última frase fue un susurro ahogado.

Teresa había dado por hecho que eran madre e hija. La mujer estaba tan desvalida que semejaba a una anciana.

—Era educadora en mi casa de niños —continuó Isabel, nostálgica—. Cuidó de mí en el barco y cuando llegamos. Ha sido como una madre para mí, más que una madre. Cuando volví a la casa de niños la encontré muerta de frío y sin comida. Tosía como un perro insomne y abandonado. Tenía que cuidarla.

Nunca unas palabras arrastraron consigo tanto amor. La orfandad, el miedo, el hambre, la guerra... pero también la gratitud, el amor, la maternidad, el calor y la compañía. Un revoltijo de emociones que Isabel llevaba atragantado en sus arterias.

Teresa recordó sus años en Kiev. Manu, Titi, León, Valentina, Kolia... ¡Qué tiempos tan maravillosos! Cuánto amor desinteresado, cuántos cuidados, cuánta entrega en hacerles olvidar el desarraigo.

¿Y para qué? Teresa hubiera dado su vida por cualquiera de aquellos hombres y mujeres que le entregaron parte de la suya, que renunciaron a su propia maternidad por otra adoptada y efímera. Cerró los ojos e invocó su recuerdo. Las fiestas, los juegos, los paseos, las lecturas, las obras de teatro.

Inevitablemente, apareció el recuerdo de Ignacio: su mirada tímida, su sonrisa a medio camino, su bravuconería. Sonrió en la oscuridad del vagón y se durmió con su ensoñación.

El tren continuaba rumbo a oriente. A pesar de estar a finales de marzo, la nieve caía densa y con fuerza. En varias ocasiones les obligaron a limpiar las vías durante las dilatadas esperas. Debían quedar despejadas para dejar paso a los trenes que transportaban municiones, víveres y tropas hacia el frente. Los trayectos más largos se hacían de noche, cuando el tráfico ferroviario era menos denso.

La comida seguía siendo un problema. Las primeras ciudades que atravesaron aún mostraban señales de la guerra y los bombardeos, por lo que solo consiguieron agua o, en su defecto, nieve para derretir en la estufa. En Vólogda encontraron por primera vez a la Cruz Roja que ofrecía agua para el té y un poco de pan. Ingerir algo caliente les reconfortó, avivó el ánimo y se vieron con fuerza para soportar unos días más de travesía.

Los primeros en recibir alimento eran siempre Elvira, la profesora de Isabel, y el chico con la cabeza rapada. Después, los niños. Ninguno dudó a la hora de darles prioridad en los cuidados. Afortunadamente no se perdió la piedad y el compañerismo. De nuevo una pseudofamilia, nueve soledades apiñadas tratando de exprimir unas gotas de rocío y cariño. Otras más que antes o después se perderían en el camino y dejarían en Teresa el rastro del afecto inmarcesible.

Durante días atravesaron un corredor imaginario, un acantilado de incertidumbre por el que temían precipitarse como dentro de un sueño. Jornadas enteras en las que no divisaron ni una sola población, ni un árbol, ni un espíritu encaramado a él, nada, ni un solo tren en dirección contraria.

Navegaban por un limbo de nieve, engullidos por la niebla y el frío que no les daba tregua.

En ocasiones paraban en mitad de la nada, a veces hasta un día completo. La comida se había terminado y el hambre volvía a encajarse en sus estómagos. Elvira ya no abría los ojos y su aliento era como el suspiro de un pajarillo. El chico de la cabeza rapada tenía los pies cada vez más oscuros. La estufa llevaba días apagada. Alguien sugirió usar las tablas de las literas como leña, pero los españoles se negaron. Las literas eran el último reducto de intimidad que les quedaba y no iban a renunciar a ella.

Cuando se ponían de nuevo en marcha Teresa tenía la sensación de que el tren permanecía detenido y era el paisaje el que se movía, como en una de aquellas películas que veían Vicenta y ella. Una pantalla por la que se deslizaban imágenes del cielo y la nieve con una paleta de lilas, grises, rosas, azules, blancos y negros. En las noches despejadas Teresa elegía una estrella e imaginaba que tiraba del tren con un hilo invisible hacia el infinito.

En alguna ocasión, cuando las paradas eran largas, llevados por el tedio, los chicos salían a explorar. Un día aparecieron con patatas, nabos, medio saco de pienso para animales y un haz de leña. Teresa les vio llegar corriendo mientras miraban hacia atrás. Habían encontrado una granja con el granero bien provisto y no dudaron.

Compartieron el botín con todo el vagón, encendieron la estufa, cocieron las patatas y los nabos e hicieron gachas con el pienso. Los niños lo devoraron. Incluso Elvira pareció abrir los ojos. A partir de entonces, los que tenían fuerzas se organizaron para buscar alimento durante las paradas, aunque no siempre con la misma suerte. Los vagones se convirtieron en pequeñas comunas donde todos colaboraban. El espíritu del proletariado seguía vivo, aunque en una versión mucho más miserable. Stalin, el gran padre, estaría orgulloso. Ellos, quizá no tanto. Se compartía la comida, se vigilaba a los más enfermos e incluso intentaban entretener a los niños con canciones, bailes y cuentos. Teresa, amante de los más pequeños, era la primera en colaborar. Lo que más les divertía era hacer muñecos de nieve. Sembraron el camino de aquellas estatuas toscas y burlonas, como una evidencia de su peregrinar, una impronta de un viaje cuyo recuerdo se desvanecería con los primeros rayos de sol.

Lo más incómodo era la higiene y las necesidades básicas. No podían lavarse, ni cambiarse de ropa y las necesidades corporales suponían un verdadero problema. Los más débiles se hacían todo encima, lo que provocaba que el olor a veces fuera nauseabundo. Afortunadamente, el frío mitigaba un poco el hedor. A veces las travesías duraban más de veinticuatro horas y las vejigas e intestinos no aguantaban. En las aguas menores, los hombres lo tenían fácil; solo hacía falta esperar a que el tren aminorase un poco la velocidad. Pero las mujeres lo tenían más difícil. Idearon un sistema que les funcionó. En el borde del vagón, mirando hacia adentro y con la puerta abierta, se ponían en cuclillas mientras otras dos mujeres las agarraban de cada brazo. Un sistema efectivo, aunque vergonzante. Cuando estaban parados se refugiaban debajo del vagón para tener un poco más de intimidad. En alguna ocasión se produjeron escenas cómicas cuando el tren se ponía en marcha y algún despistado salía de debajo con los pantalones en los tobillos y el trasero al aire.

Llevaban veinte días de travesía y seguían sin saber adónde les llevaban. Entonces alguien gritó mientras señalaba al horizonte:

—¡Mirad!

En el cielo azul del mediodía se dibujaba con claridad el contorno blanco de una cordillera.

Llegaron a Mólotov al anochecer, aunque sus habitantes la seguían llamando Perm. No era fácil acostumbrarse al cambio de nomenclatura de las poblaciones, pero la ciudadanía hacía un esfuerzo. Perm era el nudo ferroviario más grande del mundo. En su estación más importante había tantas vías que era imposible contarlas. Intersecciones, carriles, apeaderos, vías muertas... En las factorías de la ciudad se fabricaba gran parte del armamento y las municiones que aprovisionaban el frente. Al contrario que en las ciudades occidentales, la producción no se había detenido, sino que se había multiplicado y las fábricas trabajaban las veinticuatro horas.

Circulaban lentos por el enjambre de vías, llevados por la propia inercia del convoy, que buscaba un hueco en el que dar un respiro a sus máquinas. La estación estaba repleta de gente que iba y venía. Abrieron las puertas de los vagones y se asomaron como náufragos que ven por primera vez un barco. Todos les miraban con una mezcla de suspicacia y compasión, como las figuras espantosas de un cuadro de Géricault. Su aspecto era lamentable. No eran los primeros refugiados que llegaban a la ciudad, pero no por eso dejaban de provocar esa mezcla de lástima y repulsión. Los soldados deambulaban por la estación como abejas en una colmena. Cargaban trenes que salían repletos de armas para el aguerrido Ejército Rojo, cerraban portones, daban indicaciones a los maquinistas, enganchaban vagones y alentaban a la población. Si la guerra era la lava de un volcán, Mólotov era el cráter. La imagen perfecta de la maquinaria soviética, el modelo en el que parecían haberse inspirado para sus carteles de propaganda. Las vías no daban un respiro. En cuanto partía un tren, inmediatamente otro ocupaba su lugar para tragar todo el combustible de guerra.

Llegaron a una vía muerta, en un extremo apartado del centro de la estación. El barullo cesó sensiblemente, aunque aún podía verse un poco de actividad. Había anochecido y no se atrevieron a salir y buscar comida por los alrededores. Hacía días que no probaban bocado. Prefirieron esperar a la mañana siguiente para buscar algo que echarse al estómago.

No fue necesario. Amanecía cuando el sonido brusco del portón les sobresaltó. Enseguida un ejército de enfermeras subió a los vagones con cubos de agua, desinfectante y escobas y les ordenaron que limpiasen todo enseguida. Bajaron a los niños y los lavaron con jabón en mitad del andén, les cortaron el pelo, que la mayoría llevaba lleno de piojos e hirvieron sus ropas. También facilitaron agua y jabón para los adultos. Las enfermeras inspeccionaron los vagones y atendieron a los enfermos. Elvira y el chico de los pies congelados recibieron un poco de agua con azúcar para la deshidratación. De algunos vagones descargaban cadáveres tapados con sábanas que luego cargaban en camiones, sin ceremonia, sin duelo, como simples fardos.

Teresa e Isabel agradecieron el aseo. Era una delicia sentir de nuevo el agua y el jabón en la piel. Los chicos chapotearon y se salpicaron unos a otros, incluso a ellas les llegaron algunas gotas. Era la primera vez que sonreían desde que subieron al tren. Las enfermeras repartían teteras de agua caliente que aguantaban con un trapo para no quemarse. Había té y algún caramelo. Teresa consiguió hacerse con unos cuantos y se los guardó. Siempre era recomendable tener alguna reserva.

Por último se procedió al reparto del pan. Hogazas de pan blanco y corteza crujiente. No el serrín que habían estado comiendo en Leningrado durante casi un año. Pan de verdad. Casi hasta podían sentir el calor del horno. La gente se arremolinó alrededor de los miembros de la Cruz Roja con intención de hacerse con el tesoro. El ejército intervino para mantener el orden y que el reparto transcurriese con relativa calma. Todos recibieron su ración, además del jabón sobrante y un poco de té.

Salieron de Mólotov al día siguiente con el ánimo renovado. Algunos vagones iban más ligeros, bien porque sacaron a los muertos y los más enfermos o porque algunos decidieron no volver a embarcarse. En su grupo no faltó ninguno. Su prioridad seguía siendo alcanzar al grupo grande de españoles. Ignoraban si habían tomado su misma dirección, pero estaban convencidos de que se reunirían con ellos.

El cambio de paisaje y el aumento de las temperaturas les indicaban que se dirigían al sur. Las ventiscas ya no eran lacerantes, los días se alargaban y el sol se mostraba generoso. Pero la comida se acabó pronto. En algunas ciudades como Kazan o Kúibyshev,[37] la Cruz Roja les abastecía de agua caliente y algo que echarse a la boca, lo justo para

37. Actual Samara.

aguantar uno o dos días, pero no más. No les quedó más opción que volver a los hurtos en granjas aisladas.

Aquel tramo fue mucho más pesado que el primero. Las paradas eran continuas y eternas. Debido al avance de los nazis, muchas fábricas se trasladaron a zonas más orientales, alejadas del frente, y las vías debían quedar libres para la circulación de tropas y munición. La guerra era la prioridad. Llegaron a pasar hasta cuatro días detenidos y los trenes se convertían en campamentos improvisados. Cada uno se buscaba alimento como podía. Algunos, con mucho esfuerzo y paciencia, consiguieron cazar algún conejo, incluso algún gato. Otros, imitando a los españoles, buscaban granjas en las que robar algo para echarse al coleto. Patatas era lo más socorrido. El grano había desaparecido de todos los almacenes y campos de la Unión Soviética. El grano era oro y los granjeros, el que tenía algo, procuraba esconderlo bien, a salvo de los ladrones pero también del gobierno, que requisaba con el pretexto del servicio a la patria.

Llevaban un mes metidos en aquel tren y las fuerzas menguaban. Después de casi un año de guerra, asedio y evacuación, necesitarían mucha fortaleza para aguantar lo que quedase de travesía. Actuaban como autómatas, su ritmo diario lo marcaba el pitido del tren y las ruedas que frenaban o aceleraban. Aprendieron a escuchar la maquinaria, a predecir las paradas en función del sonido que emitían sobre los raíles. El humo de la locomotora formaba ya parte de su atmósfera, el hacinamiento, los piojos, el mal olor, los quejidos de los moribundos, los llantos de los niños, las maldiciones de los adultos. Parecían náufragos a la deriva en medio de un océano de angustia, andrajosos y moribundos, esperando ser rescatados en mitad de la soledad.

Se abandonaron a la laxitud en un letargo desalentado. Dormían, yacían, apenas palpitaban. Entre el traqueteo, las toses y los lamentos, Teresa escuchó desde su litera la voz de Isabel, que susurraba una melodía. Sonaba bonito, incluso en su voz quebrada. Asomó la cabeza al hueco donde estaban ella y Elvira y puso atención a la canción:

Mocina dame un besin,
pa guardalu hasta que vuelva,
que quiero facer con él...
No llores más, rapacina,
aunque lejos taré cerca...

—¡Qué canción más bonita! —le dijo Teresa en voz alta.

Isabel no respondió. Volvió a asomarse pensando que se había quedado dormida. La joven abrazaba a su profesora que tenía el rostro hundido en su pecho. Teresa sintió un escalofrío. Bajó de la litera y destapó la cara de la mujer. Sus ojos vacíos la miraron desde otro mundo. Elvira estaba muerta.

Tres días estuvo Isabel abrazada al cuerpo de su profesora. Ni los ruegos de Teresa, ni de los compañeros consiguieron que se moviera. Temían por la estabilidad mental de la joven, pero también les preocupaba tener un cuerpo en el vagón durante días. Las temperaturas habían subido, las enfermedades les perseguían y los cadáveres eran los mejores transmisores. Por fortuna al día siguiente llegaron a un núcleo de población. Unos kilómetros antes de arribar a la ciudad permanecieron doce horas parados hasta poder entrar en la estación. No podían descender del tren sin correr el riesgo de ser embestidos por alguna locomotora. Pero

Teresa tenía que bajar con urgencia. Su vejiga no podía más. Buscó un hueco discreto bajo el vagón y se puso en cuclillas. La vía tembló al paso de un tren y se sobresaltó. Se fijó en él mientras se alejaba. Una locomotora con solo dos vagones. Seguramente era el tren más corto que cruzaba en esos días la Unión Soviética.

13

Entramos en el ejército

Stalingrado se había convertido en un infierno. Hitler pretendía invadir la zona a toda costa. Tenía el sudeste agarrado con sus fauces y a los soviéticos les iba a costar hacerle soltar la presa. El último bocado era la ciudad del Volga, en la que hacía pocos días había comenzado la batalla más cruenta de la Unión Soviética durante la Segunda Guerra Mundial.

El campo Ural 5 parecía un enjambre de aviones, carros, camiones, tropas, vagones y todo tipo de unidades destinadas al frente, que se encontraba apenas a trescientos kilómetros. Llegaban refuerzos de Moscú, de Siberia y del Cáucaso, aunque allí ya tenían suficiente con lo suyo. Trenes rebosantes de munición venían por la ruta siberiana para abastecer a las tropas, cada vez más desgastadas, cada vez más escasas. Sirenas y bombardeos rugían día y noche. El personal de la base se dejaba la piel y las fuerzas en prestar su apoyo, aunque nunca era suficiente. Ya no había combustible, los depósitos de gasolina eran el primer objetivo de los nazis. Ni siquiera disponían de aviones para la formación. Se habían destinado a las unidades aéreas que ya combatían en primera línea. Al principio del conflicto la flota aérea no destacaba por ser la más moderna ni la más numerosa, ni sus aviadores eran los más avezados en tácticas de combate en los cielos. Los Illushin aún estaban a mucha distancia de los modernos Messerschmitts de los nazis. Solo en los primeros días de la contienda, los soviéticos perdieron más de mil quinientos aparatos.

Y aunque en los ataques en tierra los rusos tenían más ventaja, se hacía necesario proteger el cielo bajo el que combatían. La maquinaria de Stalin se puso en marcha, y sus engranajes, a funcionar. Algunos ingenieros como Polikárpov, Túpolev o Petliakov diseñaron nuevos modelos de aviones, más rápidos, más ligeros, más letales. Eso sí, lo hicieron desde sus celdas en las cárceles del NKVD, en las que pagaban sus penas por delitos tan atroces como, por ejemplo, ser hijo de un sacerdote, tal era el caso de Polikárpov.

Los nuevos aviones empezaron a llegar. Los cursillistas de la base se encargaban de recogerlos en las fábricas de Jarkov para que los regimientos dispusieran de ellos en Stalingrado. Era todo lo que les dejaban hacer. Estaban ansiosos por entrar en combate, pero su condición de extranjeros les impedía formar parte del ejército soviético, por muy preparados que estuvieran. Veían impotentes cómo algunos de sus compañeros, todos rusos, partían hacia sus destinos. De la mayoría no volvían a tener noticias, pero eso no mermaba su deseo de entrar en combate y matar fascistas. Los ocho españoles tenían el cogote dolorido de mirar hacia arriba y ver cómo sus camaradas izaban el vuelo rumbo a lo que ellos tanto deseaban.

A principios de mes les anunciaron la visita del teniente general de Aviación Alexander Osipenko. Los cursillistas recibieron la noticia con desgana. A los españoles el nombre les resultó familiar, aunque ninguno supo ubicarlo. Ya tenían bastante con todo el revuelo montado en la base, incluso se escuchaban rumores de que serían evacuados en breve. No tenían el ánimo para protocolos ni formación con los que impresionar a los mandamases. Pero no les quedó más remedio que acatar las normas y, llegado el día, lo recibirían en perfecta formación para que el general y sus secuaces les pasasen revista.

No era ningún secreto que la fuerza aérea estaba diezmada. Los aviones seguían cayendo como moscas en toda la Unión Soviética. Y aunque la producción de nuevos aparatos aún no era completa, pronto tendrían un montón de aviones nuevos y nadie que los pilotase.

Alexander Osipenko había combatido en la guerra de España. Allí probó su Il 4 dando apoyo a las tropas republicanas. Y había vuelto con una o dos buenas amistades en su haber. Eran muchos los aviadores republicanos que, una vez perdida la guerra en España, se habían refugiado en la Unión Soviética. Su sueño era ganar al fascismo en la guerra europea para después derrocar a Franco en España. Pero a Osipenko aquellos ideales, aquellos sueños de guerrillero, le traían sin cuidado. Era bien conocido por su despotismo e intransigencia. Para él no eran más que carne de cañón, sangre fresca con ansias de entrar en combate, el combustible ideal para las escuadrillas mermadas por dos años de batallas en el aire.

Casi un centenar de españoles habían recalado en la Unión Soviética después de la derrota republicana en España. Algunos realizaban misiones de guerrilla, pero ninguno de ellos había entrado en combate.

Osipenko había mantenido una reunión con el mariscal Voroshílov, amigo íntimo de Stalin y jefe del Ejército Norte, para informarle de la ventaja que podría suponer permitir el ingreso en el ejército a aquellos aviadores que ya sabían lo que era enfrentarse a los fascistas. No habían necesitado mucha formación y eran hábiles, además de contar con el pundonor ibérico que conocía bien. Como perro viejo y listo como el hambre, Osipenko sabía que Voroshílov había ordenado el ingreso de aquellos españoles en la academia de Borisoglebsk, lo que le evitaría explicaciones previas. Fue una jugada maestra en la que todos salieron ganando.

Llegó a media mañana, esquivando aviones que despegaban con destino a Stalingrado. Realizó el recorrido desde la pista hasta las instalaciones rodeado de fuertes medidas de seguridad. Los cursillistas ya estaban en formación cuando entró. Los españoles le reconocieron al instante, sobre todo Ignacio y los de Éibar. Era aquel oficial de aviación que les impuso la insignia de Pioneros en su primer verano en Crimea.

Su discurso fue breve y conciso: la patria que les había acogido les necesitaba, debían sentirse orgullosos de pertenecer al más noble y valiente ejército de la Tierra. Los jóvenes no mostraron abiertamente su entusiasmo, pero la excitación se revolvía bajo su piel y algunas sonrisas tímidas afloraron en sus rostros. Ignacio le dio un codazo a Larrañaga, que también sonreía con disimulo. Osipenko le hizo un leve gesto al comandante Dryanin, que acudió presto. Este le preguntó algo y el comandante señaló hacia el final de la fila, donde se encontraban el grupo de los ocho españoles, siempre juntos, como un arrecife afectivo.

El teniente general se dirigió a ellos seguido por su séquito de oficiales. Se detuvo a su altura, distanciado unos metros de la línea.

—Vais a entrar a formar parte de nuestro ejército —les comunicó, impertérrito—. Suerte. —Expresó ese último deseo en perfecto castellano. A continuación, desapareció para embarcar de nuevo hacia su destino. Dado el carácter y personalidad del general, aquello podían interpretarlo como una muestra de afecto que nadie sabe si volvió a repetir en público.

Las felicitaciones, preguntas, dudas y risas alborotaron el recinto. No podían creerlo, y menos los españoles. Tardaron poco en enterarse de su participación en la guerra de España, de ahí la cortesía, por llamarlo de alguna forma. Aquella noche apenas durmieron, invadidos por la emoción. Al día siguiente, los rumores de evacuación se materializaron. Los nazis avanzaban a pasos agigantados hacia Stalingrado. Povórino ya no era un lugar seguro y los cadetes debían terminar su formación.

Solo dos vagones para trasladar a los cursillistas a Troistk, al sur de Cheliábinsk. Un enclave perdido entre la taiga y la estepa donde acabarían sus estudios para convertirse en auténticos pilotos.

Los alemanes habían penetrado en el frente sudoeste y Borisoglebsk ya no era una plaza segura. Las tropas llegaban desde toda la zona oriental del país y se preparaban para lo que se estaba fraguando en Stalingrado. La mayoría de los pilotos de la escuela de aviación habían sido destinados en el frente, pero los cadetes y cursillistas aún no estaban listos para subir a los cielos. Les quedaban unos meses para acabar su formación. El sitio más seguro para ello era

Troistk, una pequeña base aérea al otro lado de los Urales, al sudeste de Cheliábinsk. No eran muchos y el traslado podría hacerse de forma cómoda y rápida sin interferir en las maniobras del ejército. Cinco días en tren y estarían en su nuevo destino.

Les llevaron en camiones hasta la estación, que, como siempre, era un caos. Un tren militar les esperaba para conducirlos rumbo nordeste. Apenas llenaron dos vagones. Con el petate al hombro, los ocho vascos: Ignacio, Larrañaga, Luis Lavín, Ramón Cianca, Lecumberri, Isaías Albístegui y Uribe, se acomodaron juntos en uno de los vagones. Después bajaron a despedir a su amigo. Rubén Ruiz viajaría en dirección contraria. El hijo de la Pasionaria no había pasado las pruebas de acceso a la escuela de aviación y no pudo acompañarles. Sin embargo, gracias a la intervención de su madre, logró una plaza en la Academia Militar de Artillería y lo destinaron a Stalingrado. Los españoles formaron una bandada de afectos férrea y compacta. Pertenecían al ejército, a la comunidad, pero antes que nada, se pertenecían unos a otros. Sintieron una pena descomunal cuando tuvieron que separarse de Rubén. Era un chico amable, dispuesto, un poco tímido pero con un corazón de oro. Él fue quien más lo padeció. Separarse de los suyos fue un duro golpe. En sus amigos encontró apoyo emocional, complicidad y camaradería. Y aunque entendía que debía servir a la patria, hubiera preferido hacerlo junto a los chicos. Le abrazaron, le palmearon la espalda y hasta bromearon con él para hacerle sentir mejor. Su tren salió el primero. Desde la ventanilla, les hizo el saludo militar. Fue la última vez que lo vieron. Cayó en Stalingrado cuatro meses después.

Tardaron más de dos horas en salir de la estación. Las

vías estaban atestadas hasta kilómetros a las afueras. Aunque tenían preferencia, debían esperar su turno para emprender el viaje. Al fin se dirigieron hacia el norte. Durante varios kilómetros vieron trenes parados que esperaban su turno para entrar. Ignacio quedó admirado por la pericia de aquellos maquinistas y operarios de la estación. Algunos de los convoyes tenían un aspecto desolador. Evacuados, les informó su superior. Les llevaban al sur, a zonas seguras: Georgia y Samarcanda, sobre todo. Se recostó en la ventanilla y dejó pasar las imágenes. Trenes parados, refugiados deambulantes, cadáveres en camillas... Pensó en Teresa, su evocación romántica y recurrente en momentos aciagos. Cerró los ojos y revivió su rostro, su boca en un duermevela.

En una de las vías, Teresa vio pasar un tren con dos vagones.

14

Cruce de destinos

En cuanto entraron en la estación, Marino y Luis saltaron del vagón y corrieron a avisar a los miembros de la Cruz Roja. Enseguida llegaron dos enfermeras y, con su habitual eficiencia, consiguieron arrancar el cuerpo de Elvira de los brazos de Isabel. Teresa abrazó a la chica, que permanecía muda, sin aceptar al paso a mejor vida de su mentora. También se llevaron al chico de los pies congelados. Si hubiera continuado el viaje no habría sobrevivido.

Un rato después Teresa bajó del tren. Necesitaba tomar el aire, estirar las piernas y conseguir algo de comida. La circulación volvió a sus pies y pantorrillas. No podía permitirse que se le congelara alguna extremidad. Sabía que eso significaba la muerte. Caminó por el andén sin perder de vista el puesto del pan, en el que ya había una cola interminable. A diferencia de otras estaciones, en esta la actividad no era excesiva. Al parecer la gran mayoría de los trenes habían salido mientras ellos esperaban en las afueras. Miró a su alrededor, vagones solitarios y vías despejadas. Entonces sus ojos se toparon con el cartel que anunciaba el nombre de la ciudad. Últimamente ya ni se fijaba en las ciudades en las que recalaban. Le daba lo mismo cuál fuese. Lo único que deseaba era llegar a algún sitio y buscar a los españoles. Pero aquel nombre sí le llamó la atención. Lo había visto muchas veces en las cartas que recibía de Ignacio: Borisoglebsk.

Su cabeza se puso en guardia y empezó a caminar mirando de un lado a otro buscando no sabía muy bien qué. Si Ignacio estaba allí, podría buscarle, podrían estar juntos. Por fin la suerte se ponía de su lado. Tanto tiempo queriendo contactar con él y ahora estaban en la misma ciudad. Subió corriendo al vagón e hizo un hatillo con las pocas cosas que llevaba. Bajó de nuevo al andén con intención de dirigirse a alguna parte, pero ¿adónde? Se acercó a una de las enfermeras que acababa de vendar los pies de una anciana.

—¿Sabe dónde está la academia de los aviadores? —preguntó en un ruso atropellado apenas inteligible.

La enfermera la miró suspicaz al oír su acento. Al fin le respondió.

—*Ispanskiy?*

Teresa asintió con la cabeza.

—¿A quién buscas? —preguntó en perfecto español.

—A los aviadores —respondió en una mezcla de emoción, miedo y sorpresa.

—¿A alguien en especial? —insistió, pícara.

Tere volvió a asentir. La enfermera la miró con condescendencia.

—Me llamo Carmen. Carmen Pinedo. ¿Y tú?

Pero ella seguía perdida intentando controlar la emoción que tiraba de ella. Tenía que encontrarse con Ignacio, no podía dejar pasar la oportunidad que le había regalado el destino. Era ahora o nunca.

Carmen Pinedo llegó a la Unión Soviética desde Bilbao con sus dos hermanas pequeñas en otro de los barcos fletados por el gobierno vasco. Estuvieron en la casa de niños de Odessa y al empezar la guerra ella se alistó en la Cruz Roja. Tenía solo un año más que Teresa, pero mostraba un temple y una seguridad que le otorgaban un alto grado de madurez. Era guapa, mucho, o eso le pareció a Teresa. Tan lozana, activa y sonriente, bien alimentada y enérgica. Sintió envidia al observarla pero también una inesperada calidez. Llevaba tanto tiempo rodeada de hambrientos y moribundos que la belleza física había escapado de su imaginario.

—¿Sabes dónde está la academia? —insistió.

—Olvídalo. Los han evacuado a Troistk, creo. Se fueron ayer, ya no queda nadie. Van a reconvertir el edificio en almacén y hospital. —Carmen hablaba con dulzura balsámica.

Teresa se inquietó aún más. Le temblaban las manos, de frío, de emoción, de impotencia. Un día, un solo día y hubiera llegado a tiempo. Carmen le ofreció una taza de té bien cargado, una prebenda para una compatriota doliente. Bebió un sorbo. Se quemó los labios pero no se quejó. Su cabeza abotargada se puso a funcionar a mil por hora.

—¿Y dónde está esa ciudad que dices? Troistk...

—No, es inútil —sentenció Carmen adivinando sus pensamientos—. Está al este, pasados los Urales. Tardarías semanas, o meses, en llegar. Y quién sabe si aún seguirían allí.

Se dejó inundar por la decepción y sintió el cansancio en

su espalda, que cada vez le dolía más. El accidente con el obús había sido más serio de lo que pensó en un principio. Intentó poner orden en su mente mientras sorbía el té. Carmen le rodeó los hombros con su brazo y permanecieron un rato en silencio. Una diminuta lágrima manó de su ojo izquierdo. Ni su cuerpo ni su corazón tenían capacidad para generar más fluidos.

—¿De dónde eres? —le preguntó Carmen para sacarla de la pena.

—De San Sebastián. Me llamo Tere —respondió, lacónica—. Ni siquiera sabemos adónde nos llevan.

Carmen le colocó un mechón de pelo rebelde tras la oreja. Teresa se dejó querer. Había perdido el hábito de las caricias y echaba de menos el cariño.

—Seguramente os llevarán a Georgia —afirmó casi sin darle importancia—. Hace unos días pasó un tren con un grupo de españoles. Eran bastantes. El que parecía el jefe dijo algo sobre que iban a Krasnodar.

Teresa reaccionó y su rostro se iluminó. Miró a su compatriota, que adivinó el interrogante. El jefe del que hablaba no podía ser otro que Federico Pita. Tras la decepción de no encontrarse con Ignacio, aquello suponía un aliciente para seguir su viaje. No podía quedarse allí, en una ciudad desconocida, sabiendo que Ignacio ya no estaba. Tenía que sobrevivir, llegar a un lugar seguro, con los suyos. Entonces le buscaría.

—¿Iba una chica pelirroja? —Fue lo único que se le ocurrió preguntar.

Carmen rio compasiva ante el extraño interés de aquella paisana desvalida.

—No lo sé, bonita, no me fijé.

Los pasajeros volvían a los vagones y los operarios de la estación se preparaban para la salida del tren. Había poco que decidir, lo mejor era continuar el viaje. Además, ahora ya tenía un nombre, un destino: Krasnodar. Allí se encontraría con Vicenta, a la que tanto echaba de menos.

Carmen la acompañó hasta el tren, pero antes se acercó al puesto donde estaban sus compañeras. Volvió y le entregó una hogaza de pan.

—Toma, para el camino. —Teresa la miró agradecida, esperanzada.

Carmen se acercó más a ella y la abrazó con fuerza. Era lo que necesitaba, más que el pan o el té. Entonces la enfermera aprovechó ese momento para verter un puñado de azúcar en el bolsillo de su abrigo. Se retiró y se llevó un dedo a la boca pidiéndole silencio.

—Que tengas suerte, Terezhochka —le deseó, emocionada.

—Gracias —fue lo único que pudo emitir mientras subía de nuevo al vagón.

Con el estómago sereno y el espíritu desempolvado, se embarcó hacia la última etapa de su viaje. El destino empezaba a estar claro: Georgia.

Viajaron durante dos semanas más, con las ya habituales paradas y esperas interminables que agotaban sus fuerzas. La paciencia fue sustituida por la resignación. A pesar de que Teresa les había contado lo que le dijo Carmen Pinedo, parecía que solo ella y Marino mostraban entusiasmo. El resto ni siquiera preguntaron. Isabel se había refugiado en su litera. Desde la muerte de Elvira, no había dicho ni una sola palabra. Lo último que salió de sus labios fue aquella preciosa melodía que le dedicó a su maestra y que esta se llevó en su último viaje. Stalingrado fue desesperante. Casi cinco días de espera en mitad de un páramo a unos kilómetros a las afueras. La ciudad del «padre» engullía insaciable trenes con tropas y armamento.

—La cosa se está poniendo fea —dijo Marino, que conocía el ejército y sabía cuáles eran los movimientos antes de una batalla.

Tres meses después, Stalingrado se convirtió en una ratonera donde murieron dos millones de personas durante los doscientos días que duró la batalla más sangrienta que recuerda el mundo.

La climatología había cambiado y empezaban a estorbar los abrigos. Se sentía la tibieza de la primavera, el hielo se fundía, los árboles sacudían la nieve de sus ramas y alguna vaca, ajena a la guerra, pastaba despistada. El paisaje había cambiado del blanco duro y lapidario al verde vívido de aquella tierra fecunda que respiraba flores. El sol no alimentaba pero al menos las esperas fueron más tibias.

La madrugada del 7 de mayo entraron en Krasnodar, su última parada. Como casi todas las estaciones por las que habían pasado, era una maraña de gente, vías y prisas. Las puertas se abrieron desde fuera y les obligaron a salir con premura. Recogieron sus escasas pertenencias y bajaron del tren. Alguien con muy malas formas les condujo al vestíbulo. El tren, sucio y renqueante, apenas tardó un minuto en desaparecer de la vía. Teresa contempló por última vez aquellos vagones desvencijados que habían sido su morada itinerante durante cincuenta días.

15

Koljós

La estación estaba destrozada. La fachada exhibía huellas de bombardeos y ráfagas ametralladoras. Los sacos terreros apenas sostenían los pilares que amenazaban con desplomarse y la basura se amontonaba en los andenes. Entre los desperdicios, ancianos, niños y mujeres buscaban algún resto orgánico para roer. Tambaleándose de dos alambres, un cartel herrumbroso anunciaba la población: Krasnodar.

En mitad del vestíbulo y sin saber qué hacer, el instinto les llevó hasta el puesto de la Cruz Roja donde repartían comida. Estaban de suerte: además del pan y el agua para el té, había una gran olla de sopa con verduras y legumbres. Era el primer plato caliente que disfrutaban en mucho tiempo. Teresa ayudó a Isabel a comer, que seguía muda y taciturna. La sopa le dio al menos un poco de ánimo y a todos les devolvió algo de lustre a la cara.

Con las fuerzas renovadas se levantaron en busca de

ayuda. No podían perder tiempo y que se les hiciera de noche en la estación. Preguntaron a una de las enfermeras por los *ispanskiy*, que les respondió encogiéndose de hombros. Siguieron interpelando a otras enfermeras, a soldados, maquinistas, guardagujas... Nadie sabía nada de ningún grupo de españoles. Empezaban a darse por vencidos y por primera vez sintieron que nunca encontrarían a sus compañeros.

Salieron al exterior y siguieron preguntando, ya sin muchas esperanzas. Entonces, un hombre que fumaba en un camión les llamó sin salir del vehículo. Marino y Teresa se acercaron.

—*Ispanskiy?* —preguntó desde el asiento de su vehículo sin soltar la colilla de los labios.

Ellos asintieron y se acercaron hasta casi meterse dentro.

—*Ispanskiy poyezd?*[38] —interpeló Marino.

—*Da, da...* Armavir. —Y señaló con la mano en dirección este.

Antes de que tuviesen tiempo de preguntar nada más, el hombre y el vehículo habían desaparecido. Era la única pista fiable y realista que habían obtenido hasta al momento. Era evidente que debían dirigirse hacia allí.

Preguntaron en la estación sobre algún tren que se dirigiese a la zona, pero nadie les supo informar con claridad. En cualquier caso iba a resultar imposible. Acercarse a los andenes suponía toda una odisea y los vagones iban a reventar. Los soldados se aferraban a las ventanillas y escaleras como racimos de uvas colgando de una parra. Las infraestructuras estaban cortadas, el tráfico era un caos. Los soldados ya no solo se limitaban a controlar y organizar a

38. ¿El tren de los españoles?

los viajeros, ahora la prioridad era el frente. La atmósfera estaba cargada de amenaza. Solo les quedaba una opción; echar a andar en dirección este, como les había indicado el conductor.

A su ritmo ralentizado, tomaron como ruta el margen derecho del río Kubán. Durante los primeros kilómetros encontraron viviendas, edificios y algo de actividad. Después solo fábricas y almacenes abandonados. La ciudad se fue desdibujando por el camino. El último edificio que dejaron atrás fue una pequeña central eléctrica que, sorprendentemente, parecía en funcionamiento. Después, menos edificios y más campos, huertos verdes que, a pesar de la guerra y el abandono de las cosechas, brindaban sus frutos. Un regalo de la tierra masacrada y agotada por las bombas y la sangre. Cogieron patatas, lechugas y alguna mazorca. La necesidad les había hecho previsores.

Caminaron todo el día, agotados y sudorosos por el sol incipiente de la primavera, que había entrado con fuerza. Atrás quedaron los huertos. Ahora se abría ante ellos un erial de matojos y tierra que parecía no tener horizonte. Apenas habían avanzado unos pocos kilómetros. A aquel ritmo tardarían semanas en llegar. Las fuerzas no daban para más. Isabel caminaba apoyada en Teresa pero ella también se resentía de la espalda. La lesión por el obús le reclamaba atención. Antes de llegar a Lénina ya tuvieron que parar a descansar. Pronto anochecería. A buen seguro, tendrían que pasar la noche al raso. De pronto oyeron el ronroneo de un motor. Un camión del ejército se aproximaba levantando una espesa polvareda. Sin pensarlo, Josu, el bilbaíno, se levantó y empezó a hacerles señales desde el centro de la carretera. No les quedó más remedio que parar.

—*Kuda ty napravlyayesh'sya?*[39] —preguntó el conductor.

—Armavir —respondió él.

El conductor miró a su acompañante. Tras unos instantes de duda, asintió. Hizo un gesto con la cabeza y les indicó que subieran a la parte de atrás.

Al atardecer, habían llegado a Armavir. Allí sí obtuvieron información sobre el paradero de los españoles. Los dos soldados que les habían recogido en el camino se apiadaron de ellos e hicieron las consultas oportunas. Así averiguaron que se habían trasladado a un koljós en Mostovskói. Podían coger un tren al día siguiente, les dijeron, pero las caras desencajadas y piadosas de los chicos les conmovieron. Se apartaron un poco e intercambiaron un par de frases. Luego se acercaron a ellos. Su destino era Piatigorsk. Tendrían que desviarse unos kilómetros pero no tuvieron el valor de abandonarles.

Durante las dos horas que duró el trayecto compartieron un poco de conversación y parte de sus raciones de comida. Habían podido descansar algo durante el viaje y el ánimo de todos había mejorado. Los dos soldados se habían responsabilizado de ellos de forma tácita y querían asegurarse de que llegaban sanos y salvos a su destino. A veces la guerra tenía pequeños remansos de júbilo y afloraba la empatía que la perversidad encubría. Teresa no olvidaría nunca la bondad de aquellos dos chicos, casi tan jóvenes como ellos. Quizá porque le recordaron a Ignacio y quiso pensar que él estaría en ese momento ayudando a otros infelices como ella que buscaban un resquicio de esperanza.

Pararon en un camino estrecho paralelo a la vía del tren. Los dos militares bajaron y les ayudaron a apearse, sobre todo a Isabel, que se encontraba en un estado penoso.

39. ¿Adónde vais?

—*Eto zdes*[40] —dijo uno de ellos señalando un valla con el dedo.

Se despidieron uno a uno con apretones de manos y buenos deseos. Teresa estaba profundamente agradecida. De no ser por ellos quizá no hubieran llegado nunca. Sin pensarlo, se abalanzó y les dio un fuerte abrazo a cada uno. Otro pedacito de fraternidad que se perdía en el epicentro de la barbarie.

Estaban en medio de la nada. Unos metros más adelante vieron unas construcciones de madera endebles y al fondo, unas personas que se movían de un lado a otro. Una de las figuras se fue agrandando según se acercaba. Teresa la miró con los ojos entrecerrados. Por la forma de moverse y el pañuelo en la cabeza, se trataba de una mujer que le resultó familiar. Entonces echó a correr hacia ella. Tere seguía inmóvil hasta que un grito la hizo reaccionar.

—¡Tere! —gritó la mujer, conmovida.

El pañuelo le cayó de la cabeza y dejó al aire su melena pelirroja. Se encontraron en un abrazo cargado de angustia y se echaron a llorar llevadas por la emoción. Otros jóvenes fueron acercándose, algunos conocidos, otros no, pero casi todos se saludaron y se alegraron de verles, aunque tenían un aspecto deplorable: sucios, flacos y hambrientos. Solo el pellejo rancio sujetaba los huesos endebles.

Mostovskói era uno de los koljós repartidos por la Unión Soviética. Colectivos campesinos donde se trabajaba por el bien común y por la patria, que pertenecían al Estado y cuyos miembros solo tenían derecho de uso. Pero en plena

40. Es aquí.

guerra servían más como refugio que como centro de producción.

Se acomodaron como pudieron. No había camas para todos, así que Teresa y Vicenta decidieron dormir juntas, como en los tiempos de Kiev. Por suerte a Isabel le asignaron una cama para ella sola. Estaba tan débil que Teresa temía por su vida. Pero sobrevivió, con toda su fortaleza inagotable.

Aunque casi todos se alegraron de su llegada, hubo quien se mostró reticente. Eran demasiados y seis bocas más reducirían las raciones de comida. Al enterarse, Federico Pita fue a saludarles. Tere le miró con recelo. Aún le guardaba rencor por no admitirla en la casa de niños y por acusarla del robo del pan, pero sobre todo por no permitir que se marchase a Moscú con Ignacio. Pero en esta ocasión no dijo nada y les permitió quedarse, aunque su expresión no mostraba demasiado entusiasmo.

Les ofrecieron té y sandía, que devoraron con deleite. Pudieron lavarse y por primera vez en mucho tiempo durmieron en una cama estable, sin traqueteo de tren y sin baches de camión. Una cama anclada al suelo, estática, aunque esta fuera una simple tabla con sacos de paja. Una cama en la que los sueños no se derramasen.

El trabajo en el koljós era duro. Jornadas de doce horas a merced del sol inclemente y la tierra seca, recolectando sandías y calabazas. Un camión recogía la cosecha una vez a la semana para alimentar a las tropas. Aunque transportaban menos de la mitad de lo que cosechaban, la otra mitad se lo comían. El hambre seguía destrozando los cuerpos.

Vicenta y ella se sentaban en mitad del campo y se ponían al día de lo acontecido desde la última vez que se vieron en Leningrado. El grupo de la casa de niños llegó dos semanas antes. Aunque su viaje también fue duro, al menos tenían la suerte de ir organizados. Y aún conservaban parte de los privilegios adquiridos a su llegada a la Unión Soviética, y en algunas estaciones les dieron prioridad a la hora de subir a los trenes.

Vicenta estaba casi recuperada de su distrofia y su aspecto había mejorado de manera considerable. Teresa escuchaba a su amiga mientras sacaba con la mano el corazón de una enorme sandía y devoraba los trozos. Ya no recordaba cuándo fue la última vez que comió fruta. Parecía no saciarse nunca.

—¿Te acuerdas de los helados de Yuri? —preguntó la pelirroja. Teresa afirmó con la boca llena—. ¿Y de cuando nos comíamos las tostadas de los chicos? ¡Cómo se cabreaba Ignacio!

Su rostro se ensombreció. Dejó el trozo de fruta que tenía en la mano en el cuenco que había formado en la sandía y tragó la porción que tenía en la boca. Vicenta se dio cuenta de lo inapropiado de su comentario pero ya era tarde. Su mirada se perdió en el cielo azul. Su estómago se encogió, sus ojos se humedecieron y se limpió el rostro con la mano pegajosa. Entonces le contó su encuentro con Carmen Pinedo en Borisoglebsk y la noticia del traslado y desalojo de la academia.

—Ya verás como está bien. Seguro que más de una vez nos han pasado por encima —afirmó apuntando con el dedo hacia arriba.

Sus palabras no aliviaron la añoranza de Teresa. Su abrazo, sin embargo, le devolvió el calor perdido durante casi un año en el que se había extraviado la ternura.

La zozobra había llegado también al koljós. Las noticias sobre el transcurso de la guerra llegaban casi a diario. Teresa experimentaba una inquietud que solo recordaba haber sentido durante las primeras semanas de la contienda. Después las preocupaciones se centraron en buscar comida y no morir de hambre. Los nazis habían tomado la delantera, estaban ya a las puertas de Stalingrado y pretendían ocupar el norte del Cáucaso. Los soviéticos lo sabían, Stalin lo sabía y ellos lo sabían. La batalla que empezaría apenas dos semanas después decidiría el curso de la guerra. Habían pasado casi dos meses y todos eran conscientes de que la evacuación de Mostovskói era inminente.

Les ordenaron que cogieran solo lo imprescindible. Era irónico: cuando no se tiene nada, se puede prescindir de todo. Teresa volvió a coser la foto de Ignacio al forro de su vestido. Hizo de nuevo el hatillo con el peine, un pañuelo y los peales y se enfundó el abrigo. Aquel abrigo de guata que ya más que prenda se había convertido en su verdadero hogar.

A mediodía llegó otro grupo reducido de españoles procedente de Krasnodar. Dos de las chicas estaban heridas. Tere se sobrecogió al verlas. A una le faltaba un pie y apoyaba la axila en una muleta rudimentaria hecha con tres palos. La otra llegó en un carro, una plataforma sin laterales con dos ruedas de la que tiraban varios chicos. Le faltaba una pierna, que le habían amputado a la altura de la rodilla. Llevaba un vendaje escandaloso, con sangre reseca y restos orgánicos. La herida necesitaba una buena limpieza. Cogió un cubo de agua y un trapo y destapó el muñón. Al verlo, tuvo que reprimir una arcada. La joven se dio cuenta y sintió vergüenza. Aquello apestaba. La carne y la piel putrefacta habían formado una costra donde unos gusanos blancos se retorcían y se daban un festín. La herida tenía que estar infectada. Puso la mano en la frente de la joven, costumbre adquirida durante el cerco, cuando cuidaba a los heridos. Se sorprendió al comprobar que no tenía fiebre. Igualmente aquella herida había que limpiarla de gusanos y porquería. Cuando se disponía a vaciar el cubo de agua sobre la herida, la chica la detuvo.

—¡No! —gritó—. Déjalos.

—Pero... está llena de... —exclamó, contrariada.

—No los quites —insistió—. Desde que están ahí no tengo fiebre...

Teresa obedeció y se limitó a limpiarle los brazos, que los tenía llenos de rasguños. La chica lo agradeció.

—¿Cómo te llamas? —preguntó, agradecida por la atención.

—Tere —respondió hipnotizada por los gusanos retorciéndose en la carne de la joven—. ¿Cómo te hiciste eso?

—Yo me llamo Augusta, pero me llaman Agus —contestó—. Y cuando te lo cuente te vas a morir de la risa.

—Inténtalo —dijo Teresa con una sonrisa cómplice.

—¡Cagando! —exclamó, y soltó una carcajada.

—¿Cómo? —Tere no podía creer que, en aquellas circunstancias, aún tuviera sentido del humor, sobre todo en lo referente a su pierna.

—Adela y yo nos metimos debajo del vagón —dijo señalando a la chica de la muleta—. El tren se puso en marcha y allí que nos pilló.

Tere recordó las veces que tuvo que refugiarse bajo los vagones para tener un poco de intimidad, y a los que, como ella, sorprendía el tren cuando se ponía en marcha y salían de debajo mostrando las nalgas. Ellos tuvieron suerte, Agus no tanto.

Evacuaron con el grueso de la casa de niños. Al llegar a Krasnodar la dejaron en el puesto de la Cruz Roja. Pasó un mes en el hospital, donde no vio médicos ni enfermera, solo algún voluntario de vez en cuando le cambiaba los vendajes. Hubo momentos en los que la fiebre estuvo a punto de acabar con su vida. Hasta que aparecieron los gusanos. Fue un anciano el que le dijo que los insectos limpiarían la herida. Él y los bichos le salvaron la vida.

No esperaron al día siguiente. Los aviones alemanes sobrevolaban la zona y en cualquier momento podían bombardearles. Fue una desbandada. En apenas una hora el grupo de más de cien, entre jóvenes y educadores, estaba en el camino. Irían rumbo al sur pero su destino volvía a ser incierto.

16

Cáucaso

El este era la única dirección posible. Los nazis habían invadido ya toda la zona occidental: Estonia, Bielorrusia, Ucrania, Crimea y gran parte de las costas del mar Negro y el mar de Azov. Pocos días antes habían entrado en Krasnodar. Intentarían llegar a Piatigorsk o Nalchik. Después, ya verían. La guerra no permite hacer planes a largo plazo.

No llevaban nada más que lo puesto, todo lo que tenían. Eso facilitaría el viaje. La única carga era el carro donde llevaban a Agus. Entre todos se turnarían para trasladarla. No estaban dispuestos a dejarla atrás. Adela, la chica a la que le faltaba el pie, caminaba más o menos a su mismo ritmo, gracias a la ayuda de Eloy, su novio, un asturiano alto y bien parecido, espabilado y voluntarioso, que no perdía de vista a su chica.

Casi todos se conocían, o al menos se habían visto alguna vez, aunque la mayoría habían coincidido en Leningrado. Teresa incluso creyó reconocer a alguno del Sontay. Eran un grupo compacto, unido y fraterno. A pesar de las circunstancias, entre todos se sentían protegidos.

Las rutas y caminos eran un hormiguero de gente que huía de la presencia inminente del enemigo. Cientos de evacuados tiraban de carros, vacas y mulas cargadas hasta poner a prueba su resistencia. Las granjas y las jatas[41] ardían como piras. Teresa pensó que el enemigo ya había pasado por allí, pero entonces vio a una anciana con una antorcha que prendía las cortinas de las ventanas, los matojos de la entrada y la paja del tejado. El rostro de la mujer exhalaba furia y una macabra satisfacción. No era afán de abandono o carencia de deseos de regresar. Era su forma de combatir al enemigo. Recogían todas las pertenencias que podían llevar y a continuación destruían sus propiedades. Si los nazis llegaban, no encontrarían nada que masacrar. No se comerían su grano, no se beberían su vodka, no vaciarían sus pozos, no dormirían en sus camas y no violarían a sus mujeres ni torturarían a sus hombres. Al menos les arrebatarían el éxtasis de la conquista y la sumisión del conquistado.

El camino parecía un túnel de horror incandescente. Y ellos, las almas condenadas que trataban de escapar del fuego del infierno.

Caminaron siguiendo el curso del río. Fue la indicación de los educadores por si alguno se desmarcaba del grupo y se perdía. En todas las poblaciones por las que pasaron, el mismo panorama: casas incendiadas y aldeanos huyendo. La carretera estaba atestada de evacuados que tiraban de las riendas de sus vidas en fardos. Dormían donde podían: al borde

41. Construcción tradicional rural de Ucrania y del sur y el oeste de Rusia.

de la carretera o en algún granero o cobertizo que se hubiese salvado de la quema. El ritmo era lento pero regular. Nada que ver con el deambular errático de Leningrado. Los cuerpos, alimentados de forma más o menos decente, recuperaron las fuerzas para otra travesía. El ánimo no remitió, aunque todavía se veían obligados a racionar la comida.

Al cuarto día llegaron a Zelenchukskaya. Los refugiados habían invadido la población y esperaban un permiso que les permitiese viajar a cualquier otro lugar. Gentes de muy diferentes orígenes y etnias huían de la barbarie: calmucos, karachais, absajos, mingreles... y, sobre todo, judíos. Nalchik y Mineralnie Vody ya habían sido ocupadas por los alemanes. Los que consiguieron escapar se habían refugiado en Kislovodsk, pero algunos, hartos de esperar la evacuación que no llegaba, decidieron aventurarse el camino por su cuenta.

Llegaron a la estación, donde estaban agrupados todos los refugiados, pero no había ni rastro de trenes. Federico Pita y otro de los educadores les ordenaron esperar mientras trataban de averiguar algo. Ser españoles les había facilitado las cosas en muchas ocasiones, pero en los últimos destinos la palabra mágica, *ispantsy*, no resultaba tan efectiva. Hacía tiempo que algunos soviéticos empezaban a protestar por el trato preferente que recibían los españoles y no eran tan apreciados. Si bien cinco años antes los habían tratado como estrellas, héroes que el pueblo soviético acogió en su regazo, ahora eran vistos como oportunistas.

En un extremo vieron un espacio bastante amplio donde instalarse para descansar y esperar noticias de los educadores. Teresa, Vicenta y Cristina se acomodaron sobre unos ladrillos y compartieron una botella de agua. Cristina era asturiana, de Gijón, habían coincidido con ella en Leningrado, pero nunca tuvieron mucho trato. Se pegó a ellas en busca de un poco de compañía viajera y las dos estuvieron encantadas.

A su lado, apartados del resto, había un grupo de unas veinte personas, la mayoría ancianos, mujeres y niños. Los hombres llevaban barba larga y poblada y el kipá en la cabeza. Los niños eran todos larguiruchos, flacos y la cara chupada. Las mujeres se mostraban recatadas, con el típico pañuelo blanco cubriéndoles el pelo. Las tres chicas les saludaron con un gesto del mentón y ellos, ceremoniosos, les devolvieron la cortesía. Sentados en sus minúsculas maletas, repartían trozos de pan negro que les daría para poco. Teresa se fijó en un matrimonio de edad indefinida que descansaba sobre un tronco. Él era rubio, de ojos claros, casi transparentes. Llenaban una mirada que un día fue pícara y sagaz y que ahora se sostenía por unas gafas redondas y endebles. Ella, al contrario, era morena azabache, ojos negros, rasgos mediterráneos, probablemente sefardí y rostro ensoñador. La mujer, con mucha dulzura, obligaba a su marido a comer el pedazo de pan que les había tocado en el reparto, pero una tos grave y obstinada hizo que lo escupiera. Tosió durante un buen rato mientras ella, desesperada, miraba a su alrededor. Teresa, al verles tan apurados, se levantó y le ofreció su botella de agua. El hombre bebió un traguito, tomó aire y volvió a beber. Después, le dio las gracias con la mirada.

—*Spasibo* —añadió su esposa, y le devolvió la botella.

Teresa recordó a Tomasov, su profesor de la Etalón. Él tenía la certeza de cuál era el destino de los judíos en aquella guerra, dentro y fuera de la Unión Soviética. Quizá aquel grupo con quien compartía el agua no era consciente. Ella tampoco lo era. Con diecisiete años, un exilio y dos guerras, no quedaba tiempo para intentar comprender los motivos filosóficos del odio. Lo que sí empezaba a entender era que el sufrimiento siempre lo pagaban los mismos: los inocentes. El enemigo oficial era el fascismo, pero ella había conocido al auténtico, al más cruel y desalmado, y no estaba en las trincheras ni en las gloriosas batallas, el verdadero, el único combate sin piedad lo llevaban dentro: la mugre del propio corazón.

Federico Pita y su compañero regresaron junto a un grupo de veinte soldados, con fusil al hombro, aspecto desaliñado, barba incipiente y olor nauseabundo. Las noticias no eran buenas. Hacía más de una semana que no pasaba ningún tren por allí y la zona estaba cercada por los alemanes. Era imposible continuar hacia el este. Su única salida se encontraba al sur.

—Nos vamos a Georgia —afirmó Pita—. No queda otra opción.

—¿Georgia? —preguntó una de las educadoras—. Imposible. ¿Cómo vamos a cruzar...?

Uno de los soldados la interrumpió antes de acabar la frase. Sin prestarle atención, emprendió la marcha mientras les animaba con el brazo.

—*Davay! Davay! Ty dolzhen idti na yug.*[42]

Los españoles se levantaron dispuestos a seguirles. El grupo de judíos se miraron unos a otros con gesto esperanzado sin atreverse a actuar. Las tres chicas se percataron de su interés y, sin pensarlo, les hicieron un gesto con la mano para que les acompañasen. Recogieron sus cosas rápidamente, Teresa y Cristina ayudaron al hombre de las gafas y a su mujer, que agradecía la invitación, y se unieron a los espa-

42. ¡Vamos! ¡Vamos! Hay que ir hacia el sur.

ñoles. Ciento cincuenta almas salieron de la ciudad en tropel en busca de una nueva tierra prometida.

Los soldados maldijeron y blasfemaron cuando vieron al grupo de judíos marchar con ellos. El antisemitismo estaba arraigado en sus entrañas. A los españoles no les importó. Llevaban su propia comida y no parecían ralentizar la marcha de la expedición. Las paradas las marcaban los heridos, más concretamente el carro de Agus. A pesar de los relevos, a los que se sumaron algunos judíos, pesaba como si llevasen sacos de piedras. Y el calor de julio no aligeraba el ritmo.

El azul oscuro del cielo les acorraló sin avisar. Decidieron pasar la noche en una arboleda a orillas del río Bolshói, en un bosquecillo de hayas, y los abetos les protegerían de cualquier imprevisto. Cada cual formó su grupo. Teresa, Vicenta y Cristina se acomodaron entre dos castaños gruesos donde el suelo formaba una pequeña depresión que les servía de cama. Teresa extendió su abrigo de guata que les protegía de la humedad del bosque durante la noche. Alguien encendió un fuego para calentar agua. Cuando los soldados lo vieron, corrieron hacia la hoguera y lanzaron tierra hasta apagarla.

—¡Nada de fuego! —gritó enojado—. ¿Queréis que nos maten?

Una hoguera en mitad de la noche era un faro para los nazis. Durante unos instantes, el fuego les había proporcionado calidez y recogimiento. Un espejismo que se desvaneció como su propio humo. Comieron patatas crudas y pan. Al menos tenían agua. Los soldados llevaban queso abundante y algo de vodka. El alimento se lo quedaron pero el vodka lo compartieron con todos. En Rusia, el vodka es una comunión, un sacramento inviolable, un ritual.

El matrimonio del hombre de gafas se acomodó a pocos metros de ellas. El instinto les llevó a hacerse compañía. La mujer deshilachaba un trozo de cecina acartonado que acompañaban con el pan negro. Cortó tres trozos y se los ofreció a las chicas como agradecimiento tácito. No rehusaron el ofrecimiento, les pareció de mala educación. Cristina les brindó su botella de agua. Era curioso pero aquella pareja sufría la desgracia de no tener nunca agua cerca.

Cenaron bien, dadas las circunstancias. El sueño no parecía tener prisa y la energía de juventud desbordaba por encima de cualquier adversidad. Vicenta, con su habitual desparpajo, volvió a su afición de inventar películas. Teresa aplaudió animada, sabía que las risas estaban aseguradas. Además de la inventiva y la fantasía, Vicenta gesticulaba, se movía e interpretaba el cuento, llevaba el espectáculo en la sangre. El matrimonio de judíos la observaba divertido. Quizá fueron los aspavientos de Vicenta, o la regresión a una adolescencia difusa, pero la risa afloró en sus rostros después de mucho tiempo.

Alguien ordenó silencio en la distancia. Decidieron disponerse a dormir, aunque los cuchicheos y las risas sordas continuaron durante un rato.

A Teresa le costó quedarse dormida. Con el estómago atemperado, la mente tenía espacio para otros pensamientos. Y acudieron a ella sus padres, su hermana Maritxu y hasta el gato Tomasín. Y por supuesto, Ignacio. Le angustiaba no saber de él. Lo imaginaba sobrevolando los cielos, protegiéndola de los ataques y las bombas. Abrió los ojos de nuevo al oír una tos seca. El hombre de las gafas permanecía sentado en su maleta mientras su mujer dormía a su lado en el suelo. Observó cómo metía la mano en su levita y sacaba una pequeña bolsa de punto tejida con vivos colores. La abrió y se quedó un rato mirando su interior. Casi pudo ver cómo la pena chorreaba de sus ojos a la pequeña bolsa. Después de unos minutos, la cerró y la volvió a guardar. Pero él permaneció despierto.

Empezaba a clarear cuando el campamento se desperezaba. Debían aprovechar al máximo las horas de luz. Tardaron apenas media hora en recoger todo. Los soldados iban adelantados y los educadores de la casa encabezaban el grupo. Antes de ponerse en marcha, Pita miró al frente y a continuación se volvió hacia el grupo.

—Así están las cosas —dijo sin reparos—. O esto, o los nazis.

Casi en perfecta sintonía, todos levantaron la vista. Ante ellos, se dibujaban las crestas desafiantes del Cáucaso.

La primera tormenta del verano les sorprendió cuando entraban de lleno en la cordillera. Las montañas avanzaban hacia ellos mastodónticas, embravecidas, amenazantes ante aquellos diminutos seres que habían perturbado la quietud de los *perevales*.[43] El aguacero empezó con fuerza, como si se rompiera una presa. La cordillera amplificaba la acústica de los truenos, que rugían inquietantes y siniestros. El agua escurría entre las grietas y se derramaba por las paredes y los riscos. Si ya era difícil caminar entre aquellas gargantas y picachos, bajo la lluvia resultaba casi impracticable.

Teresa, Vicenta y Cristina avanzaban refugiadas bajo el

43. Puertos de montaña.

grueso abrigo que, empapado de agua, parecía pesar más que las mismas rocas. Llegaron a un desfiladero que no tendría más de metro y medio de ancho. Con aquel aguacero era imposible continuar. En un entrante de la pared rocosa descubrieron una semicueva protegida por un saliente. Allí se refugiarían hasta que amainase.

El espacio era grande, aunque ajustado para albergar a ciento cincuenta personas. Se acomodaron como pudieron para pasar la noche. Los nubarrones y las rocas impedían ver el cielo, la oscuridad se hizo dueña del lugar. No les quedó más remedio que esperar al amanecer para continuar.

Teresa se palpó el pecho y comprobó que la foto de Ignacio seguía allí, pegada a su corazón. Era un gesto casi mecánico cada vez que paraban a descansar. Se quitó el abrigo y lo sacudió, pero sus cuarenta kilos de debilidad no le daban como para escurrirlo bien. La mujer del judío de las gafas se acercó y entre las dos lo retorcieron como pudieron.

No fue una noche cómoda ni apacible. Tuvieron que esquivar pies, brazos y cabezas hasta encontrar una postura medianamente aceptable. El sueño se interrumpió varias veces debido a las conversaciones, los llantos y los lamentos. Tere y Vicenta no pegaron ojo, al poco rato Cristina también se despertó y decidieron pasar la noche conversando. El hombre de las gafas permanecía despierto. Volvía a toser con fuerza y su mujer le consolaba con ternura. Cuando pasó el ataque de tos, ella se tumbó para intentar dormir. Él volvió a su ritual nocturno de abrir la bolsa y mirar dentro.

—¿Qué demonios llevará ahí? —se preguntaba Teresa con curiosidad.

—¡Monedas de oro, diamantes, collares de perlas...! —bromeaba Vicenta con voz engolada.

La pelirroja decidió averiguar el misterio de la bolsita. No podían aguantar más la curiosidad, así que se levantó con la excusa de estirar las piernas. Teresa y Cristina la miraban con disimulo, aunque la situación les divertía. Dio un rodeo al grupo de los judíos hasta que se acercó al hombre por detrás y, aprovechando la oscuridad de la cueva, se asomó todo lo que pudo por detrás de él. Pero resultó imposible adivinar el contenido. Noches después lo intentaría de nuevo varias veces sin éxito.

Él se llamaba Bernard y su mujer Helena. Eran judíos de Essentukí, él, descendiente de alemanes procedentes de las minorías germánicas del Volga y heredero de la sastrería de sus padres en la que trabajó toda la vida. Fueron testigos de las barbaridades que los nazis perpetraron contra su pueblo en territorio ruso: niñas violadas, ancianos quemados vivos, niños de ocho años fallecidos tras extraerles la sangre para transfusiones a los soldados, hombres pasados a bayoneta, cacerías en mitad del campo en las que los salvajes practicaban su puntería... Toda la inhumanidad y salvajismo más demencial que se pudiera concebir lo presenció aquel grupo de infelices. Ellos, al menos, pudieron huir y refugiarse en Kislovodsk.

Siguió lloviendo casi toda la noche. Apretados como arenques en un barril, intentaron dormir aunque el agua y los rugidos de la montaña no propiciaron un sueño tranquilo.

—¡Que no, que no cabe, hostias!

Teresa oyó la voz de Eloy cuando aún se estaba desperezando. Apenas había dormido un par de horas y se habría quedado remoloneando. Salió afuera y comprobó que no quedaba rastro de la tormenta y un cielo azul brillante asomaba entre los riscos. Se acercó a un grupo que se arremolinaba ante una estrecha garganta, que era la única vía de salida. Eloy y alguno de sus paisanos elucubraban y vociferaban sobre cómo resolver lo que parecía un problema inmediato.

—¿Qué pasa? —preguntó Tere mientras se acercaba a su amiga.

—El carro, que no cabe —respondió Vicenta, preocupada.

Unos proponían desmontarlo y volverlo a montar al otro lado. Otros, dejarlo allí y cargar con la chica entre todos, algo inviable que descartaron de inmediato. Otros propusieron buscar un acceso alternativo... Ninguna de las opciones parecía factible o efectiva.

Teresa observaba la escena en silencio y con interés, sin prestar atención a lo que decían. Entonces se separó ligeramente de Vicenta y se adelantó mientras ladeaba la cabeza.

—¿Y si lo ponéis de lado? —sugirió calibrando el espacio.

Los chicos se miraron desconcertados, Vicenta sonrió. Ninguno había sugerido esa opción, que era la más viable. El gesto de algunos denotaba fastidio por no haber sido los artífices de la idea, pero de inmediato se pusieron manos a la obra. Mientras ejecutaban la maniobra, Teresa y Cristina aprovecharon para limpiar los vendajes de la pierna de Augusta y el pie de Adela. Tere sonrió al ver que el olor había disminuido y se empezaba a formar una costra dura.

Los soldados, que ya habían cruzado al otro lado de la garganta, se volvieron al oír el barullo. Contemplaron la escena alucinados, aunque sin mover un dedo por ayudar, nunca lo hacían. Uno de ellos se llevó la mano a la cabeza:

—*Ty spyatil!*[44] —dijo.

El desfiladero parecía hecho a medida. La tabla rozaba la pared de la izquierda, mientras las ruedas se deslizaban por la derecha facilitando la operación. En apenas dos minutos el carro se encontraba al otro lado. Cuando volvió a su posición, todo el grupo aplaudió la hazaña. Cruzaron uno a uno, Melquíades, un gijonés compañero de la casa de jóvenes, cogió a Agus en brazos y la llevó hasta el carro.

—*Otvazhnyye ispantsy!*[45] —exclamaban los soldados mientras les felicitaban con palmadas en la espalda y zarandeos fraternales.

Aquel día avanzaron más que de costumbre. El buen tiempo tras la tormenta y la proeza del carro les avivaron el ánimo. No faltaron risas y bromas, y hasta se entonaron estrofas de algunas canciones. Bendita juventud, que ignoraba el desconcierto y contagiaba a los mayores.

Al atardecer encontraron una aldea abandonada. Había alguna casa derruida, aunque tenía todo el aspecto de haber sido habitada no hacía mucho. Los campos estaban cultivados, por lo que no les costaría encontrar alimento. Así fue: patatas, mazorcas de maíz y castañas en abundancia. Algunos de los graneros conservaban parte de sus reservas y no tuvieron que escarbar en la tierra para conseguir los víveres. Hubo para todos. Hicieron un semicírculo con troncos apilados en la pared de una de las casas y los utilizaron de asiento. Alguien consiguió un bidón y lo llenaron de agua. Mientras unos preparaban los alimentos, otros encendieron el fuego. Esta vez

44. ¡Estáis locos!
45. ¡Españoles valientes!

de nada sirvieron las quejas de los soldados. Por una vez iban a cocinar lo que tenían, y además, comerían caliente.

Eloy y otros dos asturianos aparecieron por una esquina tirando de un caballo al que le habían improvisado una rienda con una cuerda. Según dijeron, lo encontraron en un prado mientras buscaban comida, aunque no fue fácil cogerlo. Lo más probable era que llevase bastante tiempo campando a sus anchas sin ninguna persona que le sometiera. En el primer intento de montarlo, el animal hizo un feo y lanzó a Eloy por los aires, pero este no se rindió, hasta que al final se hicieron con él.

—Ahora iremos más rápido —dijo mientras le daba un beso a Adela, su novia.

En efecto, un caballo suponía una gran ventaja. No tendrían que arrastrar el carro e incluso podrían subir a algún enfermo cuando se sintiera demasiado débil.

Los niños se acercaron al animal para acariciarlo. Llevaban demasiado tiempo sin contacto con animales e, inconscientemente, buscaban el efecto benéfico de su compañía. El caballo, al que bautizaron como Trueno, al final resultó ser más una brisa primaveral que una estampida. Aguantó con gusto los juegos de los pequeños e incluso les perseguía cuando correteaban, buscando él también un poco de animación.

La noche se convirtió en una celebración de la vida y la resistencia. El cuerpo necesitaba alimento, pero el alma reclamaba su ración de alegría. Comieron con gusto, hubo para todos e incluso alguno repitió. No fue preciso racionar. Los más ancianos se deleitaron con el caldo caliente de cocer el maíz y las patatas, que les templó el estómago. Los pequeños asaron las castañas, incluso Trueno recibió una parte. El vodka volvió a aparecer como por generación espontánea. Hubo canciones acompañadas de palmas y coros. Vicenta, cómo no, se arrancó a bailar cuando sus compañeras entonaron *Anda jaleo, jaleo*. Sus piernas se movían con firmeza y elegancia, apenas afectadas ya por la distrofia. Movía los brazos, elevaba las manos al cielo y su melena encendía la noche. Teresa, animada por el vodka que le había ofrecido un soldado, se arrancó y se unió al baile con ella. Se movían sensuales, agitaban los vestidos y mostraban sus piernas de diecisiete años. Los soldados, con más vodka en el cuerpo que vergüenza, las miraban con gesto rijoso. Uno de ellos, totalmente borracho, se acercó y se pegó a Teresa a una distancia incómoda. Melquíades se levantó de un salto y se encaró al ruso. Este le aguantó la mirada. Los otros españoles se pusieron alerta por si tenían que intervenir. Por suerte todo quedó en un cruce de miradas y se evitó una escena desagradable.

El incidente puso fin a la velada. Los niños no querían acostarse y los educadores y padres tuvieron que obligarles. Teresa y sus amigas lo hicieron sobre su abrigo, como siempre, acurrucadas y buscando el calor.

Todos dormían satisfechos, sin inquietudes ni pesadillas. La respiración de sus sueños plácidos inundaba la noche. Teresa empezaba a quedarse dormida cuando sintió una presencia a su lado. Se giró y vio al soldado borracho que pretendía rematar la velada con ella.

—¡Vete de aquí, sinvergüenza! —gritó, y se levantó como si tuviera un resorte.

A él no le dio tiempo a incorporarse. Antes de darse cuenta, la bota de Melquíades se encajó en la boca del estómago. Nadie lo impidió, ni él insistió en golpearle otra vez.

Estaba tan borracho que apenas pudo ponerse en pie. Melquíades le dio un empujón que hizo que cayera al suelo otra vez. Sus amigos ya estaban tras él, dispuestos a lo que hiciera falta. El soldado se arrastró balbuceando hasta donde se encontraban sus compañeros.

Casi nadie se percató del incidente. Teresa le dio las gracias mientras reía nerviosa. Él asintió y, en silencio, volvió a su lecho improvisado.

La noche estaba despejada y las estrellas brillaban con furia lacerante. Teresa podía sentir su proximidad, incluso le pareció que caían flotando del firmamento como dientes de león. Pero aquellas formas etéreas que se descolgaban de la noche no eran estrellas.

A la mañana siguiente no tuvieron prisa en emprender la marcha. El sol brillaba y se sentían animados. Habían encontrado un breve oasis de felicidad y querían saborearlo, incluso jugaron un rato a la cotidianeidad. Bajaron a lavarse al río. El agua estaba helada pero les tonificó. Teresa, que siempre fue tan pulcra y aseada, se lavó también la ropa interior. Hasta se mojaron el pelo. Teresa se peinó y recogió su tupida melena en una trenza. Vicenta, sin embargo, lo dejó al aire. Su precioso pelo poco a poco volvía a brillar.

Volvieron al campamento para ayudar a ponerse en marcha. Los chicos preparaban a Trueno para que tirase del carro. Eloy acompañó a Adela al río para ayudarla a lavarse. Una caída sería fatal para ella.

Era un día precioso. Las crestas blancas, majestuosas, impertérritas, coronaban el horizonte. Los valles se extendían a sus pies, verdes y esponjosos. Los bosques tupían las laderas. El río Psysh corría travieso entre las piedras de su lecho. Costaba imaginar que aquella quietud mágica se hallase en un país en guerra. Era una pena reanudar el viaje.

—¡¡¡Alemanes!!!

Un grito colérico llegó desde el río.

—¡¡¡Alemanes!!! ¡¡¡Alemanes!!! ¡Corred!

Cristina venía hacia ellos con el rostro desencajado. Los soldados se pusieron en guardia.

—*Zasada! Zasada!*[46] —gritaban—. *Davay, davay!*

Teresa cogió a Vicenta de la mano y echaron a correr como nunca lo habían hecho.

—¡Mi abrigo! —exclamó Tere mirando hacia atrás.

—¡Deja el abrigo!

Bernard, el sastre judío, tropezó y cayó al suelo. Melquíades y Josu Azcona le cogieron en volandas y corrieron con él. Estaba tan flaco que apenas les ralentizó la carrera. Su mujer corrió tras él, a una distancia considerable, pero logró escapar de la emboscada.

En la huida esquivaron árboles y rocas y compañeros caídos. Parecía que el alma se les iba por la boca. No sabían si avanzaban o retrocedían. Su instinto solo les permitía correr todo lo rápido que podían. Llegaron a una garganta, un cañón en el que no se veía el fondo. Sobre él, una pasarela de madera sujeta por cuerdas. El suelo era de tablas y no presentaba mucha estabilidad. Pero no tenían otra opción. Los soldados ya habían cruzado al otro lado y apremiaban al grupo para que se apurasen. Dudaron un instante.

—No miréis abajo —decía Teresa para tranquilizar a sus amigas.

46. ¡Emboscada! ¡Emboscada!

Isabel lloraba, no conseguía moverse. Cristina le cogió la mano para calmarla. Teresa avanzaba despacio, Vicenta la seguía. El puente se balanceaba más de lo que se apreciaba desde la orilla. Se agarraban a las cuerdas que hacían de barandilla pero perdían la estabilidad a cada paso. Teresa pensó que si cerraba los ojos sería más fácil pero no se atrevió. Decidió fijar su vista en el otro lado. Así avanzó hasta que quedaron apenas cinco metros, echó a correr y saltó a tierra firme. Detrás de ellas llegaban Azcona y Melquíades sujetando al sastre en volandas. Cuando llegaron, el soldado grandullón sacó un cuchillo y se dispuso a cortar la cuerda. En ese mismo momento llegaba a la otra orilla el grupo de judíos. Teresa intuyó la intención y se abalanzó sobre él para detenerlo pero se zafó de ella, que acabó en el suelo.

Desde su lado, los españoles les gritaban.

—¡Corred, corred! ¡Vamos! —chilló Teresa.

—¡Venga, que no queda nada! —insistía Vicenta.

—¡Vamos, vamos!

Pero no les tuvieron en cuenta. Había que cortarles el paso a los nazis. Helena todavía seguía en el otro lado, aun así empezó a cruzar. Su marido, al ver que el soldado seguía serrando la cuerda, se zafó de sus salvadores y corrió hacia el puente. Cuando sus compañeros quisieron darse cuenta, ya estaban en mitad de la pasarela.

—¡¡¡No!!! —gritaron todos.

Pero fue demasiado tarde. Antes de que se encontrasen, las cuerdas cedieron y el matrimonio se precipitó al vacío.

Los cuerpos flotando en la oquedad del barranco se buscaban desesperados. El horror congeló la cara de todos los que presenciaron la escena. El matrimonio desapareció en la sima, que les engulló.

Los soldados, insensibles, les obligaban a empujones a seguir caminando. Teresa tropezó de nuevo y, en su caída, se dio de bruces con un objeto familiar. Lo recogió y se incorporó para continuar la marcha. Era la bolsa de Bernard manchada de barro. Palpó el fondo y el corazón le dio un vuelco. Aflojó los cordones y vació el contenido con cuidado. En su mano se derramaron los desvelos nocturnos del sastre: un precioso arcoíris de botones. Luminosos y surtidos botones.

Unos cincuenta españoles fueron atrapados por los nazis en aquella emboscada. Les apresaron y fueron entregados al gobierno de Franco. Eran piezas valiosas que ofrecían a las autoridades a cambio de su «no beligerancia» en la guerra. Entre los prisioneros estaban Julia, Víctor, Carmen, Eduardo, Esteban, Araceli, Luciano y Agus. A esta última la dejaron en un hospital de Krasnodar. No valía la pena cargar con una tullida. Eloy fue otro de ellos. Ingresó en prisión en España pero al poco tiempo consiguió escapar y unirse a los maquis en Asturias. La Guardia Civil le apresó años después. Antes de ejecutarle, lo pasearon por las calles de Mieres con una cuerda al cuello y las manos atadas. Tras su muerte, su cadáver fue expuesto durante varios días en la plaza de la población para escarmiento de todos.

Atravesaron riscos, glaciares, valles, ríos y más pasarelas. Se arrastraron con las posaderas por pendientes ariscas, agarrándose a los arbustos para no rodar por los precipicios. Fue la parte más escabrosa y difícil. Por lo abrupto del terreno y por la pérdida de los compañeros, que les dejó con el ánimo mermado. María, una santanderina de la edad de Teresa, había perdido a su hermana Carmen, que ayudaba a las chicas heridas a lavarse en el río. Era desgarrador verla llorar y no poder consolarla. El miedo volvió a instalarse en sus mentes y cada sonido, cada pequeña alteración les ponía en guardia. Oyeron disparos a lo lejos y corrieron a esconderse. Pero los soldados rusos les tranquilizaron. No eran nazis sino chechenos que se mostraban contrarios al régimen soviético y reclamaban su independencia. Cada día que pasaba era una victoria más sobre sus propios temores.

La última jornada les dio una tregua. Dejaron atrás los *perevales* y la penuria de la montaña. El terreno se volvió llano. La brisa era dulce y traía consigo un efluvio de frescura que anunciaba la cercanía del mar. Estaban llegando a Sujumi.

La mastodóntica estatua de Stalin les saludó desde la lejanía. Como en la mayoría de las poblaciones de la Unión Soviética, su presencia ubicua les recordaba quién era el padre de la nación. La estación de Baratashvili fue el primer edificio que encontraron. Los trenes y estaciones eran el referente para los millones de refugiados que vagaban por el país. Del grupo que salió de Mostovskói llegaron unos sesenta. En cuanto entraron en la ciudad, los soldados desaparecieron y no volvieron a saber de ellos. Iban desorientados, andrajosos y hambrientos. Con el cuerpo lleno de arañazos y los pies destrozados. Se encontraron desamparados, sin un referente que les guiase. Federico Pita había desaparecido y dieron por hecho que lo apresaron los nazis. Solo Luisa, una de las educadoras de la casa de Leningrado, había conseguido llegar con ellos hasta Sujumi. Tenía veinticuatro años y era la única adulta del grupo.

La estación permanecía intacta aunque desierta. Conservaba su estructura e incluso la pintura blanca que le daba un aire señorial. Una escalinata central se abría a medio camino entre otras dos escaleras laterales que acababan en una terraza arcada que protegía el interior. A Teresa le recordó los palacios y construcciones de Crimea. No había rastro de proyectiles ni daños provocados por obuses. Los edificios tampoco presentaban destrozos, como los que se habían encontrado por todo el país. Los árboles crecían insolentes y parecían burlarse de su desgracia desde su frondosidad. En las calles no había boquetes ni charcos de aguas infectas. Al otro lado de la avenida los habitantes iban y venían con absoluta cotidianeidad. Un niño les vio de lejos y se les quedó mirando. No debían ofrecer un aspecto muy saludable. Su madre fue tras él y, al verles, le cogió de la mano y se dirigió a un hombre mientras les señalaba con la mano.

Oscurecía y en esas condiciones no cabía deambular por la ciudad. Entraron en el vestíbulo y se tumbaron en el suelo de mosaico que dibujaba una rosa de los vientos. La noche estaba despejada pero Tere, Vicenta y Cristina se acurrucaron entre ellas como si aún estuviesen en los *perevales*. El resto se acomodó como pudo. Por suerte, el frío no frecuentaba aquellas latitudes. El cansancio dio paso al silencio hasta que se dejaron vencer por el sueño.

Les despertó un golpe seco: toc, toc... Otro: toc, toc... Se desvelaron en silencio al escuchar el ruido que se acercaba amenazante en mitad de la noche. Parecían pasos, pero sonaban como un caminar irregular. Un haz de luz como una lagartija les buscaba y a continuación se proyectó en la entrada la sombra de un hombre. Cuando sus ojos se adaptaron a la penumbra vieron que lucía uniforme militar desgastado, condecoraciones sin lustre y rostro inquietante. Y lo más llamativo: le faltaba una pierna. Quizá una herida de guerra, quizá un simple accidente, qué más daba. Recorrió sus rostros con la linterna y les hizo la ya manida pregunta:

—*Ispantsy?*

17

Seda

Con las piernas enroscadas en el poste y sujetándose con la mano izquierda, Teresa manipulaba el cableado del cuadro eléctrico.

—Es el cable —aseguró desde arriba—. Tírame el destornillador.

—Baja, Tere, que te vas a matar —intentaba convencerla Josu, que la vigilaba desde el suelo.

Teresa estiró el brazo a la espera de que su compañero le lanzase la herramienta. Cuando miró abajo sus ojos toparon con la mirada repulsiva de Petre, el jefe de mantenimiento. En aquella postura sus muslos quedaban al aire y el georgiano disfrutaba del espectáculo. Con la mano en el bolsillo y pose chulesca, la examinaba con asquerosa satisfacción. No tenía ninguna prisa porque se solucionase la avería del generador.

Reparó el cable lo más rápido que pudo y bajó a toda prisa. En una mano llevaba el destornillador y con la otra intentaba taparse las nalgas. Antes de llegar al suelo sintió un tirón en el dedo. El anillo de Ignacio se enganchó en un clavo que sobresalía de la madera. Un quejido de dolor le hizo perder la estabilidad. Enseguida sintió unos brazos que la agarraban. Petre la cogió por la cintura y la manoseó a gusto. Ella intentó zafarse de su depredador. Buscó a Josu reclamando ayuda pero el chico había desaparecido, seguramente por orden del encargado. Cuando consiguió zafarse de él, vio las marcas de sangre en la impoluta camisa de su jefe. Después se miró el dedo. Tenía el metal clavado en la carne y sangraba. Él le cogió la mano y se la acercó a la boca para lamer la sangre mientras la miraba con lascivia. Teresa sintió tal repugnancia que la retiró y echó a correr hacia el colectivo. Le dolía horrores, pero más daño le hacía la obscenidad de su superior.

Tuvieron que cortar el anillo para poder hacerle una cura, aunque ella lo conservó colgado del cuello con un cordón.

Llevaban cuatro meses en Makharadze,[47] una ciudad industrial al este de Georgia. Aquel falso militar sin pierna que les recogió en la estación de Sujumi prometió cuidar de ellos. Pero resultó ser un mercenario que se dedicaba a traficar con los refugiados y entregarlos como mano de obra barata (o gratis) a las fábricas de la zona. De Sujumi viajaron a Tiflis. Allí quedaron unos treinta españoles del grupo que consiguió cruzar el Cáucaso, básicamente los más pequeños y los enfermos. Su protector intentó colocarles en una fábrica de la capital, pero si algo sobraba en aquella época en la Unión Soviética eran refugiados y personas para trabajar. La si-

47. Actualmente Ozurgeti.

guiente opción era Makharadze. Allí les repartió en diferentes factorías: una fábrica de cerillas, otra de té, una conservera de frutas y la fábrica de seda, a la que habían ido a parar Teresa, Vicenta y Cristina, entre otros. Pero todos vivían en el mismo colectivo y la relación entre ellos era constante.

Situada en plena Ruta de la Seda, Makharadze era una de las ciudades donde se producía el preciado hilo. La fábrica se situaba al nordeste de la ciudad, a orillas del río Natanebi. Allí iban a parar todos los residuos que generaban, lo que producía un hedor nauseabundo, sobre todo en verano. La mayoría de las chicas ocupaban los puestos de la extracción de hilo. Debían sacar los «cocos» o capullos del gusano de unos grandes calderos de agua hirviendo y tirar del hilo para formar una madeja. Sin ninguna protección, sumergían las manos en una gran olla humeante que les provocaba quemaduras permanentes y les dejaba los dedos en carne viva. Gracias a sus conocimientos de electrónica adquiridos en Leningrado, Teresa consiguió un puesto de mantenimiento en la pequeña central eléctrica que alimentaba la fábrica. Era duro, y peligroso, pero al menos no tenía que permanecer de pie doce horas y sus manos seguían más o menos intactas. Su inconveniente era Petre, que aprovechaba cualquier momento para acosarla. Vivía en un constante desasosiego, vigilando que no apareciese de improviso y le diera una palmada en el trasero, o se acercase más de la cuenta y la manoseara sin razón alguna. Y no era la única. Sus compañeras sufrían como ella el acoso de los encargados y de algunos trabajadores.

Tenían aspecto de galanes de las películas, con impecables trajes de seda blancos, sombreros de fieltro, bigotito fino y dinero fresco en el bolsillo. Casi ninguno había servido en el ejército. Quizá el hecho de que el Stalin fuera natural de Gori les confería unas prebendas de las que no gozaban el resto de los soviéticos. Bastaba con un par de trucos ante los funcionarios de las oficinas de reclutamiento para librarse de ir al frente: un poco de agua caliente con jabón bebido en ayunas era suficiente para fingir cólera o cualquier otra enfermedad. Con esa deferencia, habían adquirido de forma tácita una inmunidad con la que creían estar por encima de los demás. Y si eran extranjeros, mucho más. Además, conocían las ventajas que los niños españoles recibían por parte del gobierno y con ellos se ensañaban especialmente. Y como en cualquier conflicto, bélico o no, las mujeres siempre eran víctimas dobles; por los efectos globales y por el sufrimiento individual: violaciones, humillaciones, laceraciones... estigmas que, casi siempre, se habían visto obligadas a ocultar y que no computaban como heridas de combate. Las mujeres claudicaban y dejaban de lado sus tormentos para dar protagonismo al dolor colectivo.

Después de año y medio viendo destrucción, ruinas, bombardeos, hambre y miseria, pensaron que Georgia sería el paraíso, pero no fue así.

El otoño era un baño de bronces cálidos, dorados y cobrizos que en los árboles cambiaban como un tornasol. Acostumbradas a las nieves de Leningrado, que en septiembre ya arropaban los tejados, disfrutaban aquella tibieza otoñal como una caricia. En el sentido práctico, agradecieron el clima templado, ya que no tenían ropa de abrigo. En realidad no tenían nada. Llegaron con lo puesto y entre unas y otras se apañaron.

Cada noche terminaban agotadas. Las condiciones laborales y de alojamiento eran pésimas. Jornadas de trabajo interminables, trato vejatorio y alimentación más que cuestionable: sopa aguada, gachas resecas y un poco de té. Solo en alguna ocasión especial recibían algo de fruta. Como no había camas para todas, dormían de dos en dos. No tenían colchón, ni almohada, ni sábanas. Una simple manta nada más que no alcanzaba a cubrir dos cuerpos jóvenes.

Teresa se resentía de su lesión de espalda. La evacuación de Leningrado, el Cáucaso y dormir en aquellas tablas duras y frías no ayudaban. Algunos días el dolor era insufrible y tenía que pasarlo sin un simple analgésico. Pero no se atrevía a pedirlo. Sabía que la petición conllevaría alguna contraprestación, así que apretaba los dientes y aguantaba.

El malestar y las quejas empezaron a extenderse por la fábrica y sobre todo en el colectivo. Había que atajar el problema, pero ¿cómo? No conocían a nadie y estaban en guerra. Los directivos eran precisamente su mayor problema. No había ningún organismo al que acudir. Y las chicas lo tenían aún peor. Eran víctimas de la lujuria y el despotismo de sus superiores, que actuaban con total impunidad y las atosigaban cuando menos lo esperaban. Temían que alguna sufriera un episodio más violento que lamentar. Los chicos intentaban protegerlas, pero la mayoría trabajaban en los almacenes y no las veían durante doce horas. En alguna ocasión se oyó alguna bofetada procedente de los despachos. Ellas se defendían pero esa ira provocaba burlas en los georgianos y les enfebrecía aún más. Nadie se enfrentaba a ellos. Estaban en sus manos.

Pero la solidaridad nunca se expande de forma generalizada. Algunos españoles, ante la penuria a la que se veían sometidos, optaron por otras soluciones. El nivel de vida y los lujos de los que alardeaban los georgianos de las fábricas no se correspondía con el espíritu proletario que les habían inculcado desde que llegaron al país. Trajes caros, cigarrillos de marcas extranjeras y salidas a clubes exclusivos de la zona eran su tónica habitual. Las fábricas pertenecían al gobierno, por mucho que produjesen, ellos solo recibían su sueldo como funcionarios. Y estaba claro que no era tan elevado como para llevar aquel tren de vida. Parte de la producción quedaba apartada en almacenes que nadie inspeccionaba y se destinaba al mercado negro. Pero el tráfico de opio, armamento y los prostíbulos eran el grueso de los negocios de aquellos dandis de bigote fino. Algunos españoles se pegaron a ellos y se dejaban seducir con vodka de calidad, tabaco y algún rublo a cambio de recados «especiales». La mayoría no pasaron de ahí y renunciaron a sus privilegios cuando las cosas alcanzaron otro nivel de moralidad. Pero otros sí cruzaron esa línea peligrosa.

La ciudad era zona de paso para las tropas, sobre todo marineros, que defendían las costas del mar Negro. Y en sus permisos buscaban un poco de diversión y alguien con quien desahogar sus pasiones animales. Para ello, los prostíbulos debían estar bien abastecidos. Con la llegada de las refugiadas, los proxenetas vieron un caladero inmejorable para sus propósitos; mujeres jóvenes e inocentes, la mayoría vírgenes, que harían las delicias de los puteros. Al principio eran los propios georgianos los que intentaban seducir a las chicas para luego comerciar con ellas. Pero, en vista del trato que les daban en las fábricas, se mostraban recelosas a establecer cualquier relación. Así que decidieron utilizar a los españoles. Con ellos las chicas tenían una relación más cercana y podían convencerlas de que encontrarían una vida mejor. La carencia de escrúpulos de los lugareños y algunos compatriotas las arrastraron a lupanares donde fueron encerradas, esclavizadas, explotadas durante años. Aquellas prácticas, que al principio eran simples rumores, se fueron consolidando cuando algunas de las chicas desaparecían y no las volvían a ver.

Teresa intentaba mantenerse alejada de esas mafias. Bastante tenía con esquivar a aquel cerdo vicioso que no la dejaba ni a sol ni a sombra.

Una noche, cuando Teresa llegó al colectivo, vio a sus compañeros reunidos en una de las salas. Escuchaban con atención a Isidra, compañera de Teresa en la casa de Kiev, que les contaba algo en susurros pero con mucha vehemencia.

—Lo que hace falta es que ellos lo sepan —expresaba con entusiasmo—. Están en Tiflis, y tengo la dirección.

Tere le preguntó a Vicenta qué estaba pasando. Al parecer, existía un organismo, el MOPR, al que podían acudir y expresar sus quejas sobre sus condiciones laborales. Se trataba de una organización de ayuda a emigrantes. Cuando Isidra hizo una pausa, cada uno dio su opinión. Hubo de todo, desde escaparse a Tiflis, hasta permanecer callados y no provocar a los georgianos. En cualquier caso la noticia supuso un rayo de esperanza, aunque no tenían ni idea de cómo iban a ponerse en contacto con el MOPR. El teléfono estaba descartado; solo había uno en la fábrica y era inaccesible. Tampoco podían viajar. Nunca se movían de la factoría, más allá de los almacenes. El transporte lo gestionaban de forma externa, y cuando veían a algún transportista, este se mostraba afable y cómplice con los superiores. Seguramente porque formaban parte de la logística de los negocios sucios que ocultaban.

—¿Por qué no escribimos una carta? —sugirió Teresa.

Se miraron unos a otros y asintieron levemente. Era la mejor idea. Luisa, la única educadora del grupo y que ya era una más de ellos, se acercó con un papel y Teresa le prestó un lapicero. Ella redactó la carta exponiendo su situación y solicitando una serie de demandas. Después la firmaron todos.

—Bueno... ¿quién la lleva a la oficina de correos? —preguntó Luisa, convencida de que a alguien se le ocurriría algo.

Pero nadie habló, nadie tenía una propuesta que hacer. Aunque no era momento de desmoralizarse.

—Ya encontraremos a alguien —dijo Teresa—. De momento guárdala bien.

No podían enviar aquel sobre desde la fábrica. Los encargados vigilaban cada movimiento, incluso de vez en cuando registraban las habitaciones del colectivo. Si encontraban la carta estaban perdidos. Julián, un bilbaíno procedente de Pravda, se la pidió.

—Dámela —dijo, convencido—. A mí no me registrarán.

Y se metió el sobre entre los pantalones. Le dolió tener que utilizar el acoso como argumento, pero aquella carta era muy importante. Todos sabían de la afición de los georgianos a manosear a las chicas con cualquier excusa. Y aunque los chicos tampoco estaban exentos del hostigamiento, las probabilidades eran mucho más reducidas. Nadie puso objeción. Ya solo faltaba encontrar un emisario.

Pasó algún tiempo hasta que decidieron salir del recinto de la fábrica y hacer un poco de vida social. Eran jóvenes y ni la guerra ni las vejaciones eliminaron sus ganas de divertirse, de vivir. La vida reclamaba su sitio, brotaba entre los escombros de las conciencias más asoladas, la vida era el mayor enemigo de la guerra.

Su único contacto con el pueblo georgiano durante aquellos meses fue el que mantenían con los directivos de las fábricas. El concepto que tenían de ellos distaba mucho de lo que después descubrirían. Aunque su hábitat se ceñía a los límites de Makharadze, asimilaron con atención los contrastes de su carácter: seco, noble, sincero y hospitalario. Una curiosa combinación entre la frialdad y rigidez rusa con la calidez y hospitalidad de Oriente Próximo. Georgia era un corredor de pueblos que durante siglos habían dejado un rastro comercial, cultural y espiritual en su peregrinar entre Oriente y Occidente. Aquel mestizaje formó la naturaleza fuerte y heterogénea de los georgianos.

En Makharadze, los sábados había baile y los cines estaban abiertos. Siempre que podían disfrutaban de alguna película. Su gusto por el cine, adquirido durante los primeros años en la Unión Soviética, seguía intacto, sobre todo en Vicenta. Las películas que se visionaban en el país eran básicamente de producción rusa y la guerra había paralizado casi por completo la industria del cine. Pero en los últimos años empezaban a llegar algunas películas extranjeras, sobre todo de Hollywood. La connivencia entre Estados Unidos y la Unión Soviética era latente y activa. Había que derrotar a los nazis, y los americanos ya se habían posicionado tras el ataque a Pearl Harbor. Si bien aquella alianza duraría poco, para pasar a una nueva hostilidad: la Guerra Fría. Aquel día tuvieron suerte: se estrenaba *La estrella del norte*, con Anne Baxter y Dana Andrews. La cinta contaba la historia de un grupo de jóvenes ucranianos que, cuando se dirigen a Kiev, son atacados por los nazis. Mientras intentan sobrevivir y salvaguardar las armas para combatir a los alemanes, estos ya han ocupado el pueblo y les han sometido a todo tipo de barbaridades. La historia les conmovió hasta tal punto que salieron del cine con los ojos húmedos. Sobre todo Teresa, Vicenta e Isidra, que reconocieron la zona en la que habían pasado sus primeros años de adolescencia. Recordaron la casa de niños de Kiev, los bailes con León, las obras de teatro con Mariano, las excursiones al Dniéper. Una adolescencia rasgada de cuajo y cosida con los hilos de la amistad que ahora mostraba las costuras deshilachadas.

Aún era pronto y ninguno tenía ganas de volver al colectivo. Querían divertirse y olvidar por unas horas sus miserias. Pero no sabían dónde estaban los clubes o los locales de diversión de los jóvenes georgianos. En la puerta del cine vieron a tres chicos de su edad que les miraban mientras fumaban con torpeza párvula. Vicenta no dudó, se acercó a ellos y les preguntó por algún sitio para bailar. Se miraron entre ellos y a continuación les dieron tantas explicaciones que Vicenta acabó más perdida que al principio.

—Si queréis, podemos acompañaros —se ofreció el más joven.

Sus dos amigos apagaron las colillas, dispuestos a unirse a ellos. Vicenta miró a sus compañeros, que asintieron sin dudarlo. Los tres jóvenes se mostraron entusiasmados. Vieron la oportunidad para acceder sin problemas a uno de aquellos bailes que se celebraban los sábados en los locales del sóviet y a los que casi nunca podían acudir. Un judío y dos armenios lo tenían difícil para entrar. Se presentaron brevemente.

David era judío, bajito, de pelo rubio y rizado y cara de

granuja. Su familia se dedicaba al comercio textil y él ayudaba en el negocio. Kerovp y Harout eran hermanos. Sus padres tenían un taller de fabricación de zapatos en Batumi, la última ciudad costera al sur del país, a diecisiete kilómetros de la frontera con Turquía. El almacén de las pieles lo tenían en Makharadze, donde los hermanos pasaban la mayor parte del tiempo. También tenían un puesto en el mercado que se celebraba semanalmente. Kerovp era el mayor, serio, reservado pero observador, atento a las conversaciones y los gestos de todos. Analizaba los detalles con precisión médica. Alto, de pelo negro y ojos de musgo que flotaban en una nube de nostalgia, nariz esculpida en mármol y labios estrechos coronados por un incipiente bigotillo. Se cubría la cabeza con una boina partisana que a su vez le disimulaba las orejas de soplillo. Harout era como su hermano pero solo en el físico. Los mismos rasgos, el mismo color de pelo, pero sus ojos desprendían inocencia, cariño y simpatía. Algo más regordete, poco, intentaba sin éxito vestir a la moda. Cualquier carencia que tuviera la compensaba con su gracejo, su amabilidad y su bondad.

La música y el ambiente cargado les sacudió en cuanto entraron al local. Los asistentes se volvieron al ver al grupo de *ispanskiy*, del que ya habían oído hablar pero que no habían tenido ocasión de conocer. Sus tres nuevos amigos pasaron desapercibidos ante la expectación que causaron los españoles. Ellos no estaban bien mirados; uno por su religión, y los hermanos, por su origen y condición de emigrados. Los prejuicios son un mal endémico imposible de erradicar. Satisfecha la curiosidad de los lugareños, cada cual siguió disfrutando de la diversión. Ellos se acomodaron en un extremo del local, procurando no molestar mucho.

Un baqueteo anunció el inicio de *Sing, sing, sing*, de Benny Goodman. La guitarra y las dos trompetas no hacían justicia a la pieza, pero el batería lo compensaba con talento y un par de timbales de parches ajados. Era un joven flaco como un junco, de nariz desproporcionada y rostro desgarbado, pero acariciaba los dos tambores con suavidad, contundencia y seguridad. Los georgianos invadieron la pista, bailaban con poca gracia y menos estilo. Teresa y Vicenta se miraron. Sus cuerpos habían iniciado un modesto pero inevitable movimiento. Harout y David hicieron amago de sacarlas a bailar, pero no les dio tiempo. Cuando se dieron cuenta, las dos chicas estaban ya en la pista. ¡Se iban a enterar los georgianos de lo que era bailar! Empezaron dibujando espirales y cabriolas con los pies. Con las piernas abiertas y los pasos medidos, contonearon las caderas que agitaban sus glúteos bajo los vestidos. El ritmo subió y saltaron y se balancearon con exquisita cadencia y simetría. Los brazos extendidos, la una agarraba la mano de la otra. Sus cuerpos semejaban el mecanismo de una máquina de precisión. Los músicos se volvieron hacia ellas, el batería mandaba y acompasaba sus movimientos sin perder la concentración. Las trompetas parecía como si hubieran mejorado la técnica. Sus amigos acompañaban el baile con palmas y voces de ánimo. Harout y David estaban exaltados y fueron los que más gritaron y jalearon. Ellas dos enriquecían el baile con sus sonrisas. Por el instante de felicidad recuperada, por sus cuerpos ya desprovistos de languidez, por las penas que volaron de sus cabezas por unos minutos.

Cuando acabó la pieza, las premiaron con una gran ovación y ellas saludaron con cortesía, algo avergonzadas. En un extremo del salón, Kerovp fumaba sin apartar la mirada de Teresa. Ella se percató y retiró la mirada ruborizada.

Era casi medianoche cuando volvieron al colectivo. En el trayecto comentaron la velada, sobre todo el baile de Tere y Vicenta. Todos las felicitaban, había sido increíble. Vicenta reproducía algunos de los pasos mientras caminaban. Llevaba el arte en la sangre y era inevitable que de vez en cuando pugnase por salir. Teresa se resentía de la espalda pero no le importó; se sentía feliz.

Los hermanos Kerobyan y David se despidieron y les citaron para verse de nuevo el sábado siguiente. Habían disfrutado como no recordaban y se lo agradecieron una y mil veces. Les cayeron bien. Eran chicos sanos, divertidos y honestos. Esa noche entraron a formar parte de la pandilla. Cuando se alejaron, Tere supo que el problema de la carta podría estar solucionado. Sus nuevos amigos podrían enviar la misiva al MOPR sin levantar sospechas.

Los hermanos Kerobyan accedieron gustosos a enviar la carta, incluso pagaron el sello de su bolsillo. Habían intimado con el grupo de españoles y conocían bien su situación, por eso decidieron echarles una mano en lo que pudieran. Al cabo de un mes aparecieron por el colectivo tres representantes del MOPR. No hicieron alusión a la carta, sino que actuaron como si fuese una inspección rutinaria. Puede que fuese una estrategia para sorprender a los directivos, o quizá sí tenían constancia de la carta y no quisieron alertarles. En cualquier caso, estaban allí y los trabajadores vieron una pequeña esperanza para mejorar su situación. Eran dos hombres y una mujer, españoles los tres, pero que se movían y se expresaban como auténticos sóviets integrados en el sistema soviético. Cuando vieron las condiciones del colectivo no lo podían creer. Había llegado el otoño y seguían sin ropa ni calzado adecuado, tampoco colchones y la comida se había reducido hasta dejarla solo en gachas y agua. El pan y la sopa habían desaparecido. Volvió el hambre, y eso les diezmaba más a nivel anímico que físico. Todos habían pasado necesidad, en Leningrado o donde fuera. No podían imaginar sufrir de nuevo por la falta de comida. Pero estaba pasando.

Clementina Argüelles era la presidenta del MOPR en la zona del Cáucaso. Iba acompañada por Eduardo García, enviado especialmente desde Moscú, y José Serrán, otro de los miembros de la organización. Entraron directos al colectivo, sin pasar por las fábricas ni por los despachos. Eso no gustó a los directivos, pues anulaba la opción de un soborno. Cuando la mujer vio aquellos barracones no daba crédito. Los vestidos de las chicas estaban remendados y se caían a pedazos, y algunas iban descalzas. Las camas, los baños, las duchas... Ni siquiera tenían agua corriente. Clementina no pasó por alto que la mayoría escondía sus manos, bien en la espalda o bien en los bolsillos.

—Enséñame las manos —le pidió a Cristina.

Esta respondió con evasivas, pero, ante la mirada insistente de la mujer, no le quedó más remedio que obedecer. Aquellos dedos estaban en carne viva. Los sostuvo en sus manos como si fueran una pluma, temerosa de que un simple roce provocase un grito de dolor. Sin soltarla, miró al resto, que de inmediato mostraron también las manos. Era un milagro que no sangrasen.

Una a una fueron especificando sus quejas: la comida, la

falta de colchones, las ratas, el frío, la escasez de agua para la higiene... Los funcionarios tomaron nota mental de todo. Los chicos se retiraron, pero ellas permanecieron a su lado. Estaba claro que había algo más que el pudor les impedía hablar delante de sus compañeros. Clementina hizo un gesto a sus camaradas y estos salieron afuera.

—Bien, ¿qué más queréis contarme? —preguntó mientras se sentaba en una de las camas para crear más confianza en las jóvenes.

Teresa miró a sus compañeras, que asintieron con la cabeza. Buscó la complicidad de Vicenta, pero esta se hallaba en un estado de embeleso siguiendo el recorrido de José Serrán, el camarada del MOPR. Volvió el rostro hacia Clementina que, con la mirada, la apremió a hablar.

—Es por los encargados, camarada —dijo Teresa—. Nos acosan, intentan sobarnos en cuanto pueden y nos llaman a la oficina con cualquier excusa para quedarse a solas con nosotras. Y es todos los días —añadió, rabiosa—. Esta mañana he visto cómo Isabel salía llorando de la oficina.

La aludida dejó caer un chorro de lágrimas que conmovió a la funcionaria.

—A nosotras nos hacen lo mismo —añadió Isidra, que trabajaba en la conservera de fruta—. Pasan al lado y te dan un azote en el culo o un pellizco. ¡Y encima se ríen!

La mujer apretó los labios y emitió un suspiro sonoro que salió por la nariz. Se hizo un silencio que anunciaba algo más. Clementina las miró mientras esperaba que alguna hablase.

—Y eso no es lo peor —aseguró Cristina.

La mujer abrió los ojos atónita. ¿Es que había algo más? La animó a que siguiera hablando. Le contaron cómo algunas compañeras habían desaparecido y los rumores sobre la prostitución. No podían afirmarlo con seguridad pero sabían atar cabos.

—Tranquilas —intentó calmarlas algo acongojada.

No dijo nada más. Se levantó y se reunió con sus compañeros en la calle. Desde la ventana del dormitorio, las chicas vieron cómo se dirigían a las oficinas de la fábrica. El director salió a recibirles y se estrecharon la mano con frialdad. Entraron en el despacho y la puerta se cerró.

Una semana después, el colectivo presentaba un aspecto impecable. Limpio, con las paredes encaladas, duchas nuevas con agua caliente, sábanas y colchones de lana cálida. Batas para el trabajo, algo de ropa de calle y calzado. Las jornadas se empezaron a cumplir de forma escrupulosa. Ocho horas, ni un minuto más. Y la comida: sopas de todo tipo, berenjenas, apio, calabacines, patatas y col. Melocotones, peras, manzanas, ciruelas... Y carne y pescado al menos dos veces por semana. El primer día que cenaron en condiciones recordaron su llegada a la Unión Soviética y los manjares que les ofrecieron como bienvenida. Recuerdos que pertenecían al pasado, recuerdos de otra vida.

Días después los tres miembros del MOPR les visitaron en la fábrica y comprobaron que las mejoras se habían llevado a cabo y las sonrisas habían vuelto a los rostros. Era su último día en Makharadze después de inspeccionar las otras fábricas de la ciudad.

—El camarada Serrán se quedará para supervisar los colectivos de la zona —les informó Clementina—. Si hay algún problema se lo comunicáis a él.

Vicenta sonrió cómplice mientras miraba a José, un malagueño llegado a la Unión Soviética al acabar la guerra de

España. Las chicas se morían de ganas de preguntar por los acosos pero ninguna se atrevió. Tampoco Clementina aludió al tema.

—Suerte, camaradas —exclamó con voz marcial. Y se marchó hacia el vehículo que les esperaba en la calle.

Los hermanos Kerobyan y David se convirtieron en miembros del grupo por derecho. Eran divertidos, amables y siempre estaban dispuestos a ayudar en lo que podían. Kerovp y Harout incluso cambiaron la ruta hacia el almacén de pieles y pasaban por delante de la fábrica para saludarles, aunque fuese de lejos y alzando la mano.

El almacén era en realidad una casita no muy lejos de la fábrica en la que guardaban las pieles. Muchos días, si se les hacía tarde, se quedaban a dormir allí. En Makharadze compraban las pieles para después trabajarlas en el taller de Batumi, donde también confeccionaban los zapatos. Tardaron poco en enseñarles la casa a sus nuevos amigos y ofrecérsela de forma desinteresada para lo que pudieran necesitar.

La vivienda era pequeña pero bonita, construida con madera de haya, con un porche minúsculo y un jardín considerable donde pastaba Shaganak, el caballo pardo oscuro que tiraba del carro con las pieles. Con la llegada del buen tiempo, casi todos los domingos organizaban comidas y reuniones en el jardín. Los españoles estaban encantados de tener un sitio que les recordase, aunque fuese remotamente, lo que era un hogar. Llevaban casi seis años viviendo entre casas, colectivos y trenes. Pasar unas cuantas horas en una vivienda común les parecía un acontecimiento que les templaba el corazón.

Un día Teresa y Cristina quisieron montar a Shaganak. Parecía un animal pacífico que no se alteraba con la presencia de desconocidos. Cuando llegaban, levantaba la cabeza, agitaba las orejas y seguía comiendo margaritas. Kerovp intentó disuadirlas pero ellas ya estaban envalentonadas. Teresa entrecruzó las manos a modo de estribo para que Cristina se encaramase al animal. Lo intentaron varias veces, aunque, entre risas y carcajadas, cada vez se les hacía más difícil. Sus amigos las observaban divertidos y las alentaban cada vez que el animal se retiraba ante una nueva tentativa. Hasta que al final, cansado del juego, el caballo le soltó una coz en el estómago a Teresa y la lanzó al suelo, con tan mala suerte que cayó con sus posaderas en una boñiga, la más fresca del jardín. Los compañeros se asustaron y corrieron a ayudarla pero, cuando llegaron, Teresa estaba muerta de risa con las manos en el estómago, donde había recibido el golpe.

Vicenta se había distanciado. La relación con el malagueño empezaba a cuajar y pasaba la mayor parte de su tiempo libre con él. Al principio Teresa temió que hubiese caído en la red de prostitución de la que habían oído hablar. Pero su amiga seguía yendo al colectivo y no había abandonado su puesto de trabajo, aunque muchas noches ni siquiera dormía con ellos. José la llevaba de excursión a Sujumi, a Poti o incluso a Tiflis. A la vuelta siempre le contaba los sitios que había visto, los teatros, las tiendas, las playas... Estaba entusiasmada, enamorada, decía. Teresa se alegró por ella. La veía feliz y eso la reconfortaba.

Sin embargo ella seguía pensando en Ignacio cada día, en especial cuando recibían noticias del frente y el transcurso de la guerra. Más de una vez quiso escribirle, pero ¿adónde? La última dirección que tenía era la de Borisoglebsk. Podría estar en cualquier sitio. Carmen Pinedo le habló de la posibilidad de que estuviera en Troitsk, pero en una guerra los militares van de un sitio a otro cumpliendo órdenes. Determinó que esperaría a que acabase la guerra para buscarlo. Ignacio era su verdadera familia, con él había creado un nudo, un vínculo universal e íntimo cuando sus miradas se cruzaron en el Sontay, aquel mes de junio de hacía seis años.

Las chicas percibieron un cambio en el comportamiento por parte de sus superiores. La visita de los miembros del MOPR también fue provechosa en ese aspecto. Aparte de las mejoras de las que ya disfrutaban, los jefes se dirigían a ellas lo justo para pedir lo que necesitasen en relación con su puesto de trabajo. Ellas agradecieron la nueva actitud, aunque entre ellos seguían con las miradas lascivas y las bromas de mal gusto, pero ahora con discreción. Se jugaban mucho. Y no solo en lo relativo a sus negocios «legales». La visita de los funcionarios llegados de Moscú eran palabras mayores. Si alguien investigase un poco, descubrirían que sus actividades iban más allá de fabricar hilo de seda o enlatar melocotones. Unos cuantos colchones y unas duchas nuevas era un precio aceptable con tal de que no hurgaran más de la cuenta.

A pesar de la nueva situación, a Teresa le seguía dando un vuelco el estómago cada vez que se cruzaba con Petre. En silencio, él seguía acosándola con la mirada. Su lujuria obscena la asaetaba cada vez que lo veía. No comentó nada con sus compañeros. Sabía que no entenderían su miedo, por mucho que los manoseos, las palmadas en el trasero y las groserías hubiesen cesado. Ella sentía aún la amenaza invisible pegada a la piel.

Un día, al finalizar la jornada, Petre la llamó a su despacho. Tere sintió que se quedaba sin aire. Se abrochó todos los botones del vestido y lo estiró, como si pudiera alargar la tela y esconderse debajo. Llamó a la puerta, tres golpes secos.

—*Byvayet!*[48] —se oyó desde dentro.

La luz estaba apagada y la silueta del hombre se dibujaba en la ventana. El humo de su cigarro formaba volutas de inquietud. Buscó el interruptor de la luz sin éxito. El corazón le trotaba entre las costillas.

—Se ha vuelto a parar el generador —aseveró impasible—. Hay que arreglarlo para que esté listo por la mañana.

—Pero... Ya he terminado mi turno —dijo Tere con desasosiego.

—Se te pagará el trabajo, o podrás tomarte unas horas libres, lo que prefieras.

Petre tenía bien preparada su respuesta. Ella dudó unos segundos. Si no lo arreglaba, al día siguiente no podrían trabajar, lo que supondría la ira de los jefes. Pero si accedía, tenía el presentimiento de que no iba a acabar bien. Cogió sus herramientas y se encaminó a arreglar el maldito generador. Él la vio salir mientras su fino bigotito dibujaba una sonrisa cáustica.

Miró a un lado y a otro y se tranquilizó al comprobar que no la había seguido. Se encaramó al poste y revisó los cables; estaban perfectamente. Echó otro vistazo pero no vio nada fuera de lugar. Se estaba quedando helada subida a aquel palo como si fuese un mandril. Tiritaba, aunque más de miedo que de frío. La explanada estaba desierta, solo unas pocas luces iluminaban las ventanas de las casas del pueblo. A sus pies, el río cantaba una nana con voz de plata.

48. Pase, adelante.

Descendió del poste, al que habían incorporado hierros a los lados a modo de escalera. Cuando puso el pie en el suelo, notó unas manos sobre sus caderas. Sintió cómo se le arqueaba la columna y quedaba inmóvil. Un sudor frío le subió desde el estómago hasta la coronilla. Petre la giró hacia él. Su mirada rijosa la baboseaba de arriba abajo. Ella intentó zafarse pero las manos de él la sujetaban con fuerza. Apartó el brazo con rabia y la manga del vestido se rasgó. Después saltaron los botones, sintió que la piel se le cortaba cuando el indeseable tiró de la ropa interior.

Su mayor temor se había materializado.

18

Leningrado a vista de pájaro

A los mandos de un Lavochkin La-5, Ignacio surcaba el cielo blanco de Leningrado en busca de posibles objetivos. Su misión consistía en salvaguardar la vía de evacuación sobre el Ladoga, la única que conectaba la ciudad con la humanidad, perdida durante más de dos años. Unos meses atrás entró en el Ejército Rojo de forma activa. Después de un adiestramiento apresurado, a cada uno de los españoles se le asignó un destino diferente. El día de la graduación desbordaban orgullo. Atrás quedaban los entrenamientos, los vuelos sin un objetivo, las largas jornadas revisando motores y esperando materializar una venganza. Por fin podrían luchar y formar parte de algo glorioso. Pero lo que nadie les explicó era que la gloria es amarga. Que los cielos eran de todos y los pilotos alemanes también tenían ansia de lucha y sed de conquista.

Las primeras misiones asignadas eran de reconocimiento y localización de objetivos. Poco después pasaron a bombardear trenes y alguna columna nazi. Y aunque no habían participado aún en ninguna batalla aérea, no significaba que estuvieran blindados contra las ráfagas del enemigo o las baterías antiaéreas. Así cayeron Uribe y Larrañaga, uno en el Dniéper y el otro en Ucrania. Su pérdida supuso un duro golpe, más cuando Rubén, el hijo de la Pasionaria al que todos tenían un gran cariño, había caído en el 42 en Stalingrado. Fueron las muertes de sus amigos y no la formación militar las que le hicieron madurar y tomar consciencia de la realidad de la guerra. Ya no jugaban a ser soldados, ahora luchaban para sobrevivir.

Ignacio aún recordaba las noches blancas de Leningrado, casi siete años antes, a su llegada al país. Sonrió levemente. ¡Qué inocentes eran! Y cuánto dolor llevaban consigo. Una mezcla difícil, inocencia y dolor, incompatibles con el entendimiento y la supuesta sensatez adulta. A medida que crecían, asimilaban el sufrimiento como algo inherente al ser humano.

La ciudad se veía distinta a cinco mil metros de altitud. Tenía el recuerdo de aquel 18 de marzo del 41, de un ramo de flores, de un beso y la esperanza de un futuro feliz. Leningrado era Teresa, su Tere. Miró su foto, la que siempre llevaba en el cuadro de mandos del avión. Se prometió buscarla. Lo primero que haría sería visitar la ciudad. Recordaba de memoria la dirección de la casa de la avenida Nevski. Sabía que las esperanzas de encontrarla allí eran prácticamente nulas pero no quiso darse por vencido. Seguro que había sobrevivido, no quería pensar de otra manera, no podía ser de otra manera.

El quejido rasgado de la radio le devolvió al presente. Habían finalizado su misión. Todo en orden. No localizaron ningún foco de actividad. Los alemanes parecían estar dormidos. No supo si tranquilizarse o preocuparse.

Su compañero de par, Alexander Pristupa, se situó a su altura y le hizo una señal desde la cabina de su aparato, Ignacio le devolvió el gesto. Era hora de regresar a la base.

En la base de Gdov, unos prismáticos seguían el recorrido del La-5 de Ignacio. Detrás de ellos, los ojos sorprendidos del coronel Prokishev. Los dos aparatos regresaban en un vuelo armónico y tomaron tierra alineados como Pioneros en un desfile. El avión de Ignacio se situó detrás de su compañero con una suavidad y naturalidad que al coronel se le antojó deliciosa. Pristupa era un aviador experimentado, con un par de derribos en su haber, el perfecto compañero para el subteniente Aguirregoicoa. A continuación el español tocó tierra y acarició el suelo con el tren de aterrizaje.

—¿Quién es? —preguntó Pokrishev aún pegado a los prismáticos.

—Aguirre, camarada coronel.

El comandante Antonio Arias sabía que se refería al de Éibar. Conocía su destreza en el manejo de los La-5. Ya destacaba en Troitsk por su desenvoltura en las maniobras esenciales de navegación. El carácter y la fanfarronería del vasco eran un tema aparte que tendrían que pulir.

Los pilotos salieron de sus aviones mientras los mecánicos se acercaban para revisar motores, niveles de combustible, piezas... Igual de alineados que en el cielo, se dirigieron al coronel y al comandante. Saludaron marcialmente y Alexander Pristupa informó de la misión. El coronel les estrechó la mano y se dirigió a Ignacio.

—Le felicito, camarada subteniente. Ha sido un aterrizaje inmejorable —afirmó el coronel con sinceridad.

—Gracias, camarada coronel.

Miró a Arias, con el que tenía la complicidad que otorga la tierra y el lugar de origen. Creyó adivinar en su rostro un amago de sonrisa satisfecha.

El comandante Antonio Arias era especialista en reconocer y comprender la personalidad de sus hombres. Sabía organizar las patrullas para no herir el amor propio de nadie. Sus pares eran los mejor sincronizados del batallón, y sus superiores lo sabían. Arias era un piloto de reconocida experiencia. Se formó en la Unión Soviética antes de que empezase la guerra de España. Volvió en el 37 y se alistó en el ejército republicano, donde participó de forma activa hasta el final, en la campaña de Cataluña. Cruzó a Francia al acabar la guerra y estuvo internado en el campo de Argelés-sur-Mer, de donde salió hacia la Unión Soviética gracias a la intermediación del Socorro Rojo. En la Unión Soviética luchó en varios frentes y estuvo al mando de varias escuadrillas y destacamentos. Era un buen piloto, pero lo que le hacía buen militar era su capacidad de conocer la psicología de los aviadores.

El coronel se acercó a Ignacio y le pasó un brazo por el hombro. Mientras caminaban hacia los hangares quiso conocer más de aquel piloto.

—Dígame, camarada Ignacio, ¿cuáles son sus impresiones de la misión?

El vasco le ofreció un informe detallado: altitud, velocidad, maniobrabilidad, visibilidad y precisión. Pokrishev asentía a cada frase y escuchaba con interés, como si los datos de Ignacio fuesen cruciales para ganar la guerra. Arias, a su lado, no perdía detalle de la escena. El coronel estaba sometiendo al joven a su última prueba, un último examen antes de lanzarlo a la batalla de los cielos.

Se despidieron con el saludo protocolario. Aguirre y Pristupa desaparecieron entre los aviones. Los dos oficiales les observaron en silencio. Entonces Pokrishev, sin mirar a Arias, pronunció la frase que esperaba:

—Ya está preparado.

19

Batumi

El cielo despertaba en azul marino. El huerto jaspeado de escarcha advertía del inicio del invierno. Kerovp metió unos leños en la estufa y puso una cafetera sobre el fuego.

—Prepara a Shaganak —le pidió a su hermano pequeño.

Harout cogió la manta para el caballo y salió afuera, somnoliento y frotándose las legañas de los ojos. Maldijo en armenio. Le fastidiaba madrugar, como a cualquier adolescente. El frío le sacudió la cara y le espabiló. Kerovp se burló de él mientras preparaba dos tazas de café. Cuando llegasen a Batumi, mamá les tendría preparado un buen desayuno.

Echó agua tibia en una palangana y se lavó la cara, el cuello y los brazos. Cuando se puso la camisa, oyó el grito angustiado de su hermano pequeño.

—¡Kerovp, Kerovp! ¡Corre, ven!

La voz sonó tan alarmante que dio un salto por encima

del camastro y voló hasta la puerta. Harout estaba agachado en el umbral.

—¿Qué pasa, Harout?

Se puso a su altura y cuando vio el motivo de la alarma de su hermano, el corazón le subió a la garganta. Teresa estaba acurrucada en un rincón, tiritando, el pelo enmarañado, arañazos en los brazos y la cara y la ropa desgarrada. Harout intentaba cubrirle el cuerpo con la manta de Shaganak. Roto en un llanto no dejaba de preguntar una y otra vez: «¿Qué ha pasado? ¿Qué ha pasado?». Pero Tere estaba inmovilizada, traumatizada y con la mente en el desvarío. Kerovp la cogió en brazos y la llevó hasta la cama.

Las mantas aún guardaban el calor de la noche y el fuego ardía con fuerza. Harout preparó una taza de café caliente y le añadió un chorrito de vodka de la botella que su hermano escondía en el fregadero. Kerovp se sentó en la cama y la rodeó con su brazo para incorporarla y que bebiese un poco. Los labios se le empezaban a amoratar, era fundamental que recuperase el calor perdido. Al fin lograron que se tomase al menos la mitad de la taza. Harout, sin dejar de llorar, la abrazó con fuerza, muerto de pena por ver a su amiga en ese estado. Intentaba contener las lágrimas, pero, al fin y al cabo, no era más que un chiquillo de quince años.

A Kerovp no le hizo falta imaginar mucho para sacar conclusiones de lo que había sucedido. Los hermanos conocían la situación por la que habían pasado en la fábrica y el acoso al que estaban sometidas las chicas. Habían fraguado una gran amistad y les afectaba todo lo relativo a ellos. Aun así no pudo evitar preguntarle con rabia:

—¿Quién te ha hecho eso?

Teresa continuaba muda, extraviada en un paraje inmundo de vileza. Kerovp apretó los dientes y se levantó con un respingo.

—Quédate con ella —ordenó a su hermano.

Corrió hacia el huerto y de un salto montó a Shaganak. Le espoleó con los talones y salió al galope de la finca como una centella.

Mamá Kerobyan les esperaba impaciente. Bajó los escalones del porche con un abrigo en la mano y se lo echó a Teresa por encima. Después la rodeó con los brazos y se apresuró a entrar en la casa. Harout estuvo abrazado a ella durante las casi tres horas de trayecto en carro hasta Batumi.

La madre había preparado caldo caliente, carne, fruta y compota. Teresa seguía sin decir palabra, incapaz aún de regresar a la realidad. Le sirvió un tazón de caldo y le apartó las greñas de la cara. De repente de lo más escondido de su alma, del pliegue más recóndito de su cerebro afloró un recuerdo arrinconado, una sensación larvada, un escalofrío cálido. Había olvidado las caricias. La estufa ardiendo, la cocina impecable, una cazuela repiqueteando en el fuego, un rostro maternal desbordante de amor... Cerró los ojos y se dejó estremecer por una evocación entre la realidad y el recuerdo que la llevó a la cocina de la calle Egia, como si nunca hubiera salido de San Sebastián y Rusia quedase muy lejos. No le quedaban fuerzas para ubicarse en el espacio tiempo.

Mamá Kerobyan mandó a sus hijos con su padre y se quedó a solas con ella. Sacó un barreño grande, lo plantó en mitad de la cocina y lo llenó con agua tibia. Su mano estaba aferrada a la manta con la que se tapó en Makharadze, no hizo amago de retirarla, era su protección más inmediata. La mujer acercó las suyas y derritió el temor con sus dedos de ángel.

Teresa se dejó cuidar. Agradeció la caricia sedosa del agua templada, como hacía su madre cuando era pequeña. Sabía que aquella mujer corpulenta, de rostro candoroso y ojos de desdicha no era Fructuosa, pero continuó cautiva de la ficción. Las manos de terciopelo masajearon su cabello y le lavó el cuerpo con un suave paño de algodón. La mujer susurraba palabras en una lengua desconocida. Le bastó escuchar su voz arrulladora y tierna para caer en un sueño confuso.

Pasó tres días durmiendo. Mamá Kerobyan ordenó silencio absoluto. Si alguno de los hijos o el padre levantaban la voz, les propinaba un buen capón. De vez en cuando se asomaba a la habitación y, tras comprobar que había cambiado de postura, cerraba la puerta y la dejaba descansar.

Los padres de los Kerobyan estaban al tanto de la situación de los amigos españoles de sus hijos. La madre sufría por ellos y sugería a sus chicos que les brindasen su hospitalidad. Ellos bromeaban con la posibilidad de hospedar en su casa a una veintena de jóvenes. Cuando Kerovp acudió aquella mañana a contarles a sus padres lo sucedido, no dudaron ni un momento. Una pobre chiquilla de dieciocho años que había pasado aquel tormento... No iba a permitir que viviera de nuevo en aquel infierno. Y el padre estuvo de acuerdo.

Despertó como si estuviera en otro cuerpo; descansada, sin dolor, sin frío, sin sobresaltos. Necesitó unos segundos para ubicarse y recordar dónde estaba. No se movió, solo abrió los ojos y observó el techo un buen rato disfrutando de la sensación de paz y bienestar de una cama limpia y unas mantas cálidas. Giró la cara hacia la ventana. Una cortina ingrávida filtraba la luz fuerte del mediodía. Intuyó la brisa marina en el exterior. En una silla, al lado de la cama, había un vestido de tencel gris claro y sobre él, la foto de Ignacio que siempre llevaba consigo. Aún se demoró un rato antes de levantarse y vestirse.

Asomó a la cocina en silencio. Tres sonrisas le dieron la bienvenida y se levantaron nada más verla. Harout fue corriendo a recibirla. El vestido era de tacto agradable y las zapatillas, de piel suave que sus pies agradecieron. El vestido hecho jirones con el que llegó había desaparecido. La hicieron sentar junto a ellos alrededor de la mesa y mamá Kerobyan le echó por encima un mantón de lana cálido.

—¿Tienes hambre? —preguntó a la vez que le servía un buen cucharón de cordero estofado con verdura.

El delicioso olor le llegó hasta el corazón y casi se emocionó. La verdad es que estaba hambrienta. Devoró el plato con gusto, acompañado de pan blanco y leche. La madre le hizo repetir un poco más y no lo rechazó. La miraban con tanto placer que hubieran estado así todo el día. Pero el estómago de Teresa tenía un límite. Cuando acabó, miró a sus espectadores y soltó una risa tímida. Más que un almuerzo, fue un ritual místico. En los últimos siete años había comido en trenes, en terrazas bajo dirigibles, en bodegas de barcos, en comedores comunales, en colegios y residencias, en un despacho durante el cerco, en una acera helada, sobre la nieve, alrededor del fuego en el Cáucaso, debajo de camiones, al borde de caminos, en carros tirados por jamelgos, en mitad de un huerto, en vagones de carga, en una cueva, en la cima de un *pereval*, en estaciones de tren y hasta acostada en la cama. Pero era la primera vez que lo hacía en un hogar, con una olla al fuego, una mesa y una familia. La imagen, como tantas otras, se había desvanecido de su memoria.

Harout se levantó y, con su gracia y alegría características, la tomó de la mano.

—¡Ven, te enseñaré la casa!

Y la arrastró divertido hacia el pasillo.

La vivienda estaba construida toda de madera, grande, con dos plantas y un desván. En el primer piso había cuatro dormitorios, uno era en el que había dormido ella; un salón, y la cocina, que ya conocía. Una enorme galería rodeaba la planta, con grandes ventanales azules desde donde se veía el mar. El desván, diáfano, se usaba para tender las pieles que luego se curtían. Teresa se estremeció un poco con la imagen de los pellejos colgando, que le resultó inquietante. En la planta de abajo estaba el taller y al lado, un pequeño almacén. En el patio ardía un gran fuego con un caldero encima, y asomado a él, papá Kerobyan removía con un palo en su interior. Teresa nunca supo los nombres de sus padres adoptivos; eran papá y mamá, y así les llamó durante el tiempo que pasó con ellos.

El hombre llevaba el rostro parcialmente cubierto con un pañuelo y un gorro de lana. A primera vista asustaba un poco, pero en cuanto se destapó la cara, asomó un mostacho poblado y una sonrisa bondadosa. Fue hacia ella y la rodeó con sus brazos, fuertes como troncos de abedul. Después le puso las manos sobre los hombros y la zarandeó mientras le decía: *Dobro pozhalovat'!*[49] Teresa se sentía un poco abrumada con tantas muestras de cariño. Después de todo lo vivido en los últimos años, le costaba entender que hubiera personas que desbordasen tanta generosidad y amor por una extraña.

Harout siguió con su particular excursión. Atravesaron el huerto, donde Shaganak pastaba yerbajos con la docilidad de siempre. Cruzaron la calle, atravesaron el barrio y llegaron a la playa.

Inmóvil en mitad de la arena, contempló el infinito. ¡Cuántas imágenes escondidas en su memoria! Respiró la sal del mar y evocó el recuerdo de su padre, de los paseos a la Concha y los baños con sus primas en verano. De su madre y los ungüentos de gallina, de su hermana Maritxu... Deseó cruzar el mar Negro y encontrarles a todos en la otra orilla, esperándola. Sintió frío y se ajustó el mantón, atrapando dentro el anhelo de un pasado demasiado remoto.

Durante semanas la tuvieron entre algodones. Dormía diez horas diarias, comía los mejores manjares cuatro veces al día y paseaba, siempre en compañía de mamá Kerobyan o de los hermanos. No permitían que se esforzase lo más mínimo. Debía recuperarse y coger fuerzas. Pero una vez repuesta, quería hacer algo, sentirse útil. Se despertaba al amanecer, cuando el padre y los chicos empezaban la jornada.

La madre insistía en que descansara, pero Teresa no sabía

49. ¡Bienvenida!

estar ociosa y necesitaba agradecer todo lo que aquella familia desconocida hacía por ella de forma desinteresada.

Una tarde decidió que ya era hora de ponerse a trabajar. Cogió un trapo de la despensa y fue al comedor. La familia no solía utilizarlo, salvo en ocasiones especiales, así que pensó que quizá habría que limpiar el polvo. Empezó por la mesa, las sillas y las ventanas. Luego se dirigió a una cómoda de nogal sobre la que había varias fotos. En uno de los retratos, el matrimonio, jóvenes los dos, ella con un ramo de flores blancas en la mano. Sin duda el día de su boda. Papá Kerobyan, con uniforme militar, también de joven. Los hermanos de pequeños, algunas con parientes, amigos, pero casi todas de la familia. En el centro vio un retrato del matrimonio con un chico: los padres sentados y el joven, de rostro bisoño y uniforme militar, detrás de ellos, de pie rodeando sus hombros. Lo cogió para fijarse más. Tenía los mismos ojos, la misma nariz fina, la misma boca pequeña de los Kerobyan.

—Era mi hermano mayor —dijo la voz de Kerovp a su espalda.

Teresa se alteró, como si la hubiesen sorprendido robando. Si se dirigía a él en pasado a buen seguro aquel retrato contaba una tragedia.

—Murió en el frente, un mes después de que empezase la guerra —continuó Kerovp.

—No lo sabía, lo siento —se lamentó avergonzada.

—Mamá aún no se ha hecho a la idea. Está muy triste desde entonces. Pero tú la has animado. —Sonrió sincero.

Kerovp la miró desde la profundidad de sus ojos castaños, ella fue incapaz de sostenerle la mirada. Desde la primera vez que lo vio sentía una atracción inquietante por el chico, que sabía que era correspondida, lo que provocaba que se sintiera incómoda y confusa.

La voz de la madre desde la cocina rompió el silencio:

—¡La cena está lista!

En aquella cocina siempre había algo en el fuego y el olor a hogar y calor invadía las estancias y el corazón de Teresa. La hora de las comidas era un deleite para los sentidos. Mamá Kerobyan era una magnífica cocinera. A veces se quejaba cuando no encontraba en el mercado algún ingrediente concreto a causa de la guerra.

—Hoy tampoco tenían *sulguni*[50] —se lamentó—. ¡Harout, lávate las manos antes de sentarte!

Teresa no decía nada pero le resultaba irónico que aquella mujer bondadosa considerase escasez la falta de queso de búfala. Miró la mesa. Berenjenas rellenas de melocotón y nueces, *dolmás*[51] de arroz y carne de cordero, sopa de *jash*[52] y los *lavash*[53] calientes cubiertos con un paño blanco. En una semana Teresa engordó dos kilos. Lo cierto es que falta le hacía.

A la mañana siguiente Teresa tomó una decisión: a partir de ese momento no permitiría que mamá Kerobyan hiciese nada en la casa, salvo cocinar. Se fue donde ella y le arrebató el hatillo de ropa sucia que llevaba en las manos. Mamá intentó disuadirla, pero la juventud y fortaleza pudieron más. Al final la matriarca claudicó. Metió las sábanas en el caldero de agua hirviendo del patio, como le había visto hacer tantas veces, y las lavó hasta que quedaron blancas como la nieve. Luego las tendió en el huerto. Le encantaba ver el tendedero colmado de la pureza con la ropa al aire. Después

50. Queso de leche de búfala.
51. Rollitos de hoja de parra rellenos de arroz.
52. Sopa armenia hecha con pezuñas de vaca.
53. Tortitas de pan de trigo.

las doblaban y guardaban un rayito de luz en cada pliegue. Su mente empezaba a asimilar de nuevo la belleza del mundo. Barría, fregaba los suelos, limpiaba el polvo, hacía las camas... Era pura energía. Estaba feliz y mamá Kerobyan se embelesaba viéndola trabajar. Hasta se atrevió a cantar. Bajito al principio: *Dónde estás corazón, no oigo tu palpitar...* La mujer la miraba. Teresa se sentía violenta pensando que perturbaba el duelo por el hijo perdido y callaba. Sigue cantando, decía ella. Hasta que un día sonrió. Y después, ella también cantó melodías de su Armenia natal, con voz silenciosa y suave. El primer día que su marido la oyó, se emocionó tanto que salió al patio para esconder sus lágrimas. Hasta papá Kerobyan se arrancó a cantar de nuevo, y lo hacía muy bien. De joven había formado parte del coro de su ejército. Tenía una voz preciosa.

Teresa se había convertido en un bálsamo para la familia y ella no podía estar más agradecida.

Batumi era una ciudad costera, el último puerto al sur de la Unión Soviética. Durante siglos, recalaron en él otomanos, persas, romanos, bizantinos y mongoles, y ese transitar de culturas había dejado rastro. El exótico colorido se adivinaba en los diferentes rostros que poblaban las calles: ojos de hierbabuena, negros como azabache, marrones de nogal, ámbar como la miel. Rasgados, redondos, pequeños. Pieles oscuras, aceitunadas, blancas. Cabellos lisos, rizados, caoba, cobrizos, pajizos...

Teresa salía poco de casa. Alguna vez a pasear con los hermanos, pero sobre todo con la matriarca cuando la acompañaba al mercado. A mamá le gustaba que fuese con ella para elegir los ingredientes para sus deliciosos platos. Casi nunca salían del barrio, humilde y acogedor en el que todos se conocían. En un día normal, mamá Kerobyan podía saludar al menos a una docena de personas en el recorrido desde casa al mercado. Últimamente, cuando se cruzaban con ella y tras el saludo obligado, aumentaban los cuchicheos. La noticia de la adopción de la *ispanskiy* estaba en boca de todos.

—Buenos días, señora Kerobyan —las saludó una mujer oronda, con el pelo arratonado y cara de gato.

—Buenos días, señora Sarkisyan —respondió mamá Kerobyan con amabilidad fingida.

La mujer miró a Teresa de arriba abajo. Mamá Kerobyan no tuvo más remedio que hacer las presentaciones.

—Esta es Teresa, acaba de llegar a Batumi. —Fueron sus únicas palabras, que no saciaron la curiosidad de la chismosa—. ¿Cómo está su familia, señora Sarkisyan?

—Ay, querida, mi marido, ya sabe, delicado.

Vrej Sarkisyan había pasado toda su vida en cama o, en su defecto, en el sillón. Él aludía a un malestar desconocido. Herido en una pierna durante la Primera Guerra Mundial, se las había apañado para no volver a trabajar. Era sabido por todos que el verdadero mal de aquel hombre era la vagancia. La señora Sarkisyan era vecina, Teresa la había visto varias veces fisgoneando cuando tendía la ropa o barría la entrada. También de origen armenio, como casi todos los que habitaban el barrio cercano al puerto, se la conocía por su impertinencia y sus chismorreos. Y eso a mamá Kerobyan, discreta, prudente y educada, le crispaba sobremanera. La mujer no perdió ocasión para meter baza.

—Mi hijo acabó la universidad y pronto se colocará como médico en el hospital —dijo con fingida humildad pero sin dejar de mirar a Teresa—. ¿Eres la novia de Kerovp? —preguntó a bocajarro.

Teresa casi se ruborizó ante tal desfachatez. Mamá Kerobyan no mostró enfado pero sí cierta premura, y se quitó de encima a la vecina entrometida.

—Tienen que venir a visitarnos —atajó mientras tiraba levemente del brazo de Teresa. La costumbre y el protocolo tácito de la comunidad obligaban a la invitación, y la mujer la aceptó al vuelo—. Que tenga un buen día, señora Sarkisyan.

Avanzaron unos metros. A Teresa la escena le pareció divertida, y más al ver la cara de enfado de mamá Kerobyan.

—¡Menuda enredadora! Esa ya te ha echado el ojo para el pánfilo de su hijo.

Teresa la miró confusa, casi divertida. Se cogieron del brazo y se perdieron entre la gente y los puestos del mercado.

Uno de los entretenimientos de la casa era la radio. Cuando el padre y los hermanos estaban en la tienda o en el taller, ellas escuchaban música y cantaban juntas. Teresa acompañaba los tangos con las letras que recordaba, o si no, las inventaba. La música paró para emitir un parte de noticias. La voz de Stalin brotó por la *tarelka*. Algo importante había sucedido cuando el padre de la patria se dirigía a sus ciudadanos. Las dos mujeres dejaron sus tareas y se acercaron al aparato: el cerco de Leningrado se había roto. El Ejército Rojo había expulsado de la zona a las fuerzas alemanas después de ochocientos setenta y dos días de asedio. El corazón de Teresa se hizo una avellana. Le costaba respirar y se llevó la mano al pecho. La mujer le acercó un vaso de agua que rechazó. La miró preocupada. Leningrado quedaba al otro lado del mundo para mamá Kerobyan, pero Teresa llevaba la ciudad tejida en las entrañas. Se levantó y salió de la cocina.

Cruzó el patio a toda prisa. Papá Kerobyan intentó decirle algo, pero ella no le escuchó. Necesitaba tomar el aire. Atravesó el barrio a la carrera, llegó a la playa y se sentó en la arena. Sus recuerdos emergieron del horizonte. El asedio de la ciudad. Había pasado algo más de seis meses en aquel infierno. Pero los que quedaron tuvieron que aguantar casi dos años y medio. Acudieron de golpe todas las vivencias, las escenas, el hambre, los piojos, la nieve, el frío, las bombas, el obús que le destrozó la espalda, y los cadáveres. Leningrado, que resistió al fascismo, había dejado una profunda herida en Teresa, al igual que en la memoria de toda la humanidad.

Regresó después del mediodía. El padre seguía en el taller y entró para verlo trabajar. Era su forma de disculparse ante el desaire de la mañana. Le puso la mano en el hombro con cariño, él la acarició sin volverse y apretó con fuerza con sus dedos grandes llenos de callosidades. Comprendía su dolor y necesitaba transmitir su cariño y protección, todo el que no pudo darle a su hijo muerto en la guerra. Era una indecencia que personas puras, vivas, de madurez recién estrenada pasaran por todas las calamidades que ella había tenido que soportar.

—¿Qué estás haciendo? —preguntó ella, asomada a su hombro y reconfortada por sus caricias.

—Son las piezas para los zapatos —dijo mientras cortaba un trozo de cuero siguiendo una plantilla con un pequeño cuchillo curvo.

—¿Y estos agujeros? —preguntó al ver dos piezas que

estaban apartadas, mucho más bonitas que el resto, hechas con piel de tres tonos distintos y repujadas en los bordes.

—Por ahí se pasa el hilo para coserlas, ¿ves? —Y le mostró uno de los zapatos al que le faltaba la suela, cosido con grueso hilo blanco—. Esos son para mamá, hoy es su cumpleaños. —Y le guiñó un ojo.

Teresa le observó. Eran elegantes, impecablemente diseñados, las costuras perfectas, las puntadas idénticas, la piel suave, y parecían cómodos, ella misma lo había comprobado. Pero... les faltaba algo.

—¡Enséñame! —le pidió resuelta. Agarró una silla y se sentó a su lado.

Él la miró risueño. Cogió un recorte desechado y le indicó el proceso. Bastaron unas pocas puntadas con la aguja curva para que adquiriera la destreza suficiente. Era la ocasión perfecta para hacerle un bonito regalo a mamá Kerobyan. Buscó en las estanterías y eligió varios carretes de hilo. En ese momento llegaron Kerovp y Harout. El padre salió a ayudarles con el cargamento de pieles. Teresa se quedó ensimismada en el taller cosiendo los zapatos.

La cena de aquella noche fue especial. Una mesa digna de un rey. Los manjares más deliciosos humeaban en la cocina. Los chicos estaban pletóricos. Desde la muerte de su hermano no habían vuelto a ver reír a su madre. Por mucho que insistieron no lograron saber cuántos años cumplía. Bromearon sobre ello, incluso cantaron juntos. Llegó el momento de los regalos. Kerovp y Harout habían comprado en Makharadze un precioso pañuelo de seda rojo. Lo hicieron a propósito, pues estaban cansados de ver a su madre vestida de negro. Teresa y el padre se miraron cómplices y él la animó a entregarle su regalo.

—Tere y yo te hemos hecho esto. —Y le plantó delante una bonita caja envuelta en papel de estraza.

Los ojos de la madre se encendieron de asombro. Un par de zapatos de las mejores pieles del taller, con el precioso repujado y las costuras rematadas en vivos colores: verde, amarillo, violeta, rojo, blanco... Teresa había elegido los más alegres para su madre adoptiva. Ahora sí, la sonrisa de mamá era auténtica, abierta y sonora. Kerovp miró a Teresa y sonrió agradecido. Ella le sostuvo la mirada un instante. Después, el rubor la venció.

Fue un día feliz, como muchos de los que pasaría con aquella familia que le hizo sitio en su corazón.

La madre llegó del mercado malhumorada. Teresa se inquietó pero ella no quiso contarle nada. Desde hacía varios días, cuando mamá Kerobyan volvía de hacer recados, la notaba intranquila. Hablaba con su marido a escondidas y en voz baja, y cuando lo hacían, la miraban a ella. Temió lo peor. Fue esa noche, con toda la familia reunida, cuando la madre sacó el tema.

—Tere, estamos preocupados —dijo consternada—. La gente en el barrio rumorea; no está bien visto que una joven viva en una casa, sobre todo si hay dos chicos en edad de merecer.

No necesitó más explicaciones. Aunque aquellas palabras le dolieron en el alma, se limitó a bajar la cabeza y asentir. Cualquier decisión la acataría sin ningún reproche. Harout le pasó el brazo por los hombros y miró a sus padres confundido. No podía creer lo que estaba escuchando. Fue el padre quien continuó hablando.

—Hemos pensado que hay que ponerle remedio. Mamá sufre mucho, y las vecinas... en fin.

—Solo hay una solución —continuó la madre—: bautizarte.

Teresa levantó la cabeza, sorprendida. Harout la abrazó y le cubrió la cara de besos. Kerovp sonrió. Aquello sí que no lo esperaba. Teresa no tenía cultura religiosa. Con unos padres de izquierdas, ateos y evacuada a los doce años a la Unión Soviética, la escasa relación con la iglesia fue en su primera comunión, y de eso ya ni se acordaba.

Aunque la religión estaba prácticamente extinguida de forma oficial en el país, muchos practicaban sus ritos en el ámbito doméstico o en pequeños grupos o comunidades. Era el caso de los armenios en Georgia.

Llevaba toda la mañana en ayunas. Tenía que ser así, le dijo mamá Kerobyan. Le habían explicado brevemente en qué consistía la ceremonia de bautismo para los ortodoxos armenios.

—Es muy parecido al vuestro —dijo la madre, dando por hecho que Teresa conocía los ritos católicos apostólicos romanos.

Pero lo único que sabía de los bautizos era que había un cura, una pila con agua y un bebé. Por eso esperaba con curiosidad para recibir el sacramento.

Fue una reunión informal a la que acudió la familia y algún amigo íntimo, entre los que se encontraba David. Teresa no lo veía desde que salió de Makharadze, así que se alegró.

Se reunieron con el cura en una pequeña iglesia del barrio. Tere llevaba un bonito velo blanco sobre la cabeza. El oficiante le pidió que se arrodillase frente al recipiente que hacía de pila bautismal hasta que la cabeza quedó dentro. El sacerdote le puso la mano sobre la cabeza y pronunció unas palabras en armenio. A continuación, en ruso dijo:

—La servidora de Dios, Teresa Nouver —¿y aquel nombre? No dijo nada y siguió con la cabeza metida en el bidón—, viniendo por su propia voluntad del estado de catecúmeno al bautismo, es ahora bautizada en el nombre del Padre —la mano le presionó la nuca y se vio con la cabeza totalmente sumergida en el agua. Después, sujetándola por la frente, tiró de ella hacia arriba—, y del Hijo —nuevo empujón, nueva zambullida y otra vez la cabeza fuera— y del Espíritu Santo —tercera inmersión. Le empezaba a faltar el oxígeno. Por fortuna solo fueron tres veces, una por cada miembro de la Santísima Trinidad. Menos mal que no eran familia numerosa, pensó.

Los padres la ayudaron a ponerse de pie y el cura continuó la ceremonia. Le untó con aceite la frente, las manos, la boca, las orejas y los pies. Después fueron al altar para la comunión. El sacerdote acabó con las palabras: «*Plenitudo Spiritus Sancti*».

Finalizó la ceremonia y todos la felicitaron. Le pareció una experiencia curiosa y atípica. Mamá Kerobyan, con lágrimas en los ojos, la tomó de las manos y se las besó.

—Teresa, mi hija, mi *Nouver*[54] —exclamó.

Era requisito imprescindible que tuviera un nombre armenio para pasar a formar parte de la comunidad. El padre la abrazó con fuerza, Harout se mostraba entusiasmado y

54. Regalo, en armenio.

no paraba de achucharla. Kerovp simplemente se acercó y le dio dos besos en las mejillas. No tuvo ninguna revelación mística ni sintió ninguna plenitud espiritual. La verdadera magia se obró cuando vio la felicidad en los rostros de su nueva familia.

A partir de ese día cesaron los rumores. Ya era miembro por derecho de los Kerobyan y la comunidad la admitió como una más. Pero eso conllevaba una serie de acciones con las que Teresa no contaba.

La señora Sarkisyan llegó un domingo por la tarde acompañada de su hijo. Teresa salió a abrirles.

—Buenos días, señora Sarkisyan —dijo muy educada—. Voy a llamar a mamá, pasen.

La mujer miró a su hijo e hizo un gesto de aprobación. La llamaba mamá, lo que denotaba respeto por su nueva familia.

Sevan Sarkisyan era un joven de unos veinte años, flaco y desgarbado, con unas orejas enormes que sobresalían como hojas de morera. La nariz también era de un tamaño desproporcionado para la estrechez de la cara. Se movía inseguro y tenía la mirada perdida, como alucinado. Sonreía nervioso, incrédulo ante Tere, que se preguntaba cómo era posible que aquel patán hubiera llegado a convertirse en médico. Seguramente era la primera vez que se enfrentaba a una joven bonita. A sus diecinueve años, Teresa desprendía la gracia de la madurez recién estrenada. El pelo y los ojos negros, la figura y las tenues curvas aportaban encanto a su atractivo natural.

Mamá Kerobyan les recibió con hospitalidad y les invitó a té. Era evidente que aquella visita tenía intenciones casamenteras. Ante la perspectiva, Teresa se cerró en banda. Cuando madre e hija fueron a la cocina a buscar el agua para el samovar, la mujer pasó el dedo por el travesaño de la silla para comprobar el nivel de limpieza. Lo que ignoraba era que para aquellas dos mujeres la limpieza era un sacramento.

Bebieron té, incómodas, rebuscando temas de conversación para llenar los silencios. La mujer le dio un codazo a su hijo. Este se la quedó mirando sin disimulo, confuso, alelado. Su madre puso los ojos en blanco y tomó ella la iniciativa de la conversación.

—Hijo, ¿no traías un regalo para Teresa?

El chico salió de su atolondramiento y rebuscó en su chaqueta. Envuelto en un pañuelo llevaba una *churchjela*, el típico dulce armenio. Se lo entregó a Teresa, arrimándose a ella más de lo necesario.

—Es para que te acostumbres a nuestras comidas —dijo socarrona.

—Se lo agradezco mucho, señora Sarkisyan.

—¿Te he dicho ya que mi Sevan es médico? —añadió capciosa.

Teresa asintió. La conversación se centró entonces en las virtudes de su vástago, en presumir de la posición de la familia y en alabar la belleza y laboriosidad de la chica. Teresa empezaba a desesperarse. No se atrevía a mirar a mamá Kerobyan. Sabía que si lo hacía, las dos se echarían a reír. Por mucho que se esforzaba, no conseguía ver una sola virtud en aquel individuo pusilánime y desgarbado. Agotados los temas de conversación, al fin dieron por terminada la visita. Se levantaron y la mujer insistió:

—Sevan, querido, a lo mejor a Teresa le gustaría conocer un poco la ciudad —insistió—. Podrías acompañarla.

—Claro, madre.

El chico, aún alucinado, asentía a todas las palabras de su progenitora, que tiraba de él hacia la calle con desesperación.

Cuando Teresa cerró la puerta, se apoyó en ella y, entonces sí, ambas se echaron a reír descargando así la tensión acumulada durante la tarde.

Pero la vecina no se rendía fácilmente. Se había propuesto casar a su hijo con aquella linda española y puso todo su empeño en el intento. Cada semana aparecía Sevan, peinado y vestido de limpio, con alguna propuesta acompañada de regalos: flores, dulces, bombones, cintas para el pelo, un pañuelo... Teresa le recibía siempre con educación pero ya no sabía qué hacer para disuadirle. Hasta que un día decidió cortar por lo sano. Fue en una de las visitas dominicales que madre e hijo hacían a los Kerobyan.

—Sevan, me apena mucho todo lo que haces, y me siento halagada pero... —breve pausa— yo ya tengo novio.

El chico miró a su madre esperando una respuesta. La madre miró alrededor y después a mamá Kerobyan.

—¡Pero... es de la familia, no puede casarse con Kerovp!

La señora Sarkisyan estaba tan confundida que dijo lo primero que le pasó por la cabeza. Fue Teresa quien aclaró sus dudas.

—No, no... Mi novio está... —otra pausa—. Mi novio está en el frente, es aviador —dijo al fin.

Mamá Kerobyan comprendió que se refería al chico de la foto que descosió de su vestido destrozado. Ya habría tiempo para pedir explicaciones, si es que Teresa quería dárselas. Por el momento, lo más urgente era deshacerse del incordio de los vecinos. No le hizo falta esforzarse mucho.

De pronto, la señora Sarkisyan recordó que debía darle la medicación a su marido y salieron de la casa como una centella. Mamá Kerobyan y Tere bromearon sobre cómo el hijo incluso había tropezado cuando su madre tiraba de él hacia la calle.

Aprovechando el agua caliente del samovar, Teresa preparó dos tazas de té. Se sentaron a la mesa de la cocina y se hizo un silencio. Sabía que le debía una explicación a su nueva madre, a la familia entera. Pero la discreción era la mayor virtud de mamá Kerobyan. Fue Teresa quien sacó el tema.

Le habló del Sontay, de los años de Kiev, las visitas a Leningrado y cómo habían perdido el contacto y de su deseo de reunirse con él cuando acabase la guerra. Mamá Kerobyan se levantó y la besó en la frente. Cogió las tazas y las lavó en el fregadero. Teresa permaneció sentada sin saber cómo interpretar aquel gesto.

Llevaba un año en Batumi, una ciudad prácticamente ajena a la guerra que le había regalado sosiego. Allí había arrinconado los amargos recuerdos, las brutales experiencias y las aciagas consecuencias de la lucha entre países que pagaban los humildes. Más cercanos quedaban los acontecimientos de Makharadze, pero gracias al amor de su nueva familia también se diluían poco a poco. En ningún momento sintió deseos de volver a la fábrica, ni siquiera de visita. Solo de pensarlo le entraba pánico. Bajo ningún concepto iba a provocar un encuentro con aquel miserable de Petre. Aunque echaba de menos a sus amigos, sobre todo a Vicenta. Un día intentó sacar el tema con Kerovp, pero no lo hizo directamente, sino que dio rodeos hasta parecer una pregunta casual. Empezó preguntando por las ventas en el mercado, si sus diseños se vendían bien. Lo cierto era que los zapatos cosidos con hilos de colores habían sido un éxito y los clientes cada vez los demandaban más. Preguntó por la casa del pueblo y sacó a colación las reuniones que solían celebrar los domingos, y el día que Shaganak la tiró al suelo de una coz. Al final hizo la pregunta que llevaba un buen rato dándole vueltas.

—¿Les has visto?

Kerovp, que había adivinado las intenciones de Teresa, se demoró unos instantes en responder

—No —dijo al fin—. Solo sé que quedan pocos. A veces paso por delante y saludo a alguno desde lejos, pero poco a poco se van marchando.

—¿Adónde? —preguntó, preocupada.

—No lo sé. —Kerovp se encogió de hombros—. A veces se ven coches de altos mandos, comisarios políticos... Nunca he preguntado.

Lo último que deseaba Kerovp era que Teresa volviese con sus compatriotas. Ella preguntaba y él respondía, pero nunca tocó el tema. Se acercó a ella y la tomó por los hombros.

—¿No estás contenta con nosotros? —preguntó, algo alarmado.

—¡No, no, no es eso! —se apresuró a responder ella—. Tengo mucha suerte, no podría estar en un sitio mejor.

Las manos de Kerovp la atraían levemente hacia él. Su mirada profunda la invitaba a abocarse en un abismo de confusión. Fue uno de los momentos más decisivos de su vida. Si se dejaba arrastrar, su vida daría un giro de ciento ochenta grados. Si se resistía, le esperaba la incertidumbre y la posibilidad de no encontrar lo que buscaba. ¡Era tan feliz con aquella familia! Casi deseó que no acabase la guerra. Incluso a veces fantaseó con una vida al lado de Kerovp. Pero el rostro de Ignacio desde aquella pequeña foto podía más que cualquier sentimiento o anhelo.

La sonrisa de Harout al entrar en la cocina salvó a Teresa del momento decisivo. Se le acercó y le dio un sonoro beso en la mejilla, él le entregó a cambio una bolsita de caramelos que había comprado para ella. Kerovp permaneció en el sitio, apretó los labios y cerró los ojos. Después, desapareció en dirección al desván.

Papá Kerobyan irrumpió en la casa. Estaba alterado, los ojos llenos de lágrimas, aunque sonreía nervioso. Las dos mujeres lo miraron intrigadas.

—¡Venid, venid! —Tomó a su mujer de la mano y apremió a Teresa para que le siguieran. Entraron en el taller. La voz de Stalin bramaba de nuevo por la *tarelka*.

—«... ha llegado el día histórico de la derrota final de Alemania. El día de la gran victoria de nuestro pueblo sobre el imperialismo alemán...».

Teresa y la madre escuchaban inmóviles, tensas, con las manos apretadas entre sí. Mamá Kerobyan lloraba en silencio. El padre las abrazó.

—¡Ha terminado! —dijo al fin—. ¡La guerra ha terminado! —Después salió corriendo mientras llamaba a sus hijos a gritos—. ¡Harout, Kerovp! ¡La guerra ha terminado! ¡Se acabó!

Teresa se sentó junto a mamá Kerobyan y la arrulló

contra su pecho. La dejó llorar todo lo que dieron de sí sus ojos, todas las lágrimas que había guardado durante tres años.

Llegaron sus hijos y se fundieron con ella en un gran abrazo. Tres años de contienda, los mismos que duró la guerra de España, pensó Teresa. Pero aquel no era día de penas sino de fiesta. En la calle enseguida empezaron a oírse las celebraciones. Los tres jóvenes salieron a la ciudad para festejar la victoria.

La Unión Soviética había vencido, los Aliados habían vencido. Hitler había capitulado, corrió el rumor de que se había suicidado. El Ejército Rojo ya desfilaba por Berlín y la bandera con la hoz y el martillo ondeaba en el Reichstag. Una victoria sobre el fascismo, sí, que había costado la vida de veinticinco millones de rusos.

Un año y medio después Teresa continuaba en Batumi con su nueva familia. No había olvidado su deseo de buscar a Ignacio, la idea le rondaba día y noche. Debía tomar una decisión, aunque la familia no mencionó en ningún momento a aquel novio español del que les había hablado. Pero no acababa de decidirse. Siempre había algo que lo postergaba: después de Año Nuevo, cuando pasara el cumpleaños de Harout, una gripe fea de mamá Kerobyan... Cualquier excusa era buena para dejarlo para más adelante. Miraba la foto de Ignacio, que tenía guardada entre la ropa. Le sentía más vivo que nunca. Solo era cuestión de tiempo encontrar el momento apropiado.

Y ese momento llegó a finales de 1946. Alguien llamó a la puerta. Mamá Kerobyan había salido a hacer recados y el padre estaba en el taller. Teresa planchaba la ropa de la familia. Dejó la plancha de pie y acudió a abrir.

Un hombre y una mujer plantados en el quicio, con gorros de piel, abrigo largo y la insignia con la hoz y el martillo en la solapa, preguntaron por Teresa Alonso. No llevaban uniforme, pero su aspecto era tan imponente como el de cualquier militar. Respondió afirmativamente a su pregunta y les invitó a entrar. Les pidió los abrigos pero rechazaron la cortesía, lo mismo hicieron cuando les ofreció un té. Solo accedieron a tomar asiento en el comedor, la estancia más importante de la casa. Sus rostros le resultaron familiares. Cuando se quitaron los gorros les reconoció: se trataba de Clementina Argüelles y Eduardo García, los dos miembros del MOPR que consiguieron las mejoras en la fábrica de Makharadze. Teresa sonrió, aunque le desconcertaba su presencia allí. Clementina le devolvió la sonrisa, su gesto era sosegado, sereno, incluso maternal, como si se alegrase de verla. Eduardo, en cambio, permanecía impasible y callado, como cuando le conoció en la fábrica de seda. Teresa no necesitó preguntar por su visita, fue Clementina quien abordó la conversación sin rodeos.

—Nos ha costado encontrarte. —Su tono denotaba cierta franqueza—. Venimos en nombre del Narkomprós.[55] Estamos localizando a todos los españoles dispersos durante la guerra.

—¿Quién les dijo que estaba aquí? —preguntó con suspicacia.

—Cuando volvimos al colectivo de Makharadze vimos que faltaban algunos nombres, entre ellos el tuyo —respondió la mujer—. Desapareciste sin dar explicaciones, por eso nos ha costado localizarte. ¿Por qué huiste?

55. Comisionado del Pueblo para la Educación.

Teresa bajó el rostro. Una punzada de dolor invisible atravesó su estómago. Nunca había contemplado la posibilidad de revivir o verbalizar la triste experiencia con Petre. Clementina se dio cuenta de que su huida no había sido fruto de un capricho. En sus ojos reconoció la herida de sangre invisible que muchas mujeres ocultan bajo la ignorancia patriarcal. Heridas que aquella o todas las guerras dejan en la mitad de la población pero que no se ven, que no computan en las cifras oficiales, que no aparecen como bajas en los libros de historia y que la vergüenza leonina impide mostrar. Entendió sin saber y cambió de tema.

—Por lo que veo, estás en una situación envidiable. No todas han tenido tu suerte. —La alusión femenina la delató.

—¿Habéis venido a buscarme? —preguntó inquieta Teresa.

—No estás obligada a irte. Solo necesitamos tenerte localizada —afirmó la mujer para tranquilizarla.

Tenía la cabeza a punto de ebullición. Hasta ese momento había podido manejar sus indecisiones, incluso se sentía cómoda con ellas. Sus dudas mitigaban el sentimiento de culpa por no haber salido corriendo en busca de Ignacio en cuanto acabó la guerra. Ahora el destino la ponía en un brete.

—¿Puedo preguntarles algo? —dijo al fin, tras una breve pausa. La mujer asintió—. ¿Han encontrado a todos los españoles?

—A muchos, aunque algunos murieron en la guerra y otros están desaparecidos —afirmó Clementina con marcada frialdad.

Teresa no se atrevió a especificar más sus dudas. Se moría de ganas de preguntar por Ignacio, pero algo le decía que

no obtendría ninguna respuesta, al menos la que ella esperaba. Eduardo miró el reloj, inmediatamente Clementina se
puso de pie y él la siguió. Sacó una pequeña cartulina del
bolsillo y se la entregó.

—Estaremos en Tiflis unas semanas más. Si decides venir
a Moscú, solo tienes que escribirnos.

Se dirigieron a la entrada mientras se colocaban los gorros de piel. Cuando bajaban los peldaños del porche, la
mujer se giró como si hubiese recordado algo.

—Por cierto, la camarada Sacristán te manda recuerdos.

Atravesaron el jardín y entraron en el vehículo. Mamá
Kerobyan, que volvía de sus compras, les vio salir e interrogó a Teresa con la mirada. Papá Kerobyan, que estaba tras
ella, observaba la escena con el mismo estupor.

Camarada Sacristán. Vicenta Sacristán. Eso había sido
una crueldad, un golpe bajo, un hachazo a sus tambaleantes
sentimientos.

Durante la cena, Teresa les explicó el motivo de la visita de
los dos funcionarios. Hicieron muchas preguntas: que cómo
la habían encontrado, que por qué querían que fuese a Moscú, que si iba a volver a España... Ella respondió cuanto sabía, que no era mucho. Fue Harout el que, preocupado y a
punto de echarse a llorar, hizo la pregunta que ninguno se
atrevía a formular: «¿Te vas a marchar?». El silencio invadió
la cocina. Mamá Kerobyan se levantó y empezó a fregar los
platos. Teresa terminó de recoger la mesa. Harout, enfurru-
ñado por no obtener una respuesta a su pregunta, se fue a
dormir. Su padre le siguió. Cuando acabaron de recoger,
mamá Kerobyan dio las buenas noches. Kerovp encendió

un cigarrillo. Teresa no se atrevía a mirarle y frotaba un plato con un paño con tanta fuerza que a punto estuvo de borrarle las flores que lo adornaban.

—Buenas noches —dijo de forma fría cuando acabó con la vajilla.

Al pasar a su lado, Kerovp le cogió la mano. Ella se detuvo sin mirarle.

—No te vayas —susurró el joven.

Tere no supo si se refería a ese momento en concreto o a su decisión de dejar Batumi. Mantuvieron las manos unidas unos instantes, en silencio, hasta que ella aflojó el nudo y se metió en su habitación. La vida era muy injusta, incluso en tiempos de paz.

Durante sus veintiún años de vida, Teresa había tenido que tomar decisiones difíciles. Algunas de ellas fueron, literalmente, cuestión de vida o muerte. En esta ocasión no era su integridad física lo que estaba en peligro, sino su futuro y su propia existencia. Una vida tranquila con los Kerobyan, quién sabe si junto a Kerovp, dejando atrás su pasado, o la promesa de reencontrarse con Ignacio y empezar un camino juntos. Cualquiera de las dos opciones le hacían sentir como una traidora.

Hacía mucho frío. El mar gris y cubierto de niebla se tragaba los barcos que salían del puerto y escupía los que llegaban a los muelles. Teresa imaginaba las bodegas llenas de carbón y niños refugiados. Repasó los últimos diez años. ¡Cuánta gente había conocido, cuántos amigos quedaron en el camino, cuántos sueños fugaces escaparon por las grietas crueles de la realidad! Y ahora, ¿debía aferrarse a su sueño o elegir una existencia más apacible? Las dudas martilleaban en su cabeza, pero finalmente decidió apretar el gatillo de aquella partida de ruleta rusa.

La pareja esperaba de pie junto al vehículo, con las manos metidas en los bolsillos de los abrigos idénticos, postura marcial y cierta impaciencia. La familia estuvo tres días ajetreada preparando el equipaje de Teresa. Se mantenían ocupados para no pensar. Cuando les comunicó su intención de ir a Moscú a buscar a Ignacio, la pena invadió la casa. Lloraron todos. La madre no se despegaba de ella en ningún momento, intentaba así mantener todas las imágenes posibles para evocarla en sus momentos de tristeza. El padre la abrazó fuerte con la esperanza de que así no se pudiera despegar de él. Harout aún continuaba llorando. Era cruzarse con ella por la casa y arrancar en un llanto. Kerovp, por el contrario, prácticamente desapareció. Llegaba por la noche, cenaba en silencio y luego se encerraba en su cuarto. Teresa se deshacía en explicaciones acerca de su decisión. Lo entendemos, hija, le decían. Tu sitio está junto a Ignacio.

Harout sacó al porche dos grandes maletas. Ropa, calzado, mantas, abrigos... todo le parecía poco a mamá Kerobyan. Llegó a Batumi descalza y con un vestido rasgado y se marchaba con maletas llenas de regalos y de amor. Cada mirada, cada caricia, le desgarraba el corazón. ¿Se estaba equivocando? Aquella maldita duda la perseguiría toda la vida.

Abrazos, miles de abrazos, individuales, conjuntos, compartidos, fugaces, concentrados... Si no quería marcharse, ¿por qué había tomado aquella decisión? ¡Qué complicados le parecieron los sentimientos! Harout terminó de cargar el equipaje, los padres lloraban abrazados, papá Kerobyan le dio un sobre con dinero, mucho dinero. La vida en Moscú es muy dura, le dijo. Teresa quiso rechazarlo pero habría parecido un agravio. Además, el dinero le vendría bien, al menos hasta que empezase a trabajar. Kerovp fumaba apoyado en la barandilla de la entrada. Abrió la puerta del coche para ayudarla a entrar. Teresa, de pie, le miró, esta vez sí, directamente a los ojos. No se atrevía a despedirse. Él la abrazó con fuerza, acercó sus labios a su oído y le susurró unas palabras en armenio: *Yerbek' ch'em morrana k'ez.*[56]

Desde la ventanilla del avión, el Cáucaso se dibujaba a sus pies y alzaba sus crestas tratando de alcanzar el aparato. Los picos blancos, los valles verdes, los ríos plateados, y el monte Elbrus, majestuoso, le decían adiós desde las cumbres nevadas. La cordillera que recorrió a pie durante más de tres semanas, que se tragó las vidas de sus amigos, que le arañó con sus garras homicidas, desapareció en apenas unos minutos.

56. Nunca te olvidaré.

20

Moscú

—Dos, dos habitaciones, *dve komnaty*. —El hombre, exasperado, mostraba dos dedos a la recepcionista, que asentía paciente y repasaba de nuevo el libro de reservas, levantaba la vista y negaba con la cabeza.

—No hay ninguna reserva a ese nombre, señor —respondió en perfecto inglés con acento escarpado.

—Mire otra vez: Steinbeck. Compruébelo, por favor.

La mujer hizo caso omiso y le observó impasible, incluso retadora. No iba a revisar otra vez una lista que había repasado varias veces. El huésped, de considerable estatura, entradas pronunciadas y ojos azul brillante, resopló y buscó apoyo en su colega. El fotógrafo era moreno, algo más bajo, de pelo negro y mirada abierta, como requería su profesión. Contempló despistado a su compañero, que refunfuñaba y gesticulaba de mal humor.

—Vamos, Robert, quizá en el Savoy tengamos más suerte —afirmó malhumorado dándose por vencido.

Al salir pasaron junto a Teresa arrastrando un abultado equipaje. Ella les siguió con la vista. Serán americanos, pensó, sin tener ni idea de por qué había llegado a esa conclusión, que resultó ser acertada. Había observado la escena desde un sillón del vestíbulo donde aguardaba a su cita, al lado del ascensor modernista que le recordó aquel de Leningrado, en la avenida Yusupov. Sintió un escalofrío al recordarlo. Llevaba un rato esperando y para ocupar el tiempo se dedicó a observar la decoración y a los huéspedes que entraban y salían.

El hotel Metropole llevaba abierto cincuenta años. El edificio tenía tantas historias y leyendas en sus cimientos que se había convertido en un ente con identidad propia. Fue lugar de paso y esparcimiento de zares, nobles, embajadores, actrices y miembros de las clases sociales más distinguidas. Por las escaleras de mármol, las barandas de ébano, los grandes espejos y los ventanales cubiertos de plantas trepadoras, habían transitado mujeres envueltas en pieles, alhajas y piedras preciosas que relucían a la luz de los candelabros. Ahora los asiduos eran distintos: funcionarios con carpetas a reventar de documentos, militares de rango en visita administrativa que competía en condecoraciones, hombres grises de abrigos pardos que intercambiaban maletines y carteras. Las sedas y las plumas fueron sustituidas por uniformes y vestidos sobrios, pañuelos blancos en el pelo y abrigos de guata y paño. Las vidrieras, las arañas del techo, los artesonados y las pieles de los sillones no eran más que un reducto de los fantasmas de antaño. Después de la Revolución de Octubre de 1917, el único toque exótico se lo daban los corresponsales de la prensa extranjera que se alojaban allí, y se convirtió de facto en un gran centro de prensa internacional. Por allí pasaron John Reed, el único norteamericano enterrado en el Kremlin, Gareth Jones, Walter Duranty o John Steinbeck y Robert Capa, a los que Teresa había visto minutos antes discutir con la recepcionista.

Del ascensor salió una mujer que se dirigió resuelta y elegante al mostrador de recepción. Teresa la observó de espaldas. Llevaba un abrigo de fina piel marrón hasta los pies con los puños y el cuello de pelo, posiblemente de astracán, y un gorro a juego. Caminaba con estilo y decisión, conduciendo su persona con seguridad, libre del miedo que aún emponzoñaba los corazones de los soviéticos.

—Buenos días, camarada Ludmila —saludó la recepcionista. Sin duda se trataba de una huésped, y a tenor de la familiaridad, una de las habituales.

Teresa no pudo escuchar el resto de la conversación. Un grupo de adolescentes que no superaban los catorce años entró en el vestíbulo armando alboroto con risas y entusiasmo propios de la edad. Iban vestidas con medias y suéter de ballet, todas iguales, todas con el mismo moño recogido en la nuca. La recepcionista señaló en la dirección donde estaba Teresa, la mujer le dio las gracias y se aproximó. Tere miró detrás para ver quién esperaba a aquella mujer tan estilosa. Cuando el grupo de adolescentes se cruzó con ella, redujeron el paso y adoptaron una actitud modosa, educada y ordenada.

—Buenos días, camarada Ludmila —saludaron al unísono.

—Buenos días, niñas —respondió ella sin apartar la mirada de Teresa.

Cuando llegó a su altura, se detuvo frente a ella y la miró

con una preciosa sonrisa. Tere se descolocó al principio. Quizá quería preguntarle algo, pensó. Pero entonces abrió los ojos asombrada. No lo podía creer.

—¡Vicenta! —exclamó en un hilo de voz, casi no le salían las palabras.

Su amiga se le abalanzó y la estrechó con fuerza durante un buen rato. Teresa, aún abrumada, tardó unos instantes en reaccionar. Después le devolvió el abrazo, que duró unos segundos eternos. Vicenta olía a perfume caro y finura, como huelen las mujeres distinguidas y bellas. Se despegaron y, cogidas de las manos, se observaron la una a la otra con la nostalgia desbordante de sus ojos.

—¡Madre mía! ¡Pero qué guapa estás, y qué elegante! —exclamó Teresa, fascinada.

—Tú sí que estás guapa —replicó Vicenta mientras le acariciaba el pelo y deslizaba la mano por su trenza infinita.

Teresa se sintió pequeña a su lado, con su vestido de tencel gris y su abrigo de piel de vaca, confeccionado por las manos de mamá Kerobyan. Rieron entre lágrimas de emoción y nerviosismo y se abrazaron de nuevo.

—¿Tienes hambre? —preguntó Vicenta, decidida.

Teresa afirmó y se encaminó hacia el comedor comunal del hotel, donde había entrado el grupo de adolescentes alborotadoras. Vicenta la detuvo.

—No, ven conmigo.

Atravesó el vestíbulo en dirección contraria, percutiendo el mármol rojo y blanco con sus tacones. Tere la siguió acelerando el paso.

El hotel Metropole tenía dos comedores: el comunal o de racionamiento, donde se podía comer barato con los cupones que emitía el gobierno, los mismos que le habían facilitado a ella en el Narkomprós y que pretendía usar para el almuerzo, y luego estaba el restaurante comercial, frecuentado por extranjeros, miembros destacados del partido y personas que, por algún motivo, eran influyentes. El comedor comercial del Metropole era el antiguo restaurante del hotel y aún conservaba la elegancia del estilo art nouveau y la luz natural que se colaba por la hipnótica vidriera del techo.

—Así que ahora te llamas Ludmila. —Teresa seguía alucinada con los cambios de su amiga.

—Mucho mejor, ¿no? Ya sabes que nunca me gustó mi nombre. ¡Vicenta! ¿Quién contrataría a una bailarina que se llamase así?

El camarero llegó con los platos; caviar, verduras y pescado. Vicenta cogió la cucharilla y se metió una buena porción de huevas en la boca. Teresa la miró sorprendida.

—¿Ahora te gusta el caviar? Cuando llegamos a Leningrado lo escupías —le reprochó, cariñosa.

—Los gustos cambian, cariño. —Y le guiñó un ojo.

Puede que Vicenta hubiera aprendido a apreciar el sabor y la delicadeza del caviar, o puede que simplemente lo aceptase para no desencajar en el entorno fino y distinguido en el que parecía moverse.

Tenían mucho que contarse. Casi cuatro años de ausencia en los que ambas experimentaron muchos cambios. Se habían convertido en mujeres maduras cosidas con hilos de tormento. Por primera vez Teresa se atrevió a verbalizar el episodio con Petre. Solo Vicenta y la conexión especial que tenían entre ellas le permitió abrir su corazón en canal. Para su sorpresa, le sentó bien hacerlo.

Vicenta se había casado con José Serrán en Tiflis y a los seis meses se fueron a Moscú, pero el matrimonio no duró. Se divorciaron a los pocos meses. En apenas tres años había completado los estudios de baile, a pesar de la distrofia padecida en Leningrado. Con veintidós años ya no era probable que entrase a formar parte de una compañía, al menos como bailarina, pero se había convertido en una excelente profesora. Instruía a las más jóvenes, como el grupo que se cruzó con ella en el vestíbulo, que eran alumnas suyas, según le dijo.

El Metropole estaba al lado del teatro Bolshói, por lo que era frecuente que por sus salones y recibidores uno se cruzase con directores de orquesta, actores, músicos y bailarines, como aquellas pequeñas que almorzaban cada día en el comedor comunal tras los ensayos.

Vicenta tenía una nueva pareja, un importante miembro del partido. Aunque no estaban casados, la oficiosidad de la relación le otorgaba algunos privilegios, como el alojamiento en aquel precioso hotel en lugar de en una casa comunal. Eso facilitaba su trabajo en el teatro. Su pareja viajaba continuamente, lo que le dejaba a ella cierta libertad para su vocación. Ella le había acompañado en algunos de sus viajes: Estambul, Varsovia, incluso Berlín Oriental. Pero se cansó pronto de los trenes y los aviones y se centró en su profesión, que era lo que más amaba.

—También trabajo en la radio —dijo quitándole importancia.

—¡Vaya! Inventando historias, como cuando éramos niñas...

—Bueno... cuento otro tipo de historias —rio—. Hablo a nuestros paisanos, a los españoles.

—¿Qué? —Teresa se sorprendió a la vez que se inclinaba ligeramente con interés.

—¿No conoces la Pirenaica? —Tere negó con la cabeza—. Pues un día tienes que venir.

El camarero volvió con el segundo plato; *blinchikis* con patatas.

—Y... ¿qué tal por aquí? ¿Hay muchos españoles?

Vicenta sabía que estaba dando un rodeo para llegar adonde le interesaba, pero la dejó hablar para no importunarla.

—Bastantes —dijo cuando ya se había metido un trozo de albóndiga en la boca—. Casi todos trabajan en fábricas, están bien.

—Yo tengo que incorporarme mañana a la... —hizo una pausa para recordar el nombre— Fábrica de Cojinetes de Bolas número 2.

—Ah, allí trabajan muchos españoles —acompañó el comentario con un sorbo de vino *mukuzani*.[57]

—¿Y has visto a algún conocido? —Teresa insistía en irse por las ramas.

—Si te refieres a Ignacio, no, no le he visto —dijo Vicenta al fin, harta de tantos ambages.

Teresa se puso colorada. La sonrisa de Vicenta la tranquilizó.

—Quiero buscarle —dijo con determinación.

Vicenta intentó aportar un poco de realismo a la conversación.

—Cariño... —Dejó los cubiertos en el plato y apoyó el mentón sobre las manos entrelazadas—. No quiero qui-

57. Vino georgiano.

tarte la ilusión, pero... bueno, tú sabes que murió mucha gente.

—Solo necesito saber dónde está para escribirle —dijo ignorando el comentario.

Vicenta prefirió no insistir. Ella tampoco tenía la certeza de nada. Es más, muchos habían aparecido en los lugares más inverosímiles, o les habían hecho prisioneros, y a otros, como bien sabían, les habían devuelto a España. ¿Por qué no conservar la esperanza? Quizá rendirse no era de cobardes, pero sí de pusilánimes.

—¿Dónde vas a vivir? —Nuevo cambio de tema para relajar la conversación.

—En el colectivo de la avenida...

—De eso nada. —Vicenta no la dejó terminar la frase—. Te quedarás aquí conmigo, al menos un tiempo.

—¿Aquí? —preguntó, incrédula, mirando a su alrededor.

—No se hable más. Yo aviso al Narkomprós y asunto arreglado. ¿Dónde tienes tus cosas?

Era evidente que Vicenta tenía más influencia de la que aparentaba. Pidió al camarero un papel y un lápiz y llamó a un botones. Le entregó dos notas y el chiquillo corrió hacia la calle.

Moscú era diferente de todas las ciudades de la Unión Soviética que Teresa había conocido. Ni la histórica Kiev, ni la ampulosa y elegante Leningrado, ni la sensual y cálida Batumi. Moscú era una ciudad en movimiento, de constantes cambios y crecimiento exponencial. Alguien podía pasar por una calle y al día siguiente encontrarla totalmente cambiada. Sembrada de grúas que construían con profusión, parecía un autómata moviendo los brazos mecánicos poniendo un ladrillo aquí, una viga allá, y un trozo de asfalto más acá. En treinta años como capital del país, había cumplido con estoicismo su cometido y ahora se preparaba para su puesta de largo. En unos meses se celebraría el ochocientos aniversario de la ciudad y, aprovechando la reconstrucción tras la guerra, Stalin decidió que la Unión Soviética merecía una capital a la altura de las circunstancias, un símbolo del poder y la victoria soviéticos. Pero a pesar de los esfuerzos, a aquella joven urbe a la que preparaban para ser la imagen de una superpotencia aún le asomaban los harapos y las heridas que habían dejado cuatro años de guerra. Se derruyeron barrios enteros para construir modernos y austeros bloques de viviendas, pero en el extrarradio aún quedaban edificios a punto de derrumbarse y en dudosas condiciones de habitabilidad. Se pavimentaron las calles más céntricas, si bien la mayoría de las carreteras presentaban baches y desniveles insufribles para los vehículos. La maquinaria trabajaba deprisa, pero las heridas eran demasiado profundas y tardarían en cicatrizar.

Eran las siete de la mañana. Incluso a esas horas a Teresa Moscú se le antojó una factoría de progreso.

Llegó a la Fábrica de Cojinetes de Bolas número 2 un poco antes de la hora. Después de cuatro años, quería aclimatarse antes de reanudar su vida como proletaria. Estaba dispuesta a trabajar como la que más, a rendir en su puesto y dar lo mejor de sí misma. Además, Vicenta le había dicho que en aquella fábrica trabajaban muchos españoles. No le costaría pues adaptarse. Con un poco de suerte incluso se reencontraría con algún conocido. Y no se equivocaba.

Se presentó al encargado, que le facilitó la credencial y una bata de trabajo. Luego la condujo hasta su puesto y le ordenó esperar hasta que llegase su instructor. Mientras aguardaba, se cubrió el pelo con el pañuelo blanco que llevaban la mayoría de las mujeres. Se estaba ajustando el nudo cuando sintió unas manos que le rodeaban la cintura por detrás. Alguien se le acercó al oído y le susurró:

—Bienvenida a Moscú, querida.

Aquella voz era inconfundible. Sonrió y, cuando se dio la vuelta, no pudo reprimir una exclamación de alegría.

—¡Mariano!

Él la abrazó, la cogió en volandas y dio un par de vueltas con ella en brazos.

—¡Pero cuánto tiempo, preciosa! —rio abiertamente derrochando carcajadas que llamaron la atención de los compañeros rusos, que no acababan de acostumbrarse a las efusivas muestras de afecto de los *ispantsy*.

—¡Mariano, qué alegría! Te veo muy bien —exclamó, emocionada.

—Ayer me dijeron que ibas a venir y no me lo podía creer. ¿Cómo estás? ¿Has visto a Vicenta? Ahora es toda una dama. ¿Dónde pasaste la guerra?

A Mariano se le atropellaban las preguntas en la boca. Estaba impaciente por que le contase todo.

—Ya te contaré, da para un libro —apuntó ella—. Dime, ¿qué tal por aquí?

—Ven, te enseñaré todo esto. —Se engarzó a su brazo y avanzaron por entre la maquinaria—. Pero antes tienes que saludar a alguien: ¡Julia, María Luisa, mirad quién ha venido!

Dos jóvenes agachadas que ponían en marcha una máquina levantaron el rostro al unísono. Cuando la vieron, se sorprendieron y corrieron a abrazarla. Eran las hermanas Muñiz Castro, las vergaresas que bailaban con ella al ritmo de la canción inventada que mandaba a dormir a los más pequeños. Corrió la voz de que había llegado y todos los españoles de la fábrica acudieron a saludarla. A la mayoría no les había visto nunca, pero a otros sí les reconoció: Esther, Mercedes y Ramón, con los que había cruzado el Cáucaso y que luego fueron compañeros en Makharadze. Mariano paseó con ella por la fábrica sin soltar su brazo. Señalaba aquí y allá, le mostraba las instalaciones y le presentaba a compañeros y directivos, rusos y españoles. Gesticulaba con su particular desparpajo, que escondía las heridas de la guerra y de la intolerancia. Estas últimas le sangrarían de por vida.

—Y esta tarde, querida mía, tú y yo vamos a salir —le dijo cuando regresaron a su puesto de trabajo—. Tienes que conocer esta fantástica ciudad. ¿Sabes que los españoles tenemos nuestro propio centro?

Teresa recibió un baño de abrazos y cariño que le sirvió de estímulo para emprender una nueva etapa, otra más en su vida atribulada.

Caminaba a trompicones, mirando al techo, las paredes y las columnas mientras tropezaba con los viajeros que trajinaban en los andenes y los pasillos del metro. Mariano se giraba constantemente para no perderla de vista. La estación de Belorusskaya era una de las más impresionantes de la red de metro de Moscú, aunque resultaba difícil establecer cuál de ellas se llevaba el honor de ser la más bonita. Las bóvedas artesonadas, las pinturas del techo, las lámparas doradas, los capiteles labrados, los frisos de mármol, las columnas de basalto, los arcos de azulejos multicolores, mosaicos representativos, bustos de bronce de Lenin, retratos de Stalin, estatuas en honor de los héroes del pueblo, de partisanos, representaciones costumbristas del trabajo... Más que un metro, aquello era un lujoso palacio por donde pasaba el tren. Stalin quiso construir un palacio para el proletariado, y allí estaba, una verdadera maravilla.

Una interminable escalera les condujo hasta la calle. Teresa aún se sentía abrumada por la espectacularidad de las estaciones. Mariano le ofreció su brazo y cruzaron la plaza. Andamios, grúas y escaleras asomaban entre las pocas construcciones tradicionales que quedaban en el barrio Belorusskaya. De sus entrañas nacían edificios diáfanos, sobrios y funcionales.

El Centro Español estaba en una de las calles aledañas a la avenida de Leningrado. El edificio era bastante grande, con comedor, salas de lectura, de juegos y hasta un teatro. Un punto de encuentro para los españoles reubicados en Moscú después de la guerra, a instancias del gobierno de la nación. Para los representantes españoles del partido resultaba mucho más cómodo tener localizados a todos los paisanos. Debían continuar su formación en la Unión Soviética para regresar a España como hombres y mujeres preparados y válidos que dirigieran el nuevo país. El fascismo había sido derrotado en Europa, la caída de Franco, creían, solo era cuestión de tiempo. Exactamente treinta años.

Entraron y Mariano saludó a todos. Tomaban té y vodka antes de que empezase el baile de los viernes. Se plantó en mitad de la sala y anunció la llegada de Teresa a Moscú. Todos se acercaron a saludarla y darle la bienvenida. No tardaron en aparecer caras conocidas, antiguos compañeros de la casa de Kiev a los que no veía desde que dejó Sviatoshyno. Desiderio González, Isidoro Latorre, Alberto Santo Tomás, Antonio Tamayo, Pilar Escalera, José Luis Arcocha, Maricruz Cabriada... Desde el fondo del salón, llegaron corriendo Blanca Peñafiel y Alicia Casanovas, que se le colgaron del cuello, locas de alegría. Se habían convertido en dos bellas jovencitas, dos doctoras que se acababan de graduar, Blanca como dentista y Alicia como neumóloga. Si Teresa se alegró de ver a alguien en especial fue a ellas. Eran la dulzura personificada. Unas manos le taparon los ojos desde atrás.

—¿Quién soy? —le dijo una voz inconfundible.

—¡Txema!

José María Goenaga la abrazó antes de que se diera la vuelta. A su lado, los ojos mágicos de Juanita, la prima de Ignacio, la miraban emocionada. ¡Cómo olvidar aquella mirada que alumbró la noche cuando se perdió en el Sontay! Se fundieron en un abrazo mudo, denso y profundo. Se les llenaron los ojos de lágrimas y susurraron el llanto. Se observaron de frente, la mirada de Teresa escupía una pregunta. Juanita entendió y negó con la cabeza, un gesto imperceptible que no pudieron sostener. El joven que estaba al lado de Juanita rompió el instante.

—¿A mí no me conoces, o qué?

Teresa dudó un momento.

—Es mi marido —apuntó Juanita, pero eso la desconcertó aún más.

—¿Claudio? —Él sonrió y luego miró a Juanita—. Vosotros dos...

—Hace dos meses —le mostró el anillo que lucía en su dedo anular.

Claudio Asensio también había sido compañero de Kiev, pero nunca imaginó que acabarían casados. Se alegró por ellos.

A quien no esperaba encontrarse era a Federico Pita. Se había desvanecido en mitad del Cáucaso y nunca se supo más de él. En la guerra, las desapariciones eran una rutina siniestra. Se acercó a ella con calma, sin efusividad ni sorpresa. Le tendió la mano y se limitó a darle la bienvenida. Ella le devolvió el saludo y asintió con la cabeza. No tenía curiosidad por saber qué había sido de él. Estaba claro que no lo habían atrapado los alemanes, de lo contrario, no estaría allí. Teresa seguía guardándole rencor y no tenía ninguna intención de darle el más mínimo protagonismo en su vida.

Otro reencuentro amigable le permitió apartarse de él. Era Joaquín Idígoras, Joaquintxo, como lo llamaban cariñosamente en la casa de Kiev. Teresa lo recordaba serio, responsable y tierno. Uno de los mejores amigos de Ignacio.

—Parece que por ti no ha pasado la guerra. ¡Estás guapísima! —le dijo, sincero—. ¿Cuándo has llegado?

—Hace unos días, estoy en la fábrica de cojinetes.

—¿Vives en el colectivo? —Parecía realmente interesado en las condiciones de su amiga recién llegada.

—No, de momento estoy unos días con Vicenta en el hotel.

—Fantástico —añadió, reconfortado—. Mira, quiero presentarte a un paisano.

Le pasó el brazo por los hombros al hombre que permanecía callado a su lado.

—Este es Carreras, compañero del partido y de la troika. Ella es Tere, estuvimos juntos en Kiev.

Se estrecharon la mano con educación.

—Bienvenida, Tere, aquí estarás muy bien, cariño no te va a faltar —dijo sonriendo afectuoso.

Víctor Carreras era de Barcelona, de los mayores, como se les conocía en la comunidad de españoles a los militares republicanos que habían combatido en la guerra de España y que, al acabar la contienda, decidieron luchar por la Unión Soviética en la Gran Guerra Patria. Amante del deporte, con solo veinte años fue miembro del comité organizador de los Juegos deportivos de 1936, que iban a celebrarse en Barcelona. Durante el conflicto fue comisario de guerra de la 122 Brigada Mixta. Combatió en Belchite, en Teruel y finalmente en la batalla del Ebro. Derrotada la República, huyó a Francia, donde permaneció unos meses en el campo de Argelès. Allí enfermó y, por mediación del Socorro Rojo, ingresó en un hospital. Una vez recuperado viajó a la Unión Soviética. Dada su dilatada experiencia, entró en el Ejército Rojo casi de inmediato y se convirtió en su teniente coronel más joven. Pero cuando acabó la contienda, como muchos otros, fue desmilitarizado con las excusas más peregrinas. Al inicio de la guerra de España, Carreras conoció a una joven belga que acudió a la Ciudad Condal como enfermera. Tuvieron una relación de la cual nació una hija. En Moscú corrían habladurías de que Jaqueline era en realidad una espía. Ese fue el motivo para apartarle de la vida militar. Y aunque después se casó con una judío-soviética con la que tuvo otro hijo, fue imposible acallar los rumores sobre la enfermera espía. Divorciado de nuevo, vivía con dificultad en una habitación de un piso comunal cedida por el partido. Un hombre educado, culto, leído, que hablaba varios idiomas. Se expresaba con elegancia y soltura. Tenía los ojos negros como el carbón y la mirada profunda y confiada. Pelo también negro, nariz y labios finos y cejas pobladas. Era increíblemente guapo.

Vicenta apareció arrebatadora con su elegancia y desparpajo. Saludó en voz alta, se quitó el largo abrigo y el gorro de piel y dejó al aire su melena pelirroja. Fue directa adonde estaban Teresa, Joaquintxo y Carreras.

—¡Vaya, veo que ya has saludado a todo el mundo! —dijo con fingida sorpresa—. Mejor, así podemos ir directamente a bailar.

La música ya sonaba, los inevitables tangos rascaban la gramola. Algunas parejas ocupaban la pista y otras no tardaron en incorporarse.

—¿Me concedes este baile, mi guapo catalán? —Vicenta se dirigió a Carreras de forma ampulosa.

Joaquintxo no insistió en sacar a bailar a Teresa. Ella lo agradeció, no tenía ganas y prefirió quedarse de pie observando el ambiente. Todos reían, se abrazaban, flirteaban... como si por aquellos cuerpos danzantes no hubieran pasado las penurias y el espanto de dos guerras.

Un mes después, Teresa dejó el hotel Metropole y se instaló en el colectivo de la fábrica. Allí compartía trabajo y habitación con otras chicas, casi todas españolas, y se sentía más integrada. El hotel era muy cómodo pero no era más que una invitada. Enseguida se hizo con el puesto y a los pocos días manejaba la maquinaria como si llevase haciéndolo años. Su grupo solía tener la bandera roja, que no era más que un incentivo, un premio a la mayor y mejor productividad. Si algo destacó siempre en Teresa fue su capacidad de adaptación a cualquier medio.

—¡Ahí llega la troika! —gritó Mariano, bromeando.

Desde el otro extremo de la planta, Joaquintxo y Carreras le saludaron levantando la mano. Al llegar a su altura se abrazaron y palmearon las espaldas.

—¿Qué te cuentas, Marianito? —preguntó Joaquintxo de forma retórica.

—Una troika un poco coja. ¿Y Conchita? —preguntó sorprendido Mariano.

—Anda fastidiada —respondió Carreras torciendo el gesto—. Esa tos de perro que no se le iba... Está ingresada, esperemos que no sea nada.

—Precisamente venimos a buscarle sustituta. Si Tere acepta —dijo Carreras, con una irresistible sonrisa.

—¿Yo? —dijo sorprendida—. Uy, no, no, no...

La troika que Teresa recordaba no tenía nada que ver con la propuesta de Joaquintxo. Para ella significaba recogida de cadáveres y jornadas interminables cortando leña en los jardines de Leningrado. Pero el motivo de su negativa no era otro que disponer de tiempo para buscar a Ignacio. Joaquintxo, al que ya había preguntado por Ignacio unos días antes, le adivinó el pensamiento y procedió a explicarle brevemente cuál sería su cometido.

—Lo único que hay que hacer es ir por los colectivos y ver que todo está en orden. Además —añadió pícaro—, seguro que te encuentras con muchos compañeros de Kiev o de Leningrado.

A Teresa se le iluminó el rostro al saber que podría realizar su búsqueda sin faltar al servicio a la patria. No hizo falta que aceptara de palabra, su rostro lo decía todo. Nunca supo que la propuesta de Joaquintxo había tenido segundas intenciones. Quizá como cebo para que formase parte de su troika, quizá para facilitarle la búsqueda de su novio.

Aunque la realidad era que Carreras había influido bastante. En cualquier caso, aceptó.

Mariano se percató de inmediato del ardid. Algunas miradas eran ventanucos abiertos que dejaban ver los trastos del desván de las mentes.

Las inspecciones a los colectivos se realizaban dos veces por semana. Durante los meses que llevaba en la troika, visitaron casi todas las fábricas en las que trabajaba algún español. La reagrupación tuvo bastante éxito. De vez en cuando llegaba alguno nuevo, otros cambiaban de factoría, otros desaparecían sin más... Teresa les conoció a casi todos y, como le pronosticó Joaquintxo, se había reencontrado con muchos compañeros de Kiev y Leningrado. También algún miembro de la División Azul, sobre todo aquellos que se alistaron con la intención de cambiar de bando una vez que llegasen a la Unión Soviética. Otros eran simplemente prisioneros de guerra que se habían adaptado a la vida soviética.

Aquel día tocaba la fábrica de vehículos Stalin, y Teresa tuvo un agradable y esperanzador encuentro. Al fondo del almacén, una figura grandota y desgarbada cargaba neumáticos en un camión. El porte de Isaías Albístegui era inconfundible. Joaquintxo le llamó de lejos y le hizo un ademán con la mano, él les devolvió el saludo. Cuando reconoció a Teresa, su rostro se iluminó. Les hizo un gesto aplazándoles a verse más tarde.

Carreras disparaba su cámara mientras Teresa, frente a él, se ajustaba la gruesa trenza y le hacía gestos para que dejase de fotografiarla. No le gustaba ser el centro de atención. Era una Sport GOMZ, como aquella del señor Seviónov, el retratista de la avenida Nievski que las fotografió a ella y a Vicenta y donde se refugiaron de los bombardeos. Carreras disfrutaba de su afición a la fotografía y se le daba bastante bien. En casi todas las salidas llevaba consigo su máquina para inmortalizar todo lo que le llamase la atención, sobre todo a los compañeros.

—¡Vas a quedar preciosa! Aunque con lo guapa que eres, no me extraña.

Empezaba el cortejo.

—¡Anda, calla! —respondía ella, ruborizada.

—Seguro que te lo dicen todo el rato —insistía él.

—Sí, mi padre, de pequeña.

Por alguna razón que a ella se le escapaba, el recuerdo de sus padres se había incrementado desde que llegó a Moscú, avivado por una fuerte añoranza.

—¿Dónde están? —preguntó mientras guardaba la cámara en la funda.

—¿Mis padres? —Él asintió.

Se lo pensó un instante. La última vez que vio a su padre fue en el andén de la estación de Atotxa. Su madre y su hermana quedaron en Bilbao, derrumbadas por el llanto. No tenía una respuesta, ni siquiera para ella. Se limitó a encogerse de hombros. Carreras le cogió la mano y la contempló desde aquellos ojos nocturnos.

—Tengo un contacto en Francia y a veces mando alguna carta para mis padres —dijo como si se tratara de una confidencia—. Si quieres, puedo preguntar a ver si saben algo. Y a lo mejor hasta puedes escribirles.

Teresa sintió un pálpito extraño entre ilusión y miedo.

Más de diez años de orfandad y ahora tenía la posibilidad de darle una puntada al desgarro que las guerras habían provocado.

Llegaron Joaquintxo y Albístegui. Esta vez sí, el abrazo entre el eibarrés y Teresa fue largo y sentido. Sobra describir la emotividad del encuentro. Se sentaron los cuatro a comer y hablaron de asuntos triviales. Joaquín se levantó y cogió del brazo a Carreras, que no tenía intención de moverse. Su compañero insistió. Teresa y Albístegui se quedaron solos. Tenían muchas cosas que contarse. Sonrieron nerviosos, entre un «te veo bien» y un «qué guapa estás» revoloteaba el nombre de Ignacio, pero ninguno de los dos se atrevió a cazarlo al vuelo. Él le preguntó por sus vivencias desde que dejaron Kiev. Ella le contó de forma resumida y atropellada.

—¿Y tú?, cuéntame... —Hizo una pausa minúscula—. ¿Sabes algo de Ignacio?

—Poca cosa —resopló antes de comenzar su relato.

Cuando salieron de Kiev, el verano de 1940, fueron directos a Moscú, a la casa de jóvenes. Ingresaron en la academia de aviación e iniciaron las prácticas en el aeródromo de Chkalov. Después les enviaron a Borisoglebsk, a la academia militar de aviación, y allí les sorprendió la guerra. El traslado a Cheliábinsk y el ingreso en el ejército. Los dos ignoraban que sus trenes se habían cruzado en las afueras de Borisoglebsk en 1942. Después de eso, cada uno se incorporó a su destino. Isaías decidió no seguir en la aviación y regresó a Moscú.

—A Ignacio lo mandaron a Leningrado —dijo mientras le daba vueltas al poso de la taza de té—. Larrañaga cayó en Ucrania.

Su rostro se ensombreció al recordar la pérdida de su

buen amigo. Teresa sintió un punzada al recordarlo también, bromista y fanfarrón como Ignacio.

—¿Y no volviste a saber de ellos?

Isaías negó con la cabeza, aún consternado.

—Lo siento, Tere —dijo muy triste—. Si te enteras de algo, por favor, dímelo.

La sirena de la fábrica no perdonaba. Debía reincorporarse a su puesto. Se despidieron con lágrimas que anhelaban el pasado.

Joaquintxo se había marchado a una reunión del partido. Carreras prefirió esperar a Teresa. Estaba preocupado por su obsesión enfermiza por encontrar a su novio. No le resultaba fácil gestionar sus sentimientos. Le gustaba mucho aquella chica. Sufría con cada negativa que recibía cuando preguntaba por Ignacio. Había hecho casi propias sus decepciones y su desaliento. En cuanto vio su rostro al salir de la fábrica, supo que aquella reunión no había sido fructífera, aunque también percibió cierto atisbo de luz.

—¿Cómo ha ido? —Carreras intentaba obtener algo de información.

—No muy bien, aunque... —Teresa hablaba casi para sus adentros.

Le contó lo relatado por Albístegui y dejó para el final el destino en el frente de Leningrado, a finales de 1943.

—Podría escribirle una carta —dijo Teresa, animada.

—¿Y adónde la mandas? —añadió él, más pragmático.

—No lo sé... quizá a la casa de jóvenes.

Carreras no respondió. Aquella idea no se sostenía pero no quiso desanimarla. Mucha gente había desaparecido durante la guerra, muertos enterrados en fosas comunes, sin tiempo para identificarles, sin una tumba para visitar, sin un registro que consultar. Pero en el caso de un militar era más fácil. Cualquier ejército llevaba un control exhaustivo de sus bajas, sus prisioneros y sus desaparecidos. Solo era cuestión de saber dónde buscar. Resopló, convencido de que debía recurrir a sus contactos, algo que no le hacía mucha gracia. Pero le dolía demasiado ver a Tere sufrir y decepcionarse casi a diario.

—Te has quedado callado —dijo después de un buen trecho caminando.

Carreras se limitó a sonreír. Bajó la cabeza y no dijo nada más hasta que se despidieron en la puerta del colectivo.

Si había una celebración que ningún español se perdía, era el 14 de abril, día de la República. Sabían que esa fecha era una quimera del pasado, pero se resistían a borrar de su memoria colectiva un anhelo que, aunque efímero, fue real y legítimo. Un sueño que pagaron caro, derribado por un Golpe de Estado. Una guerra que no fue civil, sino el robo de la democracia. Un sueño por el que muchos españoles se habían desangrado. Una festividad arraigada en el recuerdo de un país que ya no existía.

En el Centro Español se organizaba una gran cena, actuaciones y baile con música en directo. La educación recibida en la Unión Soviética, además de ingenieros, médicos, peritos y filólogos, había formado a excelentes músicos, como Ramón Estalleres, que formaba parte de la filarmónica de Moscú; Manuel González, profesor en Simferópol; Serafín González, formado en el conservatorio de Moscú, y José Grisaleña Alegría, alumno del Instituto de Música Gnesing y hermano de Pilar, aquella pequeña de la casa de Kiev que dejó la vida a lomos de un elefante. Organizando la velada, como siempre, Mariano Barrios que, al igual que Vicenta, había nacido por y para el espectáculo. Animada por su amiga, Teresa se atrevió a bailar una jota vasca con ella. No faltaron los cuadros flamencos, los pasodobles y, cómo no, el tango. La cena incluía tentativas de tortilla de patatas, marmitako y paella que solo se asemejaban en el paladar del recuerdo.

Teresa estaba animada, participaba en todo y con todos. El trabajo, la troika y ver de nuevo a sus amigos le habían sentado mejor de lo que ella pensaba, a pesar de que persistía en su búsqueda de Ignacio. Eso también le ayudaba a tirar adelante.

Carreras la seguía con la mirada, pero ese día su rostro reflejaba una rara inquietud que ella no consiguió interpretar. Se acercó a él y le sacó a bailar, pero él rechazó la invitación. Fingió decepcionarse y se unió de nuevo al grupo para seguir con el pasodoble. Él pidió otro vodka. No era bebedor, pero aquel día necesitaba tragar la desazón atascada en su cuello.

Vicenta, que no era tonta, enseguida se percató del desasosiego del catalán. Se sentó a su lado y pidió un vodka. Durante unos minutos observaron al grupo, y en particular a Teresa.

—Estás muy callado, catalán —dijo al fin la pelirroja—. No has querido bailar con Tere... Mal asunto.

—Estoy cansado —arguyó él nada convincente, y apuró el resto del vaso.

—Ya... —Vicenta sabía que había algo más—. ¿Esa es la excusa que le has dado a ella? —preguntó mientras dirigía el mentón hacia su amiga.

—¿De qué me hablas? —rio, nervioso.

—De que a ti te pasa algo y tiene que ver con Tere —afirmó ella, contundente—. Y ahora mismo me lo vas a contar.

El viernes por la noche Teresa y Vicenta llegaron al pórtico del teatro Bolshói para el concierto sinfónico de la orquesta del mismo nombre, dirigida por el maestro Shostakovich. Interpretaría una de sus piezas más reconocidas, la sinfonía número 7, también llamada *Leningrado*. Comenzó a componer la pieza durante el cerco de Leningrado pero la concluyó en Kúibyshev, la actual Samara, donde fue evacuado. Allí se estrenó en marzo de 1942. Meses después se interpretó en Leningrado con apenas treinta músicos famélicos de la Filarmónica, pues el resto habían muerto de inanición. El director, Eliasberg, dirigió a su mermada orquesta vestido con un traje harapiento. Y cuentan que, al estar la ciudad sitiada, las partituras fueron lanzadas desde el aire por la aviación soviética.

Vicenta quiso invitar a Teresa para purgar juntas el infausto recuerdo de la ciudad. Pero en la invitación subyacía otra intención que Vicenta quería zanjar cuanto antes.

Esperaban a Carreras apoyadas en una de las columnas neoclásicas del pórtico. Vicenta prácticamente obligó al barcelonés a que las acompañase.

Recién restaurado tras la guerra, el Bolshói aún olía a pintura y madera nueva. Por él ya no desfilaban damas con visones y joyas deslumbrantes que bajaban de calesas tiradas por corceles engalanados. Ahora la música, la danza, la ópera y la cultura en general pertenecían al pueblo, que acudía puntual a disfrutar de las representaciones. Y aunque los atuendos habían cambiado de las sedas al percal, el cuidado personal y la buena imagen primaban por encima de los uniformes de trabajo. Las mujeres se ponían su mejor falda, los zapatos de las ocasiones especiales y algunas hasta se coloreaban los labios. El Bolshói era un símbolo de Moscú y de la Unión Soviética, del poder nacional y el socialismo en el ámbito cultural.

Vicenta tenía las entradas, así que tuvieron que esperar. Enseguida apareció Carreras con el paso acelerado. Las chicas lo miraron asombradas y divertidas.

—Es lo más elegante que tengo —dijo mientras se estiraba la chaqueta.

Llevaba puesto el uniforme del ejército, aunque sin insignias ni galones.

—Estás muy elegante —dijo Teresa. Él sonrió agradecido.

—¿Entramos ya? —Vicenta les apremió para ocupar sus asientos.

—Espera... —Teresa sacó un sobre del bolsillo y se lo entregó a Carreras—. Sin la palabra hija, ni padres ni familia, ni Rusia, como me dijiste.

Él lo recogió complacido, metió la mano en el interior de la chaqueta y sacó la foto que le había hecho el día del encuentro con Albístegui. La metió en el sobre y lo cerró.

—Tendrán que ver cómo eres ahora, ¿no? —le guiñó un ojo.

A través de su contacto en Francia, Carreras había averiguado el paradero de los padres de Teresa. Le pidió que escribiera una carta pero que omitiese ciertos términos que podrían despertar sospechas. Tardó tres días en redactar la misiva, la primera después de más de una década. Tantas vivencias, tantos tumbos, tantas personas y no supo cómo empezar. Rompió decenas de borradores hasta que encontró la fórmula más convincente. Aquel sobre representaba un reencuentro con su pasado, con una vida interrumpida por las guerras.

—Yo me he olvidado de la mía —se lamentó Vicenta, que también había aceptado el ofrecimiento de Carreras de hacer de heraldo—. Luego me acompañas al hotel y te la doy.

Carreras sabía que aquel olvido era intencionado. Estaba acorralado y no tenía forma de escapar de la responsabilidad que había adquirido.

El teatro estaba a rebosar. Sus localidades eran estupendas, en platea, fila quinta. Ni demasiado lejos como para no ver a los miembros de la orquesta y al director, ni demasiado cerca para ver solo los pies de los intérpretes. El público guardó silencio. Por un lateral del escenario apareció el maestro, con traje negro y gafas redondas. Se situó en el proscenio y saludó al público. Entonces Teresa pudo observarlo bien.

—Ese es el maestro Shostakovich —le susurró.

Aquel rostro le resultaba familiar. No era alguien de su entorno, pero estaba segura de que lo había visto en alguna parte. La mirada de niño distraído, el ceño fruncido y los ojos de topo tras los lentes. No tenía ninguna duda; sabía que lo había visto antes.

El maestro se giró y subió a la peana. Con un breve movimiento de la batuta empezaron las primeras notas de los violines y los violonchelos, pero Teresa seguía enganchada en la incógnita de saber dónde había visto antes a aquel hombre. Volvió al presente cuando sonó el casi imperceptible redoble de tambor acompañado de los *pizzicatos* de los violines. Vicenta le cogió la mano y se apretaron con fuerza.

Cada acorde la transportaba a las calles nevadas de Leningrado, a ciudadanos arrastrando su miseria. El tambor golpeaba como los copos de nieve. La flauta travesera materializaba las infinitas colas del pan. Con el flautín pasaba un trineo con un cadáver envuelto en trapos. El clarinete y el oboe rompían el hielo del Neva. El contrabajo sonaba invisible como el viento de enero... Viento, instrumentos de viento, viento gélido, viento afilado, viento de hambre. Solo quien estuvo allí podría reconocer cada instante, persona o escenario de los casi novecientos días de asedio en los acordes de la sinfonía.

Carreras disfrutó del concierto, pero ellas sintieron de nuevo Leningrado en sus entrañas. Sufrieron y lloraron durante toda la representación, se conmovieron con el dolor, pero al mismo tiempo celebraron estar vivas después de atravesar un infierno transido. La pieza les pareció algo fría, sin el dramatismo esperado ni excesiva melancolía. Casi más visual que sensitiva. Como fue el cerco de Leningrado, donde la emotividad, los afectos y la sensibilidad fueron devorados por la inanición y la muerte.

La ovación final fue apoteósica. Teresa y Vicenta hasta se pusieron de pie y el público las imitó. No podían dejar de aplaudir. Shostakovich saludó una y otra vez inclinando el torso hacia el patio de butacas. Otra vez lo tenía delante. La incógnita volvió a revolotear en la cabeza de Tere. ¿Dónde demonios había visto aquellos ojos de topo? El enigma se convirtió en un zumbido machacante.

En la calle había empezado a nevar y un ligero velo blanco acariciaba la calzada. Caminaban por la avenida hasta el hotel, Vicenta y Carreras comentaban algo sobre la carta pero Teresa seguía dándole vueltas al misterio de Shostakovich. Al llegar al cruce, antes de girar hacia la avenida, se paró en seco.

—¡El bombero! —exclamó con entusiasmo.

Carreras y Vicenta se giraron y la miraron confundidos.

—¡El director, Shostakovich! ¡Es el bombero de Leningrado! —aseguró convencida.

En efecto, se trataba del bombero que vio la noche del incendio, cuando la gente acudía a calentarse. Las gafas y los ojos de topo eran inconfundibles. Misterio resuelto. Les contó a Vicenta y a Carreras la anécdota y lo insólito que le pareció un bombero con gafas. Ellos agradecieron el parloteo. Estaban demasiado tensos por el cometido que tenían esa noche.

Vicenta les invitó a subir y calentarse mientras buscaba la carta para su familia. En la habitación, Tere se quitó el abrigo, Carreras hizo lo mismo. Aún reía recordando la casualidad. Sus amigos, por el contrario, se mostraban circunspectos y, de vez en cuando, forzaban alguna sonrisa. Vicenta se sirvió un vodka, Carreras también. Fue entonces cuando Teresa se percató de que la miraban en silencio, demasiado serios.

—¿Qué pasa? —dijo, aún sonriente.

Ninguno de los dos abrió la boca. Se miraron el uno al otro, esperando a ver quién se atrevía a hablarle.

—Carreras quiere decirte algo importante —dijo al fin Vicenta.

El rostro de Teresa mudó de la diversión a la inquietud.

—Pero... ¿ha pasado algo? —insistió.

Un nuevo cruce de miradas. Carreras vació el vaso de un trago.

—Ven, siéntate.

Vicenta la cogió del brazo y se sentó con ella en el borde de la cama.

Su corazón se aceleró en apenas unos segundos. Les miraba sin comprender. Carreras se acercó y se acuclilló frente a ella. Respiró hondo y lo soltó a bocajarro:

—Se trata de Ignacio.

21

Ignacio

Estonia, 9 de marzo de 1944

Desde su Yak-9, Antonio Arias dio orden a Ignacio y a Pristupa de situarse en sus flancos. Los dos pilotos afirmaron con una señal y se pusieron a la cabeza de la escuadrilla. Arias viró rumbo sudeste y se adelantó en dirección a la base de Gdov. Pristupa gesticulaba desde su carlinga, orgulloso por el éxito de la misión. Pero Ignacio sentía que había sido una victoria pírrica. No estaba orgulloso de lo que acababa de suceder unos minutos antes. Tenían la misión de conducir la escuadrilla hasta la base de Gdov, en la orilla este del lago Peipus. No podían despistarse ni un instante.

Hacía varios meses que participaba de forma activa en misiones importantes: varios bombardeos de trenes de municiones y víveres de los alemanes y la misión de ataque de Leningrado en la que consiguieron derribar sesenta aviones alemanes y donde le salvó la vida al coronel Pokrishev.

Aquella hazaña le valió el reconocimiento de su superior y mentor, que lo convirtió en su escolta aéreo personal, además de la Orden de la Estrella Roja por la defensa de Leningrado al derribar tres aviones de forma conjunta con su par, Pristupa. Todas sus acciones habían sido contra objetivos militares, cuerpo a cuerpo con los Messerschmitt, enfrentamientos y ataques con soldados como él.

No fue el caso de ese 9 de marzo de 1944. Masacrar a la población civil desde el aire le pareció ruin e inhumano. Y sabía de lo que hablaba. Lo llevaba grabado en el corazón desde hacía siete años, cuando él era solo un crío y los fascistas bombardearon Éibar.

Históricamente, Estonia siempre fue antisoviética. Tras un intento de golpe de Estado en los años treinta, Stalin quiso acabar con la burguesía imperante en el país y organizó una de sus famosas purgas. Iniciada la contienda, los estonios cedieron territorio y bases a los nazis. Y aunque estos tampoco les resultaban demasiado simpáticos, era su forma de oposición al gobierno soviético. Una vez recuperado el frente noroeste, los rusos decidieron aplicarles un correctivo: bombardear Tallin.

Intentó buscar alguna diferencia entre ambos bombardeos, justificar su actuación, entender por qué aquellos infelices sí merecían un castigo tan aberrante, pero no lo logró. Buscó sosiego en la foto de Teresa, que presidía su cuadro de mandos. Inconscientemente le pidió perdón. No paraba de darle vueltas a las escenas que imaginaba quinientos metros por debajo de él. Quizá un niño que jugaba a las canicas, despedazado; una madre que arrastraba a sus hijos a un refugio, desmembrada; un maestro que protegía a sus alumnos en la escuela, sepultado... Los gobernantes guerreaban por unas fronteras físicas que el dolor ignoraba y traspasaba sin visados ni salvoconductos.

Cuando quiso darse cuenta tenía los ojos empañados, más de rabia que de tristeza. Iba tan abstraído que no se percató de que su La-5 había descendido de forma considerable. Entonces su compañero descendió hasta su altura y le hizo un gesto desde su avión indicándole que ascendiese. El norte de Estonia estaba infestado de bases nazis y se había puesto en peligro al volar tan bajo. Hasta que no cruzasen el lago, no estarían a salvo.

Ignacio reaccionó e intentó un ascenso brusco, pero las baterías antiaéreas ya les habían detectado. Casi de inmediato, el fuego enemigo impactó sobre la chapa de su La-5. Él recibió dos impactos, pero su compañero Pristupa llevaba un ala bastante dañada. Logró ascender y situarse debajo de él a modo de escudo. Si aguantaba, podría escoltar a su par hasta la base y llegar a salvo, pero era imposible defenderse. Permanecería en esa posición hasta que el grueso de la escuadrilla los alcanzase y los condujera hasta la base. Después él podría ascender y avanzar a su vez hacia el aeródromo. Ya se divisaban las aguas del lago, apenas unos kilómetros y estarían a salvo.

Ignacio sintió cómo una ráfaga impactaba en su aeronave. No podría aguantar mucho más tiempo en aquella posición. Al fin, el resto de los aviones se agruparon y envolvieron el avión de Pristupa. Miró el indicador de combustible y empezó a descender a velocidad vertiginosa. Los mandos no respondían. Era imposible recuperar altura. El fuego antiaéreo había convertido el depósito en un colador. Debía tomar una decisión, y apenas tenía un segundo para hacerlo.

Se ajustó las gafas, agarró el resorte con la mano derecha

y contempló por última vez la foto de Teresa. A continuación, tiró con fuerza.

Un revoloteo desorientado, un tirón de las cuerdas del paracaídas y un descenso etéreo en el que le pareció ver cómo su avión se estrellaba en el pantano de Mustvee.

Cuando recuperó la consciencia se vio atrapado como una mosca en una telaraña, entre las ramas de un tilo y las cuerdas del paracaídas. Había sufrido heridas aparatosas al caer sobre el árbol. Consciente de que seguía vivo, no podía permanecer allí, debía apresurarse. Los gritos de los colaboracionistas nazis se oían en la lejanía. Era vital liberarse de las ataduras e intentar escapar. Bajo ningún concepto debía dejarse atrapar. Caer prisionero de los nazis era peor que la muerte. En el mejor de los casos, le internarían en Klooga, el campo de concentración que los alemanes habían construido en Estonia. Eso sin contar las torturas, aberraciones e inhumanidades a las que le someterían.

A pesar del enredo aparatoso en el que se hallaba, consiguió liberarse de los arneses y bajar del árbol. Al caer al suelo vio que sangraba a la altura de la pantorrilla izquierda. Un trozo de rama se le había clavado durante la caída. Las voces de la policía estonia se oían cada vez más cerca. No había tiempo que perder. Echó a correr cojeando hacia el único espacio despejado del bosque, en dirección al lago. No tardaron en localizarle.

—*Seal on! Seal on!*[58] —gritaban los estonios.

No miró hacia atrás pero por las voces que se oían, no eran menos de diez. Los tenía apenas a cincuenta metros. Corría con toda su alma pero sus fuerzas se agotaban. Entonces sintió varios disparos a sus pies. Los primeros erra-

58. Ahí está, ahí está.

ron, pero dos de ellos le alcanzaron en la pierna sana. Cayó al suelo, incapaz ya de ponerse de pie, pero intentó aún arrastrarse hacia el lago.

Un semicírculo de colaboracionistas le rodeaban a apenas treinta metros. A su espalda, el lago Peipus helado, amenazante. No había escapatoria. Unos metros más y empezaría el calvario en vida. Solo quedaba una opción, una solución drástica y violenta. Una oportunidad de salir de la situación con honor.

Se llevó la mano a la cadera. Los colaboracionistas no se percataron del gesto. Debía calcular bien los movimientos y ser rápido. Desabrochó la funda con cuidado y, fingiendo un quejido de dolor, se incorporó para poder maniobrar más fácilmente. En apenas un segundo, desenfundó su arma, se encañonó en la sien y disparó.

22

La locura

El zumbido de los filamentos de la bombilla se colaba por sus oídos como un gusano hasta el centro del cerebro. Elevó un poco los ojos, una línea afilada de luz lechosa y turbia aguijoneó sus pupilas. Los párpados pesaban demasiado. Lo intentó otra vez. Un horizonte blanco, ya más sedoso, invadió su mirada. En una ubicación espacial indefinida, flotaba, volaba, etérea y líquida, fuera de la materia, descarnada. La vista horizontal de la puerta le indicaba que se hallaba tumbada. La almohada olía a desinfectante. Las baldosas de la pared intensificaban el chisporroteo de la bombilla. Hacía frío pero no podía moverse para buscar la manta. Su cuerpo o su mente la bloqueaban. Sentía una parálisis generalizada que no era otra cosa que una camisa de fuerza.

Por la trampilla de la puerta asomaron unos ojos desconocidos y neutros. El gozne sonó desde fuera y la puerta se abrió.

—*Vsego pyat' minut*[59] —bramó la voz autoritaria de la celadora.

Teresa observó unos zapatos marrones, unos peales, el dobladillo de una falda azul y encima, un abrigo. La figura se sentó en el borde de la cama y acarició con su mano blanca las marcas de sus sienes, provocadas por los electrodos de la terapia electroconvulsiva. El tacto la reconfortó. Aquellos dedos escribían en su piel pasajes de añoranza, renglones de otra vida. La voz de Alicia Casanovas entonó bajito la canción que Teresa le cantaba en Kiev, cuando deslizaba la mano hasta ella en mitad de sus insomnios. Poco podía hacer una neumóloga en una institución mental más que reconfortar y ofrecer cariño a su amiga. Alicia se estremeció al verla tan indefensa, inmóvil y con la consciencia racionada por los medicamentos. Estaba en la realidad solo de visita pero la oscuridad la succionaba hacia el éter narcótico de su nuevo mundo de pesadilla.

Alicia siguió a su lado unos minutos más, en silencio. Prohibido hablarle o molestarla fueron las órdenes del médico. Estaba incomunicada, sin visitas ni distracciones, sometida a un estricto tratamiento de electrochoque y narcóticos. Alicia pudo visitarla gracias a que pertenecía a la comunidad médica y por eso le permitían ciertos privilegios. Sintió frío. Estiró la manta doblada a los pies de la cama y la cubrió hasta el cuello. Llevaba un camisón de algodón blanco y el cuerpo embutido en la maldita camisa de fuerza.

Se arrodilló en el suelo y le acarició el pelo para apaciguar los demonios que jugueteaban con su mente. La noticia de la muerte de Ignacio los había embravecido y fue incapaz de dominarlos. Revoloteaban traviesos, mezclaban los recuerdos, confundían emociones con reminiscencias, épocas

59. Solo cinco minutos.

con lugares, traumas atávicos. Un aquelarre mental imposible de sofocar.

La noticia corrió por toda la comunidad de españoles de Moscú. Los que conocieron a Ignacio lo sintieron como una pérdida familiar. Los que no, padecían por Teresa. El choque fue tan fuerte que no pudo resistirlo.

—*Vremya vyshlo!*[60] —volvió a rugir la voz de la enfermera.

Alicia se sobresaltó. No debía alargar el tiempo o no podría volver a visitarla. Antes de levantarse se acercó y le besó la frente. Entonces sí, Teresa entornó levemente los ojos y se dejó envolver de amor.

Vicenta y Carreras esperaban en la calle. Las visitas estaban prohibidas. Solo a Alicia Casanovas se le permitían aquellos breves encuentros, suficientes para saciar la preocupación de sus paisanos, sobre todo de ellos dos, que se sentían responsables de lo ocurrido. Cómo iban a imaginar que la noticia provocaría semejante incendio en su frágil cabeza.

Carreras había sufrido durante meses cuando veía la angustia de Teresa cada vez que recibía una negativa en la búsqueda de su novio. No quería verla sufrir más. Con la información que les proporcionó Isaías Albístegui tenía un hilo del que tirar. Recurrió a antiguos contactos de sus años en el ejército. Un par de telegramas, unas cuantas llamadas... En apenas tres semanas consiguió la información. Fue más difícil tomar la decisión de contárselo que la búsqueda en sí. De no ser por la insistencia de Vicenta quizá no hubiera tenido el valor de hacerlo. Sabía que iba a ser un duro golpe

60. Se acabó el tiempo.

para ella, pero ninguno de los dos imaginó hasta qué punto. Su mente no pudo soportar más dolor.

—¿Cómo está?

Vicenta se mostró impaciente al ver salir a Alicia del edificio del Kashchenko, como se conocía popularmente al Hospital Clínico Psiquiátrico número 1 de Moscú.

—La tienen drogada del todo —dijo con pena—. Creo que ni me ha reconocido.

—Lleva así casi un mes —añadió Carreras.

Desde que la acompañó en la ambulancia, la noche de la fatal noticia, no había faltado ni un solo día a visitarla, aunque no le habían permitido verla. En alguna ocasión obtuvo un breve informe de algún médico o enfermera compasivo que le ofreció apenas un par de datos. Se sentía en la obligación de cuidar de ella. Pero lo que en un principio parecía una responsabilidad moral era en realidad el deseo de sentir su presencia. Teresa se le había metido en la cabeza y en el corazón.

—¡Verla así, con la camisa de fuerza...! —Los ojos de Alicia estaban inundados por la pena.

—¿Cómo? —Vicenta la miró con reprobación. Carreras y ella desconocían aquel dato—. ¿La tienen atada?

Alicia no respondió. Su silencio lo dijo todo. Vicenta no insistió más. Continuaron hacia la parada del tranvía, en silencio, imaginando a su amiga amarrada a una cama, presa de su propio delirio.

Tres semanas más tarde Teresa recibía su primera visita. Alicia siguió acudiendo siempre que podía e informaba a sus amigos de los avances en su recuperación, pero el primero en visitarla oficialmente fue, sin duda, Carreras. Llegó nervioso, como un novio el día de la boda. Se había puesto el traje del ejército que había lavado, aunque le faltó un toque de plancha.

Llevaba en la mano una caja de chocolatinas Alienka, lo único que se podía permitir. Atravesó el curativo jardín de campanillas, peonías y rosales. En el césped, bajo los cedros y alerces, o en los senderos, algunos residentes paseaban, casi todos acompañados por enfermeras o celadores. Un joven con una cicatriz repulsiva en la cabeza le siguió con la mirada. Una mujer se balanceaba hacia delante y hacia atrás mientras acariciaba un gatito que pugnaba por saltar de sus brazos. Otro hombre caminaba con prisa alrededor de un parterre y discutía con un interlocutor invisible. No sentía miedo, pero sí una pizca de inquietud.

A pesar de que los informes de Alicia eran esperanzadores, temía encontrarse con una escena inesperada. El imaginario a veces juega malas pasadas y creamos ilusiones que, inevitablemente, nos llevan a emitir juicios de valor falsos.

En un cenador al fondo del jardín, Teresa cosía mientras daba indicaciones de vez en cuando a una adolescente que se desesperaba por atinar con las puntadas. Carreras sonrió emocionado al verla, y aliviado. La observó unos instantes antes de acercarse hasta que ella se percató de su presencia. Dejó su labor sobre la mesa y corrió a abrazarle. No esperaba un recibimiento tan cálido, y lo agradeció.

—Pensé que ya no venías —se quejó, risueña.

—¿Y cómo sabías que iba a venir? —bromeó él.

—Es que soy adivina, ¿no lo sabías? —Carreras se sorprendió con su repentino sentido del humor—. Me lo dijo Kaganovich, el director.

—Tenía muchas ganas de verte. —La miró de arriba abajo mientras le cogía las manos.

La verdad es que tenía muy buen aspecto. Bien peinada, con un vestido de calle marrón claro y cinturón y solapas blancas. Sobre los hombros, una bata azul marino. El color había vuelto a su cara, incluso afirmaría que había cogido un kilo o dos. La encontró preciosa.

—Ven, te voy a presentar a Nastya. —Tiró de él hacia el cenador. La adolescente seguía intentando alinear la costura. Teresa le tocó el hombro y ella dejó su tarea—. Este es mi amigo Víctor —le dijo, mirándola a la cara.

—¿Es tu novio? —preguntó con descaro.

Tere sonrió y Carreras no supo reaccionar.

—No, es mi amigo, de mi país, España.

La joven no contestó, simplemente se le quedó mirando con descaro. Se sintió incómodo, así que recurrió al regalo que traía para ella.

—¿Te gusta el chocolate? —le dijo a Tere, conocedor de la respuesta.

—¡Mira, Nastya, chocolate!

Abrió el paquete y le entregó una chocolatina a la muchacha. Esta la tomó en sus manos y la chupó despacio. Después, se alejó unos metros para disfrutar de la golosina.

Carreras no sabía de qué hablar con ella. Lo primero que se le ocurrió fue preguntar por la costura.

—Antes sabía coser un poco, me enseñó mi madre, pero aquí he aprendido un montón. Mira —dijo extendiendo el trozo de tela—, me estoy haciendo una falda.

La terapia ocupacional era un tratamiento bastante innovador que Ilya Kaganovich no tardó en introducir en su centro. Consideraba que tener las manos y la mente ocupadas contribuía a reordenar la mente, aunque tampoco renunciaba a métodos más agresivos como la electroterapia, empleada también con Teresa. El centro ofrecía a los internos actividades de cerámica, cestería, carpintería o costura, actividad por la que se había decantado Tere. Incluso se encargaba de enseñar a las menos hábiles.

Carreras, que esperaba encontrarla delirante y trastornada, se vio ante una mujer alegre, activa y con aparentes ganas de vivir. Le contó que todos en el Centro Español habían preguntado por ella y estaban deseando verla. Ella se alegró y les mandó recuerdos. También tenía muchas ganas de verles.

—¡Te voy a hacer un camisa! —dijo de pronto—. Esa que llevas está muy vieja. Ven, voy a tomarte medidas.

Se puso de pie y le pidió que abriera los brazos. Él obedeció, divertido. Cogió una cinta métrica del cesto y la extendió sobre sus hombros. Después anotó la cifra en un cuaderno. Lo mismo con los brazos, el cuello, la cintura... Escribió con su letra pulcra todas las cifras.

Un leve zumbido se oyó a lo lejos. Teresa miró al cielo y mudó de la alegría al desasosiego. Carreras se asustó. ¿Qué estaba ocurriendo? El zumbido se acrecentó hasta convertirse en un rugido intenso. Ella seguía con la vista arriba. Un avión atravesaba el cielo del jardín. Se tapó los oídos y se acurrucó en un rincón bamboleándose adelante y atrás. Él se sentó a su lado para intentar calmarla, pero Tere había entrado ya en su mundo delirante. Lloraba y gritaba:

—¡No!, ¡no! ¡Ignacio!

Las enfermeras aparecieron como por ensalmo y le ordenaron que se apartara. Entre las dos la inmovilizaron con la camisa de fuerza. Carreras pedía desesperado que no le hicieran daño, pero ignoraron sus ruegos. En un instante desaparecieron con ella hacia el interior del pabellón.

Carreras se quedó solo en mitad del cenador. Estaba claro que aún le quedaba mucho camino por recorrer.

Las crisis nerviosas fueron remitiendo. Teresa cada vez pasaba menos tiempo en el mundo del delirio y permanecía más consciente de la realidad. Las visitas de Carreras eran diarias y dos o tres veces por semana iba a verla algún amigo. Todos la colmaban de regalos y cariño y le deseaban que se recuperase pronto para volver con ellos. Ella cosía, paseaba y participaba en las actividades del centro. A veces se entristecía cuando se marchaba Carreras o sus paisanos, pero el centro le daba seguridad. Allí estaba tranquila y sus emociones, controladas.

Un día, el doctor Kaganovich fue a verla al jardín. Ella cosía en el cenador, su sitio favorito. Era un agradable día de verano, casi caluroso. El psiquiatra se interesó por su labor, Teresa le enseñó un delantal que estaba cosiendo para Alicia, imitando los que confeccionaba su madre cuando era pequeña.

Se había centrado en el caso de Teresa de forma especial. Era la paciente perfecta para investigar y tratar lo que se empezaba a denominar como síndrome traumático patológico o estrés postraumático. Utilizó con ella los tratamientos habituales para paliar dicho trastorno. Electrochoques nada eficaces, hipnosis o medicación. Nada dio resultado. Solo la terapia ocupacional y el psicoanálisis revelaron una notable mejoría. Con varios traumas en su haber, el primero cuando aún era una niña y fue arrancada de su familia, y dos guerras, era la candidata idónea para aplicar sus métodos.

—¿Qué estás cosiendo? —preguntó el doctor con fingido interés.

Teresa extendió el delantal de rayas rojas y blancas, ribeteado con un volante blanco, un bolsillo en la pechera y dos más a la altura de las manos, igualmente decorados en blanco.

—¡Vaya! No sabía que eras tan buena modista.

—Me enseñó mi madre —afirmó, orgullosa.

—¿En San Sebastián? Eso no me lo habías contado —exclamó él, cómplice.

Después de unos minutos de silencio, mientras doblaba la prenda, el hombre prosiguió:

—¿Te gustaría visitar a tus amigos? Ya sabes, volver a la ciudad, a la fábrica...

Ella dudó unos instantes.

—¡Claro! —concluyó al fin, poco convencida—. Les echo de menos.

—¿Qué te parecería volver al colectivo? Con tus compañeros, tus amigos, y con ese chico tan apuesto que te visita cada día.

Teresa mostró cierto nerviosismo que intentó disimular con la prenda que aún tenía en las manos.

—Pero... aquí estoy bien. ¿Y si me da otro ataque?

En ese momento fue consciente del pánico que tenía a abandonar la institución, donde se sentía protegida y cuidada. Salir de nuevo al mundo real, a las calles, a la crueldad social... Aquella era ahora su casa. Allí no le podía pasar nada malo, y si pasaba, había un montón de gente que acudiría en su ayuda.

—Bueno, si pasa eso, puedes volver con nosotros hasta que estés bien del todo —concluyó el doctor.

Ella sonrió, aunque no muy convencida. El hombre concluyó que era el momento de poner a prueba la mente renovada de su paciente. Pero antes, debía encontrar a alguien que se responsabilizase de ella, que le informase si había algún cambio o alguna crisis destacable. Y esa persona no era otra que Carreras.

23

Un nuevo comienzo

En una bolsa de loneta, confeccionada por ella misma, llevaba los pocos objetos de aseo personal y las prendas que había confeccionado durante su estancia en el Kashchenko. Se despidió de los otros pacientes, con los que había compartido terapias y delirios, y prometió visitarles. El personal del centro también se despidió de ella. Teresa era cariñosa y bondadosa y todos la apreciaban. Sintió vértigo al enfrentarse de nuevo a la calle, a la gente, a la realidad, a un presente desconocido.

Carreras la esperaba en la puerta con un ramo de flores y una sonrisa.

—¡Qué guapa estás! —le dijo, y le estampó un beso en la mejilla acompañado de un achuchón.

Teresa se ruborizó. Era buena señal, significaba que volvía a sentir y a emocionarse y se dejó querer. Él cogió su bolsa y le entregó las flores. Las olió y se dejó extasiar por su perfume. Carreras le tomó la mano y caminaron sin prisa bajo el sol templado de junio.

Al llegar al Centro Español hicieron una breve parada en la puerta. Ella respiró hondo. Él apretó su mano para infundirle confianza. Carreras le contó que le habían preparado un bonito recibimiento. Estarían casi todos. En cuanto la vieron entrar, la sala estalló en un vibrante aplauso.

Una marea de cariño la arrastró hasta ahogarse en olas de ternura. Besos, abrazos, caricias y alegría. Tanta que no pudo reprimir las lágrimas. A Teresa nunca le había gustado el protagonismo, y sentirse el centro de atención la abrumaba. Vinieron todos: Alicia, Blanca, Joaquintxo, Albístegui, las inseparables hermanas Muñiz Castro, Mariano y, por supuesto, Vicenta. Su amiga lloraba de alegría y un pellizco de nerviosismo. Unos meses atrás había salido de viaje, por lo que llevaban tiempo sin verse. El abrazo entre las dos fue hermético y profundo.

No hicieron falta excusas para convertir el reencuentro en una fiesta. La música y el cante invadieron la velada y los asistentes se arrancaron sin miramientos.

Teresa estaba agotada y se sentó en uno de los sillones con una copa de vino georgiano en la mano. Observó a sus amigos. Se sentía afortunada. A pesar de la guerra, las separaciones y los años de distancia. El hilo que zurcía sus infancias y desgarros resistía sus débiles costuras. Un hilo de colores cosido una y mil veces, pero fuerte y sujeto a un pasado irreal.

Carreras se acercó y chocó su vaso contra el suyo.

—Por ti, mi querida Terezhochka.

Le aguantó la mirada, intensa, profunda, sugerente, hasta que bajó la cara muerta de vergüenza. Él prefirió evitar la inquietud.

—Tengo un regalo para ti —dijo a la vez que sacaba un sobre del bolsillo.

—¿Qué es? —preguntó.

Carreras se limitó a señalar con el mentón hacia la carta.

En cuanto leyó el nombre del remitente se echó la mano a la boca. Casi tuvo un ataque de ansiedad, pero logró controlarlo: Fructuosa Gutiérrez.

—Han contestado —dijo él, satisfecho—. Llegó la semana pasada.

Abrió el sobre con miedo a desgarrar el recuerdo impreso en su memoria de niña de doce años.

—Léela luego mejor —sugirió Carreras, pero ella ignoró su sugerencia. Llevaba esperando once años y no iba a dilatarlo más.

Sus ojos recorrían impacientes los renglones de la cuartilla. Poco a poco reconoció la letra torpe y afilada de su madre. Leyó el breve texto en un instante, volvió al inicio y repitió la lectura a ritmo atropellado.

—Viven en... —tuvo que leer de nuevo— Monistrol de Montserrat.

—Eso está en Barcelona —dijo Carreras, animado—. Es una montaña preciosa, y muy rara.

Él ya conocía todos los detalles del paradero de sus padres. Lo averiguó a través de su contacto en Francia. Pero prefirió que lo descubriera ella y no estropearle el momento tan emotivo. Miró el reverso del papel pero la carta solo ocupaba una cara. Luego escudriñó el interior del sobre. Algo había quedado dentro. Era una foto de ellos en un cartón verjurado y un recuadro a modo de falso paspartú. En la esquina izquierda, el nombre del fotógrafo: Sardà, y en la derecha, la dirección: Guimerà, 15, Manresa. Fructuosa lucía un vestido negro, un colgante de cordón blanco al cuello y el pelo negro recogido en su perpetuo moño en la nuca. Cándido, su padre, llevaba un elegante traje, corbata de rayas y pañuelo blanco en el bolsillo de la chaqueta. Aquellos pocos datos serían suficientes para fantasear sobre la vida de la familia que dejó en un andén de Bilbao. Suspiró hondo, con hipidos entrecortados. Aquel trozo de papel era el nudo que la unía de nuevo con sus orígenes, con un pasado que se había convertido en entelequia y que ahora volvía a ella para reestructurar su mente dispersa.

—¿Estás contenta? —preguntó Carreras, acariciando su mejilla.

Ella asintió abrumada. Ni en sus sueños más peregrinos hubiera imaginado un regalo semejante. Carreras pegó su cara a la de ella y besó sus labios con dulzura. Ella lo recibió afectuosa, quizá por agradecimiento, quizá por instinto, quizá por deseo. Su cabeza aún no era capaz de distinguir unos sentimientos de otros. Lo que sí tenía claro era que él se había convertido en un cabo al que se amarró en medio del temporal de la demencia.

La relación se hizo oficial de forma tácita. Teresa se incorporó a su puesto en la fábrica de cojinetes de bolas número 2 y se realojó en el colectivo. Se sentía bien allí, en compañía de otras mujeres, compañeras españolas y rusas con las que compartía vivencias, risas y sueños. Carreras pasaba cada tarde a recogerla y se reunían con Joaquintxo y su esposa para conocer la ciudad, acudir a alguna celebración o simplemente pasear. Fue en esa época cuando Teresa tuvo más información sobre la situación en España, los grupos de resistencia, los maquis, y el apoyo del comunismo internacional. No olvidaba lo que el fascismo había supuesto para los españoles refugiados en la Unión Soviética. Aún existía el sueño de que, tras la derrota del fascismo en Europa y una vez finalizada la Segunda Guerra Mundial, Franco caería. Eran muchos los dirigentes y antiguos miembros del Partido Comunista que visitaban la Unión Soviética desde sus países de exilio: Santiago Carrillo, Teresa Pàmies, López Raimundo, Uribe... Todos con el firme propósito de vencer al totalitarismo, acabar con Franco y restaurar la República en España. Un sueño precioso del que nunca pudieron despertar.

—Ya va siendo hora de que formes parte del partido, ¿no crees? —dijo Carreras mientras le ofrecía un melocotón.

Era pleno verano y una de las cosas que más gustaba a los moscovitas era ir a los parques a merendar. Aquel domingo, como muchos otros, Joaquintxo y su mujer habían preparado el almuerzo. Carreras se encargó de las bebidas.

—Pero, Tere, ¿y a qué esperas? —exclamó Joaquintxo, sorprendido—. Fuiste pionera y luego del Komsomol, ahora toca arrimar el hombro y cumplir con la patria.

—Con las dos patrias —afirmó la mujer de Joaquintxo levantando su vaso.

Brindaron por España, por la Unión Soviética, y por Teresa, que ya se sentía soviética de pro.

—En dos meses viene Dolores —dijo Carreras cambiando de tercio pero no de tema—. Por el aniversario de las Juventudes Comunistas.

—¿Dolores? —Teresa aún no dominaba los términos y los nombres utilizados por los más comprometidos.

Los otros tres se miraron incrédulos. Carreras la sacó de dudas.

—Sí, Dolores... la Pasionaria...

Ella afirmó a la vez que puso cara de sorpresa. La Pasionaria era una figura etérea, mística, a la que todos reverenciaban con religiosidad. Ella ni siquiera le ponía cara, pero tenía asumida su figura como una mujer luchadora, valiente y comprometida. Teresa se emocionó con la noticia.

—Dicen que no está muy fina —apuntó Joaquintxo—. Creo que quiere aprovechar para que la opere el médico de Stalin.

—Y de paso cerrar la boda de Amaya con el hijo —afirmó pícara la esposa de Idígoras.

—No seas cotilla, mujer —le increpó su marido.

Teresa seguía sin entender, aunque reía para disimular.

—Es que, por lo visto, Amaya, la hija de Dolores, está ennoviada con el hijo de Stalin —le aclaró la mujer en tono confidente y algo cotilla.

—¿Con Vasily? —exclamó, sorprendida.

—No, mujer, con el otro, el que adoptó, Artyom.

—Dejad de cotillear —replicó Carreras—. ¿Qué tiene de malo que se casen? Una unión así hace el comunismo más fuerte de lo que ya es.

Las dos mujeres callaron, aunque se miraron y se les escapó una leve sonrisa.

Llegó octubre y toda la comunidad española en Moscú estaba preparada para recibir a la Pasionaria. En su discurso a los exiliados les animó a seguir luchando por la caída del fascismo en su país y a trabajar para construir una nueva España. En todos ellos existía el deseo de regresar algún día a la patria, pero lo que en un principio iban a ser unos meses se habían convertido ya en once años. El teatro del Centro Español estaba a rebosar. La mayoría tuvieron que presenciar el acto de pie, pegados a las paredes e incluso desde el vestíbulo. Era un evento sin precedentes y todos quisieron formar parte. Cuando la Pasionaria acabó su exposición, llegó el momento de la entrega de insignias a los nuevos miembros del partido, entre los que se encontraba Teresa. Ellas recibieron de manos de Dolores la insignia de las mujeres antifascistas españolas, un alfiler de plata con la bandera republicana y la silueta de España. Alineadas en el escenario de forma marcial y protocolaria, recibieron el emblema con orgullo. A Teresa le caían sudores fríos por la espalda. Estaba tan nerviosa que temió que se le escapase alguna barbaridad. Cuando llegó su turno, observó a la mujer. Tenía un rostro labrado por mil penas, quemado por mil soles, ajado por mil ventiscas. La tristeza asomaba sin pudor a sus ojos, que se clavaron en ella al prender la medalla. Como pillada en un renuncio, la dirigente apartó la mirada y pasó a la siguiente chica. Teresa estaba ante una líder, un icono, pero por un instante pudo ver escondida a una mujer.

Concluido el acto, ya más distendido el ambiente, todos quería acercarse y saludar a la Pasionaria. Se la notaba cansada, enferma, pero no rechazó los saludos. Fue Irene Falcón, su secretaria y amiga, la que la arrastró con ella y se retiraron. Allí quedaron su hija Amaya, Francisco Antón y Mólotov, ministro de Asuntos Exteriores, y un nutrido grupo de miembros del partido, tanto españoles como soviéticos.

Teresa salió a la calle. Se sentía un poco abrumada con la aglomeración de gente. Un niño pequeño tropezó con ella mientras jugaba.

—¡Vladimir, ven aquí!

Una voz femenina le increpaba unos metros más allá. Teresa no le dio importancia y le acarició el pelo al chiquillo.

—Tranquila, solo está jugando —le dijo a su madre.

—Es que es un trasto —dijo cuando el crío se alejaba hacia un parterre para observar las plantas que crecían a su alrededor.

La mujer se dirigía ya hacia su hijo cuando se paró de pronto frente a Teresa. Se la quedó mirando, intrigada.

—¿No nos hemos visto antes? —preguntó.

Teresa, acostumbrada a reencontrarse con otros exiliados españoles, hizo un rápido recorrido por la geografía de sus recuerdos: Kiev, Leningrado, Cáucaso, Georgia... Todos los lugares en los que había coincidido y vivido con otros españoles. A ella también le resultaba familiar su cara, pero no conseguía ubicarla.

—Sí, ya me acuerdo —sonrió segura de su memoria. Teresa seguía perdida—. Borisoglebsk, buscabas a tu novio, el aviador.

Enseguida cayó en la cuenta. Era Carmen Pinedo, la joven voluntaria de Cruz Roja que la ayudó y le dio pan y azúcar cuando llegó a Borisoglebsk durante su viaje hacia el Cáucaso. El instinto la empujó a darle un abrazo, Carmen se lo devolvió con cariño.

—Perdóname, guapa, no te había reconocido. ¿Qué estás haciendo aquí?

—Estamos casi todos los del partido. Veo que tú también has ingresado —dijo señalando la insignia que le había puesto Dolores.

—Sí, ya era hora —afirmó, orgullosa.

—¡Vladimir, no te metas las piedras en la boca! —gritó a su hijo que no paraba de trastear—. ¿Encontraste a tu novio? —preguntó ajena a la tragedia vivida por Teresa.

—Sí, lo encontré —dijo bajando el rostro. Carmen presintió una mala noticia—. Murió.

—¡Cuánto lo siento, bonita! —fue lo único que se le ocurrió.

No le dio tiempo a seguir la conversación. En ese momento Carmen echó a correr hacia donde estaba su hijo. El muy bribón, desobedeciendo a su madre, se había atragantado con una piedra y estaba a punto de ahogarse. Los asistentes se arremolinaron alrededor. No había forma de que el niño escupiese la piedra. Por suerte había algún médico entre los asistentes y pudieron salvarle la vida. El barullo se fue disipando, al niño se lo llevaron al hospital y la celebración acabó antes de lo previsto.

Después de mucho tiempo de inactividad y apuros económicos, Carreras consiguió un puesto en la academia militar Frunze, pero como civil, y ya fuera de la vida castrense. En un principio empezó como profesor de español para los oficiales que ingresaban en el centro a formarse en Disciplina operacional y Táctica. La escuela exigía a todos los que estudiaban en ella que hablasen varios idiomas. Más adelante delegarían en él otras competencias y responsabilidades. El nuevo empleo le reactivó anímicamente y no le impedía seguir con la troika junto a Joaquintxo. Pero pronto tendría que dejar la inspección de colectivos, pues su trabajo le absorbería la mayor parte del tiempo.

Teresa continuaba en la fábrica de cojinetes de bolas. En el colectivo las trabajadoras formaron un grupo compacto de camaradería y amistad. De vez en cuando alguna se marchaba, bien porque se casaba o porque dejaba el trabajo para cuidar de sus hijos, aunque estas eran las menos. Tere ya no formaba parte de la troika y sin más responsabilidades ni obligaciones, le sobraba tiempo. Una de las compañeras, Juana Encabo, completaba su sueldo y el de su marido tejiendo en sus horas libres chaquetas y vestidos para un almacén de Moscú. Cuando Teresa le habló de su afición por hacer punto desde pequeña, su compañera no lo dudó. Doblaron la producción en pocos días y sus prendas tuvieron un gran éxito entre las usuarias. Así ella también aumentaba un poco su reducido sueldo.

Mariano entró en el colectivo excitado, con paso acelerado y nervioso, aunque con un buen humor insuperable.

—Chicas, chicos, tengo una gran noticia —se dirigió a todos. Después hizo un silencio para crear suspense—. ¡Vamos a rodar una película!

Los compañeros le miraron incrédulos y, aunque ya estaban acostumbrados a sus excentricidades, parecía que esta vez hablaba en serio.

—Romm está en la ciudad, y necesita unos cuantos venecianos —continuó con exagerado dramatismo.

Mikhail Romm era uno de los directores de cine mejor considerados de la Unión Soviética, además del director de los estudios Mosfilm. Estaba rodando una película sobre el almirante Ushakov, el más insigne militar naval de Rusia que, en el siglo XVIII luchó en las guerras ruso-turcas. El final de la cinta mostraba la entrada triunfal del almirante en Venecia, tras ser liberada de los otomanos, donde los italianos le recibían con vítores y flores. El director se propuso reproducir la Venecia de 1799 en mitad de Moscú. Las calles y los edificios no suponían un problema para el equipo de producción. Pero hacer pasar a los soviéticos por italianos sería complicado. Fue cuando alguien le habló al director de la comunicad de españoles en la capital. Ya tenía a sus venecianos para la película.

La escena, de apenas dos minutos de duración en la cinta, les llevó cuatro días de rodaje. Vestuario, ambientación, coreografía, indicaciones, dirección de escena... Participaron todos los españoles sin excepción. Su papel consistía en gritar con entusiasmo, lanzar flores, besar a los soldados y dar la bienvenida al almirante, su libertador. Y ya se sabe que a gritones, los españoles eran insuperables. El ayudante de dirección les indicaba posiciones, movimientos, entradas en escena, localizaciones en el set... Ellos obedecían sincronizados y organizados para que la algarabía de la historia pareciese real. Les resultó más fácil y placentero de lo que pensaban. El director quedó encantado con el resultado, por la espontaneidad y la alegría que desprendía aquel grupo de extras que se entregaron en cuerpo y alma para dejar testimonio de un trocito de la historia de su país de acogida.

La década de los cuarenta tocaba a su fin. Una década aciaga que quedaría grabada en la historia y en el corazón de media humanidad. Medio siglo transcurrido, un paso iniciático hacia una nueva era. Ciclos que acababan y otros que se abrían, también en la política y en la historia. Y aunque nadie se atrevía a verbalizarlo, era un secreto a voces que la salud de Stalin era cada vez más delicada. Ni siquiera él era inmortal.

Teresa y Carreras despedirían el año en compañía de la familia de Agustín Arcas, otro importante miembro del partido, influyente en la comunidad de españoles. Durante la guerra de España, Arcas fue el responsable de organización de los grupos combativos en Barcelona. Al finalizar la contienda y como comunista de corazón, eligió la Unión Soviética para su exilio. Su mujer, María, y su hijo Pedro llegaron antes. Ahora Pedro tenía veintidós años y también era un miembro activo del partido. Agustín trabajaba como mecánico de frigoríficos. A Teresa le extrañó que un simple obrero viviera cómodamente en una dacha en el campo en vez de en un piso comunal, como la mayoría de la gente. Tardó poco en averiguar el motivo de dicha prerrogativa.

Llegaron a mediodía cargados de regalos. Iban envueltos en abrigos y gorros de piel y la capa de nieve les llegaba a las rodillas. Carreras se quejó del frío, Teresa lo asimiló como si fuesen los cuarenta bajo cero de Leningrado. El frío formaba parte de su organismo, lo tenía inyectado en la sangre. La familia salió a recibirles.

—¡Mi querido Kirilov! ¡Qué alegría! —se abrazaron y se besaron, como era costumbre entre los rusos.

Teresa les miró confusa. ¿Por qué le había llamado Kirilov? Quizá fuese algún mote ruso, pensó ella en su inocencia.

—¡Vamos, vamos! Que hace frío —apremió María para que entrasen.

La casa era amplia, con un gran salón presidido por una chimenea que ocupaba casi toda la pared. El calor envolvía la estancia y Teresa sintió una agradable sensación de bienestar. Al lado estaba la cocina de donde salía un delicioso aroma a hogar. María cogió sus abrigos y Teresa le pidió algún sitio donde guardar los regalos antes de abrirlos al final de la noche. Hizo que la siguiera hasta una de las habitaciones de la planta de arriba.

—Os he preparado este cuarto —dijo, indiferente—. Está justo encima de la chimenea, así que estaréis calentitos.

Teresa se puso tensa, aunque su anfitriona no se percató. No había tenido en cuenta el hecho de que Carreras y ella dormirían juntos. Ni siquiera había contemplado la posibilidad. Pero no dijo nada y actuó con fingida naturalidad. En ese aspecto su memoria atávica estaba aún atascada en la España pacata y retrógrada donde los curas y monjas dictaban el devenir de los placeres.

Las mujeres organizaban la cena mientras los hombres charlaban frente a la chimenea. La sociedad soviética abogaba por la igualdad, pero a la hora de la verdad, la conciliación doméstica brillaba por su ausencia. Solo el joven Pedro iba y venía de vez en cuando a la cocina y se ocupó de poner la mesa, aunque aquella deferencia era más producto de la insistencia de su madre que de una concienciación de la igualdad.

María era una gran cocinera y preparó un menú que les recordase a su querida España. Tortilla de patatas, que a Teresa le pareció exquisita, asado de cordero, ensalada y, como sorpresa, pan con tomate en honor de los dos catalanes, aunque el pan ni se acercaba a las hogazas de payés que comían en Barcelona. Y por supuesto, el vodka, que tras la cena, siguió regando la velada y soltando las lenguas.

—¿Cuándo has vuelto? —preguntó Carreras a Arcas después de unos tragos.

—Hace un mes —respondió su amigo—. Por cierto, que te he traído un regalo. —Se levantó y abrió uno de los armarios que había junto a la chimenea. Cogió una botella y la plantó delante de su amigo.

—¡Tequila...! —exclamó Carreras mientras examinaba la etiqueta.

Abrió el tapón y sirvió cinco vasos, ante la queja de María, que consideraba que su hijo ya había superado los límites permitidos para su edad. Si por ella fuera, no le dejaría probar el alcohol hasta los cuarenta años.

—¿Cómo está Ramón? —preguntó Carreras con más alcohol que prudencia.

Arcas miró a Teresa de reojo con recelo.

—Bien... dadas las circunstancias.

Carreras se dio cuenta de su imprudencia y se hizo un incómodo silencio que rompió María.

—Tere, querida, ayúdame con el postre —interrumpió la anfitriona—. He preparado una sorpresa.

—¿Otra más? —dijo Carreras sorprendido mientras las mujeres se levantaban de la mesa.

Haciendo gala una vez más de sus habilidades culinarias, María había preparado unas figuritas de mazapán. Sacó la bandeja del horno y le entregó una fuente a Teresa para que colocase los dulces.

—Víctor es un buen hombre —le soltó, ya en la sororidad íntima que solo ellas dos entendieron.

—Lo sé —afirmó Teresa—. Me ha ayudado mucho después de...

—Nos lo ha contado —le interrumpió María—. Fue un duro golpe. La guerra nos ha robado media vida, y la otra media se quedó en España, en otra guerra.

Desde el salón llegaban las risas de los hombres. Los chistes, las anécdotas.

—Me falta la botella de Anís del Mono —se quejaba Arcas, divertido.

Acabaron de colocar los mazapanes en la bandeja y, antes de volver al comedor, la mujer le hizo otro comentario a Teresa.

—Ya sabes que ha estado casado otras veces —le advirtió a Teresa.

Ella asintió sin más explicaciones. Aquello sonaba a advertencia, pero no supo cómo interpretarlo. La única certeza que le quedó era que María le estaba advirtiendo de algo.

Entraron en el salón cuando Pedro punteaba en una guitarra los primeros acordes de una canción que todos conocían y se arrancaron a cantar.

—*Dime dónde vas, morena. Dime dónde vas, salada...*

Arcas acompañaba con la percusión: un tenedor en un plato.

—*... si te quieres casar con la chica de aquí, tienes que ir a Madrid a empuñar un fusil...*

Fue una cena animada, con risas, canciones y nostalgia. Pedro improvisó las campanadas con una olla y una cuchara y a falta de uvas, comieron doce gajos de mandarina. Carreras inmortalizó con su cámara el cambio de década, que sería decisiva para Teresa en particular y para los rusos en general.

El 30 de septiembre de 1950 nació Carmina. Teresa estaba convencida de que la habían engendrado la noche de Fin de Año, en la dacha de los Arcas. Solo había que echar cuentas.

Se casaron en julio, cuando él consiguió el divorcio de su anterior esposa, aunque esta no se lo puso fácil. Hasta entonces, Tere siguió viviendo en el colectivo de la fábrica, a la espera de que el Estado les concediera una vivienda en uno de los barrios de nueva construcción. El colectivo estaba perfectamente preparado para mujeres embarazadas, madres recientes y sus bebés. Tenían sus propias habitaciones y espacios adaptados para la lactancia y el cuidado de los recién nacidos. En cuanto los niños cumplían los seis meses, las guarderías gratuitas se hacían cargo de ellos mientras las mujeres trabajaban.

Coincidió que en aquellas semanas también fue madre Pilar García, una bilbaína con la que había forjado una buena amistad cuando llegó a Moscú. Ella y su marido, Casimiro, la visitaron cada semana cuando estuvo ingresada. Pilar tuvo un grave problema tras el parto y no pudo amamantar a su hija. Así fue como Teresa crio a dos pequeñas a la vez. El matrimonio se lo agradeció de por vida.

Por fin les hicieron entrega de su nueva casa. Ya podían vivir como una familia tradicional, sin compartir habitación ni instalaciones y en la intimidad del seno del hogar.

Pero a pesar de la buena noticia, Teresa sintió un vacío extraño. Se había acostumbrado a la convivencia con sus compañeras, a los cuidados mutuos que se procesaban, al contacto de los pequeños entre sí... Para más inri, decidieron que ella dejase el trabajo y dedicarse de lleno a Carmina. Ahí fue cuando en su fuero interno supo que estaba tomando una decisión equivocada.

Se despidió de sus compañeras como si fuera la última vez que se iban a ver. Incluso soltó alguna lágrima. Las otras intentaban calmarla y le decían que se encontrarían en el

Centro Español, que no fuera tonta, que siempre iban a estar a su lado. Ella fingió estar de acuerdo, pero el roce hace el cariño, y sabía que era mucho lo que iba a perder.

El apartamento era pequeño, con una sola habitación, un baño, comedor y cocina incorporados en el mismo espacio. Pero era una casa nueva, limpia, sin más habitantes que ellos tres. Aun así Teresa la encontró impersonal. Puede que la escasez de muebles, apenas una cama, la cuna y dos sillas no ofrecieran el calor de un auténtico hogar. O quizá la soledad volvía a su encuentro.

Eran felices. ¿Lo eran? Tenían que serlo. Carreras había sido su salvador cuando ella cayó en la sentina del delirio, la cuerda a la que se aferró y la devolvió a la superficie. Pero su marido cada vez pasaba menos tiempo en casa. Había conseguido ascender en la academia Frunze y, además de ocuparle casi todas las horas del día, los viajes en los que se ausentaba varios días cada vez eran más frecuentes: Siberia, la península de Kola, los Urales... Ella no sabía exactamente a qué se dedicaba. Algo relacionado con la formación de los nuevos alumnos, pero, a decir verdad, tampoco tenía mucho interés. Se centró en la crianza de su hija, le confeccionaba su propia ropita, vestidos y abrigos adornados con puntillas y volantes que llamaban la atención de las otras madres.

Bajaban al parque y, mientras Carmina jugaba a deslizarse por un montón de nieve, ella la observaba y reflexionaba sobre su presente. La correspondencia con su familia era más o menos frecuente. A su padre lo habían desterrado a Sant Vicenç de Castellet y tenía prohibida la vuelta a San Sebastián. Quizá algún gerifalte se apiadó y sustituyó la cárcel por el exilio. Habían comprado una casita para ellos dos. Su hermana Maritxu tenía una hija algo mayor que Carmina. En la última carta recibida le adjuntaban una foto de sus padres con los padres de Carreras. Les habían informado de la boda y el nacimiento de Carmina y decidieron conocerse en Barcelona. Se regocijó al imaginar la escena. Sintió de nuevo el vínculo que, durante tantos años, pareció desvanecerse entre la bruma de la guerra.

Empezaron a correr los primeros rumores sobre repatriación. Franco quería recuperar a los voluntarios de la División Azul que habían quedado prisioneros en la Unión Soviética después de la guerra. Los sentimientos entre los españoles estaban encontrados. Algunos llegaron de muy pequeños, sin familia, y sus padres y hermanos habían muerto en la guerra o en alguna tapia o cuneta. En Rusia habían conseguido una excelente formación y puestos de trabajo de relevancia y por España sentían más curiosidad que anhelo. Otros se debatían entre las dos patrias. En su país estaba su gente, pero también gobernaban los fascistas, de los que habían huido durante la guerra. Y existía otro grupo que deseaba fervientemente volver, incluso escribieron una carta a las Naciones Unidas pidiendo ayuda para regresar.

No tenían mucha información, pero fue suficiente para alimentar el imaginario y soñar con un regreso. Si bien Stalin no estaba dispuesto a permitir el retorno de los españoles a un país fascista, tampoco la Pasionaria, que solo consentiría su vuelta cuando España fuese de nuevo una república.

Teresa fantaseaba con ese momento, el abrazo con sus padres, el reencuentro, la vuelta, la recuperación de su familia invisible. Aunque sabía que era una idea peregrina, dadas las condiciones de su marido. Carreras había luchado en la guerra de España y si volvía, su destino sería la cárcel, o algo peor.

Carmina jugaba en la alfombra con las piezas de un puzle y Teresa cosía para ella un vestido de flores con ribetes de puntilla blancos. Oyó el ruido de la puerta al abrirse. Se sorprendió al ver que Carreras llegaba temprano. Desde la puerta, llamó la atención de su mujer.

—Tere, tenemos visita —dijo jugando con ella a las adivinanzas.

Teresa se volvió, pero no vio a nadie. Carreras miraba al exterior y sonreía a alguien que permanecía escondido tras la puerta. Lentamente asomó una figura masculina que en principio no reconoció, pero aquella sonrisa era inconfundible. Entonces se levantó y gritó alborozada:

—¡Harout!

Corrió hacia él y se fundieron en un abrazo. Carmina, desde la alfombra, siguió a su madre con la mirada sin entender quién era aquel desconocido.

Carreras lo había encontrado en la puerta del edificio buscando la dirección que llevaba anotada en un papel con el nombre de Teresa. Ella le había hablado mucho sobre la familia Kerobyan y lo mucho que les quería. Se escribían cartas, pero Batumi estaba lejos y no era fácil viajar por placer.

—¡Pero qué sorpresa! —Teresa no podía creer que estuviera allí.

El pequeño de los Kerobyan se había convertido en un hombre maduro de veintiún años, alto y con un bigote que a Teresa le pareció postizo en su cara de querubín. Él la abrazó de nuevo, tan cariñoso como siempre. Después se agachó y se dirigió a Carmina, que no había dejado de contemplar la escena.

—Así que tú eres la pequeña Carmina —le dijo mientras le acariciaba la mejilla.

Teresa la cogió en brazos para tenerla a su altura.

—Dile hola a Harout, cariño.

La niña escondió la cara en el hombro de su madre con vergüenza.

—Mira, te he traído un regalo —le dijo Harout, y abrió la maleta para sacar una bolsa atada con una cuerda.

—¿Quieres abrirlo? —le preguntó Carreras a su hija.

La niña tiró del hilo y metió la mano. Un par de preciosas botas de piel, cosidas con los inconfundibles hilos de colores. Hechas a su medida. La pequeña sonrió y se quitó los zapatos que llevaba puestos para estrenarlas enseguida. Su padre la ayudó y consideró que sería mejor dejar a Teresa y a su amigo a solas para que se pusieran al día.

—Vamos a estrenar las botas en la nieve —le dijo a su hija e informando al invitado y a su mujer.

Teresa preparó el té mientras reían nerviosos, incrédulos de verse juntos de nuevo, tan lejos de Batumi.

—¿Qué estás haciendo en Moscú? —quiso saber Teresa.

Él sonrió ruborizado antes de responder.

—Estoy de luna de miel.

Teresa, que pensaba que ya había tenido suficientes sorpresas por un día, no daba crédito. Volvió a abrazarle.

—¿Y quién es? Cuéntame, ¿cómo se llama? ¿Es moscovita?

—Se llama Liana y es de Poti —dijo, orgulloso—. Está visitando a una tía suya y he aprovechado para venir a verte.

Teresa le preguntó por papá y mamá Kerobyan, por el taller y por Kerovp. Todos estaban bien y se acordaban mucho de ella. Harout traía la maleta llena de regalos de toda la familia. Teresa les escribía de vez en cuando y ellos respondían, aunque no les contó nunca el desenlace tras la búsqueda de Ignacio, y mucho menos las consecuencias. Fue ese día cuando se lo contó a Harout, que se entristeció al escuchar el relato.

—Carreras parece un buen hombre —afirmó él con sinceridad—. ¿Te gusta la vida de casada?

Tere no respondió inmediatamente, bajó el rostro y se esforzó por esbozar una sonrisa fingida. Harout se preocupó por ella.

—Papá y mamá estarían encantados de verte, y a Carmina —rio para suavizar la tensión. Después volvió al tono solemne—. Sabes que en casa siempre serás bienvenida.

Teresa quiso decirle algo, pero un portazo le interrumpió. Carreras entró agitado, dejó a Carmina en la alfombra y se fue directamente a encender la radio.

—¿Qué ocurre? —se preocupó Teresa.

Su marido no respondió. La voz de Yuri Levitan les dio la respuesta. Stalin había muerto.

Hacía días que las informaciones sobre el estado de salud del dirigente auguraban el peor desenlace. Aun así, la noticia conmocionó al país. El padre, el protector de las Repúblicas Soviéticas, les había dejado. La inquietud comenzó a revolotear sobre Rusia. Desamparo, confusión, consternación, incluso alivio se dejaron sentir en los días posteriores a la muerte del dirigente.

En el Centro Español la noticia nutría todas las conversaciones. Los más activos en cuestiones políticas, como Carreras, Joaquintxo o Arcas, exponían sus hipótesis sobre su sucesor. El nombre que más se escuchaba era el de Lavrenti Beria, Comisario del Pueblo para Asuntos Internos y jefe de la NKVD, que años más tarde derivaría en la KGB. Beria era conocido por sus métodos y su historial de ejecuciones y castigos ejemplares. Enseguida se hizo cargo del gobierno provisional y, aunque en ese tiempo liberó algunos presos políticos y prohibió las torturas, durante los años al lado de Stalin se había forjado una cantidad suficiente de enemigos como para que el elegido a gobernar el país fuese al final Nikita Jrushchov.

Los funerales duraron tres días. El cuerpo fue embalsamado y expuesto para que todos los moscovitas pudieran dar su último adiós al «padre». Carpinteros, enfermeras, contables, actrices, decoradores, ganaderas, labradores, albañiles, conductores de tranvía, médicos, telegrafistas, carteros, jardineros, locutores, electricistas, escritoras, músicos, cocineras... Más de dos millones de soviéticos desfilaron ante el féretro de Stalin, custodiado por sus hijos y por los altos mandos del Estado. La capilla ardiente se instaló en el Palacio de los Sindicatos, en la calle Bolshaya Dmitrovka. Las aglomeraciones fueron de tal dimensión que cientos de personas murieron aplastadas intentando despedirse del líder. Una tragedia más para los soviéticos.

El mundo cambiaba y la Unión Soviética con él, muy a su pesar.

Y Teresa había iniciado un nuevo cambio interior, uno más en su vida atormentada.

A pesar de los esfuerzos por ahuyentarla, la soledad volvió a ella, la que se pegó a su espalda un atardecer de hacía dieciocho años cuando zarpaba del puerto de Santurce. Las largas ausencias de su marido pesaban como las rocas del Cáucaso. Allí al menos contaba con sus manos y sus pies para aferrarse a la esperanza. Ahora se sentía coja y manca, aislada e impotente. Adoraba a su hija, que ya casi tenía seis años, pero también iba creciendo, y durante los periodos que pasaba en la guardería, la nostalgia la hacía presa de sí misma.

Su único consuelo estaba en el cajón de los calcetines. En el fondo, junto a sus medias, había escondido la foto de Ignacio, que la protegió y le dio ánimos durante la guerra y las evacuaciones. Pero aquella ilusión se había evaporado y Teresa fantaseaba con la entelequia de una vida en común, un matrimonio, un amor. Le dolía el recuerdo de Ignacio, pero a su vez se sentía reconfortada al tener esa válvula de evasión para su mente atormentada. De vez en cuando, a solas, tomaba la foto y la miraba durante horas. A veces lloraba, otras se quedaba dormida con ella en las manos. Y antes de devolverla a la hornacina de sus recuerdos, la besaba como a un icono sagrado al que pedía protección. Ignacio llenaba los huecos que habían perforado su mente.

Acudía al Centro Español de forma esporádica para saludar a los compañeros y enterarse de cómo se desarrollaba el proceso de repatriación, que parecía ser ya un hecho. Franco había permitido el regreso de los niños de Rusia y Jrushchov no parecía mostrar ninguna objeción. La idea del retorno revoloteaba por su cabeza desde que escuchó los primeros rumores. La correspondencia con sus padres mantenía vivo el ensueño y se convirtió en una excusa para paliar su soledad.

El contacto con los compatriotas se dilató cada vez más. Le herían los cotilleos y las maledicencias sobre las ausencias de Carreras y su debilidad por el sexo femenino. Algunos eran meticones hasta el agotamiento e incluso le informaron con pelos y señales de dónde y con quién. Teresa no quiso escuchar más. Su sentido común le decía que aquellos comentarios no le harían ningún bien a su frágil cabeza. Así se encerró más en sí misma y solo se encontraba con Vicenta, cuando regresaba de sus largos viajes.

—Tienes que ponerle un nombre al osito —le dijo Vicenta a Carmina. La niña se había sentado en sus rodillas nada más verla. La adoraba.

—¡Misha! —La pequeña no se lo pensó.

Vicenta había desarrollado un cariño especial por la hija de su amiga y cada vez que volvía de alguno de sus viajes, la colmaba de regalos. En esta ocasión le trajo un precioso osito de peluche que Carmina abrazó en cuanto lo sacó de su envoltorio.

El hotel Metropole seguía siendo su residencia habitual cuando estaba en Moscú. Allí quedaban para verse y ponerse al día. Teresa la echaba de menos, más ahora que tenía tanto tiempo libre. Vicenta notó que el rostro de su amiga no vibraba como en los últimos tiempos. Claro que los acontecimientos acaecidos en su vida habían apagado su luz natural, pero cuando salió del sanatorio estaba renovada, más activa. Ahora su rostro traslucía una melancolía repentina.

Carmina jugaba entre los sillones del vestíbulo y hacía saltar a su nuevo amiguito de un cojín a otro. El camarero trajo té y dulces.

—¿Dónde has estado? —le preguntó Teresa, interesada en sus viajes.

—En Odessa —afirmó—, en el festival de danza.

—¡Menuda vida la tuya! —Un halo de nostalgia emanó de la boca de Tere.

Vicenta la miró preocupada, la tristeza que intuyó en los ojos de su amiga no era producto de su imaginación. Por fin se atrevió a preguntar:

—Tere, cariño, ¿va todo bien?

Pasaron unos segundos hasta que respondió, apretó los labios y afirmó con la cabeza. Vicenta se acercó y la abrazó y Teresa rompió a llorar.

—No sé qué me pasa —dijo entre hipidos—. Siempre tengo ganas de llorar, estoy todo el día sola... Carmina está en la guardería entre semana y Víctor se pasa el día fuera y...

—¿Por qué no vas al centro y así ves a los paisanos? Me han dicho que hace mucho que no te ven por allí.

—Cuanto menos vaya por allí, mejor —sentenció Teresa—. La gente es muy mala y hay habladurías...

Vicenta sabía a qué se refería. La fama de mujeriego de Carreras le precedía y la discreción no era un rasgo del que los españoles pudieran presumir. Siempre había alguien con mala fe dispuesto a disfrutar con el sufrimiento ajeno. Vicenta no halló forma de consolarla. No podía ir uno por uno a todos los españoles y decirles que dejasen de cotillear, que no hicieran daño a su amiga o les arrancaría la piel. Vicenta dudó si sacar el tema, al final se decidió:

—Se está hablando de repatriaciones... dijo casi en una pregunta.

Teresa afirmó con la cabeza mientras se secaba las lágrimas.

—Me lo estoy pensando —le confesó—. Echo de menos a mis padres.

Su amiga no respondió y simplemente le acarició la mano. Así le daba a entender que tenía todo su apoyo en cualquier decisión que tomara. Carmina volvió con Misha y la tarde se centró en la niña y el juguete.

A finales de 1956, salió la primera expedición de repatriados. Para Franco, aquellos «niños» eran un inconveniente, una molestia. En su España no había sitio para los rojos. Pero el país no atravesaba su mejor momento en lo referente a relaciones internacionales. Así que aprovechó la coyuntura para limpiar la imagen, mostrándose benevolente y piadoso ante la comunidad internacional.

Teresa había tomado la decisión de volver a España y se lo hizo saber a Carreras. Podrían instalarse en Barcelona y estar con sus padres, y la niña conocería a sus primos y sus abuelos. Pero él no estaba dispuesto a dejar la Unión Soviética, tampoco podía hacerlo.

—¡Ni hablar! —sentenció Carreras—. No pienso dejar que os metáis en esa madriguera de fascistas. Aquí no nos falta de nada.

—Pero aquí no va a quedar nadie, todos quieren volver

—replicó Teresa para no decirle la verdad: que se sentía terriblemente sola.

—Sabes que yo no puedo ir —le reprochó, molesto.

Entonces Teresa callaba y ambos daban por concluida la conversación. Pero ella aprovechaba cualquier circunstancia para sacar el tema de nuevo. Carreras seguía negándose, aunque sus respuestas eran cada vez más tibias. De la negación pasó al silencio, y después a las dudas sobre dónde iban a vivir, en qué iba a trabajar, dónde estudiaría Carmina... Era evidente que él también le había dado mil vueltas a la posibilidad del regreso. Tere vio una oportunidad abierta y se aferró a ella.

Sentado en el banco del parque, Carreras fumaba un cigarrillo con los codos en las rodillas. Carmina jugaba con otros niños e intentaba, con sus manitas torpes, clavar un palo a modo de nariz en un muñeco de nieve. De vez en cuando miraba a su padre y le saludaba con la mano. Él sonreía y le devolvía el gesto para que no le perdiese de vista. La pequeña se acercó a él corriendo con el palo en la mano.

—No tiene nariz —dijo Carmina riendo y enseñándole el palo—. Mira, no tiene nariz.

Su padre la sentó en sus rodillas, mientras ella seguía analizando el trozo de rama. Le acarició la cara a su hija y le dio un beso. Después, le giró el rostro para que le mirase.

—Cariño, ¿te gustaría montar en barco? —le preguntó con ternura.

—¿Un barco grande?

—Muy grande, más que esa casa de ahí —afirmó señalando al edificio de enfrente—. Irás por el mar.

—¡Sí! —gritó Carmina, emocionada—. Y tú serás el capitán.

—Bueno, a lo mejor yo voy más tarde, pero me montaré en otro para alcanzaros a mamá y a ti.

El rostro de la niña se ensombreció y Carreras intentó devolverle la sonrisa mientras le abrochaba el abrigo y se dirigían a casa.

—Ya verás, en el mar hay peces enormes, pero debes tener cuidado para no caerte.

—Ya soy mayor, voy a tener mucho cuidado.

—Estoy seguro, cariño. Eres una niña grande.

Carmina tiró el palo y alzó los brazos hacia su padre para que la cogiera. Tendría pocas ocasiones más de hacerlo.

En cuanto abrió la puerta, Carmina corrió hacia su madre:

—¡Voy a montar en barco, mamá! ¡Un barco enorme! —gritó, emocionada.

Teresa la abrazó y miró confusa a su marido, que llevaba escrita la resignación en el rostro.

—Me reuniré con vosotras en cuanto pueda entrar en el país.

24

Viaje de vuelta

De nuevo otra estación, trenes y andenes atestados, un convoy especial para los repatriados, abrazos, promesas de reencuentros y despedidas amargas.

—Será poco tiempo, en cuanto pueda, me reuniré con vosotras —decía Carreras.

Llevaba a su hija en brazos, que rodeaba su cuello y preguntaba si el tren era el barco que iba por el mar. La pequeña miraba a todas partes, el río de gente que subía y bajaba de los vagones, los pitidos, las voces de megafonía... Era la primera aventura de su vida y estaba emocionada.

—¿Tienes los billetes? ¿Y los del barco? —preguntaba para disimular el nerviosismo—. En cuanto llegues, ve a ver a mis padres para que conozcan a la niña. Si tienes problemas, ellos y mi hermana te ayudarán.

—Ya me lo has dicho cien veces —bromeaba Teresa.

—Vas a conocer a los abuelos —le decía a su hija aún en sus brazos. Se dirigió de nuevo a su mujer—. Y vigila el equipaje, que no se pierda cuando lo carguen en el barco.

A los repatriados se les permitía llevar más carga de lo normal. Así muchos aprovecharon para transportar gran parte de sus pertenencias. Carreras compró ropa, libros, algún mueble pequeño, obras de arte de cierto valor y hasta una lavadora. La mitad del tren estaba destinada al equipaje.

Los operarios de la estación apremiaron a los pasajeros para que subieran. Carreras entró con ellas. Se resistía a soltar a su pequeña, no paraba de besarla y achucharla. Miró a Tere con tristeza.

—Pronto estaremos juntos. —Y le acarició el pelo.

Haciendo uso de sus influencias, consiguió un coche cama individual para ellas. Iban a ser tres días de viaje hasta Odessa y quiso que lo hicieran en las mejores condiciones.

Carmina se subió a la cama y empezó a saltar mientras miraba por la ventanilla, ignorando a su padre, al que se le rompía el corazón. Era el momento de la despedida. Teresa se acercó para besarle pero él la atrajo hacia sí, la abrazó con fuerza y le dio un beso profundo, henchido de nostalgia. Como solo lo dan los trasterrados. Lloró sin pudor, la gallardía estaba de más. Las iba a echar de menos, mucho.

La máquina arrancó, era el momento de apearse. Carreras prefirió no decirle nada más a su hija. Volvió a abrazar a Tere y descendió al andén. A través de la ventanilla, Carmina, excitada por la aventura, le saludaba con la mano, ajena al quebranto de la separación. La gente desde el andén se animó a aplaudir a los niños españoles que regresaban a su país. La repatriación también fue noticia en algunos periódicos, aunque no tuvo la misma repercusión que veinte años atrás. Con la naricilla pegada al cristal, Carreras vio alejarse el tren hasta que la imagen no fue más que un reflejo que se encogía. El último vagón dio un coletazo y desapareció.

En el trayecto de Moscú a Odessa hicieron algunas paradas, y en todas ellas la despedida fue calurosa y afectiva. Al igual que en el 37, los rusos se arremolinaban para despedirles con regalos y cariño. Aquellos niños morenos y ruidosos que llegaron asustados y hambrientos se habían convertido en adultos bregados en mil batallas.

Al atardecer del segundo día entraron en Kiev, donde embarcarían algunos españoles que también habían decidido regresar. A Teresa le dio un vuelco el corazón al ver de nuevo la ciudad. De todos los rincones de la Unión Soviética en los que había estado, Kiev fue su útero, el único sitio que reconoció como hogar durante las dos décadas que pasó en el país. Allí sintió protección, amor, compañerismo. Allí se formó como persona. Kiev fue la cuna de su educación sentimental, el semillero de sus afectos.

La parada duró casi tres horas, pero a Teresa le parecieron un suspiro. Evocó aquellos tres años de pubertad y descubrimientos. Un paréntesis de paz que les permitió la magia del crecimiento y la experiencia y donde formaron pseudofamilias para no morir de soledad. ¿Dónde habían quedado los compañeros? Blanca, Juanita, Txema, Roberto, Paco, Alicia... Tres años alejados de la guerra de España y ajenos todavía a otra más grande, más impactante pero igual de cruel.

Carmina dormía agotada. Por la ventanilla, Teresa contemplaba la misma escena: abrazos, despedidas y lágrimas.

Y los ucranianos les decían adiós entre cánticos y buenos deseos. Se vio invadida por una tristeza arrebatadora y, aprovechando el sueño de su hija, lloró en silencio. Había aprendido a amar aquella tierra que le dio todo, pero que le enseñó a ser adulta a fuerza de dolor y sangre. Rusia no fue indulgente pero sí agradecida. Lloraba por lo que suponía la pérdida de aquel país amado y por su gente.

Durmió poco y a intervalos en los que se despertaba con sueños sobre la guerra, la adolescencia y Leningrado. Su mente se empeñaba en hacer un repaso onírico de los últimos veinte años. Apenas salieron de su compartimento, y pasaban las horas contando historias, leyendo cuentos o dibujando. Cuando Carmina se cansaba de estar tanto rato encerrada, paseaban por el pasillo del tren a estirar las piernas y saludaban a algún conocido.

Por fin llegaron a Odessa. El traslado al puerto estaba organizado a la perfección y el embarque se realizó sin incidentes. Aquel era el tercer viaje que realizaba el Krim con repatriados españoles. Era un buque de pasajeros relativamente cómodo. Les alojaron en dormitorios comunes con hileras de literas y taquillas para guardar los efectos personales. Teresa y Carmina se acomodaron en la litera asignada, aunque durmieron juntas todo el trayecto.

Permanecieron anclados la noche entera mientras cargaban el voluminoso equipaje de los pasajeros. Teresa vio cómo embarcaban un par de vehículos. Todos querían llevarse lo que pudieran de su vida en Rusia. Tuvieron tiempo suficiente para acomodarse y calmar a los niños, que no paraban de corretear.

Al alba, el barco despertó con el barullo del puerto y el pasaje espabiló. La mayoría subieron a cubierta para ver por última vez la costa soviética. Fue inevitable que todos recordasen el viaje de ida, en el Sontay o algún otro barco cargado de miedos. El puente estaba atestado pero Teresa consiguió un hueco libre en la barandilla. Su hija, delante de ella, miraba con curiosidad y decía adiós con la mano. La sirena bramó y sus pechos contritos se agitaron. El casco empezaba a despegarse del muelle. Su corazón, aún unido a la tierra soviética, se estiraba y estiraba hasta que un latigazo les sacudió en el alma al ver el agua. Muchas lágrimas cayeron al mar Negro, y con ellas, un trocito de su corazón. Lágrimas que anegaron las costas de un país llamado exilio.

Poco a poco se fueron dispersando para llorar su pena a solas. Teresa permaneció aún un rato más apoyada en la barandilla. Los ojos de Carmina, por primera vez, jugaban con la espuma de las olas formadas por el buque. Ella contemplaba la costa, ya diminuta, que se borraba de su mirada.

—¡Mecagüen la pena negra! —oyó susurrar al hombre que iba a su lado.

Una extraña melancolía aderezaba aquella expresión. Aquella voz, aquel acento... lo había oído antes. Miró al hombre, era alto, bien parecido y con una cicatriz aparatosa que nacía en el ojo e iba hasta la oreja. Reconoció aquella marca al instante. Él se giró y la observó indiferente, al principio, hasta que volvió de nuevo la vista hacia ella.

—Yo a ti te conozco —dijo dudando.

Teresa sonrió mientras afirmaba con la cabeza.

—Hice un buen trabajo —dijo señalándole la cicatriz.

Él dudó unos instantes, luego cayó en la cuenta.

—¡Claro, la enfermera de Leningrado! ¡Mecagüen la pena negra! —exclamó ya más emocionado. Se lanzó hacia ella y la abrazó fuerte—. ¡Chiquilla, pero qué alegría verte!

Era José Bautista, el sevillano de la División Azul que conoció en el hospital durante el cerco.

—Quién nos lo iba a decir, ¿eh? —dijo Teresa.

El encuentro casual sirvió para distender el momento dramático que les tenía encogido el corazón.

—¡Niña, Cristina! —gritaba mientras miraba a su alrededor. Y apareció una mujer secándose las lágrimas con un pañuelo—. Mira, ¿te acuerdas de la enfermera que te conté de Leningrado? ¡Pues mírala! Tere, ¿no? Mira si me acuerdo. ¡Ay, qué alegría, prenda!

Alargaron las manos para saludarse pero antes de tocarse se quedaron paralizadas.

—¿Tere?

—¿Cristina?

—¿Qué pasa? —Ahora era José el que no entendía nada.

No respondieron, simplemente se abrazaron y las lágrimas hicieron el resto.

—Es Tere, cruzamos juntas el Cáucaso. Te he hablado de ella. Luego estuvimos en la fábrica de seda. —En esta parte la mujer habló con cierto resquemor que Teresa entendió.

—¡Hay que joderse! Si es que el mundo es un pañuelo, y mira que es grande la Unión Soviética —exclamó el hombre.

—Desapareciste de la noche a la mañana. ¿Qué pasó? —preguntó Cristina intrigada.

—Ya te contaré, tenemos mucho viaje por delante.

Se convirtieron en compañeros de travesía de forma tácita. Carmina enseguida se hizo amiga de las hijas del matrimonio, que se entretenían correteando por la cubierta e inventando historias. Iban juntos en los turnos de comida y se las apañaron para ocupar las literas contiguas a la suya. Hubo muchos reencuentros, compañeros de Kiev, de Leningrado, de Moscú... todos con la misma nostalgia por la vida dejada atrás.

A pesar del desconsuelo, intentaron disfrutar del viaje. Por las tardes se sentaban a contemplar los atardeceres lánguidos mientras rememoraban la vida en la Unión Soviética. José les contó cómo, tras abandonar el hospital, lo encerraron en una cárcel de Siberia donde pasó seis años. Al salir, le ofrecieron formación y la nacionalidad, que él aceptó sin pensarlo. Enseguida conoció a Cristina, se enamoraron y hasta ahora, como él decía. Teresa y su amiga rememoraron el Cáucaso, las noches a la intemperie, las penurias de Makharadze y el día que Shaganak, el caballo de los Kerobyan le propinó una coz en la barriga. Anécdotas, vivencias y momentos. El corazón en la maleta latía con nostalgia.

En ese momento sonó un aviso por el altavoz: «Teresa Alonso, acuda a la sala de oficiales. Teresa Alonso, sala de oficiales». Tere se sobresaltó. ¿Por qué la reclamaban en mitad del viaje? Aquello no tenía buena pinta. Seguramente había pasado algo. Su primer impulso fue buscar a Carmina. Respiró aliviada cuando la vio jugando tranquila con las hijas del matrimonio.

Se presentó en el despacho y, sin mediar palabra, le entregaron un telegrama. Era de Carreras, temió lo peor. Lo abrió y leyó con calma:

«Cuidaos mucho. Pronto estaremos juntos. Os quiero».

Respiró aliviada. Todo estaba bien, aunque sintió un pinchazo de culpabilidad por haber dejado a su marido, al padre de su hija, solo en Moscú. Aquella lucha interna con la que llevaba meses peleando seguía machacándola. No había día que no le asaltasen las dudas sobre su decisión.

Guardó el telegrama y volvió junto a sus amigos.

—¿Va todo bien? —le preguntó Cristina, preocupada.

—Sí, todo bien. Mi marido, que ya nos echa de menos —dijo, algo compungida.

Dejaron atrás el mar Negro y se aproximaban al estrecho del Bósforo, en Turquía. Después de cuatro días de ver solo agua, llegar a Estambul era todo un acontecimiento. Navegaron por el canal, mientras contemplaban las pequeñas casas de pescadores de la orilla y las gruesas columnas en ruinas del castillo de Yoros. Unos kilómetros más adelante, sobresalían las cuatro agujas y la espléndida cúpula de Santa Sofía. A su paso, algunas barcas les acompañaban y les daban la bienvenida tocando las sirenas.

Permanecieron en el puerto un día entero. Miembros de la Cruz Roja y funcionarios del gobierno de España embarcaron para realizar el control de pasajeros.

Se instalaron en la sala de oficiales y, con la lista facilitada por el gobierno soviético, les fueron llamando uno a uno. Cuando llegó el turno de Cristina y José, se miraron con cara de preocupación. La situación del sevillano no estaba clara y temían por su destino. Teresa se quedó al cuidado de las niñas y el matrimonio se dirigió al despacho.

Estuvieron dentro más de media hora y Teresa empezaba a inquietarse. Hasta que por fin aparecieron. Ella lloraba y él maldecía. Bastó una mirada para que le contaran lo sucedido.

—¡Ay, Tere, que no nos dejan entrar en España! —balbuceaba Cristina.

—¿Cómo? —preguntó mirando al sevillano.

—¡Mecagüen su puta calavera y *tos* sus muertos *montaos* a caballo! —maldijo José, enfadado—. *Ná*, que como no volví a rendirle cuentas a Franco, pues que me tienen *fichao* y en cuanto ponga un pie en España, me meten preso.

José no había vuelto en la primera expedición, además, se había integrado a la vida soviética, incluso se había casado y tenía trabajo. Eso le hizo entrar en las listas negras de Franco, que le consideraban un traidor a la patria. Él, que marchó a Rusia llevado por el hambre y las amenazas, que había sufrido lo inimaginable en una prisión de Siberia, ahora se enfrentaba a una condena de la que no sabía cuál era el delito. Pero ¿qué podían hacer? ¿Tirarse al agua y volver nadando? Tenían una semana para pensarlo. El capitán, que estuvo presente en el proceso de reconocimiento, les aseguró que bajo su protección estarían a salvo. Otra cosa sería si desembarcaban. El desasosiego les acompañó el resto del viaje. Años después Teresa supo que la familia no llegó a desembarcar en Castellón, pero el capitán permaneció en el puerto un día más y permitió a los familiares que subieran a bordo para abrazarles. Su destino final sería Uruguay.

De madrugada zarparon hacia el mar de Mármara, el mar de Tracia, el Egeo, las islas griegas, el Jónico, el Tirreno y, por fin, el Mediterráneo. Siete mares míticos en diez días. Carmina se mareó un par de veces, pero no dio más problemas durante el viaje. A Teresa se le hizo eterno. Cada vez que veía una costa, una isla, se preguntaba si sería Castellón, su puerto de destino.

Antes de llegar a Cerdeña les sorprendió un temporal y volvieron los fantasmas del pasado. Teresa abrazó a su hija con fuerza, con mucha fuerza. No era el mismo barco ni la misma situación que en el Sontay, pero se acurrucó en la cama con ella hasta que amainó.

La última noche, casi de madrugada, oyó alboroto en cubierta. «España, España», decían algunos. «¡Las Baleares, mira!», exclamaban. Teresa se asomó pero en la oscuridad de la noche apenas pudo distinguir unas cuantas luces a lo lejos.

Se ducharon y asearon, vistió a Carmina con su mejor vestido y el abrigo de lana que le había hecho antes de partir.

—¿Ya llegamos? —preguntó la pequeña, somnolienta.

—Sí, cariño —afirmó mientras le daba un beso.

Hizo la maleta con las cosas de las dos y salieron a cubierta. La gente empezaba a arremolinarse en las barandillas. Algunos llevaban horas con el equipaje preparado para desembarcar. Cristina y José estaban apartados, lejos de la algarabía y la emoción de reencontrarse con los suyos. Teresa se acercó a ellos y les abrazó con el amor sincero del que tanto ha perdido. No era justo lo que estaban pasando. Se ofreció para ayudarles en lo que fuese, pero ellos lo único que querían era encontrarse con los suyos.

—Por lo menos los veremos de lejos —le dijo Cristina deshecha en lágrimas.

Teresa tomó a Carmina de la mano y buscaron un trozo de barandilla para contemplar la llegada.

Entre la bruma se dibujaba el contorno difuso de unas colinas. Poco a poco se perfilaron y cambiaron del azul al pardo para pasar al verde. Asomaron las primeras edificaciones, los bancales de los huertos, los naranjos... Cogió a Carmina en brazos y señaló la costa. En pocos minutos tocarían España después de veinte años. ¿Qué España? Fuera como fuese, habían llegado.

Epílogo

El 27 de diciembre de 1957 el Krim atracó en el puerto de Castellón. Teresa pisaba suelo español después de veinte años. Autoridades y miembros de la Cruz Roja subieron a bordo y, tras la foto para la prensa, se permitió el desembarque.

En el puerto esperaban los familiares de los repatriados. Su hermana Maritxu acudió a recibirla. Buscaba inconsciente a una niña de doce años y se encontró a una adulta con una hija en brazos. Tere vio a una mujer de elegancia endurecida cuyos ojos apenas dejaban ver a la Maritxu de la calle Egia.

Les trasladaron directamente en autobuses al balneario de los Hervideros de Cofrentes, habilitado como centro de control para los repatriados. Allí les fotografiaron, les confiscaron los pasaportes y les entregaron un salvoconducto con el que podían moverse por la ciudad en la que iban a residir. Si querían visitar otra localidad, debían pedir un permiso especial.

El encuentro con sus padres no fue como ella lo había

imaginado durante los últimos años. La recibieron dos ancianos. Cándido, ayudado de un bastón, caminaba con dificultad. Fructuosa arrastraba demasiada resignación en las suelas de sus zapatillas. Se abrazaron, pero fue un abrazo áspero, duro como la tierra helada. El arado de la añoranza no encontraba los surcos de un feliz reencuentro. El tejido rasgado dos décadas antes estaba deshilachado. Solo quedaban jirones del pasado. Vivían en una casucha humilde, sin luz eléctrica y atenazados por el miedo de su historial republicano. Cuando Tere embarcó a la Unión Soviética en 1937, su madre y su hermana consiguieron exiliarse a Francia. Habían perdido la pista de Cándido. Alguien les informó de que seguía en San Sebastián y regresaron junto a su marido. No ingresó en la cárcel pero se vio abocado al destierro, a Monistrol de Montserrat para trabajar en el ferrocarril en Cataluña.

La mayoría de los exiliados tuvieron una acogida fría por parte de sus familias, incluso hostil. Algunos incluso se vieron repudiados por sus padres y hermanos, alegando que habían vuelto para llevarse las pocas pertenencias que tenían. Muchos regresaron a la Unión Soviética. Teresa barajó esa opción, pero con una hija pequeña, tuvo miedo, ya que debía hacerlo en la clandestinidad. Estuvo unas semanas con ellos, pero no tuvo más remedio que buscar un sitio y un medio de vida. Sus padres no tenían hogar para ella. Además, estaba vigilada por las autoridades y no querían tener un coche de policía en la puerta cada vez que su hija les visitaba. Fue cuando les informó de que no volvería por su casa.

Le había prometido a Carreras visitar a su madre enferma. Sus suegros vivían en el Poble Sec, junto a su hija, su yerno y dos nietos. A ellos se les unió Tere con Carmina. Al mes, su suegra murió. Eran demasiados en casa y Teresa tuvo que buscar dónde vivir y una fuente de ingresos para ella y Carmina. No lo tuvo fácil. En un país gobernado por el más rancio catolicismo y los prejuicios, una mujer sola recién llegada de la Unión Soviética y con una hija no era bien recibida.

Consiguió trabajo como recepcionista en el hotel Arycasa, construido especialmente para el Congreso Eucarístico de Barcelona de 1952. Era un buen puesto y le pagaban bien. Allí conoció a personalidades del mundo del teatro, la política o los toros, como El Cordobés, o de la literatura, como Camilo José Cela, cliente habitual que siempre le pedía que le hiciese la maleta y le contase cosas sobre Rusia. En junio de 1959 se alojó en el hotel el famoso violinista ruso David Oistrakh, que ofreció su primer concierto en España. Teresa, la única del personal que hablaba ruso, le hizo de intérprete ante la prensa y de guía turística por la ciudad. Cuando el dueño se enteró de que en su hotel trabajaba una roja, además recién llegada de Rusia, la despidió sin contemplaciones.

Sin trabajo y sin casa donde vivir, su hija, que estaba sin escolarizar, a través de la sección femenina, acabó en un internado del Auxilio Social de la avenida Tibidabo. Aquel centro se convertiría en una tortura para Carmina. Mientras tanto, Teresa dormía en un cuartucho bajo una escalera cedido por una comunidad de vecinos del Poble Sec.

En 1958 recibió una notificación de la Dirección General de Seguridad. Debía presentarse en Madrid, en la calle Orense. Allí se alojó con su tía Antonia, la hermana de su madre, a la que no veía desde los veranos de San Sebastián. Serafín, el hermano mayor, era miembro de la Falange y antiguo alcalde de Vallecas. En cuanto se enteró del requerimiento a su sobrina, se encargó personalmente de acompañarla y velar por ella. Unos señores con acento extranjero la interrogaron durante cuatro semanas, siete días a la semana, ocho horas al día. Su obsesión era saber el paradero de Carreras. Años después Teresa se enteraría de que aquellos hombres eran miembros de la CIA. Franco había permitido la repatriación de los españoles de la Unión Soviética no por humanidad, sino para facilitar al gobierno americano dichos interrogatorios con el fin de extraer algo de información que pudiera ser útil en plena Guerra Fría. Así podría entablar relaciones diplomáticas con el país en un momento en el que España apenas tenía apoyos internacionales. La operación estaba dirigida por el agente Ezequiel Ramírez, de origen puertorriqueño y miembro de la agencia. Pero la Operación Niño, como la denominaron, resultó un fracaso. Ni un solo día su tío dejó de acompañarla a las oficinas de la Dirección General de Seguridad en la calle Orense número 37.

Teresa acudía regularmente a la comisaría de Vía Laietana para reclamar una vivienda, pero sus esfuerzos cayeron en saco roto. En aquellas visitas a la policía, eran habituales los cruces con otros repatriados, aunque nunca se atrevieron a decir nada. Solo algún guiño o alguna sonrisa en los pasillos. El riesgo era demasiado alto. Cualquier movimiento, cualquier gesto, cualquier palabra ponía en guardia a los agentes, en especial a los hermanos Creix, famosos por sus métodos interrogatorios poco ortodoxos.

Consiguió un nuevo trabajo también como recepcionista en el hotel Condado, en lo que se hacía llamar el barrio Chino Perfumado. Allí se alojaban en la época los jugadores del Barça, con los que tenía una relación excelente. Teresa recuerda cómo le tejió una toquilla de punto al hijo recién nacido de Chus Pereda, el centrocampista del club barcelonés y que en el 92 se convertiría en seleccionador nacional.

El trabajo era agradable, pero los horarios, hasta las doce de la noche, le hicieron replantearse seguir trabajando allí. Además, la lesión causada por el obús de Leningrado hacía tiempo que limitaba sus movimientos. Cada vez tenía más dificultades para caminar y el dolor era insoportable. Seis veces pasó Teresa por el quirófano, hasta que el doctor Cabot le proporcionó una calidad de vida más que aceptable.

En ese tiempo consiguió alquilar un piso para ella y su hija en Hostafrancs y un trabajo en la Pepsi-Cola, también como telefonista. Allí permaneció hasta su jubilación, el mismo año en que la empresa cerró sus instalaciones en Barcelona.

En el nuevo barrio conoció a Rafael, un escenógrafo viudo, hermano de Víctor Mora, autor del libreto de *Cançó d'amor i guerra* y tío del escritor del mismo nombre, creador del mítico Capitán Trueno. Se casaron por el juzgado una fría mañana de diciembre de 1972. Teresa aún hoy se emociona al recordar la felicidad que vivió con él. Pero la desdicha la golpeó una vez más: tres años después de casarse, su marido enfermó de alzhéimer. Otra prueba despiadada y otro hachazo que duraron diez años.

Con Carreras apenas tuvo contacto una vez llegó a España. Él regresó a principios de los setenta y después estuvo en Cuba un tiempo. Solo coincidieron dos veces: una en el primer mitin del Partido Comunista en Barcelona, en 1977, y después cuando él expuso sus fotos en la ciudad. Carmina y él retomaron la relación. Murió de cáncer en 1996.

Del resto de los compañeros fue sabiendo a lo largo de los años. Vicenta se repatrió y abrió en Bilbao la primera academia de danza clásica de Euskadi. Juanita, la prima de Ignacio, se instaló con su marido en Terrassa. Mariano también regresó a Barcelona y regentó un taller mecánico, pero su orientación sexual era un problema para la sociedad de la época y sufrió hasta su muerte. Roberto Marcano, el niño que dibujaba en la casa de Kiev, entró a formar parte del equipo de animación de Televisión Española y creó la ya legendaria familia Telerín, que mandó a dormir a tantos niños durante los años sesenta. Quién sabe si se inspiró en aquella noche, cuando Tere les cantó para ahuyentar los miedos infantiles.

Teresa renació de sus cenizas y se apuntó a la Escola de la Dona de Barcelona, estudió patronaje, historia de la moda, historia de Barcelona... Como la guerrera que es, siguió comprometida en la lucha contra el fascismo y la recuperación de la memoria. Sindicalista desde que entró a trabajar en Pepsi-Cola, miembro de la Associació d'Expresos Polítics del Franquisme, ha colaborado en la restauración de los Pozos de Caudé y Santa Cruz de Moya y hasta hace cuatro años, acudía puntual a los homenajes en memoria de los desaparecidos. En estos actos conoció a personalidades importantes de la política y la cultura, como Santiago Carrillo o Marcos Ana.

En 2007 volvió a Rusia, donde brindaron un homenaje a los niños de la guerra y depositó en la plaza Roja un ramo de flores en el monumento a los caídos en la guerra.

Hoy Teresa tiene noventa y siete años. Vive sola, con sus fotos, sus carpetas de recuerdos y sus fantasmas. Camina cansada, pero no se abandona. Le tiemblan las manos por el párkinson y dice que se siente mayor porque necesita gafas para leer y para dibujar mandalas y puntos de libro. Cada mañana acude a la piscina y nada una hora. Dice que el agua le da la vida. Atiende a periodistas, académicos, asociaciones, cineastas y estudiosos que la llaman para conocer su historia.

Nunca niega una entrevista o una foto. Le encantan los abrazos y siempre tiene algún regalo para quien la visita. En mis encuentros con ella durante estos tres años, nunca he salido de su casa con las manos vacías. Ha quedado impregnado en mi paladar el sabor de los caramelos de café que siempre lleva encima para repartir con todos. Le preocupa, mucho, el futuro de los jóvenes y cuando le preguntas qué es lo que más le asusta, no tiene dudas: el fascismo.

Tengo grabadas más de cien horas contándome sus vivencias materializadas en esta novela que tienes en las manos. Teresa quedará para siempre en el disco duro de la dignidad universal y en mi corazón.

Pero lo más valioso es haberla conocido, su amistad y la complicidad que se fraguó durante esos meses de 2019 y 2020 hasta que un virus nos robó los abrazos, interrumpió las entrevistas y continuamos por teléfono. Cuando hablábamos, me decía: «Celia, cuando veo los muertos del coronavirus, sueño con Leningrado».

Estos últimos meses recibió otro duro golpe, su tercera guerra, que agrietó de nuevo su corazón. Sus dos patrias de adopción, Ucrania y Rusia, sus dos países amados que la acogieron y formaron como persona, enfrentados en una invasión. Lo único que acierta a decir es: «Por qué pasan estas cosas».

Teresa es mi vecina, mi amiga y mi espejo. Una mujer de acero y paz.

Lo que acabas de leer es su historia, al menos tal y como ella me la ha contado. Puede que haya algún dato, alguna fecha, algún lugar que no sea correcto. Puede que algún purista diga que no es una novela con rigor histórico. No he pretendido escribir un ensayo, ni una crónica, ni una biografía con mil datos y referencias. Ya hay mucha literatura al respecto, archivos y testimonios que se pueden consultar. Mi única intención es dar a conocer a una mujer, una víctima, una de esas páginas de la historia arrancadas de cuajo por las fauces del fascismo. Mostrar lo que ese fascismo supuso para cientos de miles de familias españolas. La brecha histórica y evolutiva que aún permanece y amenaza de nuevo nuestra sociedad. Abrir las fosas comunes, no solo las físicas, y destapar los huesos descarnados de la historia, escondidos durante más de ochenta años.

Teresa no aparece en los libros de texto, ninguno de los exiliados de este país, salvo unos pocos intelectuales que regresaron. Y mucho menos las mujeres exiliadas, como Carmen Castellote, María Teresa León, Luisa Carnés y muchas otras, que se vieron obligadas a abandonar España en barcos como el Sontay, el Winnipeg o el Sinaia. Desde aquí mi homenaje a todas ellas y a los que, de verdad, dieron la vida por su país, y no los salvapatrias de bandera y misa, sino a los que soñaron e incluso acariciaron una democracia mejor y más rica en desarrollo, justicia social, igualdad, cultura, educación y valores de convivencia.

Hoy son muchos, demasiados, los que quieren volver a echar tierra sobre las fosas, cunetas y barrancos. Pero somos más los que tenemos pico y pala para cavar una y mil veces y recuperar la memoria, la historia y la dignidad de miles de familias. Luchamos por una tumba digna para cada una de ellas y ellos. Para que cuando haya que pasar página, la tengamos bien aprendida y no contenga faltas de ortografía en el hermoso cuaderno de la libertad y de la historia.

Barcelona, 31 de diciembre de 2021

Bibliografía

Aitmátov, C., *Yamilia*, Madrid, Automática editorial, 2021.

Alexiévich, S., *La guerra no tiene rostro de mujer*, Barcelona, Debolsillo, 2015.

Ali, T., *Los dilemas de Lenin*, Madrid, Alianza editorial, 2017.

Amado blanco, L., *8 días en Leningrado*, Oviedo, KRK ediciones, 2009.

Bábel, I., *Cuentos completos*, Madrid, Páginas de espuma, 2021.

Benioff, D., *Ciudad de ladrones*, Barcelona, Seix Barral, 2008.

Butler, J., *Marcos de guerra, las vidas lloradas*, Barcelona, Paidós, 2010.

Castellote, C., *Kilómetros de tiempo*, Madrid, Torremozas, 2021.

Cruz, R., *Protestar en España*, Madrid, Alianza editorial, 2015.

Díaz, D., *Pasionaria, la vida inesperada de Dolores Ibárruri*, Gijón, Hoja de lata, 2021.

Dostoyevsky, F., *Crimen y Castigo*, Madrid, Edaf, 2003.

Gógol, N., *Historias de San Petersburgo*, Madrid, Alianza editorial, 2017.

Grossman, V., *Vida y destino*, Barcelona, Galaxia Gutenberg, 2007.

—, *Años de guerra*, Barcelona, Galaxia Gutenberg, 2009.

—, *Que el bien os acompañe*, Barcelona, Galaxia Gutenberg, 2019.

Grossman, V. y Ehrenburg, I., *El libro negro*, Barcelona, Galaxia Gutenberg, 2011.

Ibárruri, D., *El único camino*, Barcelona, Castalia, 1992.

Iordaniu, M., *Vacaciones en el Cáucaso*, Barcelona, Acantilado, 2020.

Jones, M., *El sitio de Leningrado 1941-1944*, Barcelona, Crítica, 2008.

Kollontái, A., *El amor de las abejas obreras*, Barcelona, Alba editorial, 2008.

—, *Mujer, economía y sociedad*, Buenos Aires, Cienflores, 2014.

—, *El amor y la mujer nueva*, Buenos Aires, Cienflores, 2017.

Lenin, V. I., *Escritos sobre la literatura y el arte*, Barcelona, Edicions 62, 1975.

Levering, R. B., *Rusofilia*, Gijón, Hoja de lata, 2019.

Makárenko, A., *Poema pedagógico*, Barcelona, Planeta, 1977.

Meroño, F., *Aviadores españoles en la Gran Guerra Patria*, Lugo, Editorial Progreso, 1986.

Moreno izquierdo, R., *Los niños de Rusia*, Barcelona, Crítica, 2017.

Núñez Xeiras, X. M., *Camarada invierno*, Barcelona, Crítica, 2016.

Pasternak, B., *El doctor Zhivago*, Barcelona, Cátedra, 2005.

Platónov, A., *La excavación, Dzhan y otros relatos*, Barcelona, Círculo de lectores, 1992.

Roig, M., *La aguja dorada*, Barcelona, Plaza & Janés, 1985.

Rutherfurd, R., *Rusia*, Roca editorial, 2014.

Saint-Exupéry, A., *Tierra de los hombres*, Córdoba, Berenice, 2017.

Salisbury, H. E., *Los 900 días. El sitio de Leningrado*, Barcelona, Plaza & Janés, 1970.

Semiónov, Y., *Diamantes para la dictadura del proletariado*, Gijón, Hoja de lata, 2018.

Simmons, C. y Perlina, N., *Escritos de mujeres desde el sitio de Leningrado*, Segovia, La uña rota, 2014.

Sontag, S., *Ante el dolor de los demás*, Barcelona, Alfaguara, 2003.

Steinbeck, J., *Diario de Rusia*, Madrid, Capitán Swing, 2012.

Tibuleac, T., *El jardín de vidrio*, Madrid, Impedimenta, 2021.

Tolstói, L., *Anna Karenina*, Madrid, Alianza editorial, 2012.

Towles, A., *Un caballero en Moscú*, Barcelona, Salamandra, 2018.

Tuñón de Lara, M., *La España del siglo XX. La Quiebra de una forma de Estado (1898/1931)*, Barcelona, Editorial Laia, 1974.

—, *La España del siglo XX. De la Segunda República a la Guerra Civil (1931/1936)*, Barcelona, Editorial Laia, 1974.

—, *La España del siglo XX. La Guerra Civil (1936/1939)*, Barcelona, Editorial Laia, 1974.

Valera, J., *Cartas desde Rusia*, Madrid, Miraguano ediciones, 2006.

Verne, J., *Miguel Strogof*, Madrid, Edaf, 2005.

Vidal, B., *El oro de Moscú*, Barcelona, Ediciones B, 2010.

Vinogradova, L., *Las brujas de la noche*, Barcelona, Pasado y presente, 2016.

Wikes, A., *El sitio de Leningrado*, Madrid, San Martín, 1975.

Wondratschek, W., *Autorretrato con piano ruso*, Barcelona, Anagrama, 2021.

Woolf, V., *Tres guineas*, Barcelona, Lumen, 1980.

Agradecimientos

Conocí a Teresa Alonso en julio de 2019, cuando aún estaba dando los últimos retoques a mi anterior novela. En agosto empezamos las entrevistas y me contó sus recuerdos. Desde el principio tuvimos claro que el libro sería una novela, pero como escritora, necesitaba situarme temporal y espacialmente. Y para ello tuve que recurrir a diversas fuentes y testimonios. Esta aventura no hubiera sido posible sin todos ellos. Aquí va mi agradecimiento a:

Clara Rasero, mi editora y ninfa de las letras. Contigo todo es más fácil.

A mi agente, Antonia Kerrigan y su equipo, que son simplemente, las mejores.

A la Associació Catalana d'Expresos Polítics del Franquisme, por tantas cosas, y por darme a conocer a Teresa una tarde de junio en la plaza Sant Miquel. En especial a su presidente, Carles Vallejo y los miembros de la junta directiva: María Rosa Viñolas, Antonia Jover, Montse Torras, Eduard Amouroux, Rosario Cunillera, Isabel Alonso, Pilar del Amo, Enric Cama, Nadia Cánovas, Miguel Ángel Díaz, Ignasi Espinola, Mariano Hispano, Domènec Martínez, Sergi Salamé. Gracias por vuestro compromiso y por mantener viva la memoria.

A los Yayoflautas y en especial a los miembros de la Coral, que son como ángeles de la guarda revolucionarios. Ejemplo de lucha y reivindicación de los que tenemos mucho que aprender.

A la Associació d'Aviadors de la República (ADAR) -Agrupació Catalana-Nord-Balear, en particular a Rodolfo Ribes Riverola, que en una tarde me enseñó a distinguir un bombardero de un caza y me ilustró en todo lo referente a aviación militar de la Segunda Guerra Mundial.

Al Centro Español en Moscú, que puso a mi disposición su archivo pero que, por motivos ajenos, no pude viajar a Rusia para consultarlo y me facilitaron todos los datos que necesité durante el proceso de documentación.

A Filo Martín Mulas, del Archivo General Militar de Ávila, fuente imprescindible en todo lo relativo al ejército de la República y los datos militares.

A Eneko Itziar Erauzquin, eibarrés residente en Estonia, el hombre que más y mejor conoce la historia de Ignacio, que me situó en el contexto histórico del papel que jugó ese país en la guerra y del destino de los seis aviadores de Éibar.

A Miguel de los Toyos, exalcalde de Éibar, pendiente durante el proceso de esta novela y comprometido con la memoria. Descendiente de Juan de los Toyos, el primer hombre que izó la bandera republicana en España.

A Gorka Artola, alcalde de Bergara, mi ciudad natal, siempre atento e implicado, y que entre los dos encontramos la forma de que nuestra localidad apareciera en la novela. ¡Al final lo conseguimos!

A Diana Arlauskas, hija y nieta de niños de la guerra por los cuatro costados, además de gran compañera. Gracias por esos wasaps, casi siempre atropellados pero tan importantes, sobre todo en los detalles. Y a sus padres, Nina Sin Chesa y Vladimir Arlauskas Pinedo, niños de Rusia y además, mis vecinos. Ellos también tienen grandes historias que contar.

A Mila Iglesias e Ygor Yebra, madre e hijo, bailarines de una profesionalidad indiscutible que fueron alumnos de Vicenta (Ludmila) en su academia de Bilbao. Gracias, Mila, por darme a conocer a Vicenta, la pelirroja más fascinante de la historia.

A Carlos Olalla, uno de los mejores actores del país, que me acercó a la poesía de Carmen Castellote, la última poeta viva del exilio, también niña de Rusia y residente en México. Desde aquí mi cariño para ella.

Al brigada de la Base Aérea de Murcia Samuel Manjón, que me ilustró en los datos técnicos sobre paracaidistas y aviadores. Ahora ya sé que un paracaidista no puede saltar a cinco mil metros de altura. Y a su mujer, Eva Santos, mi prima, por los mensajes y las llamadas a horas intempestivas.

Marc Marginedas, qué decir de él. El hombre que no puede estar más de tres días seguidos en una redacción, que se ha jugado la vida, literalmente, por dar a conocer al mundo los conflictos que nos son ajenos en Occidente. Gracias a él, las frases en ruso tienen sentido, además de situarme en la actualidad de Rusia antes de que invadiera Ucrania.

A la productora Del Barrio, Meritxell Aranda y Jordi Évole, por darle voz a Teresa en su programa y acercar a los refugiados un poquito más a la gente.

A Agnes Daroca, que me contó la historia de su abuelo Silvestre y sus vivencias en la Unión Soviética como miembro de la División Azul.

A Kristina Gallastegui, descendiente de Juanita, la prima de Ignacio, por hacerme el árbol genealógico de la familia Gallastegui-Goenaga y darme toda la información de la que disponía.

A las familias Santos-Huneke y Llobera-Muñoz, que inspiraron algunos de los personajes, difusos en la memoria de Teresa y que yo completé con una gotita de ficción.

A la doctora Amelia Espinosa y la enfermera Sara Kabani, mi médica y enfermera de cabecera, que han cuidado de mí y se han preocupado por mi salud incluso en los momentos más duros de la pandemia. A través de ellas hago extensible mi agradecimiento a todo el personal sanitario que se ha dejado la piel estos últimos dos años y medio.

A Carmina Catalá. ¡Qué haría yo sin ella!

A los libreros, tan necesarios durante el proceso de documentación, capaces de encontrar los libros más raros, agotados y descatalogados como ratoncitos de biblioteca.

A Google Maps, que me ha permitido recorrer Europa sin moverme de mi estudio.

María Antonia Hernández, por explicarme los síntomas y causas de la distrofia por desnutrición.

A Luis Farnox, que me facilitó todo lo referente a Serafín Gutiérrez y el ayuntamiento de Vallecas, cuando era municipio independiente.

A Blanca Barbed y Tono Embid, por contarme sus experiencias durante los viajes a la Unión Soviética y porque Tono es el mejor fotógrafo de la galaxia, solo hay que ver la solapa del libro.

A Lourdes Barbal, por los paseos y los aperitivos en el parque de Sagrada Familia.

A Esther Ferrero, el hada de las ondas, que ha animado mis tardes con su voz de plata. Gracias por ser tú.

A Pejo Ide, por la información sobre los naranjeros.

A mis amigos, que siempre les digo que les llamaré mañana y pasan cuatro meses y, aun así, me aguantan.

C. C., que no me deja decir su nombre pero ella ya sabe... Gracias por tu honestidad, de corazón.

A mis hermanos, siempre pendientes del siguiente capítulo e impacientes porque les dé a leer lo que escribo.

A mi hijo Jordi, mi mejor fan, mi gran apoyo y aliento y con el que mejor discuto sobre política.

Y por último, a Ángel, mi poeta, que se asoma por encima de mi hombro con aperitivos, besos y perfume de versos. Sin ti, nada sería.

Fotografía de Teresa Alonso en su juventud.